吉林省教育厅项目201588、
北华大学学术专著出版基金资助、
已列入北华大学文库、
北华专著基金2014008

北华大学学术专著出版基金资助

任树民◎著

艺术特质视域下的中国抒情传统研究

——以两汉诗学接受为中心

中国社会科学出版社

图书在版编目（CIP）数据

艺术特质视域下的中国抒情传统研究：以两汉诗学接受为中心 /
任树民著 . —北京：中国社会科学出版社，2016.3
ISBN 978 - 7 - 5161 - 7642 - 9

Ⅰ.①艺… Ⅱ.①任… Ⅲ.①抒情诗 – 诗歌研究 – 中国 – 宋代
Ⅳ.①I207.22

中国版本图书馆 CIP 数据核字（2016）第 032853 号

出 版 人	赵剑英
责任编辑	曲弘梅
特约编辑	薛敏珠
责任校对	刘 娟
责任印制	戴 宽

出 版	中国社会科学出版社
社 址	北京鼓楼西大街甲 158 号
邮 编	100720
网 址	http：//www. csspw. cn
发 行 部	010 - 84083685
门 市 部	010 - 84029450
经 销	新华书店及其他书店

印 刷	北京君升印刷有限公司
装 订	廊坊市广阳区广增装订厂
版 次	2016 年 3 月第 1 版
印 次	2016 年 3 月第 1 次印刷

开 本	710×1000 1/16
印 张	18.25
插 页	2
字 数	280 千字
定 价	66.00 元

序

　　本书是任树民博士的博士后研究成果。值此出版之机，在这里向树民表示衷心的祝贺，同时也谈一点个人的感想。

　　我和树民的初次相识是在 2005 年。那年他报考了我的博士研究生，看了他的报考材料，我感到这是一个学习刻苦、成绩优秀的好学生，等到面试时和他相见，更觉得他在学术上有思想、有追求，是一个有发展前途的好苗子。于是那时就希望他能考上。但遗憾的是，那年我只有一个招生名额，考试成绩出来后，树民离第一名仅有一步之遥，就是这一步之遥，使我和他失之交臂了。但令我欣慰的是，树民那年还报考了其他学校，不久，他就以优异的成绩被山东大学王洲明教授录取了。于是，我心中的一块石头才算落了地——树民这颗明珠终于没有被埋没。此后，我时常从王老师那里得到一些树民的消息：他的博士论文开题了，选题是什么，论文答辩了，毕业了，工作了。直到有一天，我听说树民有意进入我院博士后流动站，于是我欣然同意，树民也就在 2010 年来到了北师大。用他的话来说，我们俩终于有机会"再续前缘"。由于这个机会，我和树民有了两年多的相处时间并得以见证这部专著的产生过程。

　　此书虽是树民的博士后出站报告，但它的构思与准备却经历了较长的过程，可以说，它是树民多年来学习和研究成果的结晶。早在他读研期间，就对先秦两汉文学的抒情传统产生了兴趣。后来到山东大学攻读博士学位，他的博士学位论文即以《先秦两汉抒情文学的诗性特质研究》为题，在写作过程中，他对相关问题进行了深入思考，同时也产生了一些新的想法。进入博士后流动站以后，他即开始对这些思考已久的问题加以进一步探究。在此基础上，他写成了这部洋洋大观的著作。

此书以"艺术特质"为探讨的核心，这个概念也是树民在博士论文中就开始关注的。何为"艺术特质"？树民说："在艺术本质层面的把握所有与艺术特点的一般性显现之间的那个层面即为艺术特质。艺术特质在本质上不同于一般的文学表现手法，它不是一个外显的具体方面，而是带有更为普遍也更为根本性的一种'元素'，这一'元素'如同一个'胚胎'，在它的身上发育出诸多的构成文学作品的具体方方面面。艺术特质是一定历史、文化情境下的诗学原质，它只是参与构建了一个民族的艺术形态，并不意味着时时刻刻显现。"这段话具有很强的哲学思辨性，似乎有些费解。据我的理解，所谓艺术特质，即是位于艺术本质和艺术特点的中间的那个东西，它是本质的显现，却不一定总是显现出来，而是作为一种"元素"参与了一个民族、一个时代的艺术的建构。艺术特质这个概念，虽然在树民之前已有人提出过，但树民对它有独到的理解，他把艺术特质看作艺术作品中最为核心的深层次的东西，并且把它和民族的文化联系起来，进而从文化传统的角度来探讨民族的艺术传统。

在这一视野之下，树民对汉代文学和中国文学的抒情传统作了深入的考察，并从艺术特质的角度探讨了汉代诗学的几个美学范畴，这些探讨有特色，有独见，不乏精辟之论。

首先是关于"合和"的探讨。"合和"思想的产生可以追溯到先秦时期，它既是当时的哲学思想，又是一种社会的和艺术的理想。《周礼》中论及诗乐的功能，就有"以和邦国，以谐万民，以来宾客，以说远人，以感天地，以动鬼神"之说。历代论者对它的阐述可谓汗牛充栋。树民不囿于传统观点，他不仅探讨了"合和"思想的历史渊源，而且联系先秦及汉代思想文化的发展，从"天人合和的文化思想"、"天人之际的群已之辩"、"允执厥中的心理机制"和"趋中调合的学派思想"四个方面详细考察汉代"合和"思想所赖以产生的历史文化背景，在此基础上，对汉代文学理论和创作实践中的"合和"诗艺诗学详加阐述，从而具有高层建瓴、深入透辟的特点。

关于"兴象"的论述也是文中用力甚深的一个部分。"兴象"本是唐代殷璠提出的一个诗学概念，但树民用来考察汉代的诗学。他首先追溯了先秦兴象思维的特点，又分析了汉人说诗中所用的兴的概念，然后深入考察汉代文学作品对兴象的运用。文中以大量实例说明，兴象思维与创作方法，早在先秦和汉代即已出现。在这里，树民虽是借用唐人的概念去阐释汉代文学，却并无生搬硬套之感，其观点颇能给人启迪。

汉代是赋的昌盛时代，汉赋的一大功能便是体物。树民在书中对汉代文学的体物特征也作了精到的论述，提出了不少可贵的观点。

上述三个方面，紧密切合汉代文学的特点，符合汉代文学思想及创作的实际情况，论述精当，观念新颖。在此基础上，书中对中国古代抒情传统的探讨便水到渠成，左右逢源。

总之，树民的这部专著选题独到，内容深刻，理论性强，是一部颇具功力的精深之作，它的出版，一定会对当下的古代文学研究有所助益。在几年的接触中，我感到树民是一个勤奋朴实的青年学者，在专业方面，他不仅根底扎实，肯下功夫，而且能够覃思精虑，有很好的理论素养，这在古代文学专业的同仁中，是很可贵的。此书的问世，展示了他的研究成果，但这也只是初出茅庐的第一役，相信他在学术道路上会越走越宽阔，期待他带给我们更多的优秀成果。

尚学峰

二零一五年七月于京北龙泽

目　　录

绪　论

一　问题的提出

传统代表某种具体的事物或抽象的概念有历时性的延续发展。正如米歇尔·福柯所言，传统"是指赋予那些既是连续的又是同一的（或者至少是相似的）现象的总体以一个特殊的时间状况"①。是故，当我们说到传统的时候，我们总是抱一种时过境迁的感想，同时，我们也可能认为它是一种无时间性的当下存在，这种当下存在对于每一个"当代"都意味着同时性。因为它如果不源远流长，不属于遥远的过去，似乎构不成传统，然而，如果它不在当下参与建构，使过去和现在得以中介，使当下行为得以发生，它又不能称为传统。这就告诉我们，传统并非与当下存在和意义了不相关的纯粹客观历史，而是与当下存在经验及意义无法切割的"效果历史"（伽达默尔语）。那么，这里我们要追问的是："传统"是在怎样的"历史存在"和"当下存在"情境中被认定、选择并逐渐建构出来的？"传统"若是逐渐建构出来的"历史事实"，显然它便要涵融着"当下存在"，它不能仅属哪一特定的时、空维度，而可能是不同时代的不同生命群体混合参与的结果。所以，在"历史视域"中理解传统，我们既要勾勒出隶属于"传统"的有效的与无效的、中心的或边缘的界域和图谱，也要时刻反思和警惕"当下存在"参与构筑"传统"的正、负面价值。

精神、制度、风俗、艺术等，代代相传，都能建构出自己的传统，而不同的民族又缔造了不同的传统。就中国文学而言，20 世纪

---

① ［法］米歇尔·福柯：《知识考古学》，谢强、马月译，生活·读书·新知三联书店 2007 年版，第 20 页。

70 年代，留美学者陈世骧首先标举中国文学是有别于西方以戏剧、史诗为主的"抒情传统"。陈世骧于 1971 年发表《中国的抒情传统》一文，在中西比较文学"平行研究"的框架下，正式提出"中国的抒情传统"这个论题：中国文学的特质即在于"抒情"。此一特质普遍涵盖诗歌、散文、小说、戏曲各种文类，并形成源远流长的传统，故称为"抒情传统"；它恰与西方以希腊史诗、戏剧为主的"叙事传统"形成对比。这一观点见于他的几篇论文：《中国的抒情传统》、《中国诗字之原始观念试论》、《原兴：兼论中国文学特质》等。继而，同在美国的高友工做出进一步的扩展，构建起涵盖多个艺术门类的"中国美典"架构。嗣后，孙康宜、林顺夫分别从断代史的角度，蔡英俊、吕正惠以及余宝琳从传统诗学的概念发展，刻画了中国抒情传统的形成与演变；张淑香则对此一传统之本体作了思辨。① 于是，再加上柯庆明、郑毓瑜、萧驰、宇文所安以及浦安迪等人对此研究领域的广泛拓展，中国抒情传统研究逐步形成了一个有所承袭的学术传统，"抒情传统"成为理解中国文学的一个重要维度。不仅如此，由于"抒情精神"的求索恰是现代西方文学的一种重要倾向，在"现代主义"的"前卫"中占有一席，是故，陈世骧等现代学人，通过与西方文学传统比较对照而建构的"中国抒情传统"，又为中国在文学的世界地图中找到了一个值得尊重的位置。②

关于"中国抒情传统"的历史起点，陈世骧认为"始于《诗经》"。"《诗经》之后，在中国文学上是动人心魄的《楚辞》，或称楚的悼亡诗。……以字的音乐做组织和内心自白做意旨是抒情诗的两大要素。中国抒情道统的发源，《楚辞》和《诗经》把那两大要素结合起来，时而以形式见长，时而以内容显现。此后，中国文学创作的主流便在这个大道统的拓展中定型。"③ 1986 年，蔡英俊出版《比兴、物色与情景交融》（台湾大安出版社）一书。在书中"'抒情自我'

---

① 萧驰：《中国抒情传统》，允晨文化实业股份有限公司 1999 年版，第 1 页。

② 陈国球、王德威编：《抒情之现代性："抒情传统"论述与中国文学研究》，生活·读书·新知三联书店 2014 年版，第 25 页。

③ 陈世骧：《陈世骧文存》，辽宁教育出版社 1998 年版，第 2 页。

的发现与情景要素的确立"一节中,蔡英俊接受陈世骧"中国抒情传统"的基本观点,但又从"古诗十九首"的个人抒情特质、魏晋的时代环境与文人的生命存在意识及"诗言志"与"诗缘情"的辨析出发,将"中国抒情传统"的历史起点修改为"起于古诗十九首"。继而经过吕正惠、张淑香等人的建构①,大抵形成这样一种共识:

> 中国抒情传统在汉、魏、晋的发展,是趋向以"叹逝"的角度去观察大自然,"从而赋予大自然一种变动不居、凄凉、萧索而感伤的色泽"。尤其古诗十九首几乎成为"悲观主义之祖",也是后来魏晋诗的基调,更进一步说,悲哀的诗人所看到的悲哀的自然,就是中国抒情传统的主流。②

因为陈世骧"中国抒情传统"的论述目的是凸显中国文学的特质及价值,进而与希腊史诗、戏剧进行"平行比较",其后的论述虽然转入了中国文学的内部,但中西架构下的"中国抒情传统"的基本视角却没有变,所以,这种"中国抒情传统"论述就比较着重诗人主观与自我情感的抒发,于是就有了蔡英俊等人"悲哀的诗人所看到的悲哀的自然,就是中国抒情传统的主流"这一看法,进而衍生了"中国抒情传统"真正历史起点是"古诗十九首"这一论断。综观陈世骧以降有关"中国抒情传统"的论述,他们大多强调内在主观心灵的优位性,相对将外在于人的"物",仅视为诗人情感的寄托,"'物'是为了'情'而存在,并且是在情志的聚焦范围下被选择、被呈现"③。但问题是,难道中国抒情传统除了"情往似

---

① 吕正惠的看法见《物色论与缘情说——中国抒情美学在六朝的开展》一文,收录《抒情传统与政治现实》(大安出版社1989年版);张淑香的看法见《抒情传统的本体意识——从理论的"演出"解读〈兰亭集序〉》一文,收录《抒情传统的省思与探索》(大安出版社1992年版)。

② 郑毓瑜:《替代与类推——"感知模式"与上古文学传统》,《汉学研究》第28卷第1期,2010年3月,第36页。

③ 同上书,第37页。

赠，兴来如答"①，通过借助自然景物以起情，彰显个体自我的发展
过程这一线索之外，就没有其他的理论与实践吗？如果将汉魏以降
这种"感伤特质"作为"中国抒情传统"的主流，那么，作为中国
诗学源头的《诗经》、《楚辞》以及"受命于诗人，拓宇于《楚
辞》"②的汉赋如何纳入这一系统？进而，陈世骧与蔡英俊等人关于
"中国抒情传统""真正历史起点"的歧异，我们如何来摆正？汉儒
针对《诗三百》极尽"法度"性的解释，这在今天看来似乎有点像
天方夜谭，但是，这一批评系统对于中国抒情传统的塑造难道一点
作用都没有吗？在两汉，经学大部分时间属于国家学说，是意识形
态，而且在以后的封建王朝中继续扮演着这一角色。那么，演进在
这一文化系统的中国抒情传统难道不受到它的选择和建构吗？不要
忘记，诗学是从文化中获得它的神韵和方式的，文化是诗学的血液，
是诗学的肌理。诗好比一株花，文化好比土壤，正如花茂于土壤，
诗学亦为文化这片沃土所孕育。蔡英俊先生认为，"本于政治教化
的社会群体的共同情志"，根本无法彰显"'诗三百篇'中原有的情
感性质以及借助自然景物以起情的表现手法"③，"《诗经》和《楚
辞》的传统在汉代基本中断了，而《古诗十九首》的传统却延续了
一千又七八百年"④。在我们看来，这里蔡先生是忽略了中国诗学传
统建构后的广阔文化背景，不但将中国抒情传统的演进单线索化了，
而且还忽略了两汉这一所谓表现社会群体意志的时期对于建构中国
抒情传统的重要性。

　　有感于"叹逝"主轴下所形塑的"抒情传统"论述"没有仔细
对待'物'，还没有正视在经验或知识领域中已被熟知、认可的'物
类'或'物体系'，与'抒情'之间会形成怎样的交互影响"，换言

---

① （南朝·梁）刘勰著，范文澜注：《文心雕龙注》，人民文学出版社1958年版，
第695页。

② 同上书，第134页。

③ 蔡英俊：《比兴、物色与情景交融》，大安出版社1986年版，第24—27页。

④ 柯庆明、萧驰编：《中国抒情传统的再发现》，台湾大学出版中心2009年版，第
8页。

之，"仍然缺乏由'物'的角度，而不只是'情'的先决优位，去重新讨论与诠释'抒情传统'"①。近年来，郑毓瑜教授发表了《诠释的界域——从"诗大序"再探"抒情传统"的建构》（《中国文哲研究集刊》第 23 期，2003 年 9 月）、《替代与类推——"感知模式"与上古文学传统》（《汉学研究》第 28 卷第 1 期，2010 年 3 月）、《类与物——古典诗文的"物"背景》（《清华学报》第 41 卷第 1 期，2011 年 3 月）等论文试图从"类应"的观点，去探讨古代诗学中所建构的庞大的"比物连类"体系，讨论"'物'如何在古典诗中形成可供辨认与召唤共感作用的关联性或相似性"②，进而在此基础上，探索先秦、两汉已有的书写现象，反思目前"抒情"论述视域下的上古"文学传统"。

　　基于前揭，本书的任务之一是，从"两汉诗学接受"这一视角出发，缕析两汉诗学是在什么层面，怎么样来认定与评定先秦诗学从而建构中国抒情传统，进而以此为基础，接续郑毓瑜教授对于"物体系"的追问，探究两汉诗学在中国抒情传统构建中所扮演的角色及其具体呈现样态。

　　前面我们已经指出，"传统"是逐渐建构出来的"历史事实"，它涵融着二重"存在"——"历史存在"和"当下存在"。"历史存在"指涉的是"相对于当代人们所能被感知的过去的存在情境，包括那存在情境中人们所选择、承受的传统文化经验与当代社会经验所创造的文化，而最终以符号形式化的文本被流传下来"③。"当下存在"，顾名思义，指涉的是当下情境中的文化结构与实践经验。就中国抒情传统而言，文学书写、批评言述及其传世文本是第一重"存在"——"历史存在"，而中西比较文学"平行研究"框架下的诠释视域以及论者学思道路上的风尘阅历与生命轨迹则是第二重"存在"——"当

---

　　① 郑毓瑜：《类与物——古典诗文的"物"背景》，《清华学报》第 41 卷第 1 期，2011 年 3 月，第 3 页。

　　② 同上书，第 4 页。

　　③ 颜昆阳：《混融、交涉、衍变到别用、分流、布体——"抒情文学史"的反思与"完境文学史"的构想》，《清华中文学报》2009 年第 3 期，第 135 页。

下存在"。对"当下存在"在建构"中国抒情传统"这一"历史事实"过程中的运行轨迹,目下学界的反思主要循以下三条路径进行:

一是探寻"中国抒情传统"论述产生的文化背景及其发生契机。例如陈国球教授的《"抒情传统论"以前——陈世骧早期文学论初探》(《结构中国文学传统》,华中师范大学出版社 2011 年版)、《陈世骧论中国文学——通往"抒情传统论"之路》(《汉学研究》第 29 卷第 2 期,2011 年 6 月)等即通过陈世骧的个案研究探究"'抒情传统'这一现代诠释传统缘何而生,其诠释能力与其生成过程有无关系"①;再如陈国球的《从律诗美典到中国文化史的抒情传统——高友工"抒情美典论"初探》"探讨高友工从唐诗研究到'抒情美典'的建立的历程,剖视其论述之方向"②;龚鹏程的《抒情传统的论述》则在"台湾美学发展"的文化背景下"说明它当时何以如此"③。

二是解析"抒情传统论"的西学知识间架。例如徐承博士对这一学术群体中坚人物——高友工的解析即是一例。徐承在《高友工与中国抒情传统》一书的"理论编"中"侧重揭示高氏在构筑抒情美学共时理论之时所援引或暗含的西学方法论背景"④。

三是反思"抒情传统论"的正、负面价值,诠解这个论述对现在的价值。代表性论述是颜昆阳的两篇文章《从反思中国文学"抒情传统"之建构以论"诗美典"的多面向变迁与丛聚状结构》(《东华汉学》2009 年第 9 期)和《混融、交涉、衍变到别用、分流、布体——"抒情文学史"的反思与"完境文学史"的构想》(《清华中文学报》2009 年第 3 期)。

前两条路径属于"历史视域"下的"当下存在"追问,通过研究者的寻绎,使得我们对"中国抒情传统论"的生成语境获得了"历史

---

① 陈国球:《结构中国文学传统》,华中师范大学出版社 2011 年版,第 78 页。

② 陈国球:《从律诗美典到中国文化史的抒情传统——高友工"抒情美典论"初探》,《政大中文学报》2008 年第 10 期,第 53 页。

③ 龚鹏程:《抒情传统的论述》(http://www.shishuhuazazhi.com/Part.aspx? nid = 4&pid = 12&id = 11)。

④ 徐承:《高友工与中国抒情传统》,中国社会科学出版社 2009 年版,第 18 页。

存在"的支撑，为反思中国抒情传统言述提供了有益启示。然而，此一层解析无关乎抒情传统言述的价值判断，真正关乎中国抒情传统言述作用于中国文学研究最终边界及其有效性的是第三条路径。

高友工是陈世骧之后最重要的抒情论者，其论述"体大而思精，于台港地区之中国文学研究的影响既深且远"①，因此，我们先从龚鹏程先生对高友工抒情言说的价值评定说起。龚鹏程认为高友工"所构造的抒情传统论，虽体系俨然，自足自适，但用在中国文学的解释上，却是一套戏论"。关于"戏论"，龚鹏程解释说："戏论，乃佛家言，谓方便说、游戏语也，性质略同于我们一般批评人家讲话是胡说那样。不过'胡说'有全然否定之义，戏论则承认此类言论仍有方便说法之功能。"② 龚鹏程的最终结论是，高友工的抒情言说"是经不起推敲的。貌似谨严而推论跳跃，看来脉络井井，实多独断臆说"，"高先生之说乃权说而非实论"。③ 由此不难看出，龚先生对于高友工的抒情言说是持否定态度的。寻绎龚先生文中的具体解构，笔者发现，龚先生采用的是"拆楼法"。张炎《词源》卷下称"吴梦窗词如七宝楼台，炫人眼目，碎拆下来，不成片段"④。张炎的意思是说，吴文英（号梦窗）的词如一个七宝的楼台，用了很多漂亮的字，可是你把它拆碎下来一研究，都是不成片段的。寻绎龚先生的言述语境，他眼里的高友工抒情言说就是"七宝楼台"，因为当他就高氏抒情美学言说的形式、理念、传统、方法等一些具体面向拆解一番后即认为，高友工的言说是"破绽百出"。因此，打个比方，笔者认为龚先生的解构采取的就是"拆楼法"。我们知道，楼之"形式因"由砖瓦等"质料因"支撑，但是，欣赏一座楼的美是欣赏个别之质料还是整体之形式？是否因个别质料之缺陷而就能否定总体之布局？再者，张炎之所以看不到吴梦窗"七宝楼台"之美，显然是因为他硬要"碎拆下

---

① 龚鹏程：《成体系的戏论：论高友工的抒情传统》，载北京大学中国诗歌研究院编《燕园论诗——中国古代诗歌论集》，北京大学出版社 2010 年版，第 220 页。

② 同上。

③ 同上书，第 230、245 页。

④ （宋）张炎著，夏承焘校注：《词源注》，人民文学出版社 1963 年版，第 16 页。

来"看。殊不知"七宝楼台"应该有一种属于自身的诠鉴之方法，"炫人眼目"的"七宝楼台"也应该是一种美的形态。这就告诉我们，一种艺术美的显现与否，跟解读方法是否有效关系极大。"抒情传统"的论述，从蕴生到显题，已绵延超过半个世纪。作为一个历史时期，在特定社会文化情境制约下产生的知识产物，一定有属于那个历史时期的诠释语境。正如陈国球先生所指出，中国抒情传统论述"是中国文学研究者在'现代状况'下对研究对象的文化归属及其意义的省思"①。时过境迁，其诠释视域的遮蔽无疑已昭彰。正因此，才需要学界反思。学术也只有对前行论述不断反思，有所承继有所转拓，才能向前开展。对"抒情传统论"的价值反思，无论是个案研究，还是总体把握，无疑都应该循此路径。如果就总体趋向而言，这一学术论题是伪命题，我们可判定它无效，否则还是应该着力于它的转拓如何可能。

在《从反思中国文学"抒情传统"之建构以论"诗美典"的多面向变迁与丛聚状结构》一文中，颜昆阳认为"抒情传统论"的根本"负面"问题在于"这种论述是建立在'特殊性'与'普遍性'两个相对的基本概念上，即设定了中国文学的某一范型以与西方文学的某一范型加以比观，而指认彼此的差异；此一差异就是它的'特殊性'。而这一'特殊性'回到中国文学的本身来看，却可由《诗经》推扩为全体中国文学的'普遍性'"②。正是这一"覆盖性大论述"单线化了中国文学史的多元诠释。基于此，颜昆阳提出"中国'诗美典'的变迁与结构，不能仅由一个'抒情传统'获致完全的诠释。它所呈现的是'多面向变迁'和'丛聚状结构'"③。进而在此基础上，他认为应该"从'布体'的典律性文本开始，尊存各种不同文学体类的历史他在性，而逆溯地进行诠释其发生、构成因素、美感特质、社会文化

---

① 陈国球、王德威编：《抒情之现代性："抒情传统"论述与中国文学研究》，生活·读书·新知三联书店 2014 年版，第 31 页。

② 柯庆明、萧驰编：《中国抒情传统的再发现》，台湾大学出版中心 2009 年版，第738 页。

③ 同上书，第 771 页。

功能及各自相对性的价值等议题"①，对此，颜先生称之为"完境文学史"。笔者认为，颜昆阳先生的论析确实触及了"抒情传统论"负面价值之根本。但问题是，包括颜昆阳在内的开创者、继踵呼应者、反思者都在有意无意之间遮蔽了这样一个问题：抒情精神或者是抒情传统只是"平行研究"视域下的中国文学的一个"异质性"层面。借用颜昆阳先生的说法，"抒情传统"对于中国文学而言应该只是"相对普遍的物性本质"②，而不归属于"艺术本质"范畴。然而，许多论者在有意无意之间，将此一论述上升到了绝对普遍本质层面，这样，该论断自然也就产生了问题。因此，在笔者看来，"抒情传统论"不能理论自洽是因为对它的指涉范围认识混乱所致。

鉴于前揭，本书的另一项任务是，从自己拈出的"艺术特质"这一艺术范畴出发，接续当下对"中国抒情传统"的反思，探究"抒情传统论"的指涉范围等问题，从而希望在对"抒情传统论"的转拓及其理论自洽有所裨益的同时，为中国诗学体系的建构以及中国古典诗学"异质性"的甄别贡献一些具体意见。

二　"艺术特质"理论之研讨

我们认为，绵延超过半个世纪的"中国抒情传统论"之所以在一些研究者看来不能理论自洽，是因为论者对于这一论述的本质属性认识混乱、偏颇所致。而要厘清这一论述的本质属性及其指涉范围就要从笔者拈出的"艺术特质"这一范畴说起。

艺术特质，是笔者基于中外抒情传统，兼及内在感情活动与抒情活动机制，在2006—2008年尝试提出并予以界域诠释的一个艺术范畴。2008年笔者向山东大学学术委员会提交了博士学位论文《先秦两汉抒情文学的诗性特质研究》，其中，论文下编"先秦两汉抒情文学艺术特质原论"即以艺术特质为切入点，在中西对比中，对先秦两

---

① 颜昆阳：《混融、交涉、衍变到别用、分流、布体——"抒情文学史"的反思与"完境文学史"的构想》，《清华中文学报》2009年第3期，第145页。

② 柯庆明、萧驰编：《中国抒情传统的再发现》，台湾大学出版中心2009年版，第756页。

汉阶段的抒情文学，在发展流变的过程中所显现出的具有一般性的诗学之原质进行了具体阐释。对于艺术特质，笔者的界域诠释如下：

特质，在本书语境中，不是特点和本质各取一字的简单联合。我们发现，在本质层面的把握所有与特点的一般性显现之间还有一个层面，这个层面即为特质。按照我们的理解，本质力图把握所有，而特质并不意味着时时显现，但特质却又在一般层面参与构建，从而它比特点高一级别。

基于此，我们认为，在艺术本质层面的把握所有与艺术特点的一般性显现之间的那个层面即为艺术特质。艺术特质在本质上不同于一般的文学表现手法，它不是一个外显的具体方面，而是带有更为普遍也更为根本性的一种"元素"，这一"元素"如同一个"胚胎"，在它的身上发育出诸多的构成文学作品的具体方方面面。艺术特质是一定历史、文化情境下的诗学原质，它只是参与构建了一个民族的艺术形态，并不意味着时时刻刻显现。

无论是艺术特质，还是艺术本质，都不是一个外显的具体方面，但相比之下，艺术本质，正如术语本身所显示，它是更为本质性的一种诗学界定，是更为一般性的特征。海德格尔说：

当我们言说本质的时候，我们在思考什么？这通常看作是那真实的万物所共同拥有的特征。这本质在一般和普遍的概念中显现。这概念表述这样一种特征，它中立地把握了许多事情。①

"本质在一般和普遍的概念中显现"，通常被看作是"万物所共同拥有的特征"，而艺术特质则不同，虽然它也"中立地把握了许多事情"，但它只是更为根本性的一种"元素"，它是一定历史、文化情境下的诗学原质，它只是一种潜隐着的精神核心，它只是参与构建了一个民族的艺术形态，并不意味时时刻刻显现于每一作家、每一作品、

_____

① ［德］M. 海德格尔：《诗·语言·思》，彭富春译，文化艺术出版社 1991 年版，第49 页。

每一时代。换句话说，它并不是每一作家、每一作品、每一时代"所共同拥有的特征"，但这一潜隐着的精神核心却能生长发育出诸多的构成民族文学作品的具体的方方面面。这是艺术特质有别于艺术本质最为根本性的特征所在。①

学位论文提交后，笔者并没有放弃对于艺术特质的思考。近年来，对于艺术特质的上述界定，笔者的基本看法并没有改变。不过，随着思考的深入，对于艺术特质的认识又前进了一步。

（一）关于原创性

前揭指出，艺术特质是笔者尝试提出并予以界域诠释的一个诗学范畴。当我们这样说的时候，并不意味着以前的研究者没有使用过特质或艺术特质这一术语。实际上，特质或者艺术特质，组合成词，用于艺术批评，在笔者拈出这一术语之前之后，都有人在使用。但是，他们语境中的艺术特质往往等同于艺术特征或者是艺术特点。而按照笔者的看法，艺术特质是比艺术特征或者艺术特点高一级别的。最根本的是，我们是把艺术特质作为一个"诗学范畴"来界定并将之用于诗学批评。而这一点是其他艺术特质使用者所不具备的。

王国维在《人间词话》第九则中写道："沧浪所谓兴趣，阮亭所谓神韵，犹不过道其面目，不若鄙人拈出'境界'二字，为探其本也。"②"境界"一词，王国维之前早已有人使用过，但王国维为什么说是"鄙人拈出"而沾沾自喜呢？在笔者看来，关键在于王国维认为将"境界"一词上升为诗学原质并将之运用于中国古典诗学批评后，能够"探"出中国古典诗学之"本"，能够有效地阐释中国古典诗学的美学内涵。正因此，王国维才说"鄙人拈出"而沾沾自喜。笔者不敢附骥于王国维，但有感于艺术特质用于阐释中国古典诗学传统的有效性，不揣浅陋，聊以王国维"境界说"之拈出自嘲艺术特质的"原创性"。

---

① 任树民：《先秦两汉抒情文学的诗性特质研究》，博士学位论文，山东大学，2008年，第1、117页。

② 王国维：《人间词话》，上海古籍出版社1998年版，第3页。

　　（二）结构主义诗学视域下的艺术特质

　　文学由什么形塑而成？文学具有生活、现实、经验、想象中的真理、社会状况或其他你愿意加进去的成分，我们称之为内容，但是，文学本身是由这些内容构成吗？答案显然是否定的。因为这些内容我们完全可以用哲学、历史、音乐、雕塑等其他艺术形式来负载。同时，文学的各种形式也不存在于文学之外，一首诗、一个故事即便出现在历史、哲学等文本当中，我们同样能感知到它们文学形态的存在。文学塑造着自己，不是由外力能形成。正如诺思罗普·弗莱所言：“诗歌描写了在诗人眼前掠过的世界这一内容，但是用以负载这内容的形式却来自诗歌独有的结构。”① 这就是说，文学作品的生成是源于使文学成之为文学的文学结构。什么是文学结构呢？按照结构主义布拉格学派伏迪契卡的话来讲，文学结构是一个“非物质的整体”，“作为文学创作的所有可能性的详目而存在于文学作品的背后”②。如果用索绪尔的语言学理论来讲，文学作品就好像是个别言语行动，而文学结构就好比语言系统，蕴生着文学形式的各种可能和限域。正如语言的本质超出并支配着言语的每一种表现的本质，文学结构也制约着文学作品的生成，文学的样式与意义也必须在整个结构之中才能显现。英国新批评派理论家理查兹说：“当我们用突然的、惊人的方式把两个完全不同的东西放在一起……意识将努力把这两者结合起来。正因为缺乏清晰陈述的中间环节，我们解读时必须放进关系，这就是诗歌力量的主要来源。”③ 因而，文学作品是露出水面的一小部分冰峰，文学结构则是支撑它的冰山，并由它形塑而生成。

　　笔者认为，文学结构的指涉范围包括三个层次，即文学本质、艺术特质和艺术特点。文学本质是文学“所共同拥有的特征”，它是支撑文学为文学的属性。艺术特点呈现为语言、风格、修辞、创作手法

---

　　① ［加拿大］诺思罗普·弗莱：《批评的解剖》，陈慧等译，百花文艺出版社 2006 年版，第 146 页。

　　② ［捷克］伏迪契卡：《文学史：其问题与工作》，转引自陈国球《结构中国文学传统》，华中师范大学出版社 2011 年版，第 34 页。

　　③ 转引自赵毅衡《新批评》，中国社会科学出版社 1988 年版，第 96 页。

等具体层面，它们是规约文学本质实现的具体途径。艺术特质则是各种不同因素和力量在特定时空中形成的一种涵融着文化传统经验的艺术"肌理"，它直接促成文学"美典"的多面向变迁。文本被认定为文学的结构依据隶属于文学的本质属性范畴。而文学体裁的划分、文体的认定以及民族诗学的"异质性"等方面则要求助于艺术特质的甄别。因此，艺术特质是相对艺术本质而言的"相对普遍的物性本质"，它不是含摄一切的覆盖性规定。换言之，艺术特质存在于整个文学中，而在一部具体的作品中，只可能有一种基本上是"不纯"的体现。

艺术特质不是消极被动的艺术结构，而是能够自我调节、起艺术构成作用的。文学生产中，艺术特质能及时"转换"以对新的经验做出反应，不断地整理加工新的材料。艺术特质不是静态的，它是理论与实践之间的调节者。艺术特质的转换、构筑使得彼此均无其独立存在的质料与形式形成新的结构，从而形成既是经验的又是理智的实体——作品。从这个意义上讲，艺术特质也是一种"不在场"的限定，它不在作品之中，而在作品之外，在"空白处"来构筑"意义"。尽管艺术特质在"空白处"沉默着，但作家却靠了它才得以感知人与人之间、人与世界之间的关系。

我们不妨设想一下，是否会有一位具有"创造性"的诗人往桌前一坐，拿起笔和白纸，凭其特殊的创造本领，一下就写出一首诗来呢？答案显然是否定的，诗歌只能从其他诗歌中产生。约而言之，作家创作的"视域融合"要受三重结构性关系限定。首先，社会结构中的作家，不可避免要隶属于某一整体性的历史文化与社会情境。李白不能提笔写出"十四行诗"，莎士比亚不会创作律诗和绝句，这是不可逃避的"地域民族"限定。正如布鲁克斯所说："当一个词在一首诗里，它应当是在特殊语境中被具体化了的全部有关历史的总结。"①例如，在中国古典诗赋里，"送君南浦，伤如之何"②（江淹《别赋》）

---

① 赵毅衡：《新批评》，中国社会科学出版社 1988 年版，第 125 页。

② （明）胡之骥注，李长路、赵威点校：《江文通集汇注》，中华书局 1984 年版，第 39 页。

中的"南浦"一词已不是具体的地名，而是表达离愁别绪的常规用语；"章台"不再是汉长安的街名，而成为"柳"的别称；"南登霸陵岸，回首望长安"①（王粲《七哀诗》），"霸岸"是表达"折柳送别"、"喟然伤心"的惯用语；而"香草美人"则是屈原以来用以表达"志洁行芳"的个人情志而形成的一种特殊文学表现，等等。潜藏着"历史痕迹"的语词不断地填充着中国诗歌结构中的空项，于是，创作才成为可能，当然，创造也就不会漫无边际。其次，作家都从属于某一社会阶层，他只能在阶层限定的"视域"中，选择、认定某些由"文化传统"和"社会阶层"所形塑的价值观。鲁迅先生在《"硬译"与"文学的阶级性"》中说："饥区的灾民，大约总不去种兰花，像阔人的老太爷一样，贾府上的焦大，也不爱林妹妹的。"② 可见，只有那些承受着相同文化遗产的阶层，才会一致认同"符码"背后所指涉的价值体系。作家的创作展演，递衍的正是所属阶层的文化精神、价值理念。换言之，作家所属的"社会阶层"要"如影随形"地限定着进入其意义视界的"符码"或符号系统。最后，从选择性角度而言，作家由于文学观念及活动所自主选择、承受的"文学传统"与"社会交往"的不同而相应地归属于他认同的"文学社群"。③ 尽管"传统"一词，往往具有"规范性"，隐含了允许、要求、建议、期望同样行动的信念，但是，由于文学传统是大时代里多种声音的汇集，塑成的"美典"是多面向的变迁，所以，投注自己的感怀或目的于其中的文学家会基于"同理心"的共鸣，选择与己相默契的"符码"系统展演主体生命的起伏悸动。在笔者看来，正是基于上述这三重"结构性关系限定"的彼此叠合、混融、交涉、衍变，文学传统得以绵延，多样化文学史景观得以构建。

---

① 逯钦立辑：《先秦汉魏晋南北朝诗》，中华书局 1983 年版，第 365 页。本书所引先唐诗歌，除有特殊说明，均出自是书，后引不再标注页码。

② 《鲁迅全集》第 4 卷，人民文学出版社 2005 年版，第 208 页。

③ 作家"视域融合"的三重结构性关系限定参考了颜昆阳关于文学家"三重"存在身份的有关论断。见《混融、交涉、衍变到别用、分流、布体——"抒情文学史"的反思与"完境文学史"的构想》，《清华中文学报》2009 年第 3 期，第 135—136 页。

　　"接受美学之父"姚斯论道："文学作品并非是一个对每个时代的每个观察者都以同一面貌出现的自足的客体，它也不是形而上地展示其超时代本质的纪念碑。"① 这就告诉我们，一个作品成为它所成为的那个样子并不止于作者，还要加上不同时代不同读者不间断的诠释赋予。基于这种理解，经过寻绎，笔者发现，艺术特质的塑成，一方面来自作家间的"文本递衍"，另一方面更是离不开文化与理论话语的共谋。也就是说，在古典诗歌创作与解读活动中的意义建构，有一部分是经过诠释活动的不断强化而逐步成为固定的文学成规。因此，艺术特质的探究，还要注意文本接受历史中集体意识的权力运作。下面，我们以《诗经》的"和合"特质以为例言。

　　孔子说："《诗》三百，一言以蔽之，曰：'思无邪。'"② 再则曰："《关雎》，乐而不淫，哀而不伤。"③ 由于孔子在儒家学派的重要地位，所以源于夫子的这些言论，先是形成《礼记》中的《诗》教理论——"温柔敦厚，《诗》教也"④，进而几经发展，"《国风》好色而不淫，《小雅》怨诽而不乱"⑤；"国史明乎得失之迹，伤人伦之废，哀刑政之苛，吟咏情性，以风其上，达于事变而怀其旧俗也。故变风发乎情，止乎礼义。发乎情，民之性也；止乎礼义，先王之泽也"⑥。这样，一部具有"温柔敦厚"中和之美的《诗经》就形成了。而经过儒家学者这样一次次的层累构建，提到《诗经》，首先想到的美学特质也就是"乐而不淫，哀而不伤"的"温柔敦厚"。而《诗经》全部的美学风神果真如是吗？我们知道，扎根于礼乐文明的《诗经》确实处处洋溢着"和合"的社会本质，但是，酣畅淋漓的情感倾泻从来就不曾缺失。《小雅·巷伯》云："取彼谮人，投畀豺虎。豺虎不食，

---

　　① 胡经之主编：《西方文艺理论名著教程》下册，北京大学出版社1989年版，第391页。

　　② （宋）朱熹：《四书章句集注》，中华书局1983年版，第53页。

　　③ 同上书，第66页。

　　④ （唐）孔颖达：《礼记正义》，北京大学出版社1999年版，第1368页。

　　⑤ （汉）司马迁：《史记》，中华书局1982年第2版，第2482页。

　　⑥ （唐）孔颖达：《礼记正义》，北京大学出版社1999年版，第15页。

投畀有北。有北不受，投畀有昊！"① 故黄彻在《䂬溪诗话》中说："若《小弁》亲亲，未尝无怨，《何人斯》'取彼谮人，投畀豺虎'，未尝不愤。"② 再如孔子的"思无邪"，包咸注释曰："归于正。"③ 朱熹集注："凡《诗》之言，善者可以感发人之善心，恶者可以惩创人之逸志，其用归于使人得其情性之正而已。"④ 但是，即便在孔子的评述中，就已经有了"放郑声，远佞人。郑声淫，佞人殆"⑤ 的不同论调。如果以文化人类学的方法解读有关蕴含着原始野性意象的作品，更加无法"一言以蔽之，曰：'思无邪。'"可考察历史上的有关诗论，自从《诗大序》"发乎情，止乎礼义"一出，"夫《诗》发乎性情，止乎礼义"⑥，"悲欢含蓄而不伤，美刺婉曲而不露……三百篇之遗意"⑦，似乎成了随处可见的动辄曰。不仅如此，每当抒情文学创作陷入窘境时，集批评家与作者于一身的士大夫阶层每每通过反复宣示塑成于《诗经》中的这一特质来纠弊，来寻求群体的精神归依。我们知道，"文学典范"的历史地位只是意味着某些批评家认定该作品具有永恒不朽的价值，而这又如何成为传统的一部分而参与"文本递衍"呢？从对《诗经》的诗学接受来看，"文学典范"中的特殊文学表现塑成艺术特质进而参与"文本递衍"是离不开集体意识下文本与文化、批评的共谋。

　　谈到理论样式与实际样式之间的关系，法国符号学家托多洛夫首先在两者之间作了一个基本的区别。理论样式是从一般的文学理论中推断出来的，历史样式则来自"对文学事实的观察"。他指出，诗学的一个主要任务就是研究出复杂的理论样式与我们在文学世界中所发现的实际样式之间的精确关系。他宣称：

---

　　① 程俊英、蒋见元：《诗经注析》，中华书局1991年版，第621页。本书所引《诗经》均出自是书，后引不再标注页码。

　　② （宋）黄彻：《䂬溪诗话》，《历代诗话续编》，中华书局1983年版，第395页。

　　③ （清）刘宝楠撰，高流水点校：《论语正义》，中华书局1990年版，第40页。

　　④ （宋）朱熹：《四书章句集注》，中华书局1983年版，第53页。

　　⑤ 同上书，第164页。

　　⑥ （明）俞弁：《逸老堂诗话》，《历代诗话续编》，中华书局1983年版，第1316页。

　　⑦ （元）杨载：《诗法家数》，《历代诗话》，中华书局2004年版，第731页。

（任何样式研究）都必须不间断地满足两种秩序的要求，实际的和理论的，经验的和抽象的。我们从理论中推导出来的样式必须得到文本的验证。假如我们的推导没有与任何作品对应，我们就走了错路。另一方面，我们在文学史中所遇到的样式都必须交由一个前后一致的理论去说明：否则，我们就将继续是世代相传的偏见的囚徒。……样式之定义因此是事实描写和理论抽象之间的一个永不间断的循环。①

前文已经指出，艺术特质，是笔者基于中外抒情传统，兼及内在感情活动与抒情活动机制尝试提出的一个艺术范畴。用托多洛夫的话来说，这只是一个"理论样式"，是抽象的，它需要来自"文本的验证"。而我们中国的文学书写在"平行研究"的比较视域下也需要"一个前后一致的理论去说明"。因此，下面笔者将把艺术特质放在两汉诗学接受的背景下去说明，同时也想用这一"理论样式"来阐释两汉诗学对中国抒情传统的构筑以及中国抒情"美典"的变迁。

---

① ［美］罗伯特·休斯：《文学结构主义》，刘豫译，生活·读书·新知三联书店1988年版，第201页。

第一章

艺术特质视域下的两汉"和合"诗学

文学是个性化创造的产物，凝聚着个人的声音，但由于文学家与其他群体成员共处于同样的生存环境，接受着同样的社会文化熏陶以及同样的社会关系、社会规范的制约，因而必定要参与到时代文化的构架之中，反映文化，表现文化，从而打上时代精神烙印。不仅如此，基于民族的，或是时代的要求，有时文学还要承载文化，建构文化。两汉时期的诗学建构即是如此："综观汉人说诗的发展过程，政治的要求，也即是如何使三百篇成为维系社会秩序以达到巩固汉家统治的目的，一直是一个被关心的问题。可以说两汉御用的诗经博士们，最焦灼的无过于如何在三百篇中幻化出一个切合汉天子意志的'法度'来。""《三家诗序》对诗旨的捏造，刘向《列女传》之附会《诗》本事，《白虎通》之以《诗》为三纲五常典章制度的佐证，及至《毛诗序》的系统化诗学"，都是想通过对《诗》"本义"的追问以完成汉家"法度"的建构。① 职是之故，两汉诗学的生成，内蕴着意识形态的共谋，"文化性"的默契。

不同的民族缔造了不同的诗学传统，诗学传统既包括创作传统又包括批评传统。没有创作，批评缺失言述语境，无从"焉附"；而没有批评，我们无法达成对文学本身深度与广度的认识，进而形成传统。因此，诗学传统的形成有赖创作与批评的互动、互证。基于前揭我们对两汉诗学"文化性"生成的认识，我们要追问的是：两汉诗学批评是建构在什么样的创作之上？创作与批评的互动要建构怎样的一

---

① 施淑：《汉代社会与汉代诗学》，《中外文学》第 10 卷第 10 期，1982 年 3 月，第 80 页。

个诗学理想？这一诗学理想与汉人文化理想的契合点是什么？这一"臆构"的文化←→诗学理想是否经过不断的复制与再生产而生成诗性原质"递衍"于创作？蔡英俊先生认为，"本于政治教化的社会群体的共同情志"，根本无法彰显"'诗三百篇'中原有的情感性质以及借助自然景物以起情的表现手法"①，"《诗经》和《楚辞》的传统在汉代基本中断了"②。基于蔡英俊先生对两汉诗学的认识，我们要追问的是，基于"文化性"的共谋而生成的诗性原质如果"递衍"于两汉抒情文坛，那么，它是否是中国抒情传统的一部分？当然，上述所有的追问都建基于两汉士人对文化理想境界的构筑。因此，我们首先要回答的是，两汉士人企慕向往的文化理想境界是什么？对此，张立文（《中国哲学范畴发展史（人道篇）》，中国人民大学出版社1995年版）、袁济喜（《和：审美理想之维》，百花洲文艺出版社2001年版）以及刘朝谦（《汉代诗学发微》，四川人民出版社2002年版）等学者均主"中和"说。求证于《淮南鸿烈》、《春秋繁露》等书，此说可以成立。但就诗学理想与汉人文化理想的契合以及两汉学术思想的分合趋势来看，笔者认为，兼裁众美的"和合"更为合适。

第一节　"和合"界域阐释

一　哲学、美学境域中的"和合"

"和"是中国传统哲学、美学的重要范畴，远在西周，"和同之辨"就已经是当时思想界的一个重要论题。据《国语·郑语》记载，周幽王八年，郑桓公与太史史伯谈论"兴衰之故"和"死生之道"，当论及周幽王排弃明智有德之臣和贤明之相，而宠爱奸邪昏庸、不识德义的小人时，史伯指出周幽王这是"去和而取同"。他说："夫和实生物，同则不继。以他平他谓之和，故能丰长而物归之；若以同裨

---

① 蔡英俊：《比兴、物色与情景交融》，大安出版社1986年版，第24—27页。

② 柯庆明、萧驰编：《中国抒情传统的再发现》，台湾大学出版中心2009年版，第8页。

同，尽乃弃矣。"① "和"是指不同事物或要素的有机结合，而"同"是相同事物的简单相加。"以他平他"，是以相异和相关为前提，相异的事物相互协调并进，就能发展；"以同裨同"则是以相同的事物叠加，其结果只能是窒息生机。因此，史伯提出："声一无听，物一无文，味一无果，物一不讲。"② 晚于史伯的齐国政治家晏婴也区别了"和"与"同"。《左传·昭公二十年》云：

> 齐侯至自田，晏子侍于遄台，子犹驰而造焉。公曰："唯据与我和夫！"晏子对曰："据亦同也，焉得为和？"公曰："和与同异乎？"对曰："异。和如羹焉，水、火、醯、醢、盐、梅以烹鱼肉，燀之以薪，宰夫和之，齐之以味，济其不及，以洩其过。君子食之，以平其心。君臣亦然。君所谓可而有否焉，臣献其否以成其可；君所谓否而有可焉，臣献其可以去其否，是以政平而不干，民无争心。故《诗》曰：'亦有和羹，既戒既平。鬷嘏无言，时靡有争。'先王之济五味、和五声也，以平其心，成其政也。声亦如味，一气，二体，三类，四物，五声，六律，七音，八风，九歌，以相成也。清浊、小大，短长、疾徐，哀乐、刚柔，迟速、高下，出入、周疏，以相济也。君子听之，以平其心。心平，德和。故《诗》曰'德音不瑕'。今据不然。君所谓可，据亦曰可；君所谓否，据亦曰否。若以水济水，谁能食之？若琴瑟之专一，谁能听之？同之不可也如是。"③

晏子这段"和""同"之辨，就基本思路而言，与史伯"和""同"之说没有出入。但是，晏子为了阐明"和""同"之异用了和羹、音乐、君臣关系三个例子，对"和"的解说更为具体。约略而言，"和"是事物多样性的统一：如果没有差异，就如同以水济水，琴瑟专一，君可臣亦可一样，事物就不能存在和发展。诸要素之间只

---

① 徐元诰撰，王树民、沈长云点校：《国语集解》，中华书局2002年版，第470页。
② 同上书，第472页。
③ 杨伯峻：《春秋左传注》，中华书局1990年版，第1419—1420页。

有协调配合,"和之","齐之","济其不及,以泄其过","出入周疏","相成""相济",才能成为"和",否则,事物就不存在了。继而,历代思想家对"和"这一范畴作了不断的完善和补充,从而使"和"这一范畴成了中国传统哲学、美学的一个重要范畴。

近代以来,在中西文化碰撞中,"和"被越来越多的哲学家、美学家视为中国传统哲学、美学的核心范畴和精髓而与西方哲学、美学对举。因为"和"作为中国传统哲学、美学的一个重要范畴和术语,具有异常丰富的含义,所以,在中国现当代哲学史上对这一传统"贵和"思想予以现代转换时就形成了不同的学术体系。大致说来,形成了以下三种学术体系:

第一,兼和论。从历史文献来看,"兼和"二字最早出现于《管子·五行》篇:"出皮币,命行人修春秋之礼于天下诸侯,通天下,遇者兼和。"① 张佩纶说:"'遇',合也。言诸侯皆通,天下皆合,即朝觐会同之意。'兼'当作'谦',《说文》'谦,敬也。'言以谦且和,故能服诸侯合天下也。《广雅·释诂》'兼,通也',亦通。"② 对于张佩纶的解释有的学者表示赞同(如许维遹,见郭沫若、闻一多、许维遹撰《管子集校》,科学出版社 1956 年版),而有的学者则表示不同意,例如黎翔凤:"《说文》:'遇,逢也。'《春秋》隐公四年'夏,公及宋公遇于清'。《公羊传》:'遇者何?不期也。'《广雅·释诂》四:'兼,同也。'《仪礼·聘礼》:'兼执之以进。'《周书·谥法》:'和,会也。'《易·乾·文言》'嘉会足以合礼','合'即'和'。行人以币聘诸侯,周行天下,其不期而遇者兼会之。"③ 观张、黎等人的解释,无论释"兼和"为"谦和",还是"兼会",此处的"兼和"还不是一个哲学或美学范畴。将"兼和"确立为哲学范畴并以之为核心创立现代哲学体系的是张岱年。1948 年张岱年在《天人简论》中正式提出、界定了"兼和"思想。张岱年以"兼和"为宇宙大化的最高价值标准。他说:"最高价值准则曰兼赅众异而得其平

① 黎翔凤撰,梁运华整理:《管子校注》,中华书局 2004 年版,第 872 页。
② 同上书,第 873 页。
③ 同上书,第 873—874 页。

衡。简云兼和，古代谓之曰和，亦富有日新而一以贯之。"① 从中可以看出，"兼和"有两个方面的内涵：一是就外在表现形态而言，"兼赅众异而得其平衡"，"兼和"强调多样性的统一，注重众多异质性之间的动态平衡；二是就内容实质而言，"富有日新而一以贯之"，"兼和"中贯有内容充实而不断创新的思想。张岱年引《易传》"富有之谓大业，日新之谓盛德"，《孟子》"充实之谓美"解释"富有"："充实亦即富有之谓"，并说："惟日新而后能经常得其平衡，惟日新而后能经常保其富有。"② 这就告诉我们，"富有"并非指财富的富有，而是指事物发展的不断"充实"，"日新"指事物的发展不断革新，与时俱进。1985 年，在《中国古典哲学的价值观》中，张岱年于中国哲学价值观的反思中再一次解释了"富有日新"说："关于价值标准，西周末年史伯及早期儒家主张'和为贵'，以多样性的统一为价值的准则。荀子提出'全粹'说，《易传》提出'富有日新'说，认为内容丰富而不断更新的才具有最高价值。"③ 由此观之，张岱年眼中的"兼和"着实"一以贯之"多样性的发展与创新。张岱年先生的"兼和论"虽然提出于 20 世纪 40 年代，而得以再发现并被部分学者认可却要迟至 20 世纪 80 年代末以来"天人五论"的再版及其阐发。首次将"兼和"思想作为张岱年哲学精髓的是刘鄂培先生。刘鄂培先生指出："从中国传统哲学而言，'兼和'是传统中国哲学和辩证思维中重'和'思想的继承和发展；从辩证唯物论而言，'兼和'则是外来的辩证唯物论与中国传统哲学和辩证思维的结合，亦即马克思主义哲学的中国化"，"'兼和'是张岱年哲学中的精髓。它丰富和发展了人类的辩证思想，具有很高的理论价值"。④ 继而，万俊人的《"兼和"之道及其道者的学术品格》（《哲学动态》2003 年第 1 期）、吴光的《以人为本，以和为贵》（《华夏人文地理》2004 年第 7 期）、

---

① 《张岱年全集》第 3 卷，河北人民出版社 1996 年版，第 220 页。

② 同上。

③ 同上书，第 83 页。

④ 刘鄂培：《"兼和"——张岱年先生哲学思想的精髓》，《中国社会科学院研究生院学报》2000 年第 4 期，第 1、10 页。

杜运辉的《张岱年先生"兼和"思想发微——纪念张岱年先生诞辰100 周年》(《中国哲学史》2009 年第 1 期) 等继续阐发和宣扬"兼和"思想。张岱年的"兼和"思想得以再阐发,其生成语境之一是对张立文教授"和合论"的反思与"反拨",像杜运辉的《"兼和"与"和合"辨析》(《高校理论战线》2009 年第 5 期) 就是在批评张立文"和合论"基础上来阐发"兼和"思想的理论价值。

第二,和合学。从目前掌握的历史文献来看,"和合"一词最早出现于《国语·郑语》:"商契能和合五教,以保于百姓者也。"① 韦昭注"五教"云:"父义,母慈,兄友,弟恭,子孝。"② 因此,这里的"和"指协调得当,"合"指综合利用,"和合"的基本意义是"协调配合"。③ 这就是说,当"和合"组合成词第一次使用,也并非是一个哲学或美学范畴。尽管"和合"从汉代起,就已成为常用语,广泛用于经、史、子、集及注疏中,尤其是用于天地阴阳,如《韩诗外传》"天施地化,阴阳和合"④,《淮南子·天文训》"阴阳合和而万物生",又《本经训》"天地之合和,阴阳之陶化万物"⑤,具有了范畴属性,但就其内涵指涉而言还不是一个严格的哲学或美学范畴。真正将和合作为一个哲学范畴和文化理论来阐发的是中国人民大学的张立文教授。张教授自述"和合学"开始构想于 1987 年。1989 年 6 月他在《新人学导论——中国传统人学的省察》中提出"和合型人格",这是"和合学"的种子或"胚胎"。1996 年《和合学概论——21 世纪文化战略的构想》一书出版标志着"和合学"体系的正式确立。张教授指出,当今世界人类面临很多冲突和危机,他概括为五大冲突和五大危机:人与自然的冲突带来生态危机、人与社会的冲突产生社会危机、人与人的冲突而有道德危机、人的心灵的冲突产生精神和信仰危机、文明冲突带来价值危机。化解这些冲突危机,可以以"和合"

---

① 徐元诰撰,王树民、沈长云点校:《国语集解》,中华书局 2002 年版,第 466 页。

② 同上。

③ 郭齐:《"和合"析论》,《四川大学学报》1999 年第 2 期,第 31 页。

④ (汉) 韩婴撰,许维遹校释:《韩诗外传集释》,中华书局 1980 年版,第 102 页。

⑤ 何宁:《淮南子集释》,中华书局 1998 年版,第 244、565 页。

的思想为指导。张先生说，"'和合'二字，是通过对中国传统哲学'天道'与'人道'近百个范畴的系统梳理，从中体贴出来的中国人文精神"①，"和合"是"中国文化的最高之道，是中国文化人文精神的精髓"②，"既是中华民族多元化文化所整合的人文精神的精髓，亦是世界各民族文化的基本精神"③。具体而言，"和合是指自然、社会、人际、心灵、文明中诸多形相、无形相相互冲突、融合，与在冲突、融合的动态变易过程中诸多形相、无形相和合为新事物、新结构、新生命的总和"④。在《和合学概论——21世纪文化战略的构想》一书中，张先生将和生、和处、和立、和达、和爱"五大原理"确定为"21世纪人类最大的原理和最高的价值"。"和合学"的逻辑架构包括时空两个方面，"和合空间结构"即"三界六层"：下层"地"——和合生存世界的"境"与"理"，中层"人"——和合意义世界的"性"与"命"，上层"天"——和合可能世界的"道"与"和"；"和合时间结构"即"八维四偶"：形上和合维与形下和合维、道德和合维与艺术和合维、人文和合维与社会和合维、工具和合维与目标和合维。"三界六层"整体贯通、"八维四偶"大化流行，构成了和合学的动态结构。继而，在《和合哲学论》中张先生又试图建立"和合历史哲学"、"和合语言哲学"、"和合价值哲学"和"和合艺术哲学"，使和合哲学体系呈现为一个"三界"、"四面"的超越而圆融的结构。总之，张教授认为，人类在21世纪的"最佳、最优化的文化选择，便是和合学"，"人类面临的五大冲突，只有和合学才能合理的、道德的、审美的解决；而且能创造性地解决中西文化的价值和合与传统文化的现代转换，使中国文化以其崭新面貌走向世界"⑤。张教授提出并

---

① 张立文：《和合哲学论》，人民出版社2004年版，第38页。

② 张立文：《和合人文精神与21世纪》，《科学·经济·社会》1998年第4期，第15页。

③ 张立文：《哲学创新论》，《现代哲学》2000年第1期，第37页。

④ 陈静：《张立文与他的"和合"世界》，《中国社会科学报》2009年12月17日第11版。

⑤ 张立文：《世纪之交的文化战略的构想——和合学概论自序》，《中华文化论坛》1995年第3期，第23页。

创立"和合学"以来，在学界产生了广泛影响。学者们先后从"和合"的内涵、源流、本体论、方法论、实践论以及价值论等方面深入历史，面向未来，就哲学、美学、历史、文学等领域展开了深入探讨，从而进一步丰富了和合文化。

第三，和谐文化论。和谐文化即和谐的文化，它是以和谐为思想核心、基本原则和价值取向的观念体系。和谐文化论是立足于当下时代需要而对中国传统"贵和"文化的一种继承和发扬。和谐是中国传统"贵和尚中"思想的价值目标和最高追求，经过历代思想家的不断补充和完善，它已经变成一个多面向的观念体系。是故，当下学者在回应现实需要而界定"和谐文化"的时候，就形成了一个多维度的局面。据韩东屏先生的观察，目前学术界的界定大致有以下五种：①

其一，反映论界定。和谐文化是和谐社会的反映和升华，是对和谐社会的总体认识和评价，体现了人们对和谐社会的认知、感受、追求，同时也是建设和谐社会的价值导向、智力支撑和精神武装。

其二，适应论界定。和谐文化是相对于和谐经济、政治而言的，是与和谐经济及和谐政治相适应的文化。它是和谐经济与和谐政治的文化建构和文化再造。具体地说，和谐文化就是指在和谐经济与和谐政治基础上形成的和谐氛围和观念形态，是人们对和谐经济与和谐政治的一种感受和认知。

其三，自身论界定。和谐文化是指文化体系自身的内容及各种形式、各个环节之间是统一和谐、积极互动的，而不是分裂、冲突、相互抵消的。和谐文化对不同文化采取多元统一、兼容共生、协调有序的态度，是一种充满活力并能为大众共享的文化形态。

其四，生态论界定。和谐文化指的是一种文化生态。和谐的文化生态主要体现在两方面：一是从文化的外部关系看，作为观念形态的文化必须与它的经济基础相适应，与社会的政治系统、自然生态和人的发展相协调；一是从文化的内部结构看，由不同形态、不同民族、

---

① 韩东屏：《和谐文化的内涵、功能与打造方法》，《淮海工学院学报》2007 年第 4 期，第 9 页。

不同层次的文化构成的文化系统本身相互协调。

其五，取向论界定。和谐文化，是指一种以和谐为思想内核和价值取向，以倡导、研究、阐释、传播、实施、奉行和谐理念为主要内容的文化形态、文化现象和文化性状。它包括思想观念、价值体系、行为规范、文化产品、社会风尚、制度体制等多种存在方式。

以上五种界定，哪一种更为恰当？如果从多维度视角来看待上述界定，笔者认为，每一界定都具有合理性依据。说每一界定都具有合理性，这并不是和稀泥，而是由"和"这一范畴所累积的题中之义所决定——多面向的变迁，多层面的存在，而又是多样性的统一。我们认为，以上五种界定都是针对当下某一问题、现象而做出的回应，就传统"和"范畴所蕴含的"一"与"多"的关系而言，每一界定都是一个"多"，而这些"多"都应该是"和"也就是"一"辩证的一部分。基于此，这些界定应该是相互补充、相互蕴含的。总之，当下的和谐文化研究，既是一个历史课题，又是一个时代课题；既是一个理论课题，又是一个实践课题。因为建设社会主义核心价值体系，推动和谐文化建设，是十六届六中全会提出的一项重大战略任务，所以，当下的和谐文化研究尽管也会探究和谐文化的时代基础、历史渊源、科学内涵、价值取向等，但落脚点却往往是和谐文化建设，而这也就决定了其研究方法往往是宣讲式的倡言。

总体而言，人类世界有追求和谐的趋向。人，以和谐为美。追求和谐是人的本性。无论是兼和论，和合学，还是和谐文化论，它们的落脚点均是"和"，这既是对中国传统哲学、美学当中"贵和尚中"思想的继承，也是对人文世界人类本性追求的一种呼应。就这一点而言，上述三种学说有共通之处，然而，由于生成语境的不同，它们也有着适用范围和方法论上的区别。"兼和"思想强调一元主导、兼容多端的动态平衡，它侧重指导人们求和之路的方法，刘鄂培认为，"'兼和'是外来的辩证唯物论与中国传统哲学和辩证思维的结合，亦即马克思主义哲学的中国化"，而"和合学"则是针对21世纪人类所共同面临的五大冲突和危机（人与自然的冲突及其生态危机、人与社会的冲突及其人文危机、人与人的冲突及其道德危机、人的心灵冲突及其信仰危机、文明之间的冲突及其价值危机）提出的化解之道。张立文认为，正如二程体贴出"天理"一样，"和合"二字是他"以董仲舒'三年不窥园'的精神"，潜心竭思"自家体贴出来"的。和合哲学"讲述自己"，直接面对"话题本身"，直接陈述"和合故事"。①他认为："和合学作为中国哲学的一种新的理论思维形态，是走出'中国有没有哲学'、'中国哲学是不是哲学'及超越中国哲学'合法性'危机的一种尝试。"②相比之下，"兼和"论者没有把自己上升到这种理论高度。尽管"兼和论"和"和合学"均回应了时代要求，但没有"和谐文化论"那样针对性强而目标明确。"和谐文化"是以中国传统的"贵和"思想为核心试图建构一个与传统美德相承接的，与市场经济相适应的，与法律规范相协调的世界观、人生观、价值观，来指导现实社会。它的研究方法往往是倡言式的宣讲，其实践要求是一项社会战略任务——和谐社会建设。

　　诗学是从文化中获得它的神韵和方式的，文化是诗学的血液，是诗学的肌理。诗好比一株花，文化好比土壤，正如花茂于土壤，诗学的特质亦为文化这片沃土所孕育。"和"是中国传统哲学、美学当中的一个重要范畴，姑不论它是否是中国传统文化的"精髓"，但从"兼和论"、"和合学"以及"和谐文化论"对传统"和"这一范畴的挖掘与整理可以看出，它确是中国历史上各个时期各个思想流派企慕追求的一种文化理想。寻绎历史，有关"和"的思想可以追溯到远古传说时期的"神人以和"，继而是礼乐之和以及演绎其间而传承其后的天人感应、天人合一，可以说，"和"一直就是我们民族审美风尚的一种目标和理想。如果跃入两汉这一历史情境，寻绎历史性与目的性相统一的诗学特质，显然也需以"和"为落脚点。前揭我们已经指出，从诗学理想与汉人文化理想的契合以及两汉学术思想的分合趋势来看，兼裁众美的"和合"更为适合把捉孕育于两汉文化土壤之中的诗性原质。而这，据我们的审美追求来看，是符合两汉的历史情境

---

①　张立文：《和合哲学论》，人民出版社 2004 年版，第 1 页。

②　张立文：《中国哲学的"自己讲"，"讲自己"——论走出中国哲学的危机和超越合法性问题》，《中国人民大学学报》2003 年第 2 期，第 9 页。

的。但是，根据前述我们对"和"这一传统范畴在现代转换中所形成的思想体系的寻绎来看，"和合学"已经成为了当下的一种文化理论，"和合"已经有了特定的"所指"，因此，当将"和合"视为展演于两汉的艺术特质来对待的时候，必须回到两汉的文化情境中去探讨、界定其"所指"。换句话说，由于艺术特质视域下的两汉"和合"诗学是我们对两汉诗学文化性生成特征的一种理解与把握，所以，它不同于张立文教授"在途中"的和合哲学，它属于美学史、诗学史范畴，而非既承继传统又体现现代精神的哲学范畴。是故，我们必须在艺术特质视域中，深入两汉文化生成情境，寻求文学史、美学史支撑的"和合"诗学意涵。此其一。再者，"和合"经过"和合学"的建构，已成为当下一哲学、美学范畴，在承继传统文化精神的同时又获得了多重"所指"，是故，当我们以"和合"这一艺术特质阐发两汉诗学的文化性生成时，一是难免，二是也要借鉴一些它在当代演进中所获得的一些语词甚或是范畴上的"所指"。

二　诗学特质境域中的"和合"

中国传统哲学、美学当中的"和"范畴经过历史的"层累"建构，围绕着中心或边缘，已经具有了宇宙论、本体论、价值论和审美论等多重图谱。为了与两汉诗学能够相互阐发，互为支撑，我们也将从多维度视域出发，分析与史证相结合，描绘诗学视域下的"和合"图谱"所指"。

下面，我们将先从"和"、"合"以及"和合"的语义演进轨迹说起。

《说文解字》："和，相应也。"① 语言学家以为"和"的本义是指声音的相应。声音彼此相应，互相配合产生和谐效果，于是，"和"引申为声音的和谐或使声音和谐。《国语·周语下》："声应相保曰和。"韦昭注："保，安也。"② 声音相应，彼此配合而相安，由此不

---

① （汉）许慎：《说文解字》，中华书局1963年版，第32页。

② 徐元诰撰，王树民、沈长云点校：《国语集解》，中华书局2002年版，第111页。

难看出"和"由声音的相应向声音和谐的引申。继而，"和"由特指声音的和谐引申为泛指一般事物的和谐而广泛用于各种领域，于是，"和谐"也成为"和"一词的中心义。除此之外，"和"还引申出"调和"这一方向语义。如《庄子·田子方》："宋元君将画图，众史皆至，受揖而立，舐笔和墨。"① 《公羊传·庄公三十二年》："季子和药而饮之。"② 是故，就词性而言，"和"作为形容词的基本义是"和谐"，作为动词的基本义是"调和"，将这两项基本义结合起来解释就是，调和事物相互对立、相互差异的诸因素，使之"相济""相成"达到和谐状态，形成一个和谐整体。调和的前提是承认事物多样性、差异性的存在。史伯说："和实生物，同则不继。"（《国语·郑语》）事物内部诸要素的对立统一推动着事物的发展，如果没有这种对立统一，那么就会"不继"。总之，"众异"兼赅，走向统一对于事物生长、发展至关重要。

《说文解字》："合，合口也。"③ 许慎认为，"合"的本义是上唇与下唇的合拢。但就甲骨文、金文的字形而言，"合"的本义却并非如此。就像瑞典学者高本汉所指出，"合"字"像一盖子盖在物体的开口处"④，"合"字本义应为"器盖相合"，"器物盖上盖子"。由"器盖相合"的本义引申为物之"闭"或"合拢"。如《庄子·秋水》："公孙龙口呿而不合"⑤ 之"合"，和《战国策·燕策二》："蚌合而拑其喙"⑥ 之"合"即是此义。大凡物之"闭"或"合拢"是指将原来分离的部分聚集在一起，由是，"合"由物之"闭"或"合拢"引申为"聚集"或"会和"。如《诗·民劳》："以为民逑。"《毛传》："逑，合也。"《郑笺》："合，聚也。"⑦ 段玉裁《说文解字

---

① （清）王先谦撰，沈啸寰点校：《庄子集解》，中华书局1987年版，第181页。

② （唐）徐彦：《春秋公羊传注疏》，北京大学出版社1999年版，第186页。

③ （汉）许慎：《说文解字》，中华书局1963年版，第108页。

④ ［瑞典］高本汉：《汉文典》（修订版），潘悟云等编译，上海辞书出版社1997年版，第294页。

⑤ （清）王先谦撰，沈啸寰点校：《庄子集解》，中华书局1987年版，第147页。

⑥ 何建章：《战国策注释》，中华书局1990年版，第1175页。

⑦ （唐）孔颖达：《毛诗正义》，北京大学出版社1999年版，第1140页。

注》释"合"："三口相同是为合，十口相传是为古，引申为凡会和之称。"① 当"聚集"或"会和"的意义产生后，它们成为"合"的中心义，许多场合的"合"字均围绕这一意义展开。物以类聚，大凡物之能聚集在一起必有所相同之处，因此，由"聚合"又引申出"同"的训解。如《广韵·合部》训"合"即为"同"，而在另一本字书《玉篇》中，也同样载有"合，同也"的训释。而在传世文献中我们也能找到这一释义的用法，如《周易·小畜·六四》象辞"上合志也"，孔疏云："己与上九同合其志，共恶于三也。"② 物之合必有所同，无所同则不能合，然而"会和"在一起的事物往往是有主次之分的，于是，这种情况下的"合"往往释义为"符合"、"适合"，如《孟子·梁惠王上》："此心之所以合于王者，何也？"③ 除上述含义之外，"合"还有一些其他释义，然而与本书关系不大，故不赘。

虽然"合"有"同"之释，但是，"合"与"和"近而与"同"远，是故，以"和"或"和谐"训"合"更常见于典籍而成为常例。如，《荀子·非十二子》"合群者也"，杨倞注："合，谓和合群众也"④；《吕氏春秋·古乐》"以比黄钟之宫适合"，高诱注："合，和谐"；《吕氏春秋·有始》"夫物合而成"注："合，和也"⑤；《尚书注疏》"协和万邦"句，孔安国注"协"为"合"，孔颖达对此的解释是"《释诂》以'协'为和，和、合义同，故训'协'为合也"⑥，由此可知，以"和"或"和谐"训"合"已经成为训释通例。

前揭已指出，在传世文献中，有关"和合"的最早记录出现在《国语·郑语》："商契能和合五教，以保于百姓者也。"意思是说，商契能够了解民情，因伦施教，使百姓和睦，皆得保养。此处的"和

---

① （汉）许慎撰，（清）段玉裁注：《说文解字注》，上海古籍出版社 1988 年版，第 222 页。

② （唐）孔颖达：《周易正义》，北京大学出版社 1999 年版，第 60 页。

③ 杨伯峻：《孟子译注》，中华书局 2005 年版，第 15 页。

④ （清）王先谦撰，沈啸寰、王星贤点校：《荀子集解》，中华书局 1988 年版，第 100 页。

⑤ 许维遹撰，梁运华整理：《吕氏春秋集释》，中华书局 2009 年版，第 122、276 页。

⑥ （唐）孔颖达：《尚书正义》，北京大学出版社 1999 年版，第 28 页。

合",即是"会和"父义、母慈、兄友、弟恭、子孝五种伦常道德,使得五常和谐,百姓睦而不争。继而,相似的用法也出现在《管子》中。《管子·幼官第八》:"畜之以道,养之以德。畜之以道则民和,养之以德则民合,故能习,习故能偕,偕习以悉,莫能伤也。"《管子·兵法第十七》:"畜之以道则民和,养之以德则民合。和合故能谐,谐故能辑,谐辑以悉,莫之能伤。"① 在此,不难发现"和"与"合"二字的相通性,"畜"、"养"同称,"道"、"德"并举,"和"、"合"相通,教民以道德则民众便会和合、和谐。然而,细加寻绎,还是能够发现"和"之调以及"合"之聚的二义并举。随着语言的发展,"和""合"二字逐渐成为密不可分的整体,"和合"一语也就产生了。从汉代起,"和合"成为常用语,广泛用于经、史、子、集及注疏中。从语法方面看,"和合"一语主要是动词性的,可以及物,也可以不及物。也有少数是名词性的或形容词性的。其构成方式为并列结构,尽管"和"与"合"可以互换位置而意义不变,但是常用组合为"和合"。当"和合"由松散组合演进为一个整体,以"和"训"合"成为通例,"合"成为"和"的题中应有之义,甚至引起部分学者认为"用两个字表示,称为'和合';用一个字表示,则称为'和'"的时候②,详加爬梳,"合"之义仍旧能够在其整体指涉中寻绎到。也就是说,这个时候的"和合"是"和""合"两个义的总和,"和"并没有遮蔽掉"合",而是"和"中有"合","合"中有"和"。此时,"和合"这个组合不再是原来的单一概念,而是两者之间互相补充,水乳交融,缺一不可。可以说,"和合"之所以能够发展成当下的"和合学"就是在此意义下架构的。

　　根据上述对"和"、"合"以及"和合"语义演进轨迹的寻绎,综合当下"和合"哲学、美学的架构,跃入两汉诗学的文化生成语境,"和合"的中轴结构在两汉呈现为以下四个方面:

----

① 黎翔凤撰,梁运华整理:《管子校注》,中华书局 2004 年版,第 176、323 页。

② 张岱年:《漫谈和合》,《社会科学研究》1997 年第 5 期,第 55 页。

（一）天人合和的文化理想

当商纣王狂妄地叫嚣着"我生不有命在天乎"① 的时候，殷周鼎革，历史以一悲一喜的形式既结束了这场先周时代的狂妄的天命神学，同时也开启了一场全新的天人之思考。以周公为代表的周人精英不敢斩断与天的联系，君权神授，这是他们统治合法的根据，所以周人继续以"天"作为自己"革命"合理性的根据。但是，他们又不得不解说何以"天"弃商而眷周，君权何以转移？也就是说，不仅要解释天命为何从殷转移到周，也必须能解释如何防止天命未来由周转移到他姓。于是，以周公为代表的周人精英提出了"皇天无亲，惟德是辅"② 这一具有泛神论结构，可谓是"民意论"的天命观。具体而言就是，"天命靡常"，它不会永远保护一家一姓，它只"惟德是辅"，而王之敬德与否体现于民情，进而，天以人民的意愿作为自己宰理人世的意志——"天视自我民视，天听自我民听"③。这样，由天人之辩所带来的天人关系的思考就发生了一个重大的变化，即神权向人间转移。于是，周王敬天命而重人事，"夫民，神之主也，是以圣王先成民而后致力于神"④。先人后神，敬天重民，以德为上，当时已成为统治阶级普遍的共识。

周公"制礼作乐"，把寻绎于历史变动的新的天人关系之思考摄入源来有自的传统礼乐，于是，商周以降，"事神致福"之礼逐渐向人际关系转移，"礼"中的人神关系也就转变为人的等级关系，而"神人以和"也就演变成了调节社会和人际关系的"礼乐之和"。于

---

① （唐）孔颖达：《尚书正义》，北京大学出版社1999年版，第260页。

② 同上书，第453页。蔡叔死后，其子蔡仲贤明敬德，成王封蔡仲为蔡国国君，《蔡仲之命》即成王册命蔡仲之文。陈来先生在《古代宗教与伦理——儒家思想的根源》（生活·读书·新知三联书店1996年版）一书中认为："此篇的'王若曰'虽然可能是成王，但也可能是周公以成王的名义发布的，事实上周公自己的命语之辞也往往用'王若曰'为开始。从这篇《蔡仲之命》成熟的思想和表述来看，应当不是初亲政的成王所能达到的思想，而应当反映了周公本人的思想。"在笔者看来，陈来先生所见为是，故文章即以"皇天无亲，惟德是辅"为周公之思想。

③ 同上书，第277页。

④ 杨伯峻：《春秋左传注》，中华书局1990年版，第111页。

是，周公便通过这一"礼乐之和"塑成了宗法政治的封建伦理社会。在这一宗法兼社会身份的社会结构中，由宗法关系决定个人角色以及社会地位。"封建"伊始，社会的每一个体都拥有其固定的社会身份与职事，他们也曾不无自豪而予以全身心投入："溥天之下，莫非王土。率土之滨，莫非王臣。"（《小雅·北山》）此时，个体沉浸而陶醉于"分封"的既得利益分享之中。当时，通过乐者敦和与礼者别异的相配合，曾几何时也达到过"四海之内，合敬同爱"①（《礼记·乐记》）的理想状态。但是，社会等级制度的和谐，就中国历史而言，从来就没有摆脱过分久必合，合久必分的历史悖论。于是，春秋战国，礼崩乐坏，"士"从封建的社会秩序中逸出，士人的个体意识觉醒，百家争鸣，各"志于道"。但是，他们并未因此即怀疑宇宙的整体和谐。"诸子纷纷则己言道……皆自以为至极，而思以其道易天下"②，但是，诸子百家，诡谲百态，似乎一直是各说各的，然而，它们却有一种共同的文化"潜质"，这便是"天人合一"。"天"与"人"，都是以"合一"的理想状态被思考着、追求着的。他们并不怀疑天人合一这一根本结构，只是怀疑宇宙和谐这一整体中的社会部分。这点可以道家为代表。他们怀疑天人合一要通过社会制度——礼——这一中介来追求。于是他们去国遁世，洁身自好，或心斋坐忘，或寄情山水田园，不与社会合一，而直接与自然合一。要之，"天"与"人"、客体与主体，这一本来对立的两极，正如周公以"天民合一"的和合思维加以思考一样，它们在百家争鸣的文化格局之中，都是以"合一"的理想状态被思考着、追求着，进而由这"天人合一"的思想生发出了先秦进而是两汉乃至是整个中国思想文化中的其他观念、形态。

　　当然，在中国思想文化里，天人合一思想也有具体发展的轨迹。自重黎绝地通后，并不是所有的哲人都力主这种和合的。例如荀子就是持"天人相分"之说的。但是，这种"天人相分"，在和合文化精

---

① （唐）孔颖达：《礼记正义》，北京大学出版社1999年版，第1087页。

② （清）章学诚著，叶瑛校注：《文史通义校注》，中华书局1985年版，第133页。

神的作用下，其所表现的并不是一种决绝的对立，而是从天人相分中把握自然、顺应自然。因此，它与"天人合一"的思想是互为补充的。

虽然说诸子乃至前此均以"天人合一"的观念为其思想的中轴结构来构建其理论形态，但是他们并未明确提出"天人合一"的说法。正如张岱年先生所指出，明确提出"天人之间合而为一"的是董仲舒。① 他说："事各顺于名，名各顺应天。天人之际，合而为一。"② 董仲舒吸取先秦诸子天人合一思想，把自然规律与伦理法则和合起来，把政治设施和自然规律有类别的序列同构，从而将天道与政治和社会秩序结合在一起，建构了一套包罗万象的天人合一的庞大哲学体系，为汉家意识形态的塑成奠定了理论基础。要之，经过董仲舒等人的努力，两汉时期混合先秦诸说，完成了天人合一这一思想模式，从此，天人合一也就成了中国人生共相之最高理想所在。

溯之以神人以和、礼乐之和以及演绎其间而传承其后的天人合一，我们发现，"和合"一直就是我们民族文化的一种目标和理想。因为中国文化精神重此天人合一的人生共相，故诗学诸艺亦同归于此一共相而莫能自外。基于此，两汉诗学的审美风尚探求，我们将跃入到"天人合和"的文化理想之中去寻求支撑。

（二）"天人之际"的群己之辩

董仲舒在对汉武帝策问的第三篇中说道："天者群物之祖也，故遍覆包函而无所殊，建日月风雨以和之，经阴阳寒暑以成之。故圣人法天而立道。"③ 这里，董仲舒树立了一个"天"作为宇宙间所有秩序和价值的本原与依据。继而，《白虎通》接续董仲舒天人关系的思路，继续构建人与天地、日月、四时、五行等这一人间秩序与宇宙法则"相参"的合理性依据。与之相对应，史学界也在天人的架构下寻求历史知识向历史哲学的转化，司马迁要通过黄帝以来的历史"通古

---

① 蒙培元：《张岱年的中西哲学观及其"综合创新论"》，《北京大学学报》2004 年第 5 期，第 31 页。

② （清）苏舆撰，钟哲点校：《春秋繁露义证》，中华书局 1992 年版，第 288 页。

③ （汉）班固：《汉书》，中华书局 1962 年版，第 2515 页。

今之变","究天人之际",班固也想"准天地,统阴阳,阐元极,步三光。分州域,物土壃,穷人理,该万方"①。可见,汉代知识界普遍地想从天人之际出发来建构他们的价值体系。那么,"天人之际"的追求,他们的理想境界是什么?上述所引董仲舒的一段话其实已经做了回答:"事各顺于名,名各顺应天。天人之际,合而为一。"与天相对应的人,既以群体的方式出现,又表现为个体存在,那么,两汉时期天人架构下的人是如何来确认个体价值的?换句话说,两汉的价值体系是建构在怎样的"群己之辩"基础上?

所谓"群"是由众多个体构成的社会群体(类),"己"则是指一个个具体的个人(个体)。"鸟兽不可与同群,吾非斯人之徒与而谁与?"②人作为一种文明化的存在,总要归属于特定的社会群体。因此,群己关系是诸多社会关系当中居于统摄与支配地位的核心关系,也是贯穿于一种文化价值体系的中心问题。春秋战国,礼崩乐坏,"士"从封建的社会秩序中逸出,士人的个体意识觉醒,于是,群己关系便成为当时思想界不能不正视的一个问题。

在中国文化这一百家争鸣的"轴心时代",儒家是最早对群己关系做自觉思考的学派之一。儒家"群己之辩"的讨论发端于孔子。孔子首先将个体价值提到了相当重要的地位,并提出了"为己"说:"古之学者为己,今之学者为人。"③这里的"为己"即以个体价值为出发点的自我实现,而"为人"则把主体依附于他人。在此,孔子以托古的形式,提出了自我实现的问题。然而,当孔子为了实现社会秩序的和合而将"仁"及其外在体现的"礼"视为人之为人的根本时,他又将自我价值的实现融入到了群体的认同当中。《论语·颜渊》:"颜渊问仁。子曰:'克己复礼为仁。一日克己复礼,天下归仁焉。为仁由己,而由乎人哉?'颜渊曰:'请问其目。'子曰:'非礼勿视,非礼勿听,非礼勿言,非礼勿动。'"④"为仁由己",个人对仁的领会

---

① (汉)班固:《汉书》,中华书局1962年版,第4271页。

② 杨伯峻:《论语译注》,中华书局1980年版,第194页。

③ 同上书,第154页。

④ 同上书,第123页。

是自主的，然而它的落脚点却是"复礼"这样一种自我归并于群体的制度规范。与孔子一样，孟子对主体之"贵"并不表示怀疑："人人有贵于己者，弗思耳。"① 然而，从人性善的基点出发，孟子通过对德治或"仁政"的广泛论证，他的理想建构依然是合理的群体秩序。《孟子·尽心上》："古之人，得志，泽加于民；不得志，修身见于世。穷则独善其身，达者兼善天下。" "穷则独善其身"文中又称"穷不失义"。② 元揭傒斯《与萧维斗书》："道行于天下谓之达；道不行于天下谓之穷。"③ 这就是说，"穷"是困厄，不得志的意思。《释名·释言语》："义，宜也。裁制事物，使合宜也。"④ 也就是说，合于某种道和理的叫"义"，"义"所体现的依然是一种普遍的社会责任。这就告诉我们，孟子心中的自我实现，无论是"穷"时，还是"达"时，都是群体认同当中的一种普遍社会责任。从孟子到荀子，群己之辩又经历了一个演进历程。在荀子看来，人与动物的区别在于人能"群"。《荀子·王制篇》："力不若牛，走不若马，而牛马为用，何也？曰：人能群，彼不能群也。人何以能群？曰：分。分何以能行？曰：义。故义以分则和，和则一，一则多力，多力则强，强则胜物。"⑤ 荀子认为人所以能群，就外在方面来说，在于"分"，也就是上下尊卑各安其分，而想要达成分，内在的关键则在于义，"义以分"则能和，能和则能强，能强则胜物。进而，由于人能"群"，故能"制天命而用之"⑥，即人定胜天。荀子的观点，达到了新的理论高度。"孔孟所理解的群体，更多地带有人伦的色彩，而在荀子那里，

---

① 杨伯峻：《孟子译注》，中华书局 2005 年版，第 271 页。

② 同上书，第 304 页。

③ （元）揭傒斯著，李梦生标校：《揭傒斯全集》，上海古籍出版社 1985 年版，第 278 页。

④ （汉）刘熙撰，（清）毕沅疏证，（清）王先谦补：《释名疏证补》，中华书局 2008 年版，第 110 页。

⑤ （清）王先谦撰，沈啸寰、王星贤点校：《荀子集解》，中华书局 1988 年版，第 164 页。

⑥ 同上书，第 317 页。

群体首先表现为一种征服自然并使人得以生存的社会组织形式"①，这对孔孟"敬天""畏天"的思想有所超越。然而，另一方面，荀子又把群体理解为一种等级结构——"故先王案为之制礼义以分之，使有贵贱之等，长幼之差，知愚、能不能之分，皆使人载其事而各得其宜，然后使愨禄多少厚薄之称，是夫群居和一之道也"② ——个体均从属于一定的等级系列，个体的价值亦由此而规定，显然这又回到了孔孟自我归并于群体价值取向。综上所述，作为原始儒学的主要代表，孔孟荀在群己之辩上既体现出了自我归并于群体这一相近的价值取向，又彼此区别，呈现出各自的特点。

　　与儒家相比，墨家则更倾向于群己一体，群体原则的价值取向。"兼爱"不仅要兼顾每一社会成员的利益，而且应当为了群体利益牺牲自我。墨子的"尚同"，质言之，就是：立政长以"一同天下之义"③。具体做法就是"上之所是必亦是之，上之所非必亦非之"④。儒家还有一个群体当中的自我实现问题，而墨家则彻底放弃了个体意志。与儒墨以群体为本位不同，道家则恰恰相反，他们都是批判社会现实和文化自觉的隐士，主张以个体为本位，关注个体生命，维护个体尊严、自由和权利。群己之辩，质言之，就是社会实践主体就处理自我与他人、个人与社会之间的关系所展开的思考。因此，儒墨与道家的辨正就基本上代表了群己之辩的展开路径及其价值取向。

　　进入汉代，当董仲舒把"天"作为宇宙间所有秩序和价值的本原与依据时，人的本原与依据也依之而设："人之形体，化天数而成；人之血气，化天志而仁；人之德行，化天理而义；人之好恶，化天之暖清；人之喜怒，化天之寒暑；人之受命，化天之四时。人生有喜怒哀乐之答，春秋冬夏之类也。喜，春之答也；怒，秋之答也；乐，夏之答也；哀，冬之答也。天之副在乎人。人之情性有由天者矣。故曰

---

　　① 杨国荣：《存在的澄明》，辽宁人民出版社1998年版，第129页。

　　② （清）王先谦撰，沈啸寰、王星贤点校：《荀子集解》，中华书局1988年版，第70—71页。

　　③ （清）孙诒让撰，孙启治点校：《墨子间诂》，中华书局2001年版，第75页。

　　④ 同上书，第79页。

受，由天之号也。"① 进而，人的身体也是仿效天的产物："人之身，首妥而员，象天容也；发，象星辰也；耳目戾戾，象日月也；鼻口呼吸，象风气也；胸中达知，象神明也；腹胞实虚，象百物也。……身犹天也，数与之相参。……故小节三百六十六，副日数也；大节十二分，副月数也；内有五脏，副五行数也；外有四肢，副四时数也。"② 正如葛兆光先生所论，依照这一思路推论下去，如果人是秉承天之合理性而生，人的身体是仿效天的结构而来，那么，人的生命就意味着具有天然的合理性与价值优先权。③ 就群己之辩而言，就要走向道家以个体为本位的道路。然而，董仲舒对人禀天而生的观念作了一个至关重要的修改："天令之谓命，命非圣人不行；质朴之谓性，性非教化不成；人欲之谓情，情非度制不节。是故王者上谨于承天意，以顺命也；下务明教化民，以成性也；正法度之宜，别上下之序，以防欲也：修此三者，而大本举矣。"④ 作为确立人之为人的"性"，不仅有先天的本性，还需要后天的"教化"，否则便不能"成性"。于是，董仲舒又回归到儒家立场，并设计了"三纲"、"五常"来调适人伦的和谐。与之相辅而成的是《白虎通》当中的"三纲六纪"。"六纪"谈到的"敬诸父兄，六纪道行，诸舅有义，族人有序，昆弟有亲，师长有尊，朋友有旧"⑤ 是在与个人在家族这一群体关系当中的远近亲疏来设计的相应规范，"纪"即是对这种远近亲疏关系的秩序和人伦要求的具体安排。职是之故，纲常伦序在强化了家、国等群体以及制度重要性的同时，弱化了个人的独立性。

　　基于此，在儒家化为经学，进而演进为国家意识形态的时候，两汉"天人之际"之下的群己之辩，原始儒家自我归并于群体的取向进一步滑向群体意志，个人更多地被要求应该具备"三纲六纪"、"五

---

① （清）苏舆撰，钟哲点校：《春秋繁露义证》，中华书局 1992 年版，第 318—319 页。

② 同上书，第 355—357 页。

③ 葛兆光：《中国思想史》第 1 卷，复旦大学出版社 2007 年版，第 261 页。

④ （汉）班固：《汉书》，中华书局 1962 年版，第 2515—2516 页。

⑤ （清）陈立撰，吴则虞点校：《白虎通疏证》，中华书局 1994 年版，第 374 页。

常"等伦理规范以适应群体的要求，个人的独立性相对萎缩。

蔡英俊等抒情论者认为，《诗经》和《楚辞》的传统在汉代基本中断，其根本原因在于本于政治教化的社会群体的共同情志的强化遮蔽了《诗经》中原有的个体情感特质。就两汉"天人之际"之下的群己之辩来看，蔡氏等人所言，大体不差，然而，意识形态下的群体本位完全遮蔽了道家的个体本位了吗？再者，诗学的演进，除了个体情志外，群体情志难道不是抒情园地的一部分吗？基于上述疑问，两汉的和合诗学需要跃入到群己之辩这一中轴结构中去辨正。

（三）允执厥中的心理机制

某种意义上，我们对世界的认识其实是一种心理机制下的文化认知，因此，当我们感知世界时，我们感知的只是民族心理机制强加给我们认识世界的思想形式而已。发生认识论创始人皮亚杰认为，心理同生理一样，也有吸收外界刺激并使之成为自身的一部分的过程，所不同的只是涉及的变化不是生理性的，而是机能性的。对此，皮亚杰将其称为"同化"。具体而言，"同化"是指"把给定的东西整合到一个早先就存在的结构之中，或者甚至是按照基本格局形成一个新结构"[①]。跃入到和合文化在民族心理机制上所形成的基本格局则是：尚中。如果用历史上所形成的哲学范畴来说，那就是"允执厥中"。"允执厥中"最早出现于《尚书·大禹谟》："人心惟危，道心惟微，惟精惟一，允执厥中。"[②] 这是舜帝告诫大禹的话，意思是说，人心是危险难测的，道心是幽微难明的，只有自己一心一意，精诚恳切地秉行中正之道，才能治理好国家。《论语·尧曰》也记载说："尔舜！天之历数在尔躬，允执其中。"[③] 尽管"允执厥中"记载于儒家典籍，并被古代儒家视为"十六字心传"用于个人修养和治理国家，但是，这并不意味着"允执厥中"仅是儒家所倡导。

不偏不倚，取"中"而识，取"中"而行，"尚中"作为一种共

---

① ［瑞士］皮亚杰：《发生认识论原理》，王宪钿等译，商务印书馆1985年版，第25页。

② （唐）孔颖达：《尚书正义》，北京大学出版社1999年版，第93页。

③ 杨伯峻：《论语译注》，中华书局1980年版，第207页。

同的民族心理机制，其由来久矣。《尚书·盘庚》篇说：

> 汝分猷念以相从，各设中于乃心。乃有不吉不迪，颠越不恭，暂遇奸宄，我乃劓殄灭之，无遗育，无俾易种于兹新邑。①

这段话，顾颉刚先生将它今译为：

> 你们应当各各把自己的心放得中正，跟了我一同打算！倘有不道德的人乱作胡为，不肯恭奉上命，以及作歹为非，劫夺行路的，我就要把他们杀戮了，绝灭了，不使得他们恶劣的种子遗留一个在这个新邑之内！②

这是盘庚决定迁都时的一段训词。在这里，"中"被当作一种美德来对待、来要求。《洪范》中有一段被称为"皇极经"的话，更是为众多"用中"研究者所引用：

> 无偏无陂，遵王之义；无有作好，遵王之道；无有作恶，遵王之路。无偏无党，王道荡荡。无党无偏，王道平平。无反无侧，王道正直。会其有极，归其有极。③

这段话告诉人们，左右偏向都不好，国家管理要善于"用中"。这段话在先秦儒、墨、法、杂四家思想流派五种文献中被多少不等地引征过六次（《左传·襄公三年》、《墨子·兼爱下》、《荀子·修身》、《荀子·天论》、《韩非子·有度》、《吕氏春秋·贵公》），仿佛已经成了绝对真理，可见它在古人心目中所占的分量。

尚中观念作为一种哲学思想，在《易经》里表现得更为明晰。近人苏渊雷先生指出："易道尚中，与时偕行。故惠定宇曰：'易道深

---

① （唐）孔颖达：《尚书正义》，北京大学出版社 1999 年版，第 241 页。
② 顾颉刚编著：《古史辨》第 2 册，上海古籍出版社 1982 年版，第 48—49 页。
③ （唐）孔颖达：《尚书正义》，北京大学出版社 1999 年版，第 311 页。

矣！一言以蔽之，曰，时中。'凡过乎中者，阳过于阴曰大过，阴过于阳曰小过，皆变化之，进退之，以求合乎中；而后阴阳刚柔，始各得其正。"①

继而，"尚中"这一结构观念将先秦诸子对社会实践的主体认知"同化"为"抱一"（老子）、"操两可"（邓析）、"叩两端"（孔子）、"中庸"（孔子）、"合同异"（惠施）、"中县（悬）衡"（荀子）等不同表现形式的"新结构"来继续形塑、渗透、制约着中国人的民族心理结构。在这当中，载于《论语》，由孔子所提出的"中庸"后来随着儒家成为国家的意识形态而得到了突出。总体而论，儒家赋予"中庸"为三层互相关联的意涵："执两用中，用中为常道，中和可常行。"② 至于"中庸"这些含义的思维表现形式，庞朴先生在《"中庸"平议》一文中将它概括为四种形式，即 A 而 B 式（如直而温、宽而栗）、A 而不 A′式（如直而不倨、曲而不屈）、不 A 不 B 式（如无偏无陂、无反无侧）和亦 A 亦 B 式（如《荀子·不苟》：与时屈伸，柔从若蒲苇，非慑怯也；刚强猛毅，靡所不信，非骄暴也；以义变应，知当曲直故也）。这种"持中"的心理结构既然是符合人性的一种心性要求，那么，将之用来要求文学艺术表现自然也就是在情理之中了。而这，在吴公子季札评论周乐中的表现无疑最为典型。

孔子说，"《诗》三百，一言以蔽之，曰'思无邪'"（《论语·为政》），"《关雎》，乐而不淫，哀而不伤"（《论语·八佾》），不难发现，这里既有"用中"的情感要求，又有 A 而不 A′的思想形式表现。而"《关雎》乐而不淫，哀而不伤"这一"持中"要求自孔子提出后，在汉代成为《诗》学话语当中的一个重要命题："《周南》、《召南》，正始之道，王化之基，是以《关雎》乐得淑女以配君子，忧在进贤，不淫其色。哀窈窕，思贤才，而无伤善之心焉，是《关雎》之义也。"③ 不仅如此，董仲舒在建构汉家意识形态的时候，更是将源自《诗》义的总结放置到他天人一体的神学框架中，将之扩大为天地之

---

① 苏渊雷：《易学会通》，世界书局 1935 年版，第 85 页。

② 《庞朴文集》第 4 卷，山东大学出版社 2005 年版，第 13 页。

③ （唐）孔颖达：《毛诗正义》，北京大学出版社 1999 年版，第 21 页。

大美：

> 中者，天下之所终始也，而和者，天地之所生成也。夫德莫大于和，而道莫正于中。中者，天地之美达理也，圣人之所保守也。《诗》云："不刚不柔，布政优优。"此非中和之谓与？是故能以中和理天下者，其德大盛；能以中和养其身者，其寿极命。……和者，天之正也，阴阳之平也。其气最良，物之所生也。①

这里，董仲舒以"中"为天下能终能始之由，以"和"为天地生成之由。阴阳调和，不刚不柔，创生万物，又长成万物，从而使天地呈现出生生之大美。这里以《诗》为证，既是儒家诗教"致中和"思想的自然延伸，同时也是在彰显着汉人天地大美之下的一种诗性栖居。尽管这可能真的是一种诗性诉求，而非是汉人对当下的真切感受，但由此显然更能证实思维形式在主体实践认知中的"同化"力量。

（四）趋中调和的学派思想

两汉诗学的"文化性"生成还必须考虑先秦诸子思想在两汉的综合接受与影响。

自春秋以降，礼崩乐坏，"道术将为天下裂"②，士人群体从"封建"的社会结构中游离而出，个体意识走向觉醒，开始思考己身以及天下的何去何从。彼时，百家争鸣，各家各派各以其所好提出自己的主张。然而，"诸子纷纷则己言道……皆自以为至极，而思以其道易天下"③，"士志于道"却成为这一醒觉群体的集体价值固持。不过，各家在"道"这一共名之下所言己道却是不同的，也就是说，各家所见，仅是"道"的某一方面，此正如庄子在《天下》篇所批评：

---

① （清）苏舆撰，钟哲点校：《春秋繁露义证》，中华书局1992年版，第444—446页。

② （清）王先谦撰，沈啸寰点校：《庄子集解》，中华书局1987年版，第288页。

③ （清）章学诚著，叶瑛校注：《文史通义校注》，中华书局1985年版，第133页。

　　天下大乱，贤圣不明，道德不一，天下多得一察焉以自好。譬如耳目鼻口，皆有所明，不能相通。犹百家众技也，皆有所长，时有所用。虽然，不该不偏，一曲之士也。判天地之美，析万物之理，察古人之全，寡能备于天地之美，称神明之容。是故内圣外王之道，闇而不明，郁而不发，天下之人各为其所欲焉以自为方。悲夫！百家往而不反，必不合矣。①

　　庄子认为，天下大乱，圣贤隐晦，价值的判断标准失据，天下的人多各执一端自我炫耀，并认为自己所学的是无以复加，再全面、深刻不过。这就比如耳目口鼻，都有它的功能，却不能互相通用。又如百家众技，都有所长，都掌握了道术的某一方面，但却不兼备、不完全。因此，庄子呼吁"天人"、"神人"、"至人"以及"圣人"的出现来进行"内圣外王之道"的研究，使"道术"具备"天地之美"的全部真理。

　　继而，荀子从儒家立场出发，对各家学说也做了批评，认为各家都蔽于"道"之一隅。《荀子·天论》说：

　　万物为道一偏，一物为万物一偏，愚者为一物一偏，而自以为知道，无知也。慎子有见于后，无见于先；老子有见于诎，无见于信；墨子有见于齐，无见于畸；宋子有见于少，无见于多。②

　　在荀子看来，慎子、老子、墨子、宋子看到的只是一方之术，片面之真，因为有所蔽，所以只是一管之见。同样的看法也见于《荀子·解蔽》：

　　墨子蔽于用而不知文，宋子蔽于欲而不知得，慎子蔽于法而不知贤，申子蔽于埶而不知知，惠子蔽于辞而不知实，庄子蔽于

---

①　（清）王先谦撰，沈啸寰点校：《庄子集解》，中华书局1987年版，第288页。
②　（清）王先谦撰，沈啸寰、王星贤点校：《荀子集解》，中华书局1988年版，第319页。

天而不知人。故由用谓之道，尽利矣；由欲谓之道，尽嗛矣；由
法谓之道，尽数矣；由埶谓之道，尽便矣；由辞谓之道，尽论
矣；由天谓之道，尽因矣：此数具者，皆道之一隅也。夫道者，
体常而尽变，一隅不足以举之。曲知之人，观于道之一隅而未之
能识也。①

可见，庄子和荀子都看到了各家学说的局限之处，因此，立足于
自家学说在批判的基础上来中和、统一各持一端的诸子学说。然而，
因为是从自家思想出发来批判其他学派的"所蔽"之处，所以，庄、
荀本身也为之所"蔽"而偏曲。诸子思想真正走向和合，还得从吕不
韦的《吕氏春秋》算起。

入汉以后，诸子思想由于自身的时代适用性限制，有的得以延
续，有的显得身影模糊，陷入沉寂，而传衍于汉代的思想流派则在演
进过程中形成了这样的一种共识："统天下，理万物，应变化，通殊
类，非循一迹之路，守一隅之指，拘系牵连于物，而不与世推移。"②
正因此，我们看到，从《淮南子》、《史记》到《春秋繁露》、《白虎
通》，当儒学与君权共谋塑成汉家意识形态的时候，传衍于汉代的思
想流派也在吸收其他学派思想中的"合理"因素，完善自身以适应时
代的发展。《淮南鸿烈》集汉初新道家之大成，"讲论道德，总统仁
义"③，以道家为主，兼综儒法阴阳等家思想；司马迁的《史记》"论
大道则先黄老而后六经"④，融合儒道而"究天人之际，通古今之变，
成一家之言"⑤；确立汉家意识形态的《春秋繁露》综合黄老刑名及
阴阳家，而以儒学为缘饰；《白虎通》上承董仲舒时代关于天人关系
的思路，下采当时颇为流行的纬书中的天文地理阴阳五行数术方技知

---

① （清）王先谦撰，沈啸寰、王星贤点校：《荀子集解》，中华书局 1988 年版，第
392—393 页。

② 何宁：《淮南子集释》，中华书局 1998 年版，第 1463 页。

③ 同上书，第 5 页。

④ （汉）班固：《汉书》，中华书局 1962 年版，第 2738 页。

⑤ 同上书，第 2735 页。

识，又仿效《淮南鸿烈》的总体布局，和合成一个整齐和谐的构架。至此，"天下多得一察焉以自好"① 的学术格局发生改变，形成了兼采百家，推陈出新的趋中和合局面。随之，汉代的文学、美学思想局面也发生改变，进而，两汉的诗学也为之所塑。

综上所述，中国传统哲学、美学当中的"和"范畴是一多重图谱"所指"，因而，"和"与"合"合生成"和合"的时候，"和合"范畴便具有了多面向的变迁。跃入诗学，"和合"化成一艺术原质与诗学形成意义支援系统的时候，"和合"也便具有了多维度的中轴结构。而且，两汉"和合"诗学的展演也需要这一多维度视域下的"和合"图谱"所指"予以阐释与支撑。

第二节　文本与文化共谋作用下的
"和合"诗学展演

没有文学，文化可能永远缺乏一份心灵的悸动，有了文学，文化则可以深入人心，停驻在心灵深处，与情感共鸣互塑。然而，文学是多样的，文化也不是单一而是多元的，那么，它们的契合点在哪里？就我们对两汉诗学文化性生成特征的理解而言，是"和合"。但用托多洛夫的话来说，这只是一个"理论样式"，是抽象的，它需要来自"文本的验证"。因此，下面我们深入两汉抒情文本以及理论批评文本，在文本阐释中支持我们的文化阐释，希望以此达成对两汉诗学本身的深度与广度的认识。

一　"和合美学"的文本开展

中国当代哲学家金岳霖先生在《论道》一书中曾经指出，中国文化有一种共同的文化"潜质"，这便是"天人合一"。要用金岳霖先生自己的话来讲，就叫作最基本的"原动力"、一种中华文化"元学的题材"。这种"元学的题材"之根本的文化精神，是始终执着于

① （清）王先谦撰，沈啸寰点校：《庄子集解》，中华书局 1987 年版，第 288 页。

"天人合一"即人与自然相亲和。① 就中国抒情文学而言，从天人合和的文化理想出发，所塑成的第一个诗学维度，即是人与自然的亲和、统一、感应和交融。

当然，人与自然的处于和谐，是有一个过程的。

远古时期，人类与自然的关系是一种奴隶式的主仆统一。在自然面前，人的力量总显得渺小、微弱。彼时，人类有如仆人一般匍匐在大自然的脚下。我们的祖先也曾在自然的威力面前诚惶诚恐，并将之神化："山林、川谷、丘陵能出云，为风雨，见怪物，皆曰神。"② 显然，这个时候，对于这批筚路蓝缕者而言，大自然不但没有美，而且还是灾难性的。作为人类文明初期的一种文化现象，跃入诗学，在《诗经》的祭祀诗当中我们也能够发现：

> 《时迈》：巡守告祭柴望之乐歌也……柴祭昊天，望祭山川。③（《诗序》）
>
> 《天作》：明清以后各家多主祀岐山之诗。④
>
> 《般》：巡守而祀四岳河海也。⑤（《诗序》）

祭祀山川，是希望"怀柔百神"（《周颂·时迈》），给自身带来福祉。因此，《诗经》祭祀诗当中的自然是一种超自然的力量，带有宗教色彩的自然崇拜观念。在自然力面前，周人顶礼膜拜，诚惶诚恐，因此，这里没有对山水等的自然描绘，更没有审美的身心愉悦。人渺小而微弱，而自然却神秘而伟大，这是人与自然的第一次对话。

但是，这只是问题的一个方面。源于巫术的自然崇拜"不必只是

---

① 朱立元主编：《天人合一——中华审美文化之魂》，上海文艺出版社 1998 年版，第 3 页。

② （唐）孔颖达：《礼记正义》，北京大学出版社 1999 年版，第 1296 页。

③ （唐）孔颖达：《毛诗正义》，北京大学出版社 1999 年版，第 1302 页。

④ 参见陈子展《诗经直解》卷 26《周颂·天作》，复旦大学出版社 1983 年版。

⑤ 孔颖达：《毛诗正义》，北京大学出版社 1999 年版，第 1375 页。

服从于自然的力量，而是能够凭着精神的能力去调节和控制自然力"①。不过，与西方相异，在应对不利地理因素的严峻挑战的过程中，我们却逐渐形成了"谋事在人，成事在天"的思想，讲究不以成败论英雄，人格（"立德"）重于事功（"立功"）。《诗·大雅·公刘》中，面对豳地平原的陌生环境，抒情主人公"笃公刘"那诚实笃敬、"匪居匪康"的人生态度便直接引发出周族民众"既顺乃宣，而无咏叹"的衷心爱戴和快乐诗情。再如，大禹是治理洪水的英雄，他治水成功的经验据说是"疏导"而非"堵"，这就具有了"天人合一"的哲学意味。

"洪水芒芒，禹敷下土方"（《商颂·长发》），"奕奕梁山，维禹甸之"（《大雅·韩奕》），大禹的治水甸山显示了人所具有的扭转乾坤的神力。但是，神土没有堵住洪水，而疏浚却治好了山河。农业立国，使我们在生产实践中发现，神在人间，"神人以和"，人只有向自己的能力挑战才能挽救自己。于是，周人"事鬼敬神而远之"，把自己从自然界提升出来，"皇天无亲，惟德是辅"，人与自然有了对抗，人成了自己的主人，但周公"制礼作乐"，把这一寻绎于历史变动的新的天人关系之思考摄入源来有自的传统礼乐，所走的路，却是"大乐与天地同和，大礼与天地同节"②，人与外部现实，所生发的认识是和合。"中国人由农业进于文明，对于大自然是'不隔'的，是父子亲和的关系，没有奴役自然的态度。"③农耕的文化范型促成了和合思想的生成，而这一文明原点所形成的基本宇宙观也就塑成了"中国型"的思维方式，更重要的是由此而塑成了"中国型"的审美情态。

"桃之夭夭，灼灼其华"（《周南·桃夭》），美丽的鲜花使人想到容貌姣好的姑娘；"习习谷风，以阴以雨"（《邶风·谷风》），风雨交加的景象总是使人产生凄凉之意；而"雍雍鸣雁，旭日始旦"（《邶风·匏有苦叶》）这生机勃勃的景象则唤起人们心中的美好希望……凭直觉把握的抒情跨越，不论是"由物及心"的兴的手法，还是"由

---

① ［德］恩斯特·卡西尔：《人论》，甘阳译，上海译文出版社2004年版，第129页。
② （唐）孔颖达：《礼记正义》，北京大学出版社1999年版，第1087页。
③ 宗白华：《艺术与中国社会》，安徽教育出版社1995年版，第415页。

心及物”的比的手法，抑或是“亦物亦心”的比、兴合用的方式，都展示着一种心与物、人与自然的关系。“悲落叶于劲秋”，“喜柔条于芳春”，体现的都是诗人与自然万物、心灵与生命的共感。正如徐复观先生在《中国艺术精神》一书中所指出的：“在世界古代各文化系统中，没有任何系统的文化，人与自然，曾发生过像中国古代样地亲和关系。”① 当西方古代由于痛感天（自然、宇宙）的压迫，导致对于天的敬畏而衍生出后世发达的宗教文化之时，古代中国人却一般地认为天人为和合关系。

在《诗经》的时代，由于社会生产力状况的限制，尤其是北方艰苦的生存环境，致使人与自然的关系只是呈现出一种单纯而质朴的亲和，无论是比，还是兴，自然景物多作为一种情绪烘托而出现，“渐渐之石，维其高矣。山川悠远，维其劳矣。武人东征，不皇朝矣”（《小雅·渐渐之石》）。由于被劳役和饥寒所驱赶，人们还无法全身心地投入大自然中，而到了《楚辞》的时代，由于楚地得天独厚的自然环境，楚地人民不忧冻馁，致使在楚人的世界中，更多地感受着大自然仁慈的爱抚，心中滋长的便是对大自然的亲切。于是，香花香草，在楚人的笔下自然是美的，最重要的是，扎根于这一自然背景下的楚地巫觋由此而“民神杂糅”、“民神同位”②。人可以与“神”“杂糅”、“同位”——楚人与自然之“神”结成了一种超现实的亲和的关系。

当屈原“洞鉴风骚”，“得江山之助”③，演绎着这一浪漫而亲切的美学追求之时，儒道两家亦基于天人合一的文化“潜质”，开拓着人与自然之间的“合一”家园。孔子说“知者乐水，仁者乐山”④，“岁寒，然后知松柏之后凋也”⑤，在河川上观水时又说，“逝者如斯

---

① 徐复观：《中国艺术精神》，春风文艺出版社 1987 年版，第 193 页。

② 徐元诰撰，王树民、沈长云点校：《国语集解》，中华书局 2002 年版，第 515 页。

③ （南朝·梁）刘勰著，范文澜注：《文心雕龙注》，人民文学出版社 1958 年版，第 695 页。

④ 杨伯峻：《论语译注》，中华书局 1980 年版，第 62 页。

⑤ 同上书，第 95 页。

夫！不舍昼夜"①。尽管孔子这些表述还是"比德"思维，寄意托情，山水、松柏之所以美，是因为与人的某些品格、情操相似相通，但是，人与自然互释，两者皆美才能相提并论，流露出的自然审美意识显然不难发现。与孔子相比，庄子在对自然美的发现与体验上则前进了一大步。庄子以一种审美的眼光观照万物，以审美的心态体悟万物，以审美的笔墨描写万物。所以，《庄子》一书，"泛爱万物"②，充满了异常丰富的自然审美意象，被誉为"山水草木家言"。他"以虚静为体的人性的自觉，实将天地万物涵于自己生命之内"，"把一般人所不能美化、艺术化的事物，也都加以美化、艺术化了"③。宗白华先生也指出："中国古代一位影响不小的哲学家——庄子，他好像整天是在山野里散步，观看着鹏鸟、小虫、蝴蝶、游鱼。"④ 于是，儒道经过对立而臻于互补，终于在东汉以降，经过士人与皇权之间的几次背离，特别是一些走入仕途而后又失意的士人，为避开矛盾斗争，洁身自好，便转而遁迹山林。东汉冯衍《显志赋》就直率地道明了这一点：

> 山峨峨而造天兮，林冥冥而畅茂；鸾回翔索其群兮，鹿哀鸣而求其友。诵古今以散思兮，览圣贤以自镇。嘉孔丘之知命兮，大老聃之贵玄；德与道其孰宝兮？名与身其孰亲？陂山谷而闲处兮，守寂寞而存神。夫庄周之钓鱼兮，辞卿相之显位。⑤

至此，人与自然，迈入了第三次对话：

> 仲春令月，时和气清。原隰郁茂，百草滋荣。王雎鼓翼，鸧

①　杨伯峻：《论语译注》，中华书局 1980 年版，第 92 页。
②　（清）王先谦撰，沈啸寰点校：《庄子集解》，中华书局 1987 年版，第 297 页。
③　徐复观：《中国艺术精神》，春风文艺出版社 1987 年版，第 83、82 页。
④　宗白华：《艺境》，北京大学出版社 1986 年版，第 250 页。
⑤　龚克昌、苏瑞隆等：《两汉赋评注》，山东大学出版社 2011 年版，第 359 页。后引汉赋，除有说明外，均出自是书，后引不再标注页码。

鹍哀鸣；交颈颉颃，关关嘤嘤。于焉逍遥，聊以娱情。（张衡《归田赋》）

在孔子时代，先哲们就将"与天地参"的"天人合一"视为人生的最高境界。而在诗情中，人与自然的这一"合一"一直在缺席。东汉以降，冯衍与张衡的这一天地"娱情"，终于使自然的纯美与人性的光辉和谐融会、交相辉映。于是，人与自然在亲和的演绎中，经过儒道两家的互补文化洗礼，借助楚人浪漫的诗情与诗思，至此也终于塑成了一种具有中国士人特色的价值表征。而从张衡的这首抒情小赋开始，正如诗学史所昭示的，中国的诗情也终于在向中国诗人所追求的最高境界——物我不分，物我两忘，在物我合一中达到潜心默会，达到圆融整合——迈出了成功的一大步。

从"天"的层面来说，天人和合呈现为一种与自然的亲和。而从"人"——社会层面来讲，和合则呈现为主观情志与社会秩序的和谐统一，强调人的社会群体责任感和与此相联系的礼义道德。《中庸》说，"喜怒哀乐之未发，谓之中；发而皆中节，谓之和"①，礼化的性格使得感情"发而皆中节"，纳入群体的社会规范当中。

许慎《说文》："礼，履也。所以事神致福也。"② 巫术文化时代，"礼"表现为人对神的崇拜敬仰，以求"神人以和"，消除灾难。殷商"率民以事神，先鬼而后礼"，与之相对，周人"国之大事，在戎与祀"，祭礼文化仍很发达。但是，这个时候的天人关系却发生了质变。从商纣王的"我生不有命在天"到周公的"皇天无亲，惟德是辅"，理论的重心从"天"转移到了"人"，判定政权统治是否合法的尺度也已在很大程度上转移到了社会民众手中——"夫民，神之主也"③。在整个周代，虽然天帝依然被认为是人间王朝统治的终极合法性的决定者，但周代的政治文化不重视神灵崇拜，巫觋在政治结构中几乎没有什么地位。周公"制礼作乐"，把寻绎于历史变动的新的天

① （宋）朱熹：《四书章句集注》，中华书局1983年版，第18页。
② （汉）许慎：《说文解字》，中华书局1963年版，第7页。
③ 杨伯峻：《春秋左传注》，中华书局1990年版，第111页。

人关系之思考摄入源来有自的传统礼乐，于是，商周以降，"郁郁乎文"，"事神致福"之礼逐渐向人际关系转移，尊天敬祖的目的在人，"礼"中的人神关系也转变为人的等级关系。随着"祛魅"的全面展开，"礼"的人文功能开始彰显，"礼"在道德、人伦规范方面所起的作用成了首当其冲。于是，"神人以和"也就演变成了调节社会和人际关系的"礼乐之和"。

周公"制礼作乐"等全部制度建设，其最终目的是要落实为一套道德原则，组织成一道德的团体，正如王国维所言，"其旨则在纳上下于道德，而合天子、诸侯、卿、大夫、士、庶民以成一道德之团体"①。这一"道德团体"得以成立的根基是"尊尊、亲亲"。《乐记》言："乐统同，礼辨异。"② 辨异的功能即是"尊尊"，统同的功能就是"亲亲"。有了礼，即有了贵贱区分的等级，它可以使贱者敬贵，下者敬上，但并不能使贱者亲贵，下者亲上。而乐则可以使上下相亲和睦，起到与辨异相补充的"统同"功能。故《乐记》说："礼者，殊事合敬者也，乐者，异文合爱者也。"③ 有了礼，就有了秩序，但不一定和谐，乐所提供的社会功能就在此凸显出来。

正如陈来先生所指出："乐所代表的是'和谐原则'，礼所代表的是'秩序原则'，礼乐互补所体现的价值取向，即注重秩序与和谐的统一，才是礼乐文化的精华。"④ 礼乐之和，一方面用"礼"制约、规范"乐"，一方面用"乐"来辅佐、推广"礼"。"和"不过是两者的和谐统一，既恰如其分地宣扬了"礼"，又愉悦、陶冶人的情操，从而通过这一乐者敦和与礼者别异的相配合，达到"四海之内，合敬同爱"⑤（《乐记》）的理想状态。这种状态的自由本质，体现在处于总体关系中的个体，从自己与社会的相互关系中，既能看到一切客观

① 傅杰编：《王国维论学集》，中国社会科学出版社1997年版，第2页。

② （唐）孔颖达：《礼记正义》，北京大学出版社1999年版，第1116页。

③ 同上书，第1087页。

④ 陈来：《古代宗教与伦理——儒家思想的根源》，生活·读书·新知三联书店1996年版，第278页。

⑤ （唐）孔颖达：《礼记正义》，北京大学出版社1999年版，第1087页。

法则对自己的约束，又能看到它与自我目的的一致性，从而个体的主观意志，能够与客观法则达到精神的统一。跃入抒情文学创作，天人和合呈现出的另一维度即是主观情志方面的"发乎情，止乎礼"——个人感情熔铸于"礼"的范围之内，以礼节情，这既是社会的要求，同时又是主体心灵的定性。

《诗经》时代，由于诗人把个人感情熔铸于"礼"的范围之内，以礼节情自然成为周代的文艺主张。相对应的艺术风格自然是"乐而不淫，哀而不伤"，措辞委婉，文质相称。但是，由于中国的文化精神孕育于两周，所以，从《诗经》始，这一"乐而不淫，哀而不伤"即结成了符合文化性质的质素逐渐参与到了中国诗学特质的塑成。而这一质素在遇到了楚辞诗学之后，更是伴随着屈原的"发愤以抒情"，对立而又互补，参与中国诗学特质的演绎。

屈原"致君尧舜"和楚王对他的排斥在屈原内心激起了巨大的情感狂潮，于是屈原"发愤以抒情"，但巨浪掀起的浪花却依然是《诗经》时代"发乎情，止乎礼"的模式，在内心之真与社会之礼之间，最后走向了护礼。清人吴世尚说："《离骚》反复千余言，原不过止自明其本心所在耳。原之心乎楚，存殁以之。所谓天不变此心不变也，天变此心亦不变也。"① 矢志不渝致力于美政，但楚王的排斥却使理想难以实现，可君臣之道再加上又无处可去又不能使屈原直接指斥楚王，于是，在一次又一次的求女问卜中，每一次都满怀希望，而每一次又都以不能遇合而告终，而也就在这一次又一次的循环中，再一次演绎了"怨诽而不乱"的和合特质。

春秋以降，士人阶层崛起。士人阶层从其现身世间起，他们就是一个"上不着天、下不着地"的阶层，当他们将政治主体确认为自己的首要社会身份，将与君王遇合以践行其政治人生价值当成主要人生出处时，不遇就开始了与士人的形影相吊。而屈原在我们历史上是第一次以文学的形式集中反映了封建专制条件下士人群体以君臣遇合为外在表现形式的人生出处问题。寻绎屈原一生之行事，

---

① 杨金鼎等编选：《楚辞评论资料选》，湖北人民出版社1985年版，第314页。

把屈原放在春秋战国之际士人阶层的崛起及其"士志于道"这一"志道"固持的时代背景下加以考察，"士志于道"的时代精神也显现于屈原身上。屈原一生所"志"之"道"是"美"之"政"的实现。对屈原而言，个人价值的实现是体现于社会价值之中。是故，当屈原上不能与楚王遇合实现"美"之"政"，下不能退守，而以"道"自任又不能使之"独立不迁"固持的个体价值放弃时，其结果只能是走向蹈死之路。①

屈原"荃不察余之忠诚"的不遇感入汉后在新的历史条件下则变成了一代人的煎熬。

生活在号称"文景之治"时的贾谊，不被洚、灌之属所容，被贬到南湘之地。他的《吊屈原赋》抒发的无疑是不平之气，而《鹏鸟赋》则借与鹏鸟的对话自我安慰以"遣忧累"。汉武帝雄才大略，"兴造功业"，"欲用文武，求之如弗及，始以蒲轮迎枚生，见主父而叹息。群士慕向，异人并出"。"汉之得人，于兹为盛"。② 然而，武帝朝士人们的不遇感却不减前朝。董仲舒有《士不遇赋》，司马迁有《悲士不遇赋》，东方朔有《非有先生论》和《答客难》。董仲舒说"丁三季之末俗"，"以辨诈而期通兮，贞士耿介而自束"。司马迁《悲士不遇赋》也说了许多感触很深且很大胆的话："谅才韪而世戾，将逮死而长勤。虽有形而不彰，徒有能而不陈。何穷达之易惑，信美恶之难分。"而东方朔的《答客难》则更加愤激："故绥之则安，动之则苦，尊之则为将，卑之则为虏；抗之则在青云之上，抑之则在深渊之下；用之则为虎，不用则为鼠。"不但如此，随着大一统封建专制社会的确立，王权全面压倒道权，正如庄忌在《哀时命》中所说："骋骐骥于中庭兮，焉能极夫远道？置猨狖于桱槛兮，夫何以责其捷巧？"士人阶层感到，即便为君王所用，但这用是用非所长，甚至是用非所能用，"使贤者执洒扫之役，亦不得展志意也"③。"可怜夜半

---

① 具体论述请参看笔者《"士志于道"与屈原蹈死》一文，《求索》2011 年第 8 期，第 179—181 页。

② （汉）班固：《汉书》，中华书局 1962 年版，第 2633 页。

③ （宋）洪兴祖撰，白化文等点校：《楚辞补注》，中华书局 1983 年版，第 263 页。

虚前席，不问苍生问鬼神"①，有时的知遇其实是伪知遇，而士人的真正才学却被遮蔽了。

从屈原时代到汉武帝时代，几百年过去了，君臣遇合的紧张不但没有缓解，反而随着王权的加强，士人失去对君王的政治选择权和制衡权变得更加紧张。想施展抱负，实现自己的人生价值，但是，现实情况却不允许，怎么办？两汉士人没有选择屈原的"固持"，而是不断调整自己，建构新的人格模式，寻求心灵的和谐以实现自己的社会责任。

贾谊的赋作，尤其是《吊屈原赋》，其感触之深、愤激之烈不难寻矣，但是，贾谊并未因此走向屈原所选择的价值践行道路。他批评屈原"历九州而相其君兮，何必怀此都也"而追求"释知遗行"，"超然自丧"，"知命不忧"，"与道翱翔"。面对贵贱优劣、贤良不肖全遭颠倒的黑白社会，贾谊选择了齐生死、等荣辱、顺天委命这一道家虚无自然的人生观来自我安慰、自我宽解、自我解嘲。而这，贾谊也在无意之间为汉代士人指明了一条人生价值安放之路。司马迁说"读《鹏鸟赋》，同死生，轻去就，又爽然自失矣！"②后此扬雄的《解嘲》、班固的《答宾戏》、张衡的《应问》均可归入此类。除此消极面向外，汉代的抒情赋也在积极借用道家的价值体系糅合儒道来构建新的人格模式来安放这颗"不遇"的主体心灵。董仲舒说："孰若返身于素业兮，莫随世而轮转。虽矫情而获百利兮，复不如正心而归一善。"东方朔的《答客难》说："今世之处士，魁然无徒，廓然独居，上观许由，下察接舆，计同范蠡，忠合子胥，天下和平，与义相扶。"而司马迁则倡言："没世无闻，古人惟耻。朝闻夕死，孰云其否？逆顺还周，乍没乍起。无造福先，无触祸始。委之自然，终归一矣。"正如业师王洲明先生所指出："这里有儒家'用之则行，不用则藏'的处世观，不汲汲于富贵，不戚戚于贫贱，讲究'善'、'义'，反映出建构新的人格模式的努力。新的人格模式中又已经注入了道家

---

① 陈贻焮主编：《增订注释全唐诗》第 3 册，文化艺术出版社 2001 年版，第1486 页。

② （汉）司马迁：《史记》，中华书局 1982 年第 2 版，第 2503 页。

'自然'、'素业'、'幽昧'等无为的思想。"① 应该说，从高祖刘邦一直到武帝刘彻的汉初统治者都比较开明，士人阶层是有施展自己才华的空间的。是故，此时的不遇感既有王权高涨的压抑，同时也有求遇的躁动在那里跃跃欲试。正因此，赋中对现实的批判以及糅合儒道的心灵安放在很大程度上不能看实，也不可太信。换句话说，此时士人之所以选择道家思想来自我宽慰只是出于一时的不遇，是被动的自我排解。一旦被主上再次垂青，则又肝脑涂地，积极用世。譬如贾谊在写完《鹏鸟赋》后，被文帝召回京都，又"数上疏陈政事，多所欲匡建"②，亦即整天为汉王朝出谋划策，整天在那里"痛哭"、"长太息"，想建功立业，显名于世。不过，东汉以降，随着宦官乱政以及"党争"的愈演愈烈，"不遇"的士人们则是走向自觉而非被迫地以儒、道来调和心态和塑造人格。冯衍《显志赋》："处清静以养志兮，实吾心之所乐。""嘉孔丘之知命兮，大老聃之贵玄。"将儒家的"知命"与道家的"贵玄"统一起来。张衡《思玄赋》："御六艺之珍驾兮，游道德之平林。结典籍而为罟兮，欧儒墨以为禽。玩阴阳之变化兮，咏《雅》、《颂》之徽音。""默无为以凝志兮，与仁义乎消摇。"这里，张衡出入儒、道、墨，而以儒、道为主，并将道家的"无为"与儒家的"仁义"统一于自己的立身处世。

要之，寻绎两汉士人借赋"发愤以抒情"，我们发现，尽管我们也能够看到像赵壹《刺世疾邪赋》那样通过酣畅淋漓的愤慨与唾骂来疏导心灵的，但这不是主流，更多的情况下，士人们"志憾恨而不淫兮，杼（王逸注：一作抒）中情而属诗"，一方面"与道翱翔"，将自我价值或人生出处落实为当下的诗意栖居；另一方面，他们并没有忘记"善"、"义"及其所体现出的社会群体责任感。贾谊的《惜誓》："惜者，惜己不遇于时，'发乎情'也。誓者，誓己不改所守，'止乎礼义'也。"③ 武帝朝的东方朔、司马迁、董仲舒如是，在田园中确认了自我的张衡也如此。张衡《归田赋》说："感老氏之遗诫，

---

① 王洲明：《诗赋论稿》，山东大学出版社 2006 年版，第 188—189 页。

② （汉）班固：《汉书》，中华书局 1962 年版，第 2230 页。

③ （清）刘熙载撰，袁津琥校注：《艺概注稿》，中华书局 2009 年版，第 429 页。

将回驾乎蓬庐。弹五弦之妙指，咏周孔之图书。挥翰墨以奋藻，陈三皇之轨模。苟纵心于物外，安知荣辱之所如？"张衡一方面"纵心于物外"，将自己这颗"不遇"的心灵放在田园中来乐志、畅神；另一方面他依然"咏周孔之图书"，"陈三皇之轨模"，在心灵世界建构一座道义之桥来协调与社会的和谐关系。

尽管两汉士人借赋"发愤以抒情"，大多归依于"志憾恨而不淫"，但是，这并不意味着没有新的建构。两汉士人"杼（抒）中情而属诗"，一方面借用道家的一些思想自吊、自嘲、自娱来疏导失衡的心灵世界；另一方面，他们又在糅合儒道安放心灵的过程中，越加深刻地认识了自我，确认了自我价值。在我们看来，道家这一以个体为本位的人生价值安放由暗流涌动到参与互补建构，解构了儒家自我归并于群体这一群体价值取向，从而为抒情主体的发现奠定了基础。

二 "温柔敦厚"的诗教悖论

两汉的诗学本体是汉儒解《诗》，而汉儒解《诗》又是围绕"诗教"而展开。

"诗教"概念首次出现在《礼记·经解》中："孔子曰：入其国，其教可知也。其为人也，温柔敦厚，《诗》教也。"[1] 这里的"诗教"论的是"六艺之教"。继而，经过后世无数学者的推演、阐释，这一经学语境下的诗学概念则获得广狭互涉、代际偏转的多维"所指"，从而成为我国诗学中一个含义最为丰富、影响最为深远的儒家诗学话语。

清代佚名诗话《静居绪言》说：

> 《诗》之为道曰"思无邪"，为教曰"温柔敦厚"，后世虽有不逮，乌可舍是而学？舍是而学，不将陋而诞欤？至于蹈常习故，矱括揣摩，固不可谓之学。《记》不云乎："无剿说，无雷同。"[2]

---

① （唐）孔颖达：《礼记正义》，北京大学出版社1999年版，第1368页。

② 《清诗话续编》，上海古籍出版社1983年版，第1630页。

《静居绪言》的作者将"思无邪"视为诗之道，而将"温柔敦厚"视为诗之教，不知其理由何在？然而，不难发现，他已经朦胧地意识到"思无邪"和"温柔敦厚"是有所不同的。如果寻绎诗学史，我们会发现，这种不同在于，"温柔敦厚"是两汉迄唐代的"诗教"内容，而"思无邪"是宋代以后人们对"诗教"的认识。朱自清说："朱子（熹）可似乎是第一个人，明白地以'思无邪'为《诗》教。在《吕氏诗记》的序里，他虽然还是说'温柔敦厚之教'，但在《诗集传》的序里论'《诗》之所以为教'，便只发挥'思无邪'一语。"① 基于此，两汉经学语境下的"诗教"就得从"温柔敦厚"说起。

就内涵指涉而言，先秦两汉的"诗教"有广义、狭义之别。狭义的"诗教"是指孔子在教育学生的时候围绕着诗三百而阐发的一系列言论。它的文献支撑依据是《论语》。其中最重要的论述是"兴观群怨"说以及"思无邪"说。因为有《论语》这一文献支撑，所以后世有的学者便力主此意涵下的"诗教"。如清人袁枚《再答李少鹤书》："仆以为孔子论诗可信者，'兴、观、群、怨'也；不可信者，'温柔敦厚'也。"② 广义的"诗教"是以孔子的"诗教"论述为依据，经汉儒的阐发而树立起来的关于诗与政治、道德之间关系的一系列论述。其理论核心便是"温柔敦厚"，理论代表作则是《毛诗序》。

关于"温柔敦厚"的美学内涵，朱自清在《诗言志辨·诗教》中指出："'温厚敦厚'是'和'，是'亲'，也是'节'，是'敬'，也是'适'，是'中'。"进而，朱自清指出，"这代表殷、周以来的传统思想。儒家重中道，就是继承这种传统思想"③。这就告诉我们，"温柔敦厚"其实是"中和"美学观的一种典型性表述。

前揭我们曾指出，不偏不倚，取"中"而识，取"中"而行，"尚中"作为一种共同的民族心理机制，其由来久矣。《诗经》的时

---

① 朱自清：《诗言志辨》，广西师范大学出版社 2004 年版，第 114 页。

② （清）袁枚：《小仓山房尺牍》，《袁枚全集》第 5 册，江苏古籍出版社 1993 年版，第 207 页。

③ 朱自清：《诗言志辨》，广西师范大学出版社 2004 年版，第 108 页。

代，诗人把个人感情熔铸于"礼"的范围之内，以礼节情，使诗三百呈现出"乐而不淫，哀而不伤"的"和合"美学特质。但是，酣畅淋漓的情感倾泻从来就不曾缺失。《诗》云"我心蕴结"而"我歌且谣"，情动于中，喜怒哀乐俱自然会伴随而至，情之切，生死相许——"之死矢靡它。"（《鄘风·柏舟》）恨之深，杀之而后快——"取彼谮人，投畀豺虎。"（《小雅·巷伯》）当情感之真和世俗之礼发生龃龉之时，固然由于周人的礼性自励往往走向护礼之列，而激越的情感也往往会在礼乐之和的文化语境中得到消解。但正如"变风变雅"所昭示，在两周之际，也曾扬起过抒情的激越："皇父、尹氏、暴公，不惮直斥其名，历数其慝，而且自显其为家父，为寺人孟子，无所规避。诗教虽云温厚，然光昭之志，无畏于天，无恤于人，揭日月而行，岂女子小人半含不吐之态乎？"① 按照文学发展规律，诗学理论的产生应该是以大量的诗歌文本为基础的，或者说诗歌文本决定着诗学的内在发展逻辑，那么，何以"温柔敦厚"在两汉获得了普适性，不但成了《诗经》接受中的基本价值标准，而且还在后世参与到了中国古典诗学"异质性"的塑成？这种围绕《诗经》所形成的文本与文本、文本与理论之间的悖论到底是怎样产生的？

　　"温柔敦厚"这一诗学话语的生成及其文学呈现，经历了一个漫长的发展过程。因此，我们拟从两条路径出发对其在先秦两汉的展演进行剖析，以就教于方家。

　　我们先从儒家学派的论《诗》动机说起。关于"诗教"，《礼记·经解篇》载记道：

　　　　孔子曰：入其国，其教可知也。其为人也，温柔敦厚，《诗》教也。疏通知远，《书》教也。广博易良，《乐》教也。洁静精微，《易》教也。恭俭庄敬，《礼》教也。属辞比事，《春秋》教也。故《诗》之失愚，《书》之失诬，《乐》之失奢，《易》之失贼，《礼》之失烦，《春秋》之失乱。

---

① （清）王夫之著，舒芜校点：《姜斋诗话》，人民文学出版社1961年版，第159页。

其为人也温柔敦厚而不愚，则深于《诗》者也。疏通知远而不诬，则深于《书》者也。广博易良而不奢，则深于《乐》者也。洁静精微而不贼，则深于《易》者也。恭俭庄敬而不烦，则深于《礼》者也。属辞比事而不乱，则深于《春秋》者也。①

围绕着"温柔敦厚"和"诗教"，孔颖达解释道：

"温柔敦厚，《诗》教也"者，温，谓颜色温润；柔，谓情性和柔。《诗》依违讽谏不指切事情，故云"温柔敦厚"，是《诗》教也。

凡人君行此等六经之教，以化于下。在下染习其教，还有六经之性，故云《诗》教《书》教之等。

"故《诗》之失愚"者，《诗》主敦厚，若不节之，则失在于愚。

此一经以《诗》化民，虽用敦厚，能以义节之。欲使民虽敦厚，不至于愚，则是在上深达于《诗》之义理，能以《诗》教民也。②

寻绎上述表述，不难看出，这里所谓的"六经之教"其实是全面培养人的一个系统工程。其中既有品德的培养，也有知识面的拓展；既有情感教育，也有智慧的发掘；既有行为规范的训练，也有历史经验的总结。基于此，我们看到，"温柔敦厚"这一诗学话语在其产生之初，谈的并不是《诗》本身，而是"六经之教"当中《诗经》教化的结果或效果。此时的"温柔敦厚"并不是一个诗学范畴或者美学范畴，而是一个伦理学范畴，是把《诗》作为一种教化工具，在德育层面论述《诗》的教育效果。亦即通过《诗》来提

---

① （唐）孔颖达：《礼记正义》，北京大学出版社 1999 年版，第 1368 页。
② 同上书，第 1368—1369 页。

高人们的道德修养，规范人们的言行，使得在《诗》的教化下逐渐形成温和宽厚的性情、含蓄蕴藉的谈吐和笃厚淳朴的品质。不难发现，这里的论《诗》其实是有一个先于其谈论对象的言说动机，即补于实政。而这，道德与伦理，不但是儒家一以贯之的一种言说，而且也是他们最擅长的一种言说。例如儒家论乐，《荀子·乐论》开头讲"夫乐者，乐也，人情之所必不免也"，的确也是从"乐"的"一般性"讲起的，但其落脚点却在先王制"雅颂"以规范这种"一般"的人情上：

> 夫乐者，乐也，人情之所必不免也。故人不能无乐。乐必发于声音，形于动静，人之道也。声音动静，性术之变，尽于此矣。故人不耐无乐，乐则不耐无形。形而不为道，不耐无乱。先王耻其乱，故制雅颂之声以道之，使其声足乐而不流，使其文足论而不息，使其曲直、繁瘠、廉肉、节奏，足以感动人之善心而已矣，不使放心邪气得接焉。是先王立乐之方也。①

再如《礼记·乐记》："凡音者，生于人心者也。乐者，通伦理者也。是故知声而不知音者，禽兽是也。知音而不知乐者，众庶是也。唯君子为能知乐。"② 这里，将"乐"分为声、音、乐三个等级，儒家学者也关注了大众的"人心"要求，但却将之称为"音"，如"郑卫之音"、"桑间濮上之音"，而非"乐"，"乐"在儒家思想中具有政教视域下先王之"乐"的特指意义。这样，《礼记·乐记》的最后论述又回到他们所擅长的道德和伦理领域。要之，补于实政的政治诉求，道德与伦理教育，才是儒家言说六经的第一动机。正因此，当"温柔敦厚"在"六艺之教"的语境中出现的时候，我们发现，它的内涵指向首先是人的培养层面的德育诉求。这就告诉我们，"温柔敦厚"首先是理论诉求下的一种德育诉求。既然是一种理论诉求，那

---

① （唐）孔颖达：《礼记正义》，北京大学出版社 1999 年版，第 1143—1144 页。
② 同上书，第 1081 页。

么，它的具体践行途径是什么呢？元代虞集《郑氏毛诗序》说："圣贤之于诗，将以变化其气质，涵养其德性，优游厌饫，咏叹淫洗，使有得焉。则所谓温柔敦厚之教，习与性成，庶几学诗之道也。"① 这就是说，对于"温柔敦厚"，人们能够从道德修养层面将之内化为心灵的一种定性要求，进而自然而然地过渡到"诗学"路径上，这样，伦理学领域的"温柔敦厚"也就发展成诗学或美学领域的一项基本标准。就像朱庭珍在《筱园诗话》中所说的那样："温柔敦厚，诗教之本也。有温柔敦厚之性情，乃有温厚敦厚之诗。"② 以此而论，儒家学派的诗学家是希望"温柔敦厚"首先成为文学主体人生境界追求或者说是自我实现的一部分，进而，将此人生境界生发为一种诗性之美。就这一向度来说，温柔敦厚之诗教也并非完全阻碍诗学抒情本质的发展。唐君毅认为："温柔敦厚，非强为抑制其情，使归中和也，乃其用情之际，即知对方亦为一自动之用情者。充我情之量，而设身处地于对方，遂以彼我之情交渗，而使自己之情因以温柔敦厚，婉曲蕴藉。温柔敦厚，情之充实之至。此充实之情所自生，正由情之交渗，而情中有情。"③ 这就是说，道德并不是抑制情感，而是贞定情感，厚实情感。是故，中国诗学的抒情性中蕴含着的伦理性应当从这一向度来理解。

　　综上，儒家学派言说动机视域下的"温柔敦厚"诗学可以归结如下：首先，将"温柔敦厚"这一主观的政教诉求说成是诗学的客观品质，然后，将这一诉求看成是"诗教之本"而要求一切抒情言述与使用均归于"温柔敦厚"。

　　然而，正如清人袁枚所论："即如'温柔敦厚'四字，亦不过诗教之一端，不必篇篇如是。"④ 当两汉经学家将这一源于文化与诗

----

① （元）虞集：《道园学古录》，商务印书馆 1937 年版，第 530 页。

② （清）朱庭珍：《筱园诗话》，《清诗话续编》，上海古籍出版社 1983 年版，第 2378 页。

③ 唐君毅：《中国文化之精神价值》，江苏教育出版社 2006 年版，第 233 页。

④ （清）袁枚：《小仓山房尺牍》，《袁枚全集》第 5 册，江苏古籍出版社 1993 年版，第 207 页。

学的互动，携带着文本支撑的诗学特质说成是一种诗学本质要求，例如《诗纬·含神雾》"诗者，持也"①，郑玄《六艺论》"诗者，弦歌讽喻之声也"②，使得艺术特质视域下的层面质素走向艺术本质要求，真理也就变成了谬误。因此，关于"温柔敦厚"这一诗学话语的生成及其呈现还必须将其相反相济层面"不愚"及其叛离纳入其中。

在两汉，由于天下一统，经过历史的抉择，士无定主走向专制主义集权下的君臣共谋，"志道"也具体演绎为儒家思想塑成下的兼济。两汉士人一方面强调政治匡正的责任理想，凭借文化力量（道）与帝王专制（势）相颉颃，可另一方面又不能不为专制主义集权下的君臣之道所约束。于是，基于以"道"抗"势"的文化理想和皇帝威严难犯的现实，士人们在严峻的政治矛盾和处境中，发展起一整套基于利害法则的政治批评艺术，这就是"五谏"说。西汉刘向《说苑·正谏》篇："谏有五：一曰正谏，二曰降谏，三曰忠谏，四曰戆谏，五曰讽谏。"③《公羊传》庄公二十四年东汉何休《解诂》云："谏有五：一曰讽谏，孔子曰'家不藏甲，邑无百雉之城'，季氏自堕之是也；二曰顺谏，曹羁是也；三曰直谏，子家驹是也；四曰争谏，子反请归是也；五曰戆谏，百里子、蹇叔子是也。"④诸书言"五谏"，颇有出入，但以班固《白虎通》的解说最为详细：

> 谏有五：其一曰讽谏，二曰顺谏，三曰窥谏，四曰指谏，五曰陷谏。讽谏者，智也。知祸患之萌，深睹其事，未彰而讽告焉。……顺谏者，仁也。出词逊顺，不逆君心。……窥谏者，礼也。视君颜色不悦，且却，悦则复前，以礼进退。……指谏者，信也。指者，质也。质相其事而谏。……陷谏者，义也。恻隐发

①　（清）赵在翰辑，钟肇鹏、萧文郁点校：《七纬（附论语谶）》，中华书局2012年版，第253页。

②　（唐）孔颖达：《毛诗正义》，北京大学出版社1999年版，第5页。

③　（汉）刘向撰，向宗鲁校证：《说苑校证》，中华书局1987年版，第206页。

④　（唐）徐彦：《春秋公羊传注疏》，北京大学出版社1999年版，第169页。

于中，直言国之害，励志忘生，为君不避丧身。①

按照班固的说法，"讽谏"就是在祸患尚在萌芽状态时以婉曲的方式提醒君主，"顺谏"是以谦逊的态度提意见；"窥谏"是看君主的脸色见机进谏；"指谏"是按实事求是的原则提醒君主；"陷谏"是直言极谏，即使触怒君主遭杀身之祸也不顾。谏有五，而汉人独推"讽谏"："礼有五谏，讽为上。"② 班固引孔子的话，并申述说："孔子曰：'谏有五，吾从讽之谏。'事君进思尽忠，退思补过，去而不讪，谏而不露。故《曲礼》曰：'为人臣，不显谏。'"③ 通过"讽谏"既提了意见，又保住了君主的面子，从而得以自全，可谓两全其美的进谏方式。既不发扬、暴露君过，又可尽为臣之责任，践行所谓以"道"抗"势"的文化理想而"不愚"，这一"依违远罪避害"④的所谓"讽谏"呈现为文学中的主体要求，就是《诗大序》所言的"主文而谲谏"。

《诗大序》云："下以风刺上，主文而谲谏，言之者无罪，闻之者足以戒。"郑玄笺："风刺"，"谓譬喻，不斥言也"，"谲谏，咏歌依违，不直谏"。⑤ 对此，朱自清先生在《诗言志辨》中申言道："'主文'当指文辞，就是所谓'《诗》辞美刺讽谕'。讽谏似乎就是'谲谏'，似乎就指献诗讽谏而言。讽谏用诗，自然是最婉曲了。谏净是君臣之事，属于礼；献诗主'温柔敦厚'，正是礼教，也是'诗'教。"⑥ 如果这样诠释的话，那么，两汉时期承载这一文化精神的代表性文体显然便是汉赋了。

献诗讽谏，"主文而谲谏"，这是先秦以来的一种文化传统。《周

---

① （清）陈立撰，吴则虞点校：《白虎通疏证》，中华书局 1994 年版，第 235—236 页。

② （南朝·宋）范晔：《后汉书》，中华书局 1965 年版，第 1853 页。

③ （清）陈立撰，吴则虞点校：《白虎通疏证》，中华书局 1994 年版，第 236 页。

④ 同上。

⑤ （唐）孔颖达：《毛诗正义》，北京大学出版社 1999 年版，第 13 页。

⑥ 朱自清：《诗言志辨》，广西师范大学出版社 2004 年版，第 108 页。

语上》邵公谏厉王说:"天子听政,使公卿至于列士献诗……而后王斟酌焉,是以事行而不悖。"①《晋语六》赵文子既冠,拜见范文子,范文子说:"吾闻古之言王者,政德既成,又听于民。于是乎使工诵谏于朝,在列者献诗,使勿兜(惑)。"②"诗亡"之后,汉人继之以赋"兴废继绝":

> 赋者,古诗之流也。昔成康没而颂声寝,王泽竭而诗不作。大汉初定,日不暇给。至于武、宣之世,乃崇礼官,考文章。内设金马、石渠之署,外兴乐府协律之事,以兴废继绝,润色鸿业。……故言语侍从之臣,若司马相如、虞丘寿王、东方朔、枚皋、王褒、刘向之属,朝夕论思,日月献纳;而公卿大臣,御史大夫倪宽、太常孔臧、太中大夫董仲舒、宗正刘德、太子太傅萧望之等,时时间作。或以抒下情而通讽谕,或以宣上德而尽忠孝。……故孝成之世,录而论之,盖奏御者千有余篇。③

"赋者,古诗之流",言语侍从之臣"日月献纳"、"盖奏御者千有余篇"云云,这表明汉人心目中的赋是接续先秦的"献诗"传统的。先秦"献诗"是臣下以婉曲的方式向君王讽谏。而汉大赋在建基之初也在接续中确认了这一传统。《文选》李善注《七发》说,枚乘事梁孝王,"恐孝王反,故作《七发》以谏之"④。班固说司马相如"虽多虚辞滥说,然要其归引之于节俭,此亦《诗》之风谏何异?"⑤而扬雄的一些赋作在序文中就将自己的讽谏主旨明白地写出来。如扬雄跟汉成帝去"羽猎",心里马上波涛起伏,浮想不已。他想:"昔在二帝、三王,宫馆台榭、沼池苑囿、林麓薮泽,财足以奉郊庙、御宾

---

① 徐元诰撰,王树民、沈长云点校:《国语集解》,中华书局2002年版,第12页。

② 同上书,第387页。

③ 龚克昌、苏瑞隆等:《两汉赋评注》,山东大学出版社2011年版,第693页。

④ (南朝·梁)萧统编,(唐)李善等注:《六臣注文选》,中华书局1987年版,第634页。

⑤ (汉)班固:《汉书》,中华书局1962年版,第2609页。

客、充庖厨而已，不夺百姓膏腴谷土桑柘之地。女有余布，男有余粟，国家殷富，上下交足。"而逞志纵欲的国君如齐宣王，尤其是汉武帝，"广开上林，南至宜春、鼎胡、御宿、昆吾，旁南山而西，至长杨、五柞，北绕黄山，濒渭而东，周袤数百里。穿昆明池，象滇河，营建章、凤阙、神明、驱娑，渐台、泰液像海水周流方丈、瀛洲、蓬莱，游观侈靡，穷妙极丽"。扬雄恐怕汉成帝弃尧、舜、成汤、文王不学而效尤汉武帝，于是他"聊因《校猎赋》以风"①。又如扬雄得知："明年，上将大夸胡人以多禽兽。秋，命右扶风发民入南山，西自褒斜，东至弘农，南敺汉中，张罗罔置罘，捕熊罴、豪猪、虎豹、狖玃、狐菟、麋鹿，载以槛车，输长杨射熊馆。以罔为周阹，纵禽兽其中，令胡人手搏之，自取其获，上亲临观焉。是时，农民不得收敛。"扬雄从射熊馆回来，"上《长杨赋》……以风"②。张衡的《二京赋》据《后汉书·张衡传》其写作目的也是讽谏帝王的："永元中，举孝廉不行，连辟公府不就。时天下承平日久，自王侯以下，莫不踰侈。衡乃拟班固《两都》，作《二京赋》，因以讽谏。"③关于汉赋的讽谏问题，学者多有论述，不再一一枚举。

随着政权趋于稳定，汉代统治者们渐渐不安于现状，想有所作为。想有所作为，便不得不用人。而一旦用人，人才的首选便落在掌握着"道"之话语权的士人阶层。因为皇帝一个人不能独掌乾坤，他需要官吏来辅助他治理天下，而士人也需要一个位置来实现自己的人生价值，所以，经过博弈，"王者缘臣子之心以为之制"④，士人与皇权达成共谋，士人阶层选择了政府官吏这一位置来谋求人生价值之实现。因为士人阶层掌握着"道"之话语权，所以他们又不甘于完全臣服于皇权，相反，还要规约王权，以"道"抗"势"，而内心深处那种以天下为己任的使命感又使得他们时时想着为天下苍生代言。于是，庙堂之上出现了"五谏"，而安放文士人生之出处的赋体则"主

①　龚克昌、苏瑞隆等：《两汉赋评注》，山东大学出版社 2011 年版，第 233 页。

②　同上书，第 247 页。

③　（南朝·宋）范晔：《后汉书》，中华书局 1965 年版，第 1897 页。

④　（清）陈立撰，吴则虞点校：《白虎通疏证》，中华书局 1994 年版，第 355 页。

文而谲谏"。汉赋作者通过"主文而谲谏",一方面确认了自己的文人身份,另一方面也通过"谲谏"担当了所属阶层的社会责任。可以说,这既是"温柔敦厚"之"诗教"教化的结果,也是谋定后两汉文士竭力想扮演好的角色。是故,"温柔敦厚"是"道"、"势"博弈后两汉文士自主归趋,积极建构的一种美学选择。他们通过"讽谏"或"谲谏"既确认了人生价值之归属,又使得"温柔敦厚而不愚"之诗教得以实现文本展演。

尽管两汉时期大部分时间士人阶层是以辞赋为载体来追问着个体人生何去何从,个体价值安放于何处,但是,随着赋体的盛极而蔽,暗流涌动的诗体开始走向前台,成为文士的述情手段,进而参与了时代精神的建构。张衡《同声歌》:

> 邂逅承际会,得充君后房。情好新交接,恐栗若探汤。不才勉自竭,贱妾职所当。绸缪主中馈,奉礼助烝尝。思为莞蒻席,在下比匡床。愿为罗衾帱,在上卫风霜。洒扫清枕席,鞮芬以狄香。重户结金扃,高下华灯光。衣解金粉卸,列图陈枕张。素女为我师,仪态盈万方。众夫所希见,天老教轩皇。乐莫斯夜乐,没齿焉可忘。①

尽管屈原自沉不合乎中,但是,他确立的香草美人喻志手法却为汉人以展君臣之义提供了一种有效方法。张衡"依屈原以美人为君子,以珍宝为仁义,以水深雪雾为小人"作《四愁诗》"思以道术相报贻于时君"。② 基于这一思路,论者也认为这首《同声歌》是采用比兴手法,且"寄兴高远"。《乐府解题》的解释是:"言妇人自谓幸得充闺房,愿勉供妇职,不离君子。思为莞簟在下以蔽匡床,衾绸在上以护霜露,缱绻枕席,没齿不忘焉。以喻臣子之事君也。"③ 因此,

---

① (汉)张衡著,张震泽校注:《张衡诗文集校注》,上海古籍出版社 2009 年版,第7 页。

② 同上书,第 1 页。

③ 同上书,第 7 页。

张溥《张河间集》题辞认为"《同声》丽而不淫"①。这样说来，《同声歌》也是"谲谏"讽君，有合"诗教"之教化。这样，我们看到诗体也在诗教的教化下参与了汉代诗教之建构。但是，《同声歌》以大量的细节铺写房帏生活，大胆地赞美为传统所讳言的男欢女爱之乐，显然开始走向了"诗教"定义下的爱情表达尺度的背离。如果说《同声歌》对诗教的叛离在比兴诗义的诠释下还有点羞答答的感觉，那么，当《上邪》喊出惊天泣地的爱情誓言，《古诗十九首·青青河畔草》唱出"昔为倡家女，今为荡子妇。荡子行不归，空床难独守"的声音时，对传统诗教的叛逆显然已没有了忸怩。

"温柔敦厚而不愚"，这是儒家的一种言说诉求和教化诗学，它往往都发生在皇权与士人密切合作的蜜月期。一旦权力平衡被打破，抒情文坛则往往不再优游婉顺，"诗可以怨"，于是我们在东汉末年看到了赵壹《刺世疾邪赋》那样的婞直之作。不过，即便此时也难掩士人们对和合圆融境界的追求。也就是说，他们在否定中依然向和谐的建构努力着。《刺世疾邪赋》，毫无疑问是愤世嫉俗，难道《古诗十九首》中的趋利弃义、难守贫贱以及及时行乐不是愤慨现实吗？而愤慨、愤世，显然是不满当下，是对人与社会的和谐、人与人的和谐、个体心灵世界和谐的一种反向诉求。是故，东汉末年的这种文化叛逆表面上是对"温柔敦厚"之诗教的叛离，而内在里，对和合这种文化精神的向往则是一以贯之。

"温柔敦厚"之诗教在剥离道德教化后升华为一种含蓄蕴藉，取"中"而行的文化精神，在与抒情文本创作的互动之中结成以和合为中心的诗性特质贞定着情感，厚实着情感，进而建构着中国抒情传统的演绎。正因此，每当中国的抒情文学创作遇到困境之时，创作家、理论家每每就会以此诗学理想再振旗鼓。唐人陆龟蒙《自遣诗三十首序》说："诗者，持也。持其情性，使不暴去。"②钱锺书先生解释

①　（汉）张衡著，张震泽校注：《张衡诗文集校注》，上海古籍出版社 2009 年版，第 7 页。

②　陈贻焮主编：《增订注释全唐诗》第 4 册，文化艺术出版社 2001 年版，第 591 页。

道，"'暴去'者，'淫'、'伤'、'乱'、'怨'之谓，过度不中节也"①。虽然说"没有哪位大诗人只是简单地遵循理论文本的指示，或只是简单地把那些指示体现在他的作品之中"②，但这一和合的审美情态以及美学机制，却在文本与文本、文本与理论，既是强化，又是叛离中，既完成了中国诗学艺术特质的塑成，同时又在抒情文学乃至整个中国文学领域由于这一文本与理论的强化与互动而产生了深远的影响。

综上所述，和合首先是一种文化形态，在《诗经》的时代，这一文化质素沉潜到诗学领域，结成一诗性特质，遇到楚辞诗学之后，在与辞人的对立又互补之中得到了进一步的强化。在两汉阶段，和合这一诗性特质虽然由于汉人的理论强迫而走向了谬误边缘，但是，在文本与批评的互动之中，和合却也一如既往地显现于两汉的抒情之实践。不过，和合，毕竟与基于艺术原理的抒情有着一定的对立，于是，和合更多的时候体现的是一种理论批评追求而被后世处于诗学困境的理论家们反复张举。由是，和合也就由《诗经》出发，一路走向了整个古典诗学，进而塑成一种具有根源性的中国诗性之智慧。

第三节 "和合"图谱中的言志诗艺

"诗言志"是中国诗学关于诗之本质的最早观念，亦是先秦两汉诗学的核心命题。寻绎两汉赋与诗创作之实践，"诗言志"这一中国诗学"开山纲领"在其时并非仅像朱自清先生所宣称的那样，"这时候'诗言志'……在告诉人如何理解诗，如何受用诗"③，我们发现，冯衍（《显志赋》）、傅毅（《迪志诗》）、郦炎（五言《见志诗》二首）、仲长统（四言《见志诗》二首）等人也在赋与诗的创作中践行着言志诗艺，生发着诗学精神。基于此，这里我们要追问一下，在阅

---

① 钱锺书：《管锥编》，中华书局 1986 年版，第 57 页。

② ［美］宇文所安：《中国文论：英译与评论》，王柏华、陶庆梅译，上海社会科学院出版社 2003 年版，第 2 页。

③ 朱自清：《诗言志辨》，广西师范大学出版社 2004 年版，第 3 页。

读经验的体认与创作经验的实践下，两汉的言志诗艺究竟生发出了一种什么样的诗学精神？

一　先秦言志诗艺的理论建构与实践

众所周知，"诗言志"这一诗学命题最早出自《今文尚书·尧典》：

> 帝曰："夔！命汝典乐，教胄子，直而温，宽而栗，刚而无虐，简而无傲。诗言志，歌永言，声依永，律和声。八音克谐，无相夺伦，神人以和。"
> 夔曰："於！予击石拊石。"
> 百兽率舞。[1]

从艺术特质视域下的"和合"诗学出发，在此约有四点值得注意：

第一，乐可以陶冶情性，使人具有"直"、"温"、"宽"、"栗"、"刚"、"无虐"、"简"和"无傲"诸德行。对照我们对"和合"这一诗美范畴中轴结构"允执厥中"的相关探讨，我们发现，这是典型的"执中"诉求。八种德行，两两相制互补，从而导向和合之道。

第二，乐的内容包括诗、歌、声、律的彼此配合。彼此配合达到的最高境界是"神人以和"。

第三，"诗言志"不是孤发单生，它是被植入乐的领域里，作为乐的有机组成部分来讨论。

第四，综合以上三点，"诗言志"在产生之初是带有神秘性质的以"和合"为终极境界的乐教的一部分。

先秦音乐融诗乐舞于一体，其最初可能萌芽于先民的劳动生活。刘安在《淮南子·道应训》中引翟煎的话说："今夫举大木者，前呼

---

[1] （唐）孔颖达：《尚书正义》，浙江古籍出版社 1998 年影印本，第 131 页。

邪许，后亦应之，此举重劝力之歌也。"① 由此可见，远古社会的劳动形成了最初的节奏与音调。然而，文化学意义上的乐还当属巫之祭神乐舞，王国维考证说："歌舞之兴，其始于古之巫乎？巫之兴也，盖在上古之世……古代之巫，实以歌舞为职，以乐神人者也。"② 这表明，文化学意义上的先秦音乐，最早是在先民为祭神、娱神而举行的巫术仪式中产生的。因为乐在仪式中沟通了神人，使得"神人以和"，所以乐这一媒介在先民心目中便具有了神秘而神圣的意义。《礼记·乐记》云："地气上齐，天气下降，阴阳相摩，天地相荡，鼓之以雷霆，奋之以风雨，动之以四时，暖之以日月，而百化兴焉。如此，则乐者，天地之和也。"③ 这里讲到的乐之取法如果放到祀神仪式及其衍生的文化观念中去理解显然便容易得多。而这一点我们也可以在文化人类学的著作中找到佐证："在早期村落定居生活的阶段，巫术和宗教得到了发展并系统化了，我们现在称之为艺术的形式被作为一种巫术的工具用之于视觉或听觉的动物形象，人的形象以及自然现象（下雨或天晴）的再现，经常是用图画、偶像、假面和模仿性舞蹈来加以表现，这些都称之为交感巫术。祈求下雨就泼水，祈求打雷就击鼓，而符咒则经常被用之于雕刻和装饰，被认为能带来好运气和驱逐魔鬼。……而礼仪的活动，说、唱、舞蹈都被用来保证巫术的成功。"④ 这就表明，诗乐舞是巫术活动的重要组成部分，巫术中的人以此来调节和控制自然力，它们是保证巫术成功的重要辅助手段。中国文化发展进程当中的"乐教"之所以笼罩着浓厚的神秘性，在我们看来，就是源自这一巫术文化土壤。

巫术是人类意识发展中的一个重要步骤，而融诗乐舞于一体的乐在人类迈出这一步的时候，曾经扮演过中坚辅助角色。以此而论礼乐文明的产生时序，乐教应先于礼教。因为乐教先于礼教，所以"诗言

---

① 何宁：《淮南子集释》，中华书局 1998 年版，第 831 页。

② 王国维：《宋元戏曲史》，上海古籍出版社 1998 年版，第 2 页。

③ （唐）孔颖达：《礼记正义》，北京大学出版社 1999 年版，第 1096 页。

④ ［美］托马斯·芒罗：《艺术的发展及其它文化史理论》，转引自朱狄《艺术的起源》，中国社会科学出版社 1982 年版，第 136 页。

志"的首揭阐发才主要围绕着乐教而立论。而且，我们也只有把"诗言志"放在孕育于巫术语境下的乐教中去理解，才能揭示舜与夔这段充满神秘性的对话：

第一，巫术活动中的人们认为"自然与社会不仅是紧密地相互联系着，而且是一个难分的整体"，"自然界的作用在很大程度上依赖于人的行为"①，人类能够通过包括诗乐舞等各种艺术在内的技术手段控制自然，"八音克谐，无相夺伦"之所以导向"神人以和"，当以这种巫术思维与逻辑来理解。

第二，"诗言志"之所以是乐教的一部分，是因为发轫于巫术活动的乐教融诗乐舞于一体。

第三，此时的"诗言志"具有巫术目的性，其目的是以祈灵觋，而非是抒情之作。《礼记·郊特牲》伊耆氏之蜡辞庶可证之。其辞云："土反其宅，水归其壑，昆虫勿作，草木归其宅。"玩味其辞，这首歌谣显然是当时劳动人民因无力战胜水旱虫灾而向"天帝"发出的祈求，希望不要降灾祸来危害庄稼，让大家能过上安逸的生活。卡西尔说："在原始人心中，在无数情况下所体验到的语词的社会力量，成了一种自然的甚至超自然的力量。……在他看来，这个世界并不是无声无息的死寂的世界，而是能够倾听和理解的世界。因此，如果能以适当的方式向自然力提出请求，它们是不会拒绝给予帮助的：没有什么东西能抗拒巫术的语词，诗语歌声能够推动月亮。"② 是故，这里"言志"言的是巫术性质的"志"，"志"本身具有"协于上下，以承天休"③ 的意动性，易言之，就是咒语。

要追问"诗言志"思想的起始时间，难免需厘清《尚书·尧典》的写成时代，而关于《尚书·尧典》的写成时代，可以说是众说纷纭。对此纷纭诸说，因为不是本书关注重点，因此这里不想卷入其中。这里我们要强调的是，《尧典》成书的时间与《尧典》内容所代

① ［德］恩斯特·卡西尔：《人论》，甘阳译，上海译文出版社 2004 年版，第 154、128 页。

② 同上书，第 154 页。

③ 杨伯峻：《春秋左传注》，中华书局 1990 年版，第 671 页。

表的时代未必是一致的。就"诗言志"思想的发生来说，其写成时代可能较晚，但它呈现出的"神人以和"观念则应该到较早时期的巫术语境中去寻绎。进一步言之，"诗语歌声能够推动月亮"，这一巫术目的性的"言志"思想也应该被视为中国言志诗艺不可或缺的一个环节，我们不必，也不应该将"言志"诗艺演进完全单线索于人文视域。然而，舜命夔典乐，使人具有两两相制互补的八种德行而导向和合之道，这又是典型的人文诉求。刘熙载《诗概》云："诗之所贵于言志者，须是以'直温宽栗'为本。不然，则其为志也荒矣，如《乐记》所谓'乔志'、'溺志'是也。"①是故，《尚书·尧典》中的这一"言志"观念实际上又在昭示着宗教意识向人文精神的跃进。

据朱自清先生在《诗言志辨·诗言志》中的考察，人文视域下的"言志"诗艺演进呈现为以下四种样态：献诗陈志、赋诗言志、教诗明志以及作诗言志。我们认为，这四种样态在先秦诗学当中可进一步约化为两个主体中心，一是以创作主体为中心，从群体普遍感受之志演进为私人专有内在之志，献诗陈志以及作诗言志属之；二是以阅读主体为中心，从偏向于现实运用的情境意义演进为对普遍义理的建构，赋诗言志和教诗明志属之。

"皇天无亲，惟德是辅"，周公"制礼作乐"，把这种寻绎于历史变动的文化思考摄入源来有自的传统礼乐，于是，有周一代，"郁郁乎文"，周人便在这演礼奏乐当中，实践着自己的德行，演绎着自己的德行。而在周王朝这一"制礼作乐"文化机制下开出来的审美之花《诗经》首先言述的便是立足于这一"尚德"思想背景下的，人作为宗法社会成员，以伦理情感为旨归的群体志意感受。②谈到《诗经》的作者问题，清人劳孝舆在《春秋诗话》当中曾表述过这样的意见："然作者不名，述者不作，何欤？盖当时只有诗，无诗人。古人所作，今人可援为己诗，彼人之诗，此人可赓为自作，期于言志而止。"③这

---

① （清）刘熙载撰，袁津琥校注：《艺概注稿》，中华书局2009年版，第384页。

② 关于《诗经》基于伦理本位的群体言述表现，笔者曾在《先秦两汉抒情文学的诗性特质研究》（吉林文史出版社2014年版）一书第一章中有详细论述，可参看。

③ （清）劳孝舆：《春秋诗话》，中华书局1985年版，第1页。

就是说，在劳孝舆看来，《诗经》时代，“只有诗，无诗人”，诗人的主体意识淹没在“诗言志”的群体言述之中，是故，“古人所作，今人可以援为己诗”以“言志”。以周人“尚德”思想背景下的以伦理为本位的情志抒写观之，这一意见无疑把握到了《诗经》言志诗艺的部分事实。

诗固然可以抒发群体之志，而且，即便个体情感也会涵摄社会特质，要不然情感的抒发就失去了可供理解的共通共鸣，但是，不言而喻，诗人的个体意识才是抒情文学最有活力的因素。“家父作诵，以究王讻”；“寺人孟子，作为此诗，凡百君子，敬而听之”，诗篇创作开始有了主名。就此类“刺诗”而言，如此昭彰表明自己，无疑是一种“敢于与现实作对、敢于担当道义、并敢于承当由此带来的灾难的勇气和意志”① 的表现，而这显然是诗人个体意识觉醒的标志。

朱自清先生寻绎诗作者表明自己作意的诗句，得 12 处。以风雅正变观之，10 处出自“变风变雅”。关于这些诗之作意，朱自清剖析说：“这些诗的作意不外乎讽与颂，诗文里说得明白。像‘以为刺’、‘以讯之’、‘以究王讻’、‘以极反侧’、‘用大谏’，显言讽谏，一望而知。……为颂美而作的，只有《卷阿篇》的陈诗以‘遂歌’，和尹吉甫的两‘诵’。《卷阿传》说‘王使公卿献诗以陈其志’，‘陈志’就是‘言志’。因为是‘献诗’或‘赠诗’（如《嵩高》、《烝民》），所以‘言志’不出乎讽与颂，而讽比颂多。”② 讽与颂，亦即经生所言刺与美，从“言志”角度说之，我们认为，这一经学思路有其合理性，而且这也是我们的抒情传统最为重要之一脉。但是，这一“讽与颂”的思路，面对着抒情主体的自觉，显然已经顾此失彼，捉襟见肘。

虽然朱先生把《四牡》、《巷伯》以及《四月》也勉强地划入“讽”类，但他也不得不承认“《四牡》篇的‘“将母”来谂’……与《巷伯》的‘凡百君子，敬而听之’，《四月》的‘维以告哀’，都

---

① 李山：《诗经的文化精神》，东方出版社 1997 年版，第 267 页。
② 朱自清：《诗言志辨》，广西师范大学出版社 2004 年版，第 5 页。

是自述苦情"① 之作。《小雅·何人斯》："作此好歌，以极反侧。"闻一多指出："《小雅·何人斯》篇亦女子之词"，诗中"以飘风喻男子之无情也"。② 是故，潘啸龙先生考证说："'好歌'者，男女情爱之歌也；'反侧'即《关雎》'悠哉悠哉，辗转反侧'之意。联系全诗内容可知，女主人公因为早已被摈弃别室而难见其夫，陷入了'壹者之来，云何其盱'的绝望和痛苦之中，才唱出了这首抒泻婚姻失败之情的哀伤之歌，以捱过彻夜难眠的'反侧'。"③ "独寐寤歌，永矢弗过"（《卫风·考槃》），"心之忧矣，我歌且谣"（《魏风·园有桃》），"啸歌伤怀，念彼硕人"（《小雅·白华》），"我心蕴结兮"（《桧风·素冠》）……朱熹《集传》："蕴结，思之不解也。"④《小雅·都人士》："我心苑结"，诗人们满腔忧郁之情难以排解，于是"君子作歌，维以告哀"。抒情主体开始觉醒，诗人们直接介入外在情境，直接抒写着自身的喜怒哀乐。至此，《诗经》再也不是"正风正雅"时代对现实半分真实、半分虚假的歌颂了，言述周人集体情志的时代正逐步走向终结。周人开始摆脱群体歌唱和歌唱群体，他们逐步走出自己的宗法位置，一方面，纠结着宗法的脐带，他们忠贞于礼，苦恼于世，另一方面，他们开始如火如荼甚至带有几分野性地抒愤或歌哭着个体，挖掘着当下的生活意义。诗人的个体意识正在觉醒，个体的喜怒哀乐正在破茧。要之，"变风变雅"昭示的是诗人群体私人化言说的开始。诗人们固然依旧徘徊在宗法伦理社会的位置之中，但是，他们悲愤，他们哀怨，他们迷狂——这里已经有了周人个体人性的光辉演绎！

　　然而，这场私人化言说还没来得及展开，便随着"诗亡"而沉寂了。继之，言志诗艺也由创作主体转向了阅读主体。事实上，《诗经》的阅读、运用与研讨，在先秦是一项基本的人文活动。

　　班固《汉书·艺文志·诗赋略》说："古者诸侯卿大夫交接邻国，

---

① 朱自清：《诗言志辨》，广西师范大学出版社 2004 年版，第 5 页。

② 《闻一多全集》第 2 册，生活·读书·新知三联书店 1982 年版，第 175 页。

③ 潘啸龙、蒋立甫：《诗骚诗学与艺术》，上海古籍出版社 2004 年版，第 5 页。

④ （宋）朱熹注，赵长征点校：《诗集传》，中华书局 2011 年版，第 111 页。

以微言相感，当揖让之时，必称《诗》以谕其志，盖以别贤不肖而观盛衰焉。"① 班固所说的这一"称诗谕志"传统就是始见于《左传》的赋诗言志诗艺。赋诗是一种读者再创造活动。只是这种再创造，"断章"取义，各"取所求"，往往是赋予《诗》以新的意义误读。赋诗活动中，赋诗者投身于作品当中，并非求得文学性的情意沟通，而常常是无视《诗》的意蕴，只从作品中抽出几句，而以自己的理念或具体意图的阐释为中心，应对或批判当下实际。原诗义的寻索并非当下所急务，而如何绾合当下情境以达到沟通才是最重要的事情。

《左传·襄公二十七年》：

郑伯享赵孟于垂陇，子展、伯有、子西、子产、子大叔、二子石从。赵孟曰："七子从君，以宠武也。请皆赋，以卒君贶，武亦以观七子之志。"子展赋《草虫》。赵孟曰："善哉，民之主也！抑武也，不足以当之。"伯有赋《鹑之贲贲》。赵孟曰："床第之言不逾阈，况在野乎？非使人之所得闻也。"子西赋《黍苗》之四章。赵孟曰："寡君在，武何能焉？"子产赋《隰桑》。赵孟曰："武请受其卒章。"子大叔赋《野有蔓草》，赵孟曰："吾子之惠也。"印段赋《蟋蟀》。赵孟曰："善哉，保家之主也！吾有望矣。"公孙段赋《桑扈》。赵孟曰："'匪交匪敖'，福将焉往？若保是言也，欲辞福禄，得乎？"

卒享，文子告叔向曰："伯有将为戮矣。诗以言志，志诬其上而公怨之，以为宾荣，其能久乎？幸而后亡。"叔向曰："然，已侈，所谓不及五稔者，夫子之谓矣。"文子曰："其余皆数世之主也。子展其后亡者也，在上不忘降。印氏其次也，乐而不荒。乐以安民，不淫以使之，后亡，不亦可乎！"②

在这段文献中，出现了"观志"和"诗以言志"两个概念。"诗

<hr />

① （汉）班固：《汉书》，中华书局1962年版，第1755—1756页。
② 杨伯峻：《春秋左传注》，中华书局1990年版，第1134—1135页。

以言志"就是赋诗以言志,而"观志"则是在赋诗以言志的基础上,听者观察赋诗者的心志。这就告诉我们,"赋诗言志"中的诗不是一个单纯的美学文本,而是使人的志向、怀抱得以敞亮,自我得以确立的文化媒介。这一以阅读为中心的言志诗艺有两点值得注意:

其一,赋者和听赋者必须十分熟稔"诗",而且能够善于应对实际,迅速找到诗的原意与原义应对到当下情境的指涉,否则,这场"对话"便无法完成。上述七子赋诗,只有子西赋《黍苗》之四章,文中明确交代了赋诗中的具体章句,而其他六子则只言篇名,根据叙述逻辑来看,其他六子赋的应该是全篇。据杜预的注来看,这场对话赋者和听赋者都是就诗中的某一章句来传情达意。这就告诉我们,赋诗活动中,"对话"双方能够绾合当下情境,完成"视域融合",有效传递讯息,必须具备高超的"诗"学技艺和深厚的人文素养。

其二,"观志"是建基于语言与人心内外相符、表里相应这一语言认识之上。赵孟要想通过郑国七子之赋诗以观其志,其前提必须是七子所赋之诗不能违心而出,否则,这场对话也不可能真正完成。而从伯有《鹑之贲贲》之赋(伯有完全可以缪其言而不必"诬其上")以及赵孟与叔向的对话来看,赋者以及听赋者确实是在志言符应的情境中完成赋诗活动的。这一志言符应诉求也就是《左传》襄公十六年所提到的"歌诗必类"。《左传》襄公十六年诸侯盟会,要求"歌诗必类",齐高厚因为"诗不类"引起主会盟主的不满而遭到讨伐。高厚之所以遭到讨伐,是因为荀偃以此看到了"诸侯有异志"[①]。"诗不类"而"有异志",可以说,从反面证明了当时志言符应这一共识。对于赋诗活动中的这一语言行为孟子的话也可作为注脚——"诐辞知其所蔽,淫辞知其所陷,邪辞知其所离,遁辞知其所穷"[②],亦即表现于外的"诐"、"淫"、"邪"、"遁"等辞反映着说者"蔽"、"陷"、"离"、"穷"的心理状况。

从赋诗活动所开展出来的"诗以言志","观志"偏向于当下情境的运用和感知，赋、听中的阅读主体借助现在与过去的互涉，将诗文本绾合当下情境，从而传递出内在情志。在这一活动中，诗只是被当作传递讯息的媒介，而从孔子开始的儒家学诗活动，则将诗真正上升为"义之府"①，诗义开始向价值依据跃进。《论语·学而篇》：

　　　　子贡曰："贫而无谄，富而无骄，何如？"子曰："可也；未若贫而乐，富而好礼者也。"
　　　　子贡曰："诗云：'如切如磋，如琢如磨'，其斯之谓与？"子曰："赐也，始可与言《诗》已矣，告诸往而知来者。"②

　　"如切如磋，如琢如磨"语出《卫风·淇奥》，原是用来赞美卫武公之修身的，谓武公"能学问听谏，以礼自修，而成其德美，如骨之见切，如象之见磋，如玉之见琢，如石之见磨，以成其宝器"③。在子贡与孔子这段对话中，"如切如磋，如琢如磨"虽然也是用来对照主体的修养，但子贡从"无谄"、"无骄"到"乐道"、"好礼"的对话中，逐渐体悟到主体由消极而跃入积极的过程，无疑已表明，子贡对于诗义的把握已不限于情境意义的运用，而是上升到了普遍义理的讲求。而这种对普遍义理的讲求反过来又深化了孔子对"诗"之默契生命的认识，其具体表现就是孔子基于此而提出的"兴于诗"（《论语·泰伯》），"诗可以兴"（《论语·阳货》）。孔子云："不学诗，无以言"，又云，"不学周召二南，犹正墙面而立"。正是谓不学诗，人的心志犹如封在一堵墙壁之内，得不到发抒、开放、敞亮。要之，儒家的学诗活动就要是获得一种人生依持之意义。

　　孟子的"以意逆志"、"知人论世"以及"知言养气"可视为诗兴活动下普遍义理讲求、人生意义建构的进一步开展。

　　历代学者对于"以意逆志"的诠解存有不同看法，其中的差异在于对"意"字的解说。对"意"的理解，历来有两种不同的观点。

---

①　杨伯峻：《春秋左传注》，中华书局 1990 年版，第 445 页。

②　杨伯峻：《论语译注》，中华书局 1980 年版，第 9 页。

③　（唐）孔颖达：《毛诗正义》，北京大学出版社 1999 年版，第 216 页。

一种认为"意"是指读诗人的意，如赵岐注《孟子》中说："志，诗人志所欲之事。意，学者之心意也。""人情不远，以己之意，逆诗人之志，是为得其实矣。"① 朱熹《四书集注》中说："当以己意迎取作者之志，乃可得。"② 另一种认为"意"是指存在于诗篇中的意，如清代吴淇在《六朝选诗定论·诗缘起》中说："汉宋诸儒以一志字属古人，而意为自己之意。夫我非古人，而以己意说之，其贤于蒙（指咸丘蒙）之见也几何矣。不知志者，古人之心事，以意为舆，载志而游，或有方，或无方，意之所到，即志之所在，故以古人之意，求古人之志，乃就诗论诗，犹之以人治人也。即以此诗论之，不得养父母，其志也；普天云云，文辞也。'莫非王事，我独贤劳'，其意也。其辞有害，其意无害，故用此意以逆之，而得其志在养亲而已。"③ 实际上，上述两种观点应该结合起来看。读者对诗的理解总是带有自己的观点和认识，从这个角度来说，"意"当为读者之"意"，此时之"意"不可能完全和作者一致，然而，读者在说诗的时候，也不能违背诗人之"志"而过度诠释。这就是说，"意"具有一定的客观性，我们应该将孟子语境中的"意"视为沟通作者、作品和读者之间的桥梁来理解。

《孟子·万章上》："说诗者，不以文害辞，不以辞害志。以意逆志，是为得之。"④ 一切读诗行为当从"文"、"辞"开始，孟子也肯定"文"、"辞"具有基本意义，但孟子强调，不能只从字句的表面意思出发，而要透过"知人论世"，既不违背诗人之"志"做过度诠释，也不应黏着当下读死书，而要"知言养气"，"载志而游"，跨向诗人之存在处境、人之为人的存在依据来把握作品的真精神。

孟子对于言志诗艺之探求，从"知言养气"中所提到的"志"来看，是接续孔子，继续向道德理性层面来建构的。然而，真正将

① （清）焦循撰，沈文倬点校：《孟子正义》，中华书局 1987 年版，第 638 页。

② （宋）朱熹：《四书章句集注》，中华书局 1983 年版，第 306 页。

③ （清）吴淇：《六朝选诗定论》，《四库全书存目丛书补编》，齐鲁书社 2002 年影印本，第 11 册，第 49 页。

④ 杨伯峻：《孟子译注》，中华书局 2005 年版，第 215 页。

《诗》之义理全面地向普世之价值建构还得从荀子算起。《荀子·儒效》篇云：

> 圣人也者，道之管也。天下之道管是矣，百王之道一是矣，故《诗》、《书》、《礼》、《乐》之归是矣。《诗》言是，其志也；《书》言是，其事也；《礼》言是，其行也；《乐》言是，其和也；《春秋》言是，其微也。①

荀子认为天下之道体现于圣人，而圣人的事迹、举动、情志等又都见之于经典，《诗》则是圣人之志的体现。这里，荀子在接续孔孟以来道德理性建构的基础上，进一步将《诗》艺神圣化，将《诗》说成是圣人之志，是天下"道之管"，或言之，是人生价值依据之渊薮，可以说，这是两汉阅读视域下言志《诗》艺义理化归约具体展开之前的正式宣言。

春秋之后，"聘问歌咏"不再行于列国，于是，"学《诗》之士逸在布衣"②，荀子在宣建《诗》艺普遍之义理的时候，"陈佹诗"，"反辞"《小歌》，把凝固于历史文献的"诗"体意识昭醒。继之，以屈原为代表的一批辞人另行创造抒情言志的新诗体，使诗之精神全面复苏，而且开始以"诗""言一己穷通"。③ 于是，这一"诗"体意识的昭醒，骚体新诗的出现，终于使诗作为一种文体、美文学的一种样式而兴盛起来。秦始皇统一天下后，曾命他的博士们作《仙真人诗》，巡游天下的时候，"传令乐人歌弦之"；④ 汉初韦孟作楚元王傅，傅元王子夷王以及孙王戊，戊荒淫不遵道，于是，孟作诗以讽；后因戊荒淫日甚，韦孟"顾瞻余躬，惧秽此征"，故去位而徙家于邹，作《在邹诗》。是时，人们也在创作中确认了"作诗言志"这一诗学诉求，

---

① （清）王先谦撰，沈啸寰、王星贤点校：《荀子集解》，中华书局1988年版，第133页。

② （汉）班固：《汉书》，中华书局1962年版，第1756页。

③ 朱自清：《诗言志辨》，广西师范大学出版社2004年版，第26页。

④ （汉）司马迁：《史记》，中华书局1982年第2版，第259页。

庄忌在《哀时命》中写道："志憪恨而不逞兮，抒中情而属诗。"① 这样，两汉言志诗艺就在实践创作与阅读体认的相互交荡下，获得了全面拓展，而诗言志这一诗之本质诉求也由此塑成为一种泽被后世、具有民族规定性的诗艺精神。

二 "和合"特质视域下的两汉言志诗艺阐释

西周"封建"分封，士被身份与职事固定在"封建"关系之中而没有独立的价值思考。礼崩乐坏，"封建"的社会秩序走向解体，己身何去何从，这是一个需要自身思考的全新问题，于是，这些新兴士人阶层"以道自任"，以天下为己任，思考着"终极性"的价值。彼时，处士横议，"高自位置"，各家各派都想建构一套价值观念和话语系统来影响甚至是决定社会的基本格局。随着秦汉帝国的建立，中国社会由"封建"分封走向了封建专制，士人在身份的再确认当中又发生了一次变化。对于汉代士人来说，再也没有先秦士人阶层那种"合则留，不合则去"的生存境遇。天下一统，他们再也不能"朝秦暮楚"，学得文武艺，货与帝王家，除了仕进与退隐，别无选择。汉初，汉家携刘邦的草莽雄风，凭借"英雄"及其余荫架构国家，不用为自己的政权寻求合法性。但随着昔日英雄一个个被风吹雨打去，汉帝国何以立国、凭什么立国、是否具有合法性等问题便日显重要而提到议事日程上了。而这些问题的话语权恰恰掌握在士人手里，于是，士人阶层再度得到统治者的注意。是时，士人阶层也需要一个位置来实现自己的人生价值，所以，经过博弈，士人与皇权达成共谋，士人阶层选择了政府官吏这一位置来谋求人生价值之实现。从此，"横议"之"处士"变成了"士—官僚"系统中的"士"，而儒学通过"士—官僚"系统中的"士"与统治者的"商定"，皈依君权，塑成为汉家的意识形态——经学。就两汉诗学的"文化性"生成而言，其主要生成语境就是这一两汉士人阶层与君权共谋而产生的"经学"话语系统。而也正是这一话语系统将两汉阅读视域下的诗学导向了道德政治功能

① （宋）洪兴祖撰，白化文等点校：《楚辞补注》，中华书局1983年版，第259页。

的依附，甚且常以政教的目的扭曲文本创作的价值取向。关于汉代诗学的这一特征，前文我们曾引施淑的论断以为证：

> 综观汉人说诗的发展过程，政治的要求，也即是如何使三百篇成为维系社会秩序以达到巩固汉家统治的目的，一直是一个被关心的问题。可以说两汉御用的诗经博士们，最焦灼的无过于如何在三百篇中幻化出一个切合汉天子意志的"法度"来。……奔逐于利禄之路的《诗经》博士，竞相立说，务必达到《汉书·艺文志》追求的《诗》"本义"，也即合于汉法度的道德意识，于是《三家诗序》对诗旨的捏造，刘向《列女传》之附会《诗》本事，《白虎通》之以《诗》为三纲五常典章制度的佐证，及至《毛诗序》的系统化诗学，可说都是其产物。①

从我们对先秦言志诗艺的寻绎来看，汉代诗学的这一特征其实是孔孟荀以来儒家诗艺道德理性建构的一种接续。当然，也正是由于儒家言志诗艺的这一内在特质所在，《诗三百》才能够成为儒家经典之一参与汉王朝意识形态的建构。

两汉士人既已皈依君权，那么，作为"士—官僚"系统当中的一员，他们的首要言说，责无旁贷，就得以巩固汉家统治为旨归。基于此，作为汉家意识形态组成部分之一的言志诗艺，其规约意旨与企图也就指向了群体意志下的"经夫妇，成孝敬，厚人伦，美教化，移风俗"②。落实到阅读视域下的诗三百之具体解说，就是绅绎个别情感的相同点，幻化出"止乎礼义"的法度来反省或规范汉家统治："风，言圣贤治道之遗化也。赋之言铺，直铺陈今之政教善恶。比，见今之失，不敢斥言，取比类以言之。兴，见今之美，嫌于媚谀，取善事以喻劝之也。雅，正也，言今之正者，以为后世法。颂之言诵，容也，

① 施淑：《汉代社会与汉代诗学》，《中外文学》第10卷第10期，1982年3月，第80页。

② （唐）孔颖达：《毛诗正义》，北京大学出版社1999年版，第10页。

诵今之德，广以美之。"①《汉书·翼奉传》记元帝时翼奉上封事云：
"《易》有阴阳，《诗》有五际，《春秋》有灾异，皆列终始，推得失，
考人心，以言王道之安危。"② 正因此，汉代诗学才出现了崔述所见到
的这一状况："诗序好以诗为刺时、刺其君者，无论其词何如，务委
曲而归其故于所刺者。……见称述颂美之语，必以为陈古刺今。"③
《诗经》博士在三百篇中只看到"刺"与"美"，而"美"的指向也
是"陈古刺今"。这就告诉我们，《诗经》博士接续原始儒家诗学的
道德化诉求，并将之系统化，为巩固汉家的统治机制服务，这既是汉
代诠释《诗经》的"前理解"，同时也是阅读视域下汉代言志诗艺的
一个基本特征。下面，我们不妨以几首婚恋诗为例以说明之：

《关雎》鲁说：周道缺，诗人本之衽席，《关雎》作。……又
曰：周渐将衰，康王晏起，毕公喟然，深思古道，感彼关雎，性
不双侣，愿得周公，配以窈窕，防微消渐，讽谕君父。

《关雎》齐说：孔子论《诗》，以《关雎》为始。言太上者
民之父母，后夫人之行不侔乎天地，则无以奉神灵之统而理万物
之宜。

《关雎》韩说：诗人言雎鸠贞洁慎匹，以声相求，隐蔽于无
人之处，故人君退朝入于私宫，后妃御见有度，应门击柝，鼓人
上堂，退反宴处，体安志明。今时大人内倾于色，贤人见其萌，
故咏《关雎》，说淑女、正容仪以刺时。④

《关雎》毛说：《关雎》乐得淑女以配君子，忧在进贤，不淫
其色。哀窈窕，思贤才，而无伤善之心焉，是《关雎》之义也。

《静女》，刺时也。卫君无道，夫人无德。

《出其东门》，闵乱也。公子五争，兵革不息，男女相弃，民

----

① （唐）贾公彦：《周礼注疏》，北京大学出版社1999年版，第610页。
② （汉）班固：《汉书》，中华书局1962年版，第3172页。
③ （清）崔述：《读风偶识》，《续修四库全书》，上海古籍出版社2002年影印本，第
64册，第233页。
④ （清）王先谦撰，吴格点校：《诗三家义集疏》，中华书局1987年版，第4—5页。

人思保其室家焉。

　　《溱洧》，刺乱也。兵革不息，男女相弃，淫风大行，莫之能救焉。①

　　《关雎》、《静女》、《出其东门》和《溱洧》这四首诗，就诗歌基本题材来说，谁也无法否定诗中所提及的男女活动。正因此，两汉《诗经》博士在其诗说当中也是从男女活动出发来立论。只是，指向"合乎礼义"的"前理解"却把这四首诗的目的诗旨无一例外地指向了政教层面的或"美"、或"刺"、或"闵"。要之，"刺时"，"讽谕君父"这一义理化的归约是两汉解诗活动的一项基本原则。

　　寻绎上述四首诗旨的解说，我们发现，汉人解诗的这种义理化归约，尽管存在着"幻化"成分，但并非天马行空，漫无边际，而是将诗旨放在具体的历史情境中来阐释。如《关雎》鲁说的"刺时"指向"康王晏起"，毛诗的歌美"后妃之德"系于"文王行化"，《出其东门》的"闵乱"则放于郑国的"公子五争"。而寻绎毛派《诗》说，我们更是可以看到汉人形成了一个绾合具体历史情境的三连环式解《诗》体系：政治盛衰—诗旨"正变"—诗意"美刺"。《诗大序》说：

　　　　至于王道衰，礼义废，政教失，国异政，家殊俗，而变风变雅作矣。国史明乎得失之迹，伤人伦之废，哀刑政之苛，吟咏情性，以风其上，达于事变而怀其旧俗者也。故变风发乎情，止乎礼义。发乎情，民之性也；止乎礼义，先王之泽也。②

　　在《诗大序》的作者看来，由于王道衰败、社会动荡以及道德沦丧的社会变迁，于是产生了"变风变雅"。虽然《大序》里没有"正风正雅"的概念，但正如陈桐生先生所指出："'变'是相对于'正'

---

　　① （唐）孔颖达：《毛诗正义》，北京大学出版社 1999 年版，第 21、173、316、321—322 页。

　　② 同上书，第 14—15 页。

而言，有'变'必有'正'，因而'变风变雅'的概念中实际上暗含着'正风'、'正雅'的概念。"① 正式提出《诗》有"正变"的是郑玄。郑玄认为，"《周南》、《召南》之风，是王化之基本，《鹿鸣》、《文王》之雅，初兴之政教"，是"《诗》之正经"，② 而从周懿王、夷王开始至春秋陈灵公时的诗则为"变风变雅"。郑玄说："欲知源流清浊之所处，则循其上下而省之；欲知风化芳臭气泽之所及，则傍行而观之，此诗之大纲也。举一纲而万目张，解一卷而众篇明。"③ 在郑玄看来，对《诗》的解说，可以分别从历史源流（"循其上下"）与社会世情（"傍行而观"）加以考察，一旦明了了三百篇当中的某一具体篇章，且从中寻绎出一个"纲"来，那么诸篇的共同关怀，便可轻易获知。基于此，配合《小序》关于诗意美刺的规定，郑玄在《诗谱》中进一步"以史证诗"，先入为主地追溯各国的历史与政教善恶的关系，指陈哪些诗篇为正为变，为美为刺。于是，这就形成了政治盛衰—诗旨"正变"—诗意"美刺"这一解《诗》体系。由此可见，两汉诗学义理化的归约（诗意"美刺"）是源自历史化的考察（政治盛衰），而历史化的考察又不是简单地剪裁史料，而是贯穿着政教视域下的义理关怀。换言之，两汉阅读视域下的言志诗艺贯穿着历史化与义理化的交互参证。

综上，历史化与义理化的交互参证，是两汉解诗活动的基本原则。这一交互参证，总体要求是，"志"之倾泻要"发乎情，止乎礼义"。因为这一和合导向，既符合统治者的利益，是汉家统治所急需，而两汉士子群体之意志与要求又由此得到栖居与满足。所以，这一解诗原则在两汉得到了极大发展，成了诗学主流。有见于此，蔡英俊等中国抒情传统论者认为，这一"本于政治教化的社会群体的共同情志"，根本无法彰显"'诗三百篇'中原有的情感性质"，《诗经》和《楚辞》的传统在汉代基本中断了，只有到了《古诗十九首》才接续上。缕析至此，我们要追问的是，两汉诗学的运行轨

---

① 陈桐生：《论正变》，《诗经研究丛刊》第 1 辑，学苑出版社 2001 年版，第 12 页。

② （唐）孔颖达：《毛诗正义》，北京大学出版社 1999 年版，第 7 页。

③ 同上书，第 9 页。

迹果真如此吗？

从前述我们对《诗经》情感言述的揭示来看，《诗经》首先言述的是立足于"尚德"思想背景下的，人作为宗法社会成员，以伦理情感为旨归的群体志意感受，是故，两汉阅读视域下"本于政治教化的社会群体的共同情志"归约，并非对三百篇的完全背离，它应该是新的历史条件下，两汉士人在《诗》艺基础上的一种积极建构。换言之，两汉阅读视域下的这一建构应该是《诗经》诗学传统构建的一部分。再者，从"变风变雅"扬起的这场"私人化言说"，个体情志之关注，一方面在两汉解诗中并没有完全缺失，而且，两汉士人，以赋这种文体，进而是赋与诗的互动中来寻绎人生个体价值之安放，更是对"骚人"以"诗""言一己穷通"的一种接续。鉴于此，我们认为，蔡英俊等人建构的中国抒情传统始于《古诗十九首》以降有待进一步商榷，补足。

政教视域下的义理关怀是汉人解诗的"前理解"，但这一解诗前提并未完全否定心灵的跃动。毛派诗学的《诗大序》将文学功能当中的政教诉求推向了极致，但它所阐发的言志诗艺却并未因此就完全皈依了政治而罔顾"志"的情感性。《诗大序》说："诗者，志之所之也，在心为志，发言为诗。情动于中而形于言，言之不足，故嗟叹之，嗟叹之不足，故永歌之，永歌之不足，不知手之舞之、足之蹈之也。"① 这是汉代对于诗之艺术本质最为系统的阐述。而据学术界意见，这一阐述其思想渊源当本自《乐记》。《乐记》已残，今部分篇目存于《礼记·乐记》。《礼记·乐记》曾说到古代诗、乐、舞三位一体的实际情况：

> 诗，言其志也，歌，咏其声也，舞，动其容也。三者本于心，然后乐器从之。
> 故歌之为言也，长言之也。说之，故言之；言之不足，故长言之；长言之不足，故嗟叹之；嗟叹之不足，故不知手之舞之，

---

① （唐）孔颖达：《毛诗正义》，北京大学出版社 1999 年版，第 6 页。

足之蹈之也。①

正由于诗与音乐关系密切，所以《乐记》中这一有关音乐的理论便被移用到了《诗大序》中来论诗。在论及音乐的艺术本质时，《乐记·乐本》云："凡音之起，由人心生也。人心之动，物使之然也。感于物而动，故形于声。""乐者，音之所由生也，其本在人心之感于物也。""凡音者，生人心者也。情动于中，故形于声。声成文，谓之音。"② 在这里，作者明确指出了音乐艺术是人们情感活动的产物，是由人心之动，也就是"情动于中"而产生的，并进而指出人心之动的原因在于来自对外物的感受。可见，《乐记》作者对艺术根植于情感的本质特征给予了充分的肯定。当《诗大序》接过《乐记》这一话题以诠释"诗言志"的时候，艺术根植于情感的特质也没有被抹杀，"心"的动态样貌同样得到了展演。《诗大序》虽然没有说"人心之动"，"感于物而动"，但提到了"志之所之"，其中第二个"之"字具有"前往"的动态义。孔颖达释"志"说："感物而动，乃呼为志。"③ 是故，"在心为志，发言为诗"即是《乐记·乐本》中所强调的"人心之动"。而《乐记·乐本》里"情动于中，故形于声"的"情动"思想，也在"情动于中而形于言"中得到了接续。另外，正如有的学者所指出，《诗大序》"虽未曾如《乐记》那样鲜明地提出物感说，但在论及'变风'、'变雅'的产生时，说由于礼义废失、政教衰颓，诗人为之哀伤，故而'吟咏情性，以风其上'。这实际上指出了诗人情感的激发是受外界事物的感动所致"④。如此说来，两汉阅读视域下的义理化归约并未因强调集体性而压抑了个体性的心灵跃动。如果我们跃入汉人对于诗三百篇的具体解说，这一倾向就更为明

---

① （唐）孔颖达：《礼记正义》，北京大学出版社 1999 年版，第 1111—1112、1148 页。

② 同上书，第 1074—1077 页。

③ （唐）孔颖达：《毛诗正义》，北京大学出版社 1999 年版，第 6 页。

④ 王运熙、顾易生主编：《中国文学批评史新编》上册，复旦大学出版社 2001 年版，第 39 页。

显。如《毛诗序》认定为庄姜的四首诗：

> 《绿衣》，卫庄姜伤己也。妾上僭，夫人失位而作是诗也。
>
> 《燕燕》，卫庄姜送归妾也。
>
> 《日月》，卫庄姜伤己也。遭州吁之难，伤己不见答于先君，以至困穷之诗也。
>
> 《终风》，卫庄姜伤己也。遭州吁之暴，见侮慢而不能正也。①

按现代学者的意见，《毛诗序》所认定的作者署名及其诠释题旨均有待商榷，但是，这四首诗中，有三首明言"伤己"而作，并且将庄姜的情绪分别指认为不同的历史情境，对照诗节，显而易见，作序者并没有罔顾"志"的情感性，而忽视诗中的悲情。

在历史化与义理化交互参证的解诗过程中，两汉言志诗艺群体之意志有了栖居之地，但是，伴随着士人这一阶层崛起而与之俱来的个体意志之醒觉与安放，并没有因为有了群体的约定与共识，便得以栖居。解诗过程不能罔顾心灵的跃动就足以证明两汉社会实践主体就处理自我与他人、个人与社会之间的关系所展开的思考远非就这么简单。于是，我们发现，两汉士人接续屈原以"诗""言一己穷通"的传统，在赋与诗的互动创作中，继续追问着人生价值的皈依，个体情感的安放。

随着礼崩乐坏的加剧，周代"封建"的社会秩序走向解体，新兴的士人阶层崛起。因为社会已有的价值秩序遭到破坏，所以这一新兴群体"纷纷则己言道……皆自以为至极，而思以其道易天下"②，"士志于道"成了这一群体的一个基本的人生固持。作为士人阶层的诗人屈原也是一个"独立不迁"以道自任，"思以其道易天下者"，但是，由于各种原因，他的"道"即"美之政"没有实现。不过，诗人不幸诗家幸，于是，屈原"发愤以抒情"，开始了一场有关人生出处，

---

① （唐）孔颖达：《毛诗正义》，北京大学出版社 1999 年版，第 117、121、124、126 页。

② （清）章学诚著，叶瑛校注：《文史通义校注》，中华书局 1985 年版，第 133 页。

或者关于个体价值安放于何处，这一有关灵魂之旅的带有"终极性"价值思考的寻绎。这个时代，原有的价值体系遭到破坏，人生何去何从都需要予以全新的思考。没有人负责价值评价，价值评价掌握在士人阶层自己的手中，这就是"士志于道"之固持。"士志于道"，这是一个思考人生何去何从的问题。"士志于道"，标志着个体意识的觉醒。因为"醒"了，所以才会有了"忧愁"与"苦痛"的挣扎，有了人类如何应对世界现实之感受的疑问。儒、道在对道德或自然的依归与体认之中找到了己身的安置之处，但是，如何面对人类更为内在的心灵世界的躁动，这还是一个个体意识觉醒之后所面临的新问题，而这是用思辨解决不了的。于是，以屈原为代表的辞人便在艰难的辩驳中展开了一场关于士人的个体灵魂归依于何处，个体的当下人生继续生存的理由何在，这一有关灵魂之旅的带有"终极性"价值思考的寻绎。可见，这一寻绎是一种生命的充溢，正因此，屈辞与其人格存在才具有内在的同一性。最终的结果是，屈原以蹈死这一极端行为宣告了这一探寻的破产，只留下宋玉一人在那里"悲歌"，"私自怜"。①

两汉士人接续着屈、宋的追问，在诗赋互动之中，继续探绎着当下个体的人生出处。首先，两汉士人向屈原洒下了一抔抔的同情之泪，用一批吊屈和拟骚的赋作以生命印证着生命。但是，他们并不同意屈原的极端抉择。一方面，他们坚守着士人的"志道"精神，"主文而谲谏"，积极参与国家意识形态的建构，另一方面，他们认为"君子得时则大行，不得时则龙蛇，遇不遇命也"②，积极寻找一个新的平衡点使心"适中"（《吕氏春秋·适音》"乐有适，心亦有适"高诱注"适"为"适中"）。

两汉的情感言述始于以刘邦为代表的王室新贵。《史记》载："（十二年）高祖还归，过沛，留。置酒沛宫，悉召故人父老子弟纵酒，发沛中儿得百二十人，教之歌。酒酣，高祖击筑，自为歌诗曰：'大风起兮云飞扬，威加海内兮归故乡，安得猛士兮守四方！'令儿皆

---

① （宋）洪兴祖撰，白化文等点校：《楚辞补注》，中华书局1983年版，第183页。

② （汉）班固：《汉书》，中华书局1962年版，第3515页。

和习之。高祖乃起舞，慷慨伤怀，泣数行下。"① 关于刘邦的三兮之章，历来论家都予以了很高的评价。《碧溪诗话》评论道：

> 时帝有天下已十三年，当思者艾贤德，与共维持，独崇意猛士，何哉？岂马上三尺，嫚骂余态，未易遽革耶？治道终以霸杂，盖有由然。其前年下诏曰："贤士大大吾能尊显之。"是年下诏曰："与天下之豪士贤大大同安辑之。"窃谓播告之词，乃秉笔代言，非若耳热之歌，乃中心所欲也。②

酒酣耳热之歌，着实应该是"中心所欲"。《韵语阳秋》言道："虽止于二十三字，而志气慷慨，规模宏远，凛凛乎已有四百年基业之气。"③ 可见，刘邦的这一三兮之章确是其"志气慷慨"的言志之作。但是，我们不要忘记这首歌诗产生之时的创作语境，酒酣，击筑，起舞，"令儿皆和习之"，不难看出，这既是言志，同时又是娱情之作。本来，汉朝的宗庙乐多袭秦旧。但是，因为刘邦喜欢楚声，所以唐山夫人因其好，作《房中乐》，并在不久之后，"使乐府令夏侯宽备其箫管，更名曰《安世乐》"④。可见，武帝定郊祀之礼，"乃立乐府，采诗夜诵，有赵、代、秦、楚之讴。以李延年为协律都尉，多举司马相如等数十人造为诗赋，略论律吕，以合八音之调，作十九章之歌"⑤，也可谓依祖宗之成法，不过，汉武帝如此大张旗鼓如火如荼之"采诗夜诵"，与刘邦小范围之改作还是不可同日而语的。《汉书·礼乐志》描述了十九章演唱时的盛况：夜晚，童男女70人合唱，"夜常有神光如流星止集于祠坛，天子自竹宫而望拜，百官侍祠者数百人皆肃然动心焉"⑥。这种感人的力量在相当程度上显然还是应该来自李延

---

① （汉）司马迁：《史记》，中华书局1982年第2版，第389页。

② （宋）黄彻：《碧溪诗话》，《历代诗话续编》，中华书局1983年版，第346页。

③ （宋）葛立方：《韵语阳秋》，《历代诗话》，中华书局2004年版，第645页。

④ （汉）班固：《汉书》，中华书局1962年版，第1043页。

⑤ 同上书，第1045页。

⑥ 同上。

年的新声曲。在博采民间声调并吸收外来音乐的基础上，将司马相如等人的华美诗赋被之管弦、歌喉，如此而来的"新声曲"必然与古典雅乐有相当的不同。当年，魏文侯之论"古乐"与"新乐"，有"吾端冕而听古乐，则唯恐卧。听郑卫之音，则不知倦"①的区别。数百年之下，令众人"肃然动心"的汉《郊祀歌》，显然并非中和平正的"古乐"逸响。

班固说："自孝武立乐府而采歌谣，于是有代赵之讴，秦楚之风，皆感于哀乐，缘事而发，亦可以观风俗，知薄厚云。"②1976年，秦始皇陵寝殿附近出土了错金银青铜编钟一件，钮上刻小篆体"乐府"二字，明确无误地证明了秦王朝即设有"乐府"这一音乐机构。虽然汉武帝不是乐府的首创始立者，但是，却以他的"新建"乐府为标志，结束了自春秋战国以来所谓雅郑、古今、旧新之间的这场旷日持久的诗乐之争论。最重要的是，由此而确认了一场新的文化情态的合理性，即自春秋战国以来这一听之令人"不知倦"然而却一直被士人阶层认为是"郑卫之音"淫哇之歌的俗乐，被汉武帝以国家政权的姿态予以了承认。

综上，汉初贵族的诗歌创作，一开始就是以"郑声"的娱情而肇端。到以汉武帝"新建"乐府为标志，更是由此而以国家政权的姿态确认了这一新的文化情态的合理性。经过剖析，我们发现，这一娱情的侵袭对两汉言志诗艺的影响是全面而深远的。其中就连最为庄重的宗庙郊祀之堂，也概莫能免。而这一娱情侵袭最为直接的结果就是，使两汉的抒情实践映现出一种俗世之情怀。随着俗世情怀流淌于诗心诗外，终于使汉人发现，除了社会之关怀，意义之思考，价值之追问，还有当下人生之生活，于是，诗赋的基本功能就在汉代士人笔下逐渐发生了改变。③"贤人失志之赋"直面自身的窘迫，在自悼自嘲的解构中逐渐走向了当下生命的自娱自适，而诗也在与赋的互动中，

---

① （唐）孔颖达：《礼记正义》，北京大学出版社1999年版，第1119页。

② （汉）班固：《汉书》，中华书局1962年版，第1756页。

③ 关于娱情侵袭下两汉赋与诗的互动演进，笔者曾在《先秦两汉抒情文学的诗性特质研究》（吉林文史出版社2014年版）一书中有过详细论述，可参看。

逐渐内化为一种人生境界，在这一境界中，作者无意取悦于他人，他只是在自言自语，自彰自明，诉说着自己，与自己辩驳，寻求内在心灵的"适中"：

怨诗行

天道悠且长，人命一何促。百年未几时，奄若风吹烛。嘉宾难再遇，人命不可续。齐度游四方，各系太山录。人间乐未央，忽然归东岳。当须荡中情，游心恣所欲。

古诗十九首·生年不满百

生年不满百，常怀千岁忧。昼短苦夜长，何不秉烛游！为乐当及时，何能待来兹？愚者爱惜费，但为后世嗤。仙人王子乔，难可与等期。

仲长统·见志诗

飞鸟遗迹，蝉蜕亡壳。腾蛇弃鳞，神龙丧角。至人能变，达士拔俗。乘云无辔，骋风无足。垂露成帷，张霄成幄。沆瀣当餐，九阳代烛。恒星艳珠，朝霞润玉。六合之内，恣心所欲。人事可遗，何为局促？

古歌

秋风萧萧愁杀人。出亦愁，入亦愁。座中何人谁不怀忧？令我白头。胡地多飚风，树木何修修。离家日趋远，衣带日趋缓。心思不能言，肠中车轮转。

《怨诗行》、《生年不满百》以及仲长统《见志诗》这三首诗表面上好像是在劝人要"荡中情"，及时行乐，"游心所欲"，而细加寻绎，我们会发现，实际上诗人劝说的对象不是读者而是他自己，诗人是在与自己辩驳，他在劝说自己要在有限的时间限度内增加生命的密度。而《古歌》这首诗感物怀思，作者既然说"心思不能言，肠中车轮转",那么,他为什么还要说呢?他要说给谁呢?"伫立吐高吟,舒愤诉穹苍"①,其实,他诉说的对象还是自己。换言之,就如宋玉的"私自怜"一样,诗人在把这一自言自语、自彰自明作为最后的栖居之处,这是他唯一的生存理由,也是他最后的自由。要之,汉人接续屈、宋将生命历程呈露于辞的言志诉求,在赋与诗的互动中,形成了一种只关注着内心情意的自适,而不假乎外求的言志倾向。《诗纬·含神雾》云"诗者,天地之心也"②,正是谓诗不是一种简单的语言技巧,而是作灵魂的安顿和人性的敞开来看待。当然,中国诗学看重这份真性情、真面目的自然呈露离不开人文精神的形塑。《庄子·渔父》孔子问"何谓真"?客曰:

> 真者,精诚之至也。不精不诚,不能动人。故强哭者虽悲不哀,强怒者虽严不威,强亲者虽笑不和。真悲无声而哀,真怒未发而威,真亲未笑而和。真在内者,神动于外,是所以贵真也。③

"贵真"就是要使心灵内外合一,符应。叶燮说:"诗是心声,不可违心而出,亦不能违心而出。"④刘熙载云:"诗以悦人为心与以夸人为心,品格何在?"⑤可见,言志诗艺强调思想感情的真实、作品与作者人格的内外一致,其实是民族精神在中国诗学上的映照,是人文境界向诗艺境界的一种跃进。

---

　　①　(清)沈德潜:《古诗源》,中华书局 2006 年版,第 71 页。是诗录在《文选》、《乐府诗集》、《古诗源》均题《伤歌行》。《乐府诗集》卷六十二《杂曲歌辞二》:"《伤歌行》,侧调曲也。古辞伤日月代谢,年命遒尽,绝离知友,伤而作歌也。"《玉台新咏》卷二列为魏明帝《乐府诗》二首之一,逯钦立《先秦汉魏晋南北朝诗》采纳。本书为论述上的方便,采前说,断为汉代古辞。

　　②　(清)刘熙载撰,袁津琥校注:《艺概注稿》,中华书局 2009 年版,第 215 页。

　　③　(清)王先谦撰,沈啸寰点校:《庄子集解》,中华书局 1987 年版,第 275 页。

　　④　(清)叶燮著,霍松林校注:《原诗》,人民文学出版社 1979 年版,第 52 页

　　⑤　(清)刘熙载撰,袁津琥校注:《艺概注稿》,中华书局 2009 年版,第 397 页。

小　结

对于一个群体或民族来说，文化是一种结构，一个系统，它往往在"在"的地方以"不在"的形式规范着群体成员的思维与行为，同时迫使个体接受一些经过不断诠释赋予而被视为客观范畴的观念框架、有效规则以及模式。是故，艺术特质的塑成，一方面来自作家间的"文本递衍"，另一方面更是离不开文化与理论话语的共谋。鉴于此，接受视域下的两汉诗艺我们首先从文化结构中绅绎而得。

近代以来，在中西文化碰撞中，"和"被越来越多的哲学家、美学家视为中国传统哲学、美学的核心范畴和精髓而与西方哲学、美学对举。因为"和"作为中国传统哲学、美学的一个重要范畴和术语，具有异常丰富的含义，所以，在中国现当代哲学史上对这一传统"贵和"思想予以现代转换时就形成了"兼和论"、"和合学"以及"和谐文化论"这三种学术体系。从诗学理想与汉人文化理想的契合以及两汉学术思想的分合趋势来看，兼裁众美的"和合"更为适合把捉孕育于两汉文化土壤之中的诗性原质。

中国传统哲学、美学当中的"和"范畴是一多重图谱"所指"，因而，"和"与"合"合生成"和合"的时候，"和合"范畴便具有了多面向的变迁。跃入诗艺，"和合"化成一艺术原质与诗学形成意义支援系统的时候，"和合"也便具有了多维度的中轴结构。综合当下"和合"哲学、美学的架构，跃入两汉诗学的文化生成语境，"和合"的中轴结构在两汉呈现为以下四个方面：（一）天人合和的文化理想；（二）"天人之际"的群己之辩；（三）允执厥中的心理机制；（四）趋中调和的学派思想。

深入两汉抒情文本以及理论批评文本，探究"和合"这一中轴结构在诗艺中的展演，我们认为，和合首先是一种文化形态，在《诗经》时代，这一文化质素沉潜到诗学领域，结成一诗性特质，遇到楚辞诗学之后，在与辞人的对立又互补之中得到了进一步的强化。在两汉阶段，和合这一诗性特质虽然由于汉人的理论强迫而走向了谬误边缘，但是，在文本与批评的互动之中，和合却也一如既往地显现于两汉的抒情之实践。不过，和合，毕竟与基于艺术原理的抒情有着一定的对立，于是，和合更多的时候体现的是一种理论批评追求而被后世处于诗学困境的理论家们反复张举。由是，和合也就由《诗经》出发，一路走向了整个古典诗学，进而塑成为一种具有根源性的中国诗性之智慧。

"诗言志"是中国诗学关于诗之本质的最早观念，亦是先秦两汉诗学的核心命题。而从"和合"诗学展演的多维度视域出发，言志诗艺也是"和合"图谱"所指"的一部分。"诗言志"这一诗学命题最早出自《今文尚书·尧典》。对照"和合"中轴结构"允执厥中"的相关探讨，我们发现，《今文尚书·尧典》中强调的八种德行，两两相制互补，是典型的"执中"诉求。这一"执中"诉求中的和合导向，既具有巫术目的性，又是典型的人文诉求。

先秦时期的言志诗艺可约化为两个主体中心，一是以创作主体为中心，从群体普遍感受之志演进为私人专有内在之志；二是以阅读主体为中心，从偏向于现实运用的情境意义演进为对普遍义理的建构。两汉士人接续这两个中心，就处理自我与他人、个人与社会之间的关系继续展开思考。彼时，崛起于先秦时期，"高置位置"的士人阶层与皇权博弈后达成共谋。于是，两汉社会实践主体——士人，接续原始儒家诗学的道德化诉求，并将之系统化，为巩固汉家的统治机制服务。总体而言，两汉阅读视域下的言志要求是，"志"之倾泻要"发乎情，止乎礼义"。因为这一和合导向，既符合统治者的利益，是汉家统治所急需，而两汉士子群体之意志与要求又由此得到栖居与满足。所以，这一诗艺诉求在两汉得到了极大发展，成了诗学主流。不过，政教视域下的义理关怀并未完全淹没主体心灵的跃动。阅读体认中，毛派诗学的《诗大序》将文学功能当中的政教诉求推向了极致，但它所阐发的言志诗艺却并未因此就完全皈依了政治而罔顾"志"的情感性。实践创作中，汉人接续屈、宋将生命历程呈露于辞的言志诉求，在赋与诗的互动中，继续追问着人生价值的皈依，个体情感的安放。最终，两汉言志诗艺就在实践创作与阅读体认的相互交荡下，将文化结构中的人文境界跃升为艺术境界，生成了一种不假乎外求，只关注着内心情意的自适，自言自语，自彰自明的言志诗艺。

第二章

艺术特质视域下的两汉"兴象"诗学

"兴象",作为一个诗学术语,是由盛唐时期的殷璠在其编选的《河岳英灵集》中首次拈出的。虽然在殷璠拈出之时,这一诗学概念是就唐代诗歌而言的,但由于其昭示了中国诗艺的核心特质,所以在殷璠拈出之后,得到了后世理论家的响应,并在明清两代,被高棅、胡应麟、许学夷、王士禛、纪昀、方东树等批评家普遍运用于诗歌品评当中。不仅如此,这些论者还认为兴象是具有普遍意义的诗歌美学要求,兴象乃诗之为诗的基本质素之一。

殷璠拈出兴象这一概念的时候,他是就唐诗品评来说的。明清论者接踵殷璠,继续以之批评唐诗。然而,当论者们将兴象说成是诗艺的普适性诉求的时候,他们就不满足于此了。唐前唐后,论者们都有所兼及。就汉诗来说,胡应麟认为:

> 两汉诸诗,唯《郊祀》颇尚辞,乐府颇尚气。至《十九首》及诸杂诗,随语成韵,随韵成趣,辞藻气骨,略无可寻,而兴象玲珑,意致深婉,真可以泣鬼神,动天地。①
>
> 《铙歌曲》……以拟《郊祀》,则兴象有余,意致稍浅。②
>
> 《铙歌》,陈事述情,句格峥嵘,兴象标拔。③

胡应麟认为《古诗十九首》及诸杂诗"兴象玲珑,意致深婉",而《铙歌》由于情感强烈,感慨良深,是故"兴象有余","兴象标

---

① (明)胡应麟:《诗薮》,上海古籍出版社 1979 年版,第 25 页。
② 同上书,第 7 页。
③ 同上。

拔"。对于两汉诗的整体特质，胡氏言道："东、西京兴象浑沦，本无佳句可摘。"① 许学夷也认为，"汉人五言，唯《十九首》触物兴怀，未尝先立题而为之，故兴象玲珑，无端倪可执"，并摘《十九首》起语、结语若干点评曰："不但语出天成，而兴象玲珑，意致深婉。"② 可见，在胡、许等人看来，汉诗也是兴象诗艺的有机组成部分之一。

当明清论者将"兴象"从诗学概念逐渐提升为美学范畴的时候，他们也从诗歌品评乃至诗史演进出发论证并注解了它的美学内涵，但是，他们却从未尝试定义过其内涵，更未能从相应的艺术史高度来把握其艺术精神。因此，如果说汉代诗歌也是兴象诗艺的组成部分之一，那么，几句摘录式或是语录式的点评显然不具有说服力。不过，经过寻绎，我们发现，兴象这一诗学概念也着实能够引领我们把握中国抒情诗艺物我情境互动中主观情感发抒层面的艺术特质。鉴于此，本章将从艺术史的高度揭示兴象诗艺的生成及其嬗变，进而在准确把握其艺术精神的基础上昭示两汉兴象诗艺的建构与演进，寻绎兴象运用于诗学阐释的普适性及其可行路径。

第一节　从文学活动论先唐"兴"义的嬗变

在《河岳英灵集》中，殷璠曾三次用到"兴象"，但他对这一诗学概念的具体内涵在每一次使用中都没有做出界定。因此，后人对"兴象"在《河岳英灵集》中的具体内涵就有了见仁见智的看法。在笔者看来，要想真正把握殷璠这一诗学概念，必须把这一术语放在历史进程中去诠释，而不是割断或者忽视这一概念的时间历程，只有这样，我们的内涵把握才不至于溢出或者小于殷璠的概念。

对殷璠"兴象"内涵的把握要有历史的眼光是基于"兴"这个词的复杂性。对于"兴"的内涵，尽管当下已经有了较接近于本源的看法了，但大家的意见依然是分歧的。意见尽管有分歧，但是有一点还

---

① （明）胡应麟：《诗薮》，上海古籍出版社 1979 年版，第 26 页。
② 吴文治编：《明诗话全编》，凤凰出版社 1997 年版，第 6092—6093 页。

可以达成共识：兴，这个词的内涵，是有所发展，有所变化的。兴是一个具有多重意涵的范畴，它必须被历史地理解、因变地诠释。是故，要想揭橥殷璠的"兴象"，寻绎兴象诗艺的生成及其嬗变，这就需要梳理清，殷璠之前，对于"兴"这一概念，学者们都赋予了它哪些内涵。也就是说，我们要梳理清殷璠是在什么样的学术背景上接受和使用兴这一概念的。我们不能把后代赋予兴的内涵强加给殷璠，也不能无视殷璠前代的学术背景。因此，我们有必要首先寻绎一下先唐时期"兴"义演变的历程。

文学是以活动的方式存在的，它是整个人类活动的一种高级的特殊的精神活动。那么一个文学活动的完成都需要哪些要素参与呢？美国著名文学批评家艾布拉姆斯在20世纪曾经明确地指出过："每一件艺术品总要涉及四个要点，几乎所有力求周密的理论总会在大体上对这四个要素加以区辨，使人一目了然。"①他所说的四个要素即是：世界、作家、作品和读者。一个文学活动的完成，或者说一次审美意义的实现，就是这四要素综合参与的结果。为了强调这种架构的人为性，同时使分析更加醒目，艾布拉姆斯绘制了一个三角形模型来安排这四个坐标：

艾布拉姆斯说："尽管任何像样的理论多少都考虑到了所有这四个要素，然而我们将看到，几乎所有的理论都只明显地倾向于一个要素。就是说，批评家往往只是根据其中的一个要素，就生发出他用来界定、划分和剖析艺术作品的主要范畴，生发出借以评判作品价值的主要标准。"②绾合文学活动的相关认识，这段话有两个问题值得注意：

---

① ［美］M. H. 艾布拉姆斯：《镜与灯》，郦稚牛等译，北京大学出版社2004年版，第4页。

② 同上书，第5页。

第一，批评家往往基于文学活动当中的一个要素来建构相关批评议题。

第二，批评家从世界、作家、作品和读者这四个不同批评视域出发，会生发出不同的艺术范畴和价值标准。

当将艾布拉姆斯寻绎到的这一批评规律嫁接到我国的传统文论时，我们发现，却有异样情况出现。由于我国在传统上，使用一个术语，很少先下一个明确的定义，于是在不同的场合，形式上完全相同的一个范畴，在言说意涵上却有着世界、作家、作品和读者这四个不同批评视域的差异。换句话说，在我们的文学理论活动中，同一个艺术范畴有的时候会兼及、沟通艾布拉姆斯所言的四要素。就本章论题而言，"兴"就是这样的一个艺术范畴。孔子、毛亨、毛苌、郑众、郑玄、刘勰、孔颖达等都曾针对文学活动中"兴"这一议题发表过言论，并且在形式上都使用了同一关键词"兴"，但因为他们有着世界、作家、作品和读者这四个批评视域的不同，所以，他们的言说就有了区别，有了差异。他们的批评视域移易了，那么，他们的言说意涵可能就有了显著的不同。因为社会机制对文化形态的不断检查、规约、淘汰，文艺无不在时代环境和社会机制之下被重新进行评估，被区分、被接受或被拒绝接受，所以，"兴"的批评视域移易要跃入到时代环境和社会机制之中来寻绎。基于此，对于"兴"义的把握重要的不是指出谁对谁错，而是要绾合时代环境和社会机制，甄别其批评视域中的言说意涵及其移易、接受情况，进而在此基础上，昭示其嬗变机制和意义。

下面，我们拟用文学史上的分期习惯，将先唐"兴"义的嬗变放在先秦、两汉以及六朝这三个历史时段中来探绎。

一　先秦：仪之兴与读者感发志意

在中国文化史上，第一个将"兴"抽象为一个理论命题并予以阐发的是孔子。孔子著名的"诗可以兴"和"兴于诗，立于礼，成于乐"第一次将"兴"与"诗"联系起来，孔子为兴向诗之艺跃进迈出了关键性的一步。是故，孔子论兴是兴义演进中的关键一环。

孔子终生以恢复周礼为己任，《孔丛子·杂训第六》云："夫子之教，必始于《诗》、《书》，而终于礼乐，杂说不与焉。"① 孔子的政治活动、教学及其对诗三百的阐发和运用都是以礼为归宿的。因此，孔子的兴义论述也应该隶属于礼的范畴，而非一般性之诗艺。基于此，探究孔子兴说的诞育及其运用，我们就应该深入到礼乐文化这一时代背景中去。而这，也就使得我们不得不关注先秦时期兴义阐释的另一个系统——三礼系统。

据笔者初步统计，三礼当中共使用"兴"字386次，其中《仪礼》使用"兴"字的次数最多，为311次，其次为《礼记》55次，《周礼》20次。寻绎三礼当中的"兴"字，除一次训"喜爱"（《礼记·学记》："不兴其艺。"郑玄注："兴之言喜，歆也。"），一次训"衅"即杀牲以祭（《礼记·文王世子》："始立学者，既兴器用币，然后释菜，不舞不授器，乃退。"郑玄注："兴当为衅，字之误也。礼乐之器成则衅之。"）外，绝大多数场合的含义均可训为"起"。具体语境中，"兴"之"起"释又分两种情况：一为一般性的动作行为，随文释义，又可分训为兴起、升起、选拔、征发、发动等，例如：

> 《礼记·礼运》：谋闭而不兴，盗窃乱贼而不作。故外户而不闭，是谓大同。
>
> 《礼记·乐记》：降兴上下之神。孔颖达疏：兴，犹出也。礼乐既与天地相合，用之以祭，故能降出上下之神，谓降上而出下也。②
>
> 《周礼·地官·旅师》：平颁其兴积。郑玄注：县官征聚物曰兴。
>
> 《周礼·夏官·大司马》：进贤兴功以作邦国。郑玄注：兴犹举也。

① 傅亚庶：《孔丛子校释》，中华书局2011年版，第111页。
② （唐）孔颖达：《礼记正义》，北京大学出版社1999年版，第659、1116—1117页。

　　《周礼·考工记·弓人》：下树之弓，末应将兴。郑玄注：兴，犹动也，发也。①

　　一般性动作行为的"兴"在三礼中共使用50次左右，除此以外，三礼当中的"兴"字均与礼仪有关。其中《仪礼》311次，无一例外，均表示"某一个仪式动作的开始"②。例如：

　　客若降等，执食兴辞。主人兴，辞于客，然后客坐。主人延客祭。祭食，祭所先进。殽之序，徧祭之。三饭，主人延客食胾，然后辩殽。（《礼记·曲礼上》）

　　司射进度壶，间以二矢半。反位，设中，东面，执八算兴。③（《礼记·投壶》）

　　宾以虚爵降。主人降。宾西阶前东面坐奠爵，兴，辞降。主人对。宾坐取爵，适洗，北面坐奠爵于篚下，兴，盥洗。主人阼阶之东，南面辞洗。宾坐奠爵于篚，兴对。主人反位。宾卒洗，揖让如初，升。主人拜洗，宾答拜，兴，降盥，如主人之礼。宾升，实爵主人之席前，东南面酢主人。主人阼阶上拜，宾少退。主人进受爵，复位。宾西阶上拜送爵，荐脯醢。主人升席自北方。乃设折俎。祭如宾礼。不告旨。自席前适阼阶上，北面坐卒爵，兴，坐奠爵，遂拜，执爵兴。宾西阶上北面答拜。（《仪礼·乡射礼》）④

　　比对三礼，值得注意的是，《礼记》、《仪礼》中这一与演礼、行礼有关的仪式之"兴"在《周礼》当中一次也没有出现。

　　我们知道，《仪礼》记述有关冠、婚、丧、祭、乡、射、朝、聘

---

① （唐）贾公彦：《周礼注疏》，北京大学出版社1999年版，第404、759、1181页。

② 王秀臣：《"礼仪"与"兴象"——兼论"比""兴"差异》，《文学评论》2011年第4期，第200页。

③ （唐）孔颖达：《礼记正义》，北京大学出版社1999年版，第57、1567页。

④ （唐）贾公彦：《仪礼注疏》，北京大学出版社1999年版，第180页。

等礼仪制度。《礼记》则是一部有关各种礼仪制度的论著选集，其中既有礼仪制度的记述，又有关于礼的理论及其伦理道德、学术思想的论述。《礼记》中有很多篇章是直接解释《仪礼》的，例如《乡饮酒义》释《乡饮酒礼》：

> 主人拜迎宾于庠门之外，入三揖而后至阶，三让而后升，所以致尊让也。盥洗扬觯，所以致絜也。拜至，拜洗，拜受，拜送，拜既，所以致敬也。尊让、絜、敬也者，君子之所以相接也。君子尊让则不争，絜、敬则不慢。不慢不争，则远于斗、辨矣。不斗、辨，则无暴乱之祸矣。斯君子之所以免于人祸也。故圣人制之以道。①

三揖、三让，表尊让；盥洗、扬觯，表絜敬；拜至、拜洗等表致敬；尊让、絜、敬又表示不慢不争，远于斗辨。比对《仪礼》和《礼记》，《仪礼·乡饮酒礼》描叙的是乡饮酒礼中的仪式行为，而《礼记·乡饮酒义》则让我们看到了这些仪式的情感所指和意义所指。那么，这里我们要追问的是，这些仪式行为及其所指是由谁来负责教导的呢？寻绎《周礼》，不难发现，各类周官是各种礼仪的教导者、诠释者和传承者。如是，《周礼》一书没有出现与演礼、行礼有关的"兴"之仪也就好理解了。因为《周礼》是讲仪式的制定者和教导者，着重各官的职能介绍，而不是描叙程式化和仪式化的各类礼仪形式的具体程序。

"兴"大量出现在《仪礼》、《礼记》描叙仪式的各类场合，这说明它应该是与周代礼仪相关的一项重要行为。既然兴是周礼当中的一项重要"仪式"行为，那么，就应该有相应的教学科目存在。而据《周礼·春官》太师教六诗、大司乐以乐语教国子的记载也确实有这类课程，亦即乐语之兴与六诗之兴。

基于三礼当中的"兴"之用例大都与礼仪有关，我们认为，兴的

---

① （唐）孔颖达：《礼记正义》，北京大学出版社 1999 年版，第 1627—1628 页。

本义也应该是一与仪式活动有关的动作。

《说文解字》："兴，起也，从舁，从同，同力也。"[1] 许慎此说不确，商承祚、郭沫若、杨树达、李孝定、姚孝遂等皆据甲骨文字构形而批驳之。甲骨文中的兴字，或作"兴"（《甲骨文合集》6531），或作"兴"（《甲骨文合集》28000）。商承祚解"兴"为"象四手各执盘之一角而兴起之"，字增口，作兴或兴，则为"举重物邪许之声也"。[2] 郭沫若也强调众手所托之"凡"是凡。凡即槃的初文。凡、般、槃、盘实为古今字，自古即兼具盘碟、盘旋、盘游的意思。[3] 陈世骧从比较文学视域出发，接受商承祚和郭沫若的解释，认为兴"乃是初民合群举物旋游时所发出的声音，带着神采飞逸的气氛，共同举起一件物体而旋转"[4]。然而，以杨树达为代表的一些古文字学家则反对释"凡"为盘：

> 盖盘之为物，轻而易举，不劳众手舁之。古人制字，用意大都精切，不应不协事实如此……今按凡明是甲文凡字，叶玉森谓其字象帆船之形，其说至审，知凡乃帆之初文，帆乃后起之加旁字。……帆之为物也大，其始也，联布于竿，当于地上为之；及其移而树之于舟也，当以众手举之，故兴字形象之，而其义为起也。物自起为起，内动字也；举物使起亦为起，外动字也。兴之训起，以字形核之，当为外动举物使起之义。[5]

杨树达还反对商承祚释口为邪许之声。杨先生说："余谓众手合举一物，初举时必令齐一，不容有先后之差，故必由一人发令命众人同时并作，字从口者盖以此。若邪许之声，乃已肩任后之声，非初起

① （汉）许慎：《说文解字》，中华书局1963年版，第59页。
② 于省吾编：《甲骨文字诂林》，中华书局1996年版，第2851页。
③ 郭沫若：《卜辞通纂》，科学出版社1983年版，第272、273、281、538、545页。
④ 陈世骧：《陈世骧文存》，辽宁教育出版社1998年版，第155页。
⑤ 杨树达：《积微居小学述林全编》，上海古籍出版社2007年版，第141—142页。

时之声也。"①

　　尽管四手或众手所托为何物存在着争议，但是，据甲骨字形，兴之初文为四手或众手合托一物之象却是诸论者之共识。那么，众手托物而起，意欲何为？显然，这一动作要建构一种意义，传达一种情感。杨树达先生说："物自起为起，内动字也；举物使起亦为起，外动字也。"这就精审地告诉我们，物之起涉及两种截然不同性质的活动，一是现实劳作中的举、起，二是仪式活动中的举、起。杨树达认为"兴之训起，以字形核之，当为外动举物使起之义"，即现实劳作中的起，而陈世骧的意见显然是把兴作为一种仪式表演活动来看待。那么，如何来判定"兴"的最初活动属性呢？绾合前揭，我们的倾向是后者，即兴在造字之初摹象的是一项社会活动，是一与仪式属性有关的动作，它是人文世界建构意义的一种方式。

　　学界的主流意见，一直把"𣎃"中的"𠂤"释为"凡"，然而，早在1904年孙诒让撰写《契文举例》时就指出"𠂤"应释为"同"。其后，吴其昌、唐兰、李孝定、饶宗颐等先生都有过"𠂤"为"同"的意见。但卜辞中的"𠂤"什么情况下为"凡"，什么情况下为"同"，学者们却始终难以区划。例如李孝定，一方面认为"𠂤""释凡应无可疑"，另一方面他又承认孙诒让的释读是对的，于是，"𠂤"的界域释读陷入两难境地："然'同'、'凡'二字何以同文又不可解，当存以备考。"② 1979年5月，裘锡圭先生修改1967年旧作，写成《甲骨文中的几种乐器名称——释"庸""丰""鼗"》一文，文中对读"𠂤"为"同"进行了如下四条举证：（1）甲骨文中的"𠂤"与金文中的"唐"为一字，当释为"桐"。（2）卜辞中上部从"庚"下部从"𠂤"的字当依清人释为"庸"。"同"、"用"古音极近，"用"当是从"𠂤"分化出来的一个字。"庸"从"用"也就是从"同"，

---

① 杨树达：《积微居小学述林全编》，上海古籍出版社2007年版，第142页。

② 于省吾编：《甲骨文字诂林》，中华书局1996年版，第2845页。

如果认为从"凡"则不好解释。（3）金文"�"字繁体作"▨"，乃训"功"、"劳"的"庸"的本字，上部从"同"得声。（4）明刀背文"右同"又作"右Ħ"，"Ħ"当读为"同"。尽管有这四条非常好的证据，但是裘先生的意见还是非常谨慎："'Ħ'字在古文字里有'凡'、'同'两种读音。这究竟是由于两个形近的字混而不分而引起的，还是别有原因，有待研究。"① 近年来，倪德卫、裘锡圭、蔡哲茂等先生将卜辞中常见的"肩凡有疾"一语与《甲骨文合集》13754 的"克兴有疾"联系起来，认为"肩凡有疾"应该读为"肩兴有疾"，"凡"为"兴"之省体，当释为"同"，从而将"Ħ"之释读推向了一个新的高度。换句话说，就当前研究水平来看，"▨"中的"Ħ"当是"同"字，而非"凡"。既然"▨"中的"Ħ"是"同"，那么，按照造字规律，显然就得确定"同"是何物？因为它不可能是许慎所说的"同力"。而最近发表的西周康王时期的自名为"同"的内史亳同则为我们提供了一个非常好的观测视角。

2009 年 8 月在西安鉴定青铜器时，发现一件内史亳丰铸造的青铜器，该器器形是以往所称的觚，但它自铭为"同"。铭文记述了成王赏赐给内史亳丰祼酒，亳丰为纪念此事，铸造了这件祼祭用的酒器——"同"。该器铸造于康王时期，其铭文可与《尚书·顾命》"上宗奉同瑁，由阼阶隮。……太保受同，降，盥，以异同秉璋以酢，授宗人同"② 的记载相印证，是故，吴镇烽的《内史亳丰同的初步研究》和王占奎的《读金随札——内史亳同》都认为这件青铜器的发现意义不小，它可以帮助铜器定名，进而认定"同"这种酒器的存在。吴镇烽、王占奎两位先生还指出这种青铜酒器"同"来源于竹筒之形，"Ħ"字的两侧竖笔象竹筒的外壁，中间两横象竹节之形。古人以竹筒为水器、酒器，后来仿照竹筒之形铸造青铜器"同"（见图一），

---

① 裘锡圭：《古文字论集》，中华书局 1992 年版，第 196—209 页。

② （清）孙星衍撰，陈抗、盛冬铃点校：《尚书今古文注疏》，中华书局 2004 年版，第 500—503 页。

并且添加"口"形，就变成了"同"。①

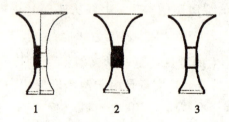

图一　采自王占奎《读金随札——内史亳同》

吴镇烽、王占奎两位先生的推测颇具启发意义。"𢁭"中的"𦥑"很可能就是这种饮器——同。那么，众手托起一件饮器要传达什么意义呢？如是理解，显然，这里的"𢁭"就是"内动字"，是仪式活动，而且很可能是一种与酒有关的仪式活动。器物轻，但众手共举，这显然不是实际的需要，而是仪式的需要。仪式背后寄托的则是情感或是宗教上的需要。正因此，器物虽轻，但因为寄托了敬重或尊重之情，所以它就超越了重量的重而需要众人共举。

兴之初文是一种仪式表演活动，在卜辞中也能够看到一些端倪，那就是卜辞中作为祭名或祭法的兴。作为祭名或祭法，兴祭所祭对象为先公先妣，如"兴祖庚"、"兴妣戊"、"兴子庚"、"兴母庚"。② 据此，"兴"的本义也很可能是跟用酒祭祖有关的一种仪式活动，而这，在《甲骨文合集》27365 中也许有所昭示："暨，兴酚祖丁……父王受有祐。"③ "酚"一般认为它是跟酒有关的一种祭法或祭名，此处"兴"、"酚"合用，说明它们很可能既有联系又有区别。"兴"这一仪式表演很可能伴有歌乐，于是字又加"口"，变成"𰯲"字。正因此，"兴"字在后世才演进成为一个与诗乐舞密切相关的动作或艺术手法。

除了文字学上的证据外，《周礼》当中出现 16 次的"廞"字也为

---

① 吴镇烽：《内史亳丰同的初步研究》，《考古与文物》2010 年第 2 期；王占奎：《读金随札——内史亳同》，《考古与文物》2010 年第 2 期。

② 于省吾编：《甲骨文字诂林》，中华书局 1996 年版，第 2852 页。

③ 姚孝遂编：《殷墟甲骨刻辞类纂》，中华书局 1989 年版，第 1103 页。

我们判定"兴"的活动属性提供了一个很好的观测视角。根据"廞"的指称对象的不同,我们可以将《周礼》中的16个"廞"字排列成以下四组:

（1）司裘：廞裘。司服：廞衣服。车仆：廞革车。司常：建廞车之旌。司兵：廞五兵。围人：廞马。

（2）乐官则大司乐、眡瞭、笙师、镈师、籥师并言：廞乐器。典庸器：廞笋虡。司干：廞舞器。

（3）巾车：大丧，饰遣车，遂廞之，行之。

（4）大师：大丧，帅瞽而廞，作匶，谥。小师：大丧，与廞。

寻绎这四组16处"廞"字的具体行文语境,我们发现,它们均与丧礼有关。至于其意义,郑司农一律训为"陈",而郑玄则释为"兴"。在《天官冢宰·司裘》"大丧,廞裘,饰皮车"下,郑玄释"廞"曰："廞,兴也,若《诗》之兴,谓象似而作之。凡为神之偶衣物,必沽而小耳。"贾公彦疏解道："《周礼》一部之内,称廞者众多,故书皆为淫,先郑皆为陈,后郑皆破从兴,兴谓兴象生时之物而作之。"①贾公彦赞同后郑说,认为"陈非","兴是"。排比《周礼》一书的16处"廞"字,我们发现,贾公彦的疏解并不自洽。16处"廞"字确实郑司农训为"陈",郑玄释为"兴",但只有（1）（2）两组"兴谓兴象生时之物而作之",而（3）组"大丧,饰遣车,遂廞之,行之"下郑玄解"廞"则为"陈驾"："廞,兴也。谓陈驾之。"对此,贾公彦等人也发现了,所以他们疏解道："后郑训'廞'为'兴',即言谓陈驾之者,解廞为陈驾也。按下《车仆》云'大丧廞革车',彼廞谓作之。此文既言饰遣车,已是作,更言遂廞之,故以陈驾解廞也。"②遣车,贾公彦释曰："将葬遣送之车,入圹者

---

① （唐）贾公彦：《周礼注疏》，北京大学出版社1999年版，第176—177页。

② 同上书，第726页。

也。"① 孔颖达疏："遣车，送葬载牲体之车也。"②《礼记·檀弓下》"君之適长殇，车三乘"，孔颖达疏："'车三乘'者，遣车也。葬柩朝庙毕，将行，设遣奠竟，取遣奠牲体臂臑，折之为段，用此车载之，以遣送亡者，故谓之遣车。"③ 遣车多少、遣奠牲体以及如墓入圹都是有礼数规定的。郑玄释这组当中的"行之"曰："行之，使人以次举之以如墓也。"贾公彦疏曰：

> 云"行之，使人以次举之以如墓也"者，按《檀弓》云："诸侯大牢苞七个，遣车七乘，大夫亦大牢苞五个，遣车五乘。"郑注云："诸侯不以命数，丧数略。天子当大牢苞九个，遣车九乘。"此时当在朝庙之时，于始祖庙陈器之明旦大遣奠之后，则使人以次抗举，人各执其一以如墓也。④

据此，"廞"（兴）遣车并不是普通单纯的，也不是真正意义上的陈列驾驶车辆，而是指大丧过程中"巾车"据礼数规定陈列遣车乘数，布列遣奠牲体乃至安排人"以次抗举"遣车如墓入圹等一系列"仪式"行动。

至于第（4）组的情况则又与前三组殊异。前三组"廞"下皆明指其物，而此组的两处则没有宾格，不指何器。是故，郑玄此处的释义又与前三组有所区别。"大师"下的注解是："廞，兴也。兴言王之行，谓讽诵其治功之诗。故书'廞'为'淫'。郑司农云：'淫，陈也。陈其生时行迹，为作谥。'"注"小师""大丧，与廞"则云"从大师"，意谓从大师而"廞"。又《周礼》叙述"瞽矇"所掌的职务有"讽诵诗……掌九德六诗之歌，以役大师"时，郑玄注说："玄谓讽诵诗，主谓廞，作柩，谥时也。讽诵王治功之诗，以为谥。"贾公彦疏曰："讽诵诗，谓于王丧将葬之时，则使此瞽矇讽诵王治功之诗，

① （唐）贾公彦：《周礼注疏》，北京大学出版社1999年版，第726页。

② （唐）孔颖达：《礼记正义》，北京大学出版社1999年版，第1178页。

③ 同上书，第253页。

④ （唐）贾公彦：《周礼注疏》，北京大学出版社1999年版，第726—727页。

观其行以作谥，葬后当呼之。"① 不难发现，尽管郑玄仍将（4）组里的"𢽾"训为"兴"，但又吸取了先郑的释义"陈"变通为"兴言"以补足"兴作"不能疏解之处。不过，这样一来，又产生了歧解。王引之《经义述闻》就批评郑众、郑玄的解法，认为二郑在这里把"𢽾"和"诔"看得相同，是不对的：

> 如先郑所解，则𢽾与诔同矣。案大史职曰：大丧执灋（笔者注：即"法"）以涖劝防，遣之日，读诔。是诔者大史之事。生时行迹，大史固已陈之矣。（原注：郑注曾子问曰：诔，累也。累列生时行迹，读之以作谥）若大师又陈其行迹，是再诔也。诔不应再。且𢽾之为道，若与诔同，则经文直云帅瞽而诔可矣，何必变其文为𢽾乎？此说之不可通者也。后郑病其与诔无别，则又为之说曰讽诵其治功之诗以别于大史之诔，又苦其无据而举瞽矇讽诵诗以当之。案诗颂：美盛德之形容，以其成功告于神明。惟祭宗庙则然耳，不闻用之于作谥也。且瞽矇之讽诵诗所以箴王之阙。郑司农云，主诵诗以刺君过，而说以《国语》"瞍赋矇诵"是也。非为作谥而设，故但云讽诵诗而无大丧之文。若以为𢽾作匰谥，则是瞽之诵诗专用之大丧而平时规过之职反阙焉不讲矣。无是理也。②

王引之接受"𢽾"训为"陈"的说法，认为："《周官》大丧言者，皆谓陈器物。大师小师之𢽾，不应独异。帅瞽而𢽾，谓𢽾乐器也。"③ 章太炎的《六诗说》则反对王引之将《周礼》中所有的"𢽾"释为"陈器物"的说法。他的理由是："言𢽾者，下皆明庌（周策纵按：古斥字，谓指明而言之也）其物，今大师直言𢽾，不指何器，明不得以文字偶同为例。"因此，章太炎认为，此处的"𢽾""为兴，

---

① （唐）贾公彦：《周礼注疏》，北京大学出版社1999年版，第616—617页。

② （清）王引之：《经义述闻》，《续修四库全书》，上海古籍出版社2002年影印本，第174册，第459页。

③ 同上书，第459—460页。

与诔相似，亦近述赞，则诗之一术已"①。周策纵先生在《古巫医与
"六诗"考》下篇第四章《"兴"（廞）和槃舞——陈与喻》中认为王
引之和章太炎的看法是各有是处和缺失。

周策纵认为王引之释"廞"为"陈器物"基本上是对的，但认为
王氏将"廞"释为陈列，进而以为必无言词和歌舞，则是其缺失。周
策纵指出，这是"忽略了'兴'或'廞'本是一种'仪式'的行动，
而不是普通单纯的动作"。我们认为，周先生将"兴"和"廞"作为
一种仪式动作来理解，颇具卓识。基于"廞"（兴）的仪式理解，周
策纵批评章太炎道："章炳麟以为《周礼》中凡说'廞'（兴）陈而
指明物品者便不是这种'兴'的仪式，则显然不知古代人自可公开炫
耀陈列他们的乐器、舞具、车、马、衣服等等。"综合对王引之和章
太炎的批评，周策纵语境中的"廞"是指"兴陈"，兴陈的对象可以
是器物，也可以是言词与歌舞。②

《说文》云："廞，陈舆物于庭也。从广，钦声，读若歆。"③《广
雅·释诂三》："舆，多也。"④《国语·晋语三》："惠公入而背外内之
赂。舆人诵之曰。"韦昭注："舆，众也。"⑤ 是故，舆有多、众的意
义，"舆物"即众物。"廞"字从广，说明字义与屋宇有关。问题是，
陈物于庭，何以字要从"钦"？难道仅是取其声吗？再者，陈众物于
庭，何以要造出一个"廞"字？难道这一动作有特殊含义？"廞"字
从钦。《说文》："钦，欠貌。"段玉裁以为："凡气不足而后欠。钦
者，倦而张口之貌也。"引申之故有不足与钦敬之意。⑥ 朱骏声认为此
说纡曲。朱氏以为"钦"乃"頷"之假借。《说文》："頷，低头

---

① 《章太炎全集》第 3 册，上海人民出版社 1984 年版，第 392 页。

② 周策纵：《古巫医与"六诗"考——中国浪漫文学探源》，上海古籍出版社 2009 年
版，第 132—143 页。

③ （汉）许慎：《说文解字》，中华书局 1963 年版，第 193 页。

④ （清）王念孙：《广雅疏证》，《续修四库全书》，上海古籍出版社 2002 年影印本，
第 191 册，第 93 页。

⑤ 徐元诰撰，王树民、沈长云点校：《国语集解》，中华书局 2002 年版，第 303 页。

⑥ （汉）许慎撰，（清）段玉裁注：《说文解字注》，上海古籍出版社 1988 年版，第
410 页。

也。"朱骏声说："曰不敢仰视，曰俯首而朝，皆低头畏敬之谊。经典则皆以钦字为之也。"① 周策纵认为朱骏声的看法有理，"廞"字"从广从钦，正是陈贵重之物于庭"②。笔者以为周氏的看法，借用朱骏声批评段玉裁的话，也是稍显纡曲。因为前此周氏已正确地指出"廞"乃是一仪式行动，那么，"廞"字自然而然便是一模拟表演活动，字取"钦"的钦敬或敬畏之义乃在于动作，而非陈列物品之贵重与否。但有一点，周氏的看法却颇为精准，那就是，"廞"字从"钦"不仅取其声，而且吸取了它的钦敬、敬畏之意。再综合《周礼》16 处"廞"字均使用在有关丧礼的场合，可以很明确的是，"廞"不是一个普通单纯的动作，而应该是一种"仪式"行动。

　　综上，《周礼》当中的 16 处"廞"字先郑郑众一律释为"陈"，而后郑郑玄则破从"兴"。根据"廞"字的具体使用情况，我们可以将之排列为四组，而这四组"廞"字，据前揭，在郑玄随文而释的语境中，共有三义，（1）（2）组是兴作，（3）组是兴陈，（4）组是言辞之兴陈或曰兴言。这三义的引申生成顺序如次：据"廞"字的字形分析，"廞"之本义应是充满敬意地陈列器物于庭。正因此，"廞"不是一个普通单纯的动作，而应该是一种"仪式"行为。从《周礼》中的 16 处"廞"字均使用在有关丧礼的场合来看，这一仪式动作很可能就源自丧礼场合。本义当是指大丧场合的陈列明器，后来又把制作、装载、运送诸种明器仪式纳入其中。而大师率小师和瞽矇讽诵王治功之诗，也是大丧中的重要陈列仪式之一，所以，它也被称为"廞"。在我们看来，正是因为"廞"这一系列陈列动作都是仪式的外在能指，是为仪式的义理所指服务的，所以就与"兴"有了类似性质，从而被训诂家"廞""兴"互训。换位思考，我们认为，这一观测也正可借此反溯考察"兴"的仪式属性。

　　综合前揭，"兴"之初文很可能是一种特定的仪式表演活动，进

---

① （清）朱骏声：《说文通训定声》，《续修四库全书》，上海古籍出版社 2002 年影印本，第 220 册，第 182 页。

② 周策纵：《古巫医与"六诗"考——中国浪漫文学探源》，上海古籍出版社 2009 年版，第 137 页。

而在此基础上演进成为一种仪式动作类名而运用于诸多礼仪场合。据
"廞"（兴）的陈列对象来看，作为仪式动作的"廞"（兴）有三种表
现形态，即物之兴、动作之兴和言之兴。跃入三礼，三礼当中的兴之
用例也有动作、言语和器物之别。①

　　首先，我们来看物之兴。《礼记·檀弓下》：有子和子游站在一
起，看见一个小儿号哭着找父母。有子对子游说："我单单不理解丧
礼中为什么规定有踊的礼节，我早就想取消它了。孝子的哀情就表现
在这小儿的号哭中，这不正是人的真情所在吗？"子游曰："礼有微情
者，有以故兴物者。有直情而径行者，戎狄之道也。""礼有微情
者"，郑注：节哭踊，孔疏："微，杀也。言若贤者丧亲，必致灭性，
故制使三日而食，哭踊有数，以杀其内情，使之俯就也。""有以故兴
物者"，郑注：衰绖之制，孔疏："兴，起也。'物'谓衰绖也。若不
肖之属，本无哀情，故为衰绖，使其睹服思哀，起情企及也。引由外
来，故云'兴物'也。然衰绖之用，一则为孝子至痛之饰，二则使不
肖之人企及，今止说'兴物'以对，微情之故。"② 这就是说，听任
感情直接宣泄，是野蛮人的表达方式，而礼则是有节的。就丧礼而
言，有杀情和起情之分。所谓起情是指借助"衰绖之制"，即具体器
物来激发人的哀痛之情。这些具体器物及其建构意义的方式、制度在
周礼当中就被称为"兴物"。《礼记·祭统》云："夫祭之为物大矣，
其兴物备矣。"郑玄注曰："兴物，谓荐百品。"③ "兴物"作为礼仪意

---

　　① 李瑞卿和王秀臣两位先生也曾从礼仪行为探源"兴"。李瑞卿在《中国古代文论修
辞观》（中国传媒大学出版社 2007 年版）中认为，在礼仪过程中有意地保存和演示着人类
由古到近的发展信息，仪式的复杂性并不仅仅在于繁文缛节，而是在于其背后的文化蕴涵
和意味深厚的象法仿效。在古代礼仪中，"兴"是指动作、行为，也指兴言和兴物。王秀臣
在《"礼仪"与"兴象"——兼论"比""兴"差异》（《文学评论》2011 年第 4 期）中认
为，礼是一个完整的象征系统和表意系统，中国古代礼仪制度是早期人类对自身历史文化
进程的象征性演示，各种分工不同的礼仪活动正是通过"兴"的象征性演示得以完成。礼
仪是"兴"的艺术演示，"仪"通过"兴"表达，"兴"通过"象"实现。"兴"的象征功
能因"仪"象征类别和象征意义的不同可以分为动作之兴、言之兴、诗之兴和物之兴。

　　② （唐）孔颖达：《礼记正义》，北京大学出版社 1999 年版，第 283—284 页。

　　③ 同上书，第 1353 页。

义体系的关系表现项,"外则尽物,内则尽志",① 不是指一个个具体的物,而是一个系统礼制。正因此,郑玄才以"衰绖之制"释之。既然"兴物"是一种制度,那么,也由此可见"兴物"作为周礼建构其意义体系的方式在各类仪式中得到了广泛应用。

其次,动作之兴。我们认为,兴之初文是一与仪式活动有关的模拟表演动作,它是人文世界建构意义的一种方式。与之相应,动作之兴也大量出现在《仪礼》、《礼记》描述仪式的各类场合。在各类礼仪场合,它表示某一个具体仪式动作的开始。如《礼记·曾子问》:"公(鲁哀公)为主,客人吊。康子(季康子)立于门右,北面。公揖让,升自东阶,西乡。客升自西阶吊。公拜,兴,哭,康子拜稽颡于位。"② 再如《仪礼·士冠礼》:"冠者即筵坐,左执觯,右祭脯醢,以柶祭醴三,兴。筵末坐,啐醴,建柶,兴。降筵,坐奠觯,拜。执觯兴。宾答拜。"③《士昏礼》:"夙兴,妇沐浴。纚笄、宵衣以俟见。质明,赞见妇于舅姑。席于阼,舅即席。席于房外,南面,姑即席。妇执笲枣栗,自门入,升自西阶,进拜,奠于席。舅坐抚之,兴,答拜。妇还,又拜。降阶,受笲腶脩,升,进,北面拜,奠于席。姑坐,举以兴,拜,授人。"④《大射》:"宾坐,左执觚,右祭脯醢,奠爵于荐右,兴取肺,坐绝祭,哜之,兴加于俎,坐挩手,执爵,遂祭酒,兴,席末坐啐酒,降席,坐奠爵,拜,告旨,执爵兴。主人答拜。乐阕。宾西阶上北面坐,卒爵,兴,坐奠爵,拜,执爵兴。主人答拜。"⑤ 动作之兴有时是起的意思,但因为它是礼仪活动中的仪式动作,所以它就有了特定的情感走向和意义指向。换句话说,俯仰诎伸、周旋揖让之兴是周人建构意义体系的有效组成部分,是周礼文明的形式表征。

最后,言之兴。兴言是礼仪之"兴"的重要类型。礼仪中的用语

① (唐)孔颖达:《礼记正义》,北京大学出版社 1999 年版,第 1347 页。

② 同上书,第 586 页。

③ (唐)贾公彦:《仪礼注疏》,北京大学出版社 1999 年版,第 36 页。

④ 同上书,第 86—87 页。

⑤ 同上书,第 309 页。

与日常语言是有所不同的，各种典礼场合的用语是有具体规范要求的。如《礼记·投壶》投壶之礼：

> 投壶之礼，主人奉矢，司射奉中，使人执壶。主人请曰："某有枉矢哨壶，请以乐宾。"（笔者按：这是主人第一次发出邀请）宾曰："子有旨酒嘉肴，某既赐矣，又重以乐，敢辞。"（笔者按：这是宾对第一次邀请婉言谢绝）主人曰："枉矢哨壶不足辞也，敢以请。"（笔者按：这是主人第二次发出邀请）宾曰："某既赐矣，又重以乐，敢固辞。"（笔者按：这是宾对第二次邀请婉言谢绝）主人曰："枉矢哨壶不足辞也。敢固以请。"（笔者按：这是主人第三次发出邀请）宾曰："某固辞不得命，敢不敬从。"（笔者按：这是宾最终表示同意）①

《礼记集说》卷一百四十六引蓝田吕氏曰："投壶之礼，主人奉矢三请宾，宾三辞而后许。"② 这是主宾之间"三辞而后许"，而有的场合则是三辞而不许，在古礼中被称为"终辞"。《仪礼·士冠礼》"主人戒宾，宾礼辞，许"注："礼辞，一辞而许。再辞而许曰固辞。三辞曰终辞，不许也。"③《仪礼·士相见礼》"士见于大夫，终辞其贽"，敖继公《仪礼集说》解曰："终辞，谓主人三辞，则宾不复请也。"④ 无论是许与不许，宾主之间，借助诗一般的语辞，礼让谦和，都营造了一种温情脉脉的礼典氛围。这里的用语是诗一般的语辞，而有的礼典场合则诗以乐用要歌诗。"演礼之时，乐舞伴奏，配之以诗，在特定的场合中举行，表现为一定的仪式。这种仪式古时称为礼仪，或称仪法；就《诗》而论，可以称为'仪礼的

---

① （唐）孔颖达：《礼记正义》，北京大学出版社1999年版，第1565—1566页。

② （宋）卫湜：《礼记集说》，《四库全书》，上海古籍出版社1987年影印本，第120册，第526页。

③ （唐）贾公彦：《仪礼注疏》，北京大学出版社1999年版，第14页。

④ （元）敖继公：《仪礼集说》，《四库全书》，上海古籍出版社1987年影印本，第105册，第101页。

诗'或'礼乐的诗'。"① 有关礼仪中的乐诗之用在三礼之中多有记载。例如《仪礼·乡饮酒礼》：

> 设席于堂廉，东上。工四人，二瑟，瑟先。相者二人，皆左何瑟，后首，挎越，内弦，右手相。乐正先升，立于西阶东。工入，升自西阶。北面坐。相者东面坐，遂授瑟，乃降。工歌《鹿鸣》、《四牡》、《皇皇者华》……
>
> 笙入堂下，磬南，北面立。乐《南陔》、《白华》、《华黍》……
>
> 乃间歌《鱼丽》，笙《由庚》；歌《南有嘉鱼》，笙《崇丘》；歌《南山有台》，笙《由仪》。
>
> 乃合乐，《周南》：《关雎》、《葛覃》、《卷耳》，《召南》：《鹊巢》、《采蘩》、《采苹》。工告于乐正曰："正歌备。"乐正告于宾，乃降。②

礼仪中的言之兴是一种颇具技术含量的语言运用能力，而这，显然需要后天的习得才能获得，在当时的社会应该有相应的教学科目存在。而据《周礼·春官》太师教六诗、大司乐以乐语教国子可知，确实有这类语言课程——乐语之兴与六诗之兴：

> 大司乐掌成均之法，以治建国之学政，而合国之子弟焉。凡有道者有德者，使教焉，死则以为乐祖，祭于瞽宗。以乐德教国子：中、和、祇、庸、孝、友。以乐语教国子：兴、道、讽、诵、言、语。以乐舞教国子：舞《云门》、《大卷》、《大咸》、《大〈殷召〉（同韶）》、《大夏》、《大濩》、《大武》。以六律、六同、五声、八音、六舞大合乐。以致鬼神示（音 qí，同祇），以和邦国，以谐万民，以安宾客，以说远人，以作动物。

---

① 刘操南：《诗经探索》，浙江大学出版社 2003 年版，第 57 页。
② （唐）贾公彦：《仪礼注疏》，北京大学出版社 1999 年版，第 145—154 页。

大师掌六律六同，以合阴阳之声。阳声：黄钟、大蔟、姑洗、蕤宾、夷则、无射。阴声：大吕、应钟、南吕、函钟、小吕、夹钟。皆文之以五声：宫、商、角、徵、羽；皆播之以八音：金、石、土、革、丝、木、匏、竹。教六诗：曰风、曰赋、曰比、曰兴、曰雅、曰颂。以六德为之本，以六律为之音。大祭祀，帅瞽登歌，令奏击拊，下管播乐器，令奏鼓𫐓。大飨亦如之。大射，帅瞽而歌射节。大师，执同律以听军声，而诏吉凶。大丧，帅瞽而廞，作匶，谥。凡国之瞽蒙正焉。①

据《周礼·春官》，大司乐与大师是大宗伯统领下的不同系统的技术官吏。下面，我们先从大司乐的职责范围说起。"大司乐掌成均之法"，"成均"是太学的古称，是故，大司乐掌管太学，学生全是国子即贵族子弟。孙诒让《周礼正义·春官·叙官》："大司乐、乐师又谓之大乐正、小乐正，亦通谓之乐正。"②《礼记·王制》说："乐正崇四术，立四教。顺先王《诗》、《书》、礼、乐以造士。春秋教以礼、乐，冬夏教以《诗》、《书》。王大子、王子、群后之大子，卿大夫、元士之适子，国之俊选，皆造焉。"③《王制》虽然是汉文帝时命博士们收集的有关周代的文献资料，但不可能是博士们凭空虚造。据此可知，大司乐以四术四教教人，其教育目的是"造士"。四术四教就是《诗》、《书》、礼、乐。春秋教习礼、乐，冬夏教习《诗》、《书》。④《礼记·文王世子》说："凡学（郑玄注：教也）世子及学

① （唐）贾公彦：《周礼注疏》，北京大学出版社1999年版，第573—578、607—614页。

② （清）孙诒让撰，王文锦、陈玉霞点校：《周礼正义》，中华书局1987年版，第1268页。

③ （唐）孔颖达：《礼记正义》，北京大学出版社1999年版，第404页。

④ 《礼记·王制》："乐正崇四术，立四教，顺先王《诗》、《书》、礼、乐以造士。"《礼记·文王世子》："冬读《书》，典书者诏之。"时下的标点本以及学者的论著于"诗"、"书"二字均加了书名号，笔者的引用以及论述也都使用了书名号。但就《诗经》、《尚书》的结集以及彼时《诗》、《书》的应用而言，显然彼时的《诗》、《书》并非后世的《诗经》、《尚书》，或者儒家六艺并举中的《诗》、《书》。应该说它们只是《诗经》、《尚书》的前身。不过，文中为了论述上的方便以及清晰，笔者也就没有予以特殊区别。

士（郑玄注：学士谓司徒论俊选所升于学者）必时……春诵夏弦，大师诏（笔者注：教导也）之瞽宗。秋学礼，执礼者诏之。冬读《书》，典书者诏之。""春诵夏弦"郑玄注曰："诵谓歌乐也。弦谓以丝播《诗》。"① 意即，春季时口诵《诗》章，夏季时以琴瑟奏《诗》音。比较《文王世子》与《王制》，用四术"造士"是相同的，不同者《诗》、乐教习季节稍异。由此观之，《周礼》所说的"乐语"盖即《文王世子》与《王制》中的诗、乐。贾公彦《周礼》疏云："歌乐即诗也。以配乐而歌，故云歌乐。"② 以声播诗即为乐，就彼时诗的应用而言，诗是乐章，是故，歌诗是乐语的一部分。大司乐"以乐语教国子：兴、道、讽、诵、言、语"，对照其教育目标"以致鬼神示，以和邦国，以谐万民，以安宾客，以说远人，以作动物"，乐语教学当是从音乐与语言训练两个方面着手。音乐方面的教学要教国子学会与俯仰诎伸、周旋揖让等礼仪行为的协调、配合，这属于具有情感所指和意义所指的技术行为。这些技术行为属于仪式范畴，具有彼时的社会规定性，因此，国子必须掌握与礼相配合的乐的指向意义及彼时应该表现出的仪式行为。正因此，以乐工为主要教学对象的大师也可以教导国子，而并非像有的学者（如王小盾的《诗六义原始》，袁长江的《先秦两汉诗经研究论稿》）所认为大师只教导乐工。上引《礼记·文王世子》大师在瞽宗（商代学校的名字）教导世子及学士即是明证。国子就学，其目的是学习做以礼乐从政的政府官员，他们要"授之以政"和"使于四方""以谐万民，以安宾客，以说远人"，所以，他们除了必须学习关于礼乐各方面的知识和技能外，还必须学习辞令，能够在一定的场合恰当地发言应对。观春秋时期"赋诗言志"以及孔子的"不学诗，无以言"，大司乐的另一项教学内容就不难推知了。

贾谊《新书·傅职》："干戚戈羽之舞，管籥琴瑟之会，号呼歌谣

---

① （唐）孔颖达：《礼记正义》，浙江古籍出版社 1998 年影印本，第 1404—1405 页。因北大标点本此处标点问题较多，是故，这里采用影印本，并按注疏予以了重新标点。

② （唐）贾公彦：《周礼注疏》，北京大学出版社 1999 年版，第 575 页。

声音不中律，燕乐雅颂逆乐序，凡此其属，诏工之任也。"① 王引之曰："《尔雅》曰：'诏，道也。'大师掌诵诗以道王，故曰诏工。大师为工之长，不言大师而言诏工者，嫌与上三公同名也。"② 据此可知，大师又称"诏工"，为乐工之长，分管乐舞。结合《周礼·春官》对其职责的描述可知，大师配合乐德而教六诗，负责审音定乐，使之合于音律，合于乐序，在大祭祀、大飨、大射等仪式场合率瞽矇歌诗。郑玄注"教六诗"说："教，教瞽矇也。"而《周礼·春官·瞽矇》也说："瞽矇掌播鼗、柷、敔、埙、箫、管、弦、歌。讽诵诗，世奠系，鼓琴瑟。掌九德六诗之歌，以役大师。"③ 正如有的学者所指出，此处"九德六诗之歌"的"歌"，是指"歌唱演奏，绝对不可能是作诗，掌握了歌唱演奏技能，才能'以役大师'，才能在大师率领下在大祭大飨大射大丧等隆重场合更好地应用"④。要之，大师的主要教学对象是乐工中的瞽矇，教学内容是隶属于"仪式"范畴的各类知识与技能。这些知识与技能是礼乐仪式所指的外在能指，因此，尽管大师并不是周代礼乐仪式中的行为主体，但这并不妨碍他们对仪式所指的精通。大师教诗，"以六德为之本"，瞽矇"掌九德六诗之歌，以役大师"，都强调乐工的知识与技能要指向周代礼乐文化的本质——"德"，其道理就在这里。因为国子是周代礼乐各类仪式中的行为主体，所以他必须掌握礼乐能指中的各类知识与技能才能完成各类仪式。正因此，我们发现，以外在能指为主要教学内容的大师也可以教导国子。

要之，尽管大司乐与大师主要教学对象有所区别，前者以国子为主，后者以瞽矇为主，但这并不意味着大司乐与大师对周代各类礼乐仪式中能指与所指的理解存在扞格。他们都是为各种场合中的仪式服务，为完成所指，为完成国家的政治运作服务，他们的教学就终极目的而言其指向是一致的。正因此，我们看到，他们的教学工作有交叉

---

① （汉）贾谊撰，阎振益、钟夏校注：《新书校注》，中华书局 2000 年版，第 174 页。
② 同上书，第 182 页。
③ （唐）贾公彦：《周礼注疏》，北京大学出版社 1999 年版，第 616—617 页。
④ 袁长江：《先秦两汉诗经研究论稿》，学苑出版社 1999 年版，第 236 页。

之处，他们的教学科目更有一致之处，即乐语中的"兴"与六诗中的"兴"。从大司乐与大师的教学职责来看，乐语中的兴与六诗中的兴是不同的，乐语中的兴是国子训练中的一种思维活动，以义理为主，而六诗中的兴则是训练乐工的一项教学活动，属于技术行为。但是，就周礼的仪式属性而言，两者却又是殊途而同归。乐语中义理之呈现需要一定的能指来表现，六诗中兴之训练是为仪式场合中的义理服务，是故，乐语之兴与六诗之兴就其本质而言，均是仪式系统的关系表现项而已。

综上所述，"兴"之初文很可能是一种特定的仪式表演活动，进而在此基础上演进成为一种仪式动作类名而运用于诸多礼仪场合。于是，兴俨然成了颇为重要的一项礼仪行为。跃入三礼，我们发现，礼仪之兴是兴这一艺术范畴演进过程当中颇为关键的一个环节。作为仪式行为的"兴"在三礼当中有三种显现形态，即物之兴、动作之兴和言之兴。礼仪之兴"使整个仪式一方面展现现实生活场景，重现民族文化的历史记忆，另一方面又超越现实，展现一幕幕庄严肃穆、令人敬畏的神秘时空，使仪式的功能得以完整实现"①。兴言是这种礼仪之兴的重要组成部分。绾合孔子的生平活动以及论"兴"实践，兴言活动是孔子论"兴"的理论背景。基于前揭乐语之兴与六诗之兴的辨别，孔子的"兴"义论述及其用兴活动就是从乐之兴的长期实践中发展演变而来的。换言之，孔子的兴诗理论产生于周代礼乐文明这一仪式文化土壤。

《论语》系统的"兴"义论述见于以下两组史料：

（1）子曰："小子何莫学夫诗？诗，可以兴，可以观，可以群，可以怨。迩之事父，远之事君；多识于鸟兽草木之名。"（《阳货篇》）

（2）子曰："兴于诗，立于礼，成于乐。"（《泰伯篇》）②

---

① 王秀臣：《"礼仪"与"兴象"——兼论"比""兴"差异》，《文学评论》2011年第4期，第199页。

② 杨伯峻：《论语译注》，中华书局1980年版，第185、81页。

　　"小子何莫学夫诗?"这是组（1）孔子说"诗可以兴"的言述语境。那么，"学诗"的目的为何？从兴观群怨、事父事君以及多识鸟兽草木之名的语脉来看，是由对"诗"之"阅读"而获致社会人伦道德的启发以及自然博物的认知。组（2）从语法角度来说，此句是省略主语，主语应该是孔子口中的"小子"或者泛指那些向学之人，从文学活动来说，组（2）句的主语也应该是"读者"。是故，孔子语境中的"学诗"目的不在于学习如何作诗，而在于学习思想上的类比引发以及礼乐文化的应用。见于《论语》的孔子与子贡、子夏的"言诗"活动就是个很好的学诗用诗例子。而这，从上海博物馆藏战国楚竹书《诗论》中也可以找到佐证。例如《诗论》中说："《关雎》之改、《樛木》之时、《汉广》之智、《鹊巢》之归、《甘棠》之保（报）、《绿衣》之思、《燕燕》之情，害（曷）？曰：童（终）而皆贤于其初者也。"①这里所说的"改"、"时"、"智"、"归"、"保（报）"、"思"、"情"，都是读者从诗篇中领悟到的意义，而"学诗"之人又进一步引申，概括出"童（终）而皆贤于其初者也"。基于此，何晏《论语集解》引孔安国说释"兴"为"引譬连类"②，朱熹《论语集注》解作"感发志意"③，应该说，还是比较接近孔子原意的。至此，关于先秦时期的"兴"义演进我们可以暂且下一结论了。

　　随着人类学这一研究方法渐为考据学传统所接纳、吸收，人类学论证逐渐获得"第三重论据"的历史地位。在这一研究方法的指导下，关于"兴"的起源，学界得出了较为一致的结论：兴起源于原始宗教。赵沛霖先生认为："人们最初以'他物'起兴，既不是出于审美动机，也不是出于实用动机，而是出于一种深刻的宗教原因……从总的根源上看，兴的起源植根于原始宗教生活的土壤中，它的产生以对客观世界的神化为基础和前提。"据这一研究思路，兴"经历了个别的具体的原始兴象和作为一般的规范化的艺术形式的兴这样两个发

---

① 黄怀信：《上海博物馆藏战国楚竹书〈诗论〉解义》，社会科学文献出版社2004年版，第18页。

② （清）刘宝楠撰，高流水点校：《论语正义》，中华书局1990年版，第689页。

③ （宋）朱熹：《四书章句集注》，中华书局1983年版，第178页。

展阶段"①。那么，这里我们要追问的是，原始兴象何以能够塑成兴这一一般性的艺术形式？这一演进机制的历史背景是什么？缩合兴之演进的礼乐文化土壤，综合字形考释，我们发现，"兴"之初文很可能就是原始宗教当中的一种特定的仪式表演活动，进而在此基础上演进成为一种仪式动作类名而运用于诸多礼仪场合。跃入三礼，周代礼乐文明就是"兴"之实践的演绎、呈现场所。当孔子将"兴"抽象为一个理论命题，并第一次将"兴"与"诗"联系起来加以阐发，其理论采获背景就是周代的礼乐文化。总的来说，孔子的兴诗理论是以礼为旨归，是对礼仪之兴的继承，同时，孔子的兴义论述拓展了兴的艺术思维深度，也为"兴"向诗学领域移易准备好了理论基础。从文学活动来说，先秦兴义的批评视域是"读者"，概括来说就是，读者基于个体的意志感发，进行情境下的"引譬连类"，甚或是普遍义理的诉求。

二　两汉：作者本意与兴喻

孔子说诗用诗始终将注意力放在人伦、政治领域，因此，孔子的兴诗理论并没有成为一个纯文学理论的诗学概念。汉代"毛公述传，独标兴体"，首次将"兴"从用诗领域扩展到诗的创作，将"兴"移用至诗学领域。毛公标"兴"之诗共计 116 篇，通例注在首章次句下，偶有在首句或首三句，或中间章节的首二句下的。《毛传》没有对"兴"的概念做详细的理论阐释，也没有对标"兴"的标准做任何说明，但是，《毛传》在标"兴也"之后，对该诗所"兴"之义为何，曾做出若干诠释。于是，这就引起后世学者不断地尝试探绎《毛传》的"兴"之本义。

古今学者一般性的意见是，《毛传》"兴义"都与喻义有关。郑玄在《关雎》笺注中明确地说："兴是譬喻之名，意有不尽，故题曰兴。他皆放此。"② 故清人焦循说："《笺》每以喻释《传》之兴，是喻即

---

① 赵沛霖：《兴的源起——历史积淀与诗歌艺术》，中国社会科学出版社 1987 年版，第 4—5 页。

② （唐）孔颖达：《毛诗正义》，北京大学出版社 1999 年版，第 22 页。

兴也。"① 而这，在《毛传》中也能找到内证。《毛传》自述"兴"即"喻"者，所在多有：

> 《唐风·葛生》：兴也。葛生延而蒙楚，蔹生蔓于野，喻妇人外成于他家。
>
> 《唐风·采苓》：兴也。……采苓，细事也。首阳，幽辟也。细事，喻小行也。幽辟，喻无征也。
>
> 《小雅·鹿鸣》：兴也。苹，萍也。鹿得萍，呦呦然鸣而相呼，恳诚发乎中。以兴嘉乐宾客，当有恳诚相招呼以成礼也。②

据葛晓音教授统计，《毛传》所标的116篇"兴"体中，除《召南·行露》、《唐风·扬之水》、《王风·扬之水》、《秦风·车邻》以及《小雅》的《南山有台》、《蓼萧》、《頍弁》、《南有嘉鱼》8篇难以判断"兴义"外，计有80多首含有喻义，其中有38首并无附会政教之嫌，而另外近50首则是穿凿附会。但是，通过逐篇分析《毛传》"兴句"和"兴义"之间各种思理联系方式之后，葛教授发现，《毛传》对"兴"的理解是比较宽泛的，其中至少有23首与喻义无关。这批兴体又可以分成三类：一类是即景兴人、兴情或交代时节、烘托气氛；另一类是即事而兴；第三类是兴句和应句之间只有句法逻辑上的相因关系。③ 有的学者认为，毛公对"兴"的宽泛理解，是基于他对"兴"原初意义的接近。而这，显然没能正确认识毛公标"兴"在诗学史上的意义。

就文学活动来说，"毛公述传，独标兴体"其实仍是继承孔子"诗可以兴"这一观念，站在读者批评视域说诗用诗。在第一章中我们已经指出，两汉诗学的生成，内蕴着意识形态的共谋，"文化性"

---

① （清）焦循：《毛诗补疏》，《续修四库全书》，上海古籍出版社2002年影印本，第65册，第396页。

② （唐）孔颖达：《毛诗正义》，北京大学出版社1999年版，第401、402、556页。

③ 葛晓音：《"毛公独标兴体"析论》，《中国文化研究》2004年春之卷，第40—51页。

的默契。历史化与义理化的交互参证，是两汉解诗活动的基本原则。具体到《毛传》的基本方法是，从"知人论世"出发，考知作品之背景与作品之目的，进而通过这一《诗》"本义"的追问以完成对汉家"法度"的建构。例如《周南·关雎》传云："后妃说乐君子之德，无不和谐，又不淫其色，慎固幽深，若关雎之有别焉。"① 再如前引《唐风·葛生》："葛生延而蒙楚，蔹生蔓于野，喻妇人外成于他家。"按照毛公的解法，这两首诗都与女性的婚姻、家室有关，作者的本意是颂赞"后妃"、"妇人"的德行。不难看出，这里所谓的"作者本意"并非真是诗三百作者的本意，而是作传文的"读者"毛公基于汉家"法度"或曰统治秩序的建构阅读诗三百而感发出的"志意"。这种"感发"意在提醒读者，尤其是那些当政者，在阅读诗三百的时候，也要如是地"感发志意"（兴）。而这，与子贡、子夏以类比的方式从诗篇获致社会人伦道德的启发显然是一致的。

《毛传》站在"读者"的位置做联想感悟式的发挥，却反将"感发"到的"志意"解说成诗人之意，除了《论语》系统这一"诗可以兴"观念影响外，与竹简《诗论》的渊源可能更深厚。例如《诗论》评论《关雎》说："《关雎》以色喻于礼"，"其四章则喻矣。以琴瑟之悦拟好色之愿，以钟鼓之乐（拟婚）（姻之）好，反纳于礼，不亦能改乎？"② 所谓"以色喻于礼"与《毛传》的解说只是说法的不同而已，这里也被解释为诗人的"本意"，另外，解说样式基本上同于《毛传》中经常见到的"○○，喻（如、若、犹、言等）○○"这一陈述形式。③ 再如竹简《诗论》孔子评《葛覃》："吾以（于）

---

① （唐）孔颖达：《毛诗正义》，北京大学出版社1999年版，第22页。

② 黄怀信：《上海博物馆藏战国楚竹书〈诗论〉解义》，社会科学文献出版社2004年版，第18—19页。

③ 《毛传》标"兴"116篇，据颜昆阳《从"言意位差"论先秦至六朝"兴"义的演变》（《清华学报》新28卷第2期，1998年6月）一文统计，对所"兴"之义加以解说者计有25篇：关雎、谷风（邶）、旄丘、淇奥、竹竿、兔爰、山有扶苏、南山、山有枢、绸缪、葛生、采苓、蒹葭、黄鸟、晨风、东门之杨、鹿鸣、杕杜、菁菁者莪、黄鸟（小雅）、小宛、谷风（小雅）、白华、绵蛮、卷阿。这25篇解说，大致采取"○○，如○○"的陈述形式。其中的系词"如"，或换为"若"、"犹"、"喻"、"言"等。

《葛覃》，得氏初之诗（志）。民性固然，见其美，必欲反其本。夫葛之见歌也，则以叶萋之故也。"①《葛覃》写一个贵族女子在婚后准备归宁父母。"氏初之诗"黄怀信先生解释为"敬本的思想"。基于黄氏的解说，尚学锋先生剖析道："孔子认为，女主人公婚后生活美满，但仍不忘父母，这就是敬本。然后他又进一步探求诗人的心理，认为见到美好的事物而想到它的根本，这是人之常情；诗人见到葛的叶子茂盛，因而歌唱它的藤；女子婚后生活美满，也会想到养育她的父母。按孔子的理解，这几句诗已有触景生情和感物抒怀的特点，这正是后人心目中的兴，只不过孔子还没有直接称之为兴。"②《葛覃》三章章六句，《毛传》标"兴"于"葛之覃兮，施于中谷，维叶萋萋"下："兴也。……葛所以为絺绤，女功之事烦辱者。"③ 对于《毛传》这一兴法葛晓音教授将之划为"以景兴事"，"触景生情"类："开头描写的葛覃和下文说到做衣服的女工有关，故借以起兴。"④ 可见，尽管竹简《诗论》与《毛传》对《葛覃》取象与诗旨之间的连接点有着不同的看法，但是，两家对诗情抒发特点的认识却是殊途同归。基于此，笔者以为，就方法的借鉴上，《毛传》于竹简《诗论》具有承继性。就诗学史上的意义而言，其重要性更在于，《毛传》将"触景生情"这种取象方式归为兴。

综合以上讨论，从文学活动来说，《毛传》论述"兴"义，批评视域仍是"读者"，其方法来源有两个系统，一是《论语》系统"诗可以兴"的情境连类，一是竹简《诗论》系统有待整合突破的解说样式。就诗旨诠释而言，《毛传》借用这两个系统的方法，"感发志意"，追问所谓"作者本意"，最大限度地实现了政教视域下的义理关

---

① 黄怀信：《上海博物馆藏战国楚竹书〈诗论〉解义》，社会科学文献出版社 2004 年版，第 19 页。

② 尚学锋：《乐语传统与汉代的兴喻文学观》，《陕西师范大学学报》2006 年第 1 期，第 20 页。

③ （唐）孔颖达：《毛诗正义》，北京大学出版社 1999 年版，第 30 页。

④ 葛晓音：《"毛公独标兴体"析论》，《中国文化研究》2004 年春之卷，第 42—43 页。

怀。与此同时，《毛传》也为"兴"这一"引譬连类"的说诗方法向诗人的作诗方法转变迈开了关键性的一步。就兴的生成史而言，这一步具有"突破性"意义。

法国哲学家冈奎莱姆的研究表明："某种概念的历史并不总是，也不全是这个观念的逐步完善的历史以及它的合理性不断增加、它的抽象化渐进的历史，而是这个概念的多种多样的构成和有效范围的历史，这个概念的逐渐演变成为使用规律的历史。"① 以此测度毛公"独标兴体"，我们认为，他在文学批评史上的贡献就在于，他甄选出了"兴"这一诗学批评术语及其适用范围，并为"兴"演变成为中国诗学批评史上重要的范畴铺平了理论与实践的道路。至于说毛公对"兴"的理解较宽泛，根本谈不上是对"兴"原初意义的接近。毛公标兴只是基于他对一种文学现象的观察和甄选，兴的适用维度显然是基于兴字内涵指涉与文学现象的契合支援。至于说毛公的兴义与我们习惯上认为的毛公兴义相比显得较宽泛，那是"超概括"的习惯性心理所致。

"诗可以兴"这一思想上的类比引发原则是指向礼乐文化的应用的，正因此，我们看到，《论语》中的说诗以及竹简《诗论》往往抓住作品情境中的一点，连类感发，引向儒教的义理关怀。毛公解诗以此建构，于是，"诗可以兴"的用诗方法在追问所谓"作者本意"的语境中就生成了"兴也"这一作诗方法而将"兴"的批评视域转向了"作者"。因为"情境连类"中以兴为用解诗其意义生成方式是较宽泛的，而且从孟子、荀子解诗来看，有的情况下为了义理诉求更是穿凿附会，所以就导致，就指涉范围而言，毛公标兴也是较宽泛的；就取义而言，也是多所穿凿。这一点从葛晓音教授的观察中便可见一斑。但这并不是说毛公标兴因此就没有了基本标准。从形式上看，兴都在开头，兴必取象，"景（象）情并置"，有兴句后面必有应句。从意义生成方式看，兴句与应句之间依微拟义，义理深婉隐微。如此

① ［法］米歇尔·福柯：《知识考古学》，谢强、马月译，生活·读书·新知三联书店2007年版，第3页。

一来，其结果就是，虽然同为"兴也"，但其意义生成方式却是多样的。换言之，就其意义生成，毛公虽然概言兴，而实际上是有所区别的。反溯之，这多样构成的意义生成方式却也并不影响将其称为兴。因为兴在先秦的文学活动中已经获得了这一指涉维度。

术语或概念的一个特点是，概括。没有概括，可能就无法把握杂乱无章的现象，可一旦概括，往往就把次特征淹没在了使术语或概念得以区别出的特点下而忽略了它。下判断，我们习惯上突出主要特征，次特征往往被遮蔽。而在接受过程中，出于方便考虑，或是习惯性心理，凸显特征又易变成术语或概念的标志，甚而这一标志还会变成进一步思考的前提。于是，再得到相关知识体系的支援，一般而言的指涉就演进成了术语或概念的全部指涉。这种情况，笔者称之为超概括。就毛公标兴而言，计有 80 多首含有喻义，占全部 116 首的三分之二强，于是，以喻释兴显然最易成为毛公标兴给予人的印象。而在两汉的相关文献中以喻释兴也颇为多见。《毛传》前后，可举出五家：

（1）刘安《淮南子·泰族训》："《关雎》兴于鸟而君子美之，为其雌雄之不乖居也；《鹿鸣》兴于兽，君子大之，取其见食而相呼也。"① 其中两个"兴"字，皆为"喻"。

（2）王充《论衡·商虫》："《诗》云：'营营青蝇，止于藩。恺悌君子，无信谗言。'谗言伤善，青蝇污白，同一祸败，《诗》以为兴。"② "营营青蝇"四句，引自《小雅·青蝇》。要特别注意"同一"二字。正因"青蝇"与"谗言"对人的危害有"同一性"，诗人才以前者"兴"后者。"兴"显为"喻"。

（3）班固《汉书·楚元王传》："（石）显诬谮（张）猛，令自杀于公车。更生（刘向）伤之，乃著《疾谗》、《摘要》、《救危》及《世颂》，凡八篇，依兴古事，悼己及同类也。"颜师古注："兴谓比喻也。"③

① 何宁：《淮南子集释》，中华书局 1998 年版，第 1394 页。
② 黄晖：《论衡校释》，中华书局 1990 年版，第 720 页。
③ （汉）班固：《汉书》，中华书局 1962 年版，第 1948 页。

（4）王逸《离骚经序》："《离骚》之文，依《诗》取兴，引类譬谕，故善鸟香草，以配忠贞……""引类譬谕"，洪兴祖注云："据托譬喻其意"①，显然即是对"兴"的解释，其意甚明。

（5）王符《潜夫论·务本》："诗赋者，所以颂善丑之德，泄哀乐之情也，故温雅以广文，兴喻以尽意。"②"兴"、"喻"并列联用，其意甚明，无须解释。

正是基于以上知识体系的相互指涉，《毛传》中的"兴义"在郑玄语境中就都与喻义有关了："兴是譬喻之名，意有不尽，故题曰兴。他皆仿此。"不仅如此，这一具有情境指涉的看法在脱离了笺注语境后还成了兴的概念指涉："兴，见今之美，嫌于媚谀，取善事以喻劝之。""兴者，以善物喻善事。"以善事喻劝，主语是谁呢？从郑玄的《诗谱》——指明各诗的时代背景、作者以及创作意图来看，"见"、"劝"、"喻"的主语应该是作者。于是，郑玄兴义论述的视域也就由"读者"完成了向"作者"的移易，兴这样一种连类引譬式的用诗行为至此也就成了一种特殊的表达方式——兴喻。

不过，就在以喻释兴，兴被当作诗人的一种特殊表达方式，王逸、郑玄更是以之注骚笺诗的时候，另外一种声音出现了。王逸之子王延寿《鲁灵光殿赋序》云："予客自南鄙，观艺于鲁，睹斯（灵光殿）而眙，曰：嗟乎！诗人之兴，感物而作。"③不难看出，其中的"兴"，已非汉人通常所说的"兴喻"，而是"感兴"之"兴"。"兴喻"是诗的表达方式，而"感兴"则是指诗的生成：诗是诗人触物而生的情绪的流露。这是此前未有的新用法。不仅如此，这一声音还有和弦，那就是与郑玄生活年代差不多或稍晚些的刘熙《释名·释典艺》："兴物而作，谓之兴。"④这些声音虽然不是主流，但却昭示了

---

①　（宋）洪兴祖撰，白化文等点校：《楚辞补注》，中华书局1983年版，第3页。

②　（汉）王符著，（清）汪继培笺，彭铎校正：《潜夫论笺校正》，中华书局1985年版，第19页。

③　龚克昌、苏瑞隆等：《两汉赋评注》，山东大学出版社2011年版，第800页。

④　（汉）刘熙撰，（清）毕沅疏证，（清）王先谦补：《释名疏证补》，中华书局2008年版，第213页。

兴义转变时刻的到来。

三　六朝：作者感兴与作品兴味

　　中国的抒情传统始于《诗经》，然而由《诗经》开展出来的中国抒情传统在两汉却由于知识分子与君权共谋后的汉家"法度"意识而受到了制约。《诗大序》论及诗歌的起源时，虽然也肯定了"情动于中，而形于言"的情感质素，但它最后的旨归还是强调"上以风化下，下以风刺上"、"是以一国之事系一人之本"这一本于政治伦常的社会群体意志。换言之，政教视域下的义理关怀是两汉诗学的"前理解"。正因此，"兴"在郑玄的语境中便具有了政治寄托、道德寓意的内容。从文学活动来看郑玄笺诗中的"作品语言"，它只是读者期待视域下的"作者本意"的譬喻工具。于是，郑玄在解诗中也就有意无意地忽略了诗的情意与自然物象间纯为美感经验的"感发"。

　　进入六朝，随着儒家思想影响的弱化，普遍的道德理性主体转为个殊的审美才性主体。诗歌创作不在于反映客观的政治得失与兴废，而在于抒发作者个体人生的主观情意。陆机《文赋》云："伫中区以玄览，颐情志于《典》《坟》。"① 情与志不再有了高低上下之分。"诗缘情而绮靡"，"缘情论"活跃起来，进而发展成为独立的诗之本质诉求。而原来统摄在道德主体价值观念世界中的自然万物，也从两汉的譬喻世界得以释放出本来面目，由自然景物所引起的情意经验得到强调。陆机《文赋》和钟嵘《诗品序》都有相关文字阐发这一情感经验，而刘勰《文心雕龙》的《物色篇》更是以专篇的文字阐述这一创作心理。伴随着这一情感经验与创作体验的涵咏，六朝时期的"兴"义也就由先秦时读者对作品的"感发"转向了"作者"对自然景物的"感发"。这一用法有的见于作者自己的创作体验，例如：

　　（1）王羲之《三月三日兰亭诗序》：

　　　　每览昔人兴感之由，若合一契，未尝不临文嗟悼，不能喻之

――――――――――
① （晋）陆机著，张少康集释：《文赋集释》，人民文学出版社 2002 年版，第 20 页。

于怀。……虽世殊事异，所以兴怀，其致一也。①

（2）孙绰《三月三日兰亭诗序》：

情因所习而迁移，物触所遇而兴感。故振辔于朝市，则充屈之心生；闲步于林野，则辽落之志兴。②

（3）萧统《答晋安王书》：

炎凉始贸，触兴自高，睹物兴情，更向篇什。

《答湘东王求文集及诗苑英华书》：

悟秋山之心，登高而远托。或夏条可结，倦于邑而属词；冬云千里，睹纷霏而兴咏。③

而有的论者则将此兴义用来评价他人的创作，如：
（4）夏侯湛《张平子碑》：

造事属辞，因物兴□，下笔流藻，潜思发义，言必华丽，自属文之士，未有如先生之善选言者也。④

（5）沈约《宋书·谢灵运传论》：

（谢）灵运之兴会标举，（颜）延年之体裁明密，并方轨前秀，垂范后昆。⑤

---

① 郁沅、张明高编选：《魏晋南北朝文论选》，人民文学出版社 1996 年版，第 194 页。

② 同上书，第 197 页。

③ 同上书，第 330、331 页。

④ 同上书，第 119 页。

⑤ （南朝·梁）沈约：《宋书》，中华书局 1974 年版，第 1778—1779 页。

如果说上述 5 组例证的用法还停留在具体的文学批评阶段，而刘勰和颜之推的用法显然已是成熟的理论形态了：

（6）刘勰《文心雕龙》：

草区禽族，庶品杂类，则触兴致情，因变取会，拟诸形容，则言务纤密；象其物宜，则理贵侧附。……原夫登高之旨，盖睹物兴情。情以物兴，故义必明雅；物以情观，故词必巧丽。（《诠赋篇》）①

岁有其物，物有其容；情以物迁，辞以情发。一叶且或迎意，虫声有足引心。况清风与明月同夜，白日与春林共朝哉……是以四序纷回，而入兴贵闲；……山沓水匝，树杂云合。目既往还，心亦吐纳。春日迟迟，秋风飒飒。情往似赠，兴来如答。（《物色篇》）②

（7）颜之推《颜氏家训·文章》：

文章之体，标举兴会，发引性灵。③

上述 7 组例子，所谓的"兴感"、"遽落之志兴"、"触兴"、"睹物兴情"、"睹纷霏而兴咏"、"因物兴□"、"兴会标举"、"触兴致情"、"睹物兴情"、"兴来如答"等批评视域的立论视角显然应该是"作者"。从文学活动来看，指的是"作者"与"世界"（自然景物）之间的互动"感发"关系。这一互动关系，用刘勰的话来说就是，"情以物兴"，"物以情观"。

言述至此，这里需要提一下刘勰《文心雕龙》的《比兴篇》：

---

① （南朝·梁）刘勰著，范文澜注：《文心雕龙注》，人民文学出版社 1958 年版，第 135—136 页。

② 同上书，第 693—695 页。

③ 王利器：《颜氏家训集解》，中华书局 1993 年版，第 238 页。

　　毛公述传，独标兴体……兴者，起也。附理者切类以指事，起情者依微以拟议。起情故兴体以立，附理故比例以生。比则畜愤以斥言，兴则环譬以记讽。盖随时之义不一，故诗人之志有二也。观夫兴之托谕，婉而成章，称名也小，取类也大。①

　　论及兴义，《比兴篇》中，刘勰提出了"起情"这个概念，但是，"起情"是指读者因作品而起情，抑或指作者因"世界"而起情？从文本结构来看，难以指认。可寻绎文意，"兴则环譬以托讽"，"兴之托谕，婉而成章"，不难发现，《比兴篇》将两汉的"兴喻"观念纳入了兴义论述之中。前此，西晋傅玄《连珠序》也曾以喻释兴："其（连珠）文体辞丽而言约，不指说事情，必假喻以达其旨，而贤者微悟，合于古诗劝兴之义。"② 可见，就传统承继而言，根植于经学土壤的"兴喻"观点在六朝仍有逸响。不过，总体而言，作者因自然景物而起情，这一新兴的兴义在六朝是主流。

　　两汉"兴喻"文学观念强调诗人的意志、怀抱，"作品语言"仅被当作譬喻工具来对待。而六朝这一新兴的兴义则偏重兴会之趣，强调借助于自然景物来传达或唤起一种微妙超绝的意趣。在这种创作动机的促使下，纯为美感经验而自我抒情的作品在六朝得以生成。作品生成之后，"作品语言"所蕴藉的趣味、韵致也获得了独立自足的地位。于是，钟嵘在品评五言诗创作实践基础上，又将"文已尽而意有余"赋予了"兴"③。这样，兴在六朝就获得了这一审美内涵，就世界→作者而言，是指创作主体的"睹物兴情"，而当作品生成之后，则是指依借着"以景涵情"生成的作品通过物象显现出的一种言尽意余的美学意味。

---

　　① （南朝·梁）刘勰著，范文澜注：《文心雕龙注》，人民文学出版社 1958 年版，第601 页。

　　② 郁沅、张明高编选：《魏晋南北朝文论选》，人民文学出版社 1996 年版，第108 页。

　　③ （南朝·梁）钟嵘著，曹旭笺注：《诗品笺注》，人民文学出版社 2009 年版，第25 页。

　　至此，我们可以就文学活动中批评视域的移易而使先唐"兴"义的演变下一个简短的结论了。

　　"兴"之初文很可能是原始宗教当中的一种特定的仪式表演活动，进而在此基础上演进成为一种仪式动作类名而运用于诸多礼仪场合。跃入三礼，周代礼乐文明就是"兴"之实践的演绎、呈现场所。当孔子将"兴"抽象为一个理论命题，并第一次将"兴"与"诗"联系起来加以阐发，其理论采获背景是周代的礼乐文化。总的来说，孔子的兴诗理论是以礼为旨归，是对礼仪之兴的继承，同时，孔子的兴义论述拓展了兴的艺术思维深度，为"兴"向诗学领域移易准备好了理论基础。从文学活动来说，先秦兴义的批评视域是"读者"，指的是读者因为读诗而获致"感发志意"的效果。《论语》中的说诗以及竹简《诗论》往往抓住作品情境中的一点，连类感发，引向儒教的义理关怀。

　　汉代"毛公述传，独标兴体"，首次将"兴"从用诗领域扩展到诗的创作，将"兴"移用至诗学领域。就批评视域移易而言，"诗可以兴"的用诗方法在毛公追问所谓"作者本意"的语境中生成了"兴也"这一作诗方法，并将"兴"的立论发言位置转向了"作者"。总体说来，《毛传》对"兴"的理解是比较宽泛的，但是，"超概括"的习惯性心理使得以喻释兴成了汉人的普遍做法。而政教视域下的义理关怀又是两汉诗学的"前理解"。于是，"兴"在两汉兴义论述集大成者郑玄的语境中便具有了政治寄托、道德寓意的内容。郑玄的兴义论述视域完成了"读者"向"作者"的移易，兴在郑玄的笺注语境中是一种特殊的表达方式——兴喻。因此，"作品语言"在郑玄看来只是读者期待视域下的"作者本意"的譬喻工具。

　　进入六朝，随着儒家思想影响的弱化，普遍的道德理性主体转为个殊的审美才性主体。原来统摄在道德主体价值观念世界中的自然万物，也从两汉的譬喻世界得以释放出本来面目，由自然景物所引起的情意经验得到强调。换言之，被汉人有意无意地遮蔽了的情意与自然物象间纯为美感经验的"感发"获致了论者的注意。于是，六朝时期的"兴"义也就由先秦时读者对作品的"感发"转向了"作者"对自然景物的"起情"、"感发"。这时候的"兴"不再是一种譬喻的语言工具，而是"兴中取象"的一种表现方式。依借着这种表现方式具现为作品后，作品语言便独立为一个可以唤起读者直觉感性经验的美学意象。于是，"兴"又获致了"文已尽而意有余"这一美学内涵。

第二节　艺术特质视域下的"兴象"诗艺

"兴象"，作为一个诗学术语，最早是由盛唐时期的殷璠在其编选的《河岳英灵集》中首次拈出的。而将之作为抒情特质之诉求，作为具有普遍意义的诗艺要求来阐释的，却是明清论者。基于此，本节拟把"兴象"放到诗学批评史中来揭示其生成及嬗变，进而准确把握兴象诗艺的美学特质及其艺术精神。

一　殷璠"兴象"说

虽然说"兴象"作为一个诗学范畴是由盛唐时期的殷璠在其编选的《河岳英灵集》中首次拈出的，但是，"兴象"组合成词却早在殷璠之前。"兴象"一词，最早见于唐初经学家贾公彦的《周礼注疏》。在卷七释"大丧，廞裘，饰皮车"时，贾公彦曾三次用到"兴象"："廞，犹兴也。兴象生时裘而为之，谓明器中之裘，即上良裘、功裘等。""兴谓兴象生时之物而作之。""《礼记·檀弓》云：'竹不成用，瓦不成味，琴瑟张而不平，竽笙备而不和'，皆是兴象所作。"[1] 对此"兴象"，朱自清在《诗言志辨》中释为"象似"[2]。在卷三十二"大丧，廞五兵"的疏中，贾公彦再一次使用了"兴象"一词。于此，贾氏辨析郑众和郑玄对"廞"的解释，认为先郑释"廞"为"陈"不妥，而取郑玄"廞，兴也，若诗之兴，谓象似而作之"之说，指出"廞陈既别，则廞不得为陈，以兴象为义也"[3]。这就是殷璠之前所有的"兴象"组合。具体来说，殷璠之前的"兴象"是贾公彦在疏解《周礼》"廞"之义时所连缀的一个词汇。虽然贾公彦捏合了"兴象"

---

① （唐）贾公彦：《周礼注疏》，北京大学出版社 1999 年版，第 176—177 页。

② 朱自清：《诗言志辨》，广西师范大学出版社 2004 年版，第 75 页。

③ （唐）贾公彦：《周礼注疏》，北京大学出版社 1999 年版，第 841 页。

一词，但是，贾公彦并非在诗学的语境下使用"兴象"一词的。

与贾公彦同时代的孔颖达有"兴必取象"说。《诗经·周南·樛木》孔疏云："兴必取象，以兴后妃上下之盛，宜取木之盛者，木盛莫如南土，故言南土也。"《诗经·周南·汉广》孔疏又云："兴者取其一象。木可就荫，水可方、泳，犹女有可求。今木以枝高不可休息，水以广长不可求渡，不得要言木本小时可息，水本一勺可渡也。"① 相比之下，孔颖达的"兴必取象"似乎要更接近于殷璠的"兴象"说。

尽管孔颖达的"兴必取象"已经很接近于殷璠的"兴象"说了，但是，"兴必取象"毕竟只是就用兴或取象而言，与"兴象"这一诗学范畴的内涵还是有所区别的。因此，不管殷璠是否受过孔颖达或贾公彦的影响，"兴象"这一诗学范畴的真正发明者我们还是要归于殷璠。那么，在殷璠的"兴象"中，"兴"与"象"是以一种什么关系组合成"兴象"一词的呢？并列抑或偏正？殷璠"兴象"说的意蕴何在？

鉴于"兴"这一诗学范畴随着批评视域的移易其发言位置和内涵是有所不同的，在寻绎殷璠的"兴象"意涵之前，我们有必要先看一下他是如何用"兴"的。

下面，我们就从殷璠单独使用"兴"的地方说起。评常建：

> 建诗似初发通庄，却寻野径，百里之外，方归大道。所以其旨远，其兴僻，佳句辄来，唯论意表。②

评刘眘虚：

> 眘虚诗，情幽兴远，思苦语奇，忽有所得，便惊众听。

---

① （唐）孔颖达：《毛诗正义》，北京大学出版社 1999 年版，第 42、54 页。

② 李珍华、傅璇琮：《河岳英灵集研究》，中华书局 1992 年版，第 131 页。后引《河岳英灵集》文字均出自是书，不再标出。

评贺兰进明：

> 员外好古博达，经籍满腹，其所著述一百余篇，颇究天人之际。又有古诗八十首，大体符于阮公，又《行路难》五首，并多新兴。

评崔署：

> 署诗言词款要，情兴悲凉，送别登楼，俱堪泪下。

"署诗言词款要，情兴悲凉"，一作"曙诗多叹词要妙，情意悲凉"，哪句是殷璠原意，材料缺乏，一时难遽定论。但从殷璠诗评出发，或可窥其端倪。

在殷璠的语境中，"兴"具有"僻"、"远"还有"新"的美学特征。"僻"有"远"意，屈原《涉江》即可证："苟余心其端直兮，虽僻远之何伤。""僻远"之地、之境，往往是不熟悉的，所以言"僻"言"远"又有"新"意。故就美学特质而言，"僻"、"远"、"新"是一组相近的美学概念。殷璠说，像常建"松际露微月，清光犹为君"以及"山光悦鸟性，潭影空人心"这类"佳句"，是不可论于句内，而只能论于"意表"的。"意表"即意外，它所蕴含的美学意味即是"旨远"、"兴僻"。在论岑参的诗时殷璠又说："'山风吹空林，飒飒如有人'，宜称幽致也。"拿岑参的这联诗和殷璠所举常建的两联"佳句"相比，我们不难发现，三联诗所蕴含的情思有相近的美学特质。这就是说，在殷璠的语境中，"僻"不是冷僻孤僻，而是蕴含着"幽致"的意味。"僻"、"远"、"新"、"幽"，殷璠是在同一个美学层面上运用这组概念的。正因此，殷璠说刘眘虚的诗"情幽兴远"，与常建"旨远"、"兴僻"应该是两种不同的美学风格，而我们看其《河岳英灵集》所选常刘二氏诗歌却有了相近的美学旨趣。也正由此，"季友诗爱奇务险，远出常情之外"而"甚有新意"。由此我们也可以看出，殷璠所说的"远出常情之外"、"趣远情深"、"在物情之外"即是他评常建所言的"唯论意表"。

由此我们可以看出，在殷璠的语境中，"情幽兴远"，这是一句互文见义的组合。殷璠的"兴"是与"情"联系在一起的，但他所说的"情"不是常情，而是"远出常情之外"或者"在物情之外"的"唯论意表"之情。所以崔署的诗，"送别登楼，俱堪泪下"，所显现出的美学意味应该是"情兴悲凉"，而不是"情意悲凉"。"情意"黏着于句下，不符合殷璠所欣赏的"僻"、"远"、"新"、"幽"的美学视域。固然殷璠也以"意"论诗——"（王）维诗词秀调雅，意新理惬"，"（王）季友诗爱奇务险……甚有新意"，"（岑）参诗语奇体峻，意亦造奇"，但在殷璠的语境中，"意"多是从"新"、"奇"着眼，而与"理"相应的一个诗学概念。"送别登楼，俱堪泪下"，讲的是当下感发的情境性，"心偶照境，率然而生（王昌龄《诗格》)"①，所引发的显然是当下的"情兴"。这就透露出，殷璠批评视域中的"兴"还具有表现方式的意义，它具有连接作者和世界从而生发诗兴的桥梁意义。

综上，殷璠的兴有别于经学视域下具有托喻指向的"兴喻"之兴，殷璠的兴接续六朝的兴义论述，是就"作者"和"作品语言"这两个批评视域立论发言的。常建"寻野径"，刘眘虚"思苦语奇"，讲的是作者取兴。而"送别登楼，俱堪泪下"之时的"情兴悲凉"，显然也是指胧胧的情感兴发状态。与此同时，殷璠又吸收了钟嵘"文已尽而意有余"的界说，指出兴具有"僻"、"远"、"新"、"幽"的美学特质。

明了了殷璠的用兴背景及其取义，下面我们就来探究一下他的"兴象"取义。

在品评陶翰的时候，殷璠指出："历代词人，诗笔双美者鲜矣。今陶生实谓兼之，既多兴象，复备风骨，三百年以前，方可论其体裁也。"在殷璠看来，诗文兼擅的人是很少的，但现在陶翰的诗歌不但具有"兴象"之美，还兼具"风骨"之姿，言下之意即是相对于

---

① 张伯伟：《全唐五代诗格汇考》，凤凰出版社 2002 年版，第 173 页。

"风骨"而言,"兴象"为诗所独有。钱锺书说:"诗也者,有象之言;舍象忘言,是无诗也,变象易言,是别为一诗甚且非诗矣。"而易之象则"求道之能喻而理之能明,初不拘泥于某象,变其象也可;及道之既喻而理之既明,亦不恋着于象,舍象也可"①。诗、易均用象,但易之象不拘泥于亦不黏着于象,而诗则是舍象无诗,变象则诗的趣味亦随之而变甚者会逝去。这就是说,"兴象"为诗所独有,其奥秘不在于象,而在于兴。兴对象的质性界定决定了"兴象"为诗所独有。这也说明,"兴象"的组词关系就只能是偏正而不是并列。联系殷璠用兴的语境,我们可以看出,殷璠所言"兴象"乃是指兴中之象。这样说来,殷璠的"兴象"首先应该是指审美兴发状态下的取象。

评孟浩然:"'众山遥对酒,孤屿共题诗',无论兴象,兼复故实。又'气蒸云梦泽,波撼岳阳城'亦为高唱。""众山遥对酒,孤屿共题诗",写的是永嘉江边客舍的情景。众山遥对写空,孤屿相峙写独。"乡园万余里,失路一相悲"的心情,因这对酒空山,题诗孤屿,而获得一种苍茫的立体感。同时永嘉孤屿暗指谢灵运的《登江中孤屿》,因此殷璠评语才说:"无论兴象,兼复故实。"这就是说,"故实"并不是"兴象"的组成部分,但是诗歌用了"故实"也并不影响诗美的"兴象"。在《河岳英灵集》的序论中殷璠又指出:"攻异端,妄穿凿,理则不足,言常有余,都无兴象,但贵轻艳。虽满箧笥,将何用之?自萧氏以还,尤增矫饰。"在整部《河岳英灵集》的各处评论中,殷璠就是这样,对"兴象"是什么都没有作出界定,但是哪些质素不属于"兴象"这一诗学范畴,殷璠在具体的行文中还是作了一些选择。就本条而论,殷璠的"兴象"并不排斥"理",但是"轻艳"、"矫饰"却非"兴象"所有。从"贵轻艳……自萧氏以还,尤增矫饰"的语境来看,此处殷璠所指的作品当是自萧纲以来"伤于轻艳"②、"弥尚丽靡"③的宫体诗。宫体诗以艳情咏物为主,"转拘声

---

① 钱锺书:《管锥编》,中华书局 1986 年版,第 12 页。

② (唐)姚思廉:《梁书》,上海古籍出版社 1986 年版,第 2032 页。

③ 同上书,第 2095 页。

韵"，吟风月，狎池苑，物象所传达的多是旖旎情思，风格"秾丽，下者则流入淫靡"①。这就是说，在殷璠的语境中，"轻艳"是指语言"矫饰"、情思秾靡狭窄的一种诗歌风格，而具有这种风格的诗歌，在殷璠看来，是不具有"兴象"之美的。诗歌的"轻艳"固然伤于语言的"矫饰"，但主要还是缘于情思的低靡狭窄。所以在反对"轻艳"的同时，殷璠是张扬"情来"的。这样，"情来"说就成了殷璠"兴象"说的一部分，林继中先生说，"'情来'说的核心是'兴象'说"②，在笔者看来，林先生是弄颠倒了，但林先生看到了"情来"说和"兴象"说不是孤立而是一个统一的整体，还是颇有见识的。

"众山遥对酒，孤屿共题诗"，写尽了"乡园万余里，失路一相悲"的心情，殷璠认为这两句是有"兴象"的。空山遥对，孤屿题诗，一种苍茫孤独的悲情不待言而溢于言表，显然它应该属于殷璠所推崇的"情来"之笔。殷璠以"情来"说诗，"情"在殷璠的诗评中曾多次出现。但在前文已曾言及，殷璠所说的"情"不是常情，而是"远出常情之外"或者"在物情之外"的"唯论意表"之情。而从殷璠"情兴"并举来看，此"情"即"兴"，它具有"文已尽而意有余"的美学特征。空山遥对，孤屿题诗，立于此，想于斯，物色尽而悲情袭来，这，殷璠即认为是"兴象"之美。联系殷璠的用兴，殷璠此处的"兴象"——兴中之象应是指物化了作者情思的作品通过物象显现出来的一种"僻"、"远"、"新"、"幽"的言尽意余的美学意味。

综括言之，在殷璠语境中，"兴象"即兴中之象，它首先是指审美兴发状态下的取象。此时的"兴象"既是审美的，又是方法的。当审美感兴物化成诗歌作品后，"兴象"是指作品通过物象显现出一种"僻"、"远"、"新"、"幽"的言尽意余的美学意味。从文学活动来说，前者属于作者与世界的感发这一批评视域，而后者则是就"作品语言"这一批评位置发言立论的。由此，"兴象"是兴与象的统一，

---

① 曹道衡、沈玉成：《南北朝文学史》，人民文学出版社1991年版，第241页。

② 古代文论学会编：《古代文学理论研究丛刊》，上海古籍出版社1986年版，第11辑，第237页。

但兴象的重点是兴，而不是象。从前揭兴义的演变来看，"兴象"中的兴取义的是六朝以来的理论成果。

二　明清时期"兴象"诗艺普适性诉求之探讨

现存资料中，"兴象"这一诗学用语唐人并不常用，除殷璠外，另有晚唐薛能《海棠》诗序："蜀海棠有闻，而诗无闻。杜子美于斯，兴象靡出，没而（笔者注：能）有怀。""兴象靡出"，洪迈《容斋随笔》卷七引作"兴象不出"。对照薛能《荔枝诗序》"杜工部老居两蜀，不赋是诗，岂有意而不及欤！白尚书（笔者注：指白居易）曾有是作，兴旨卑泥，与无诗同"中的"兴旨卑泥"来看①，薛能语境中的"兴象"谓杜甫未因蜀地的海棠有名而作有所感怀、寄寓的诗。这里的重点在"兴旨"。

宋人虽颇有论兴者，但"宋诗少兴象"（潘德舆《养一斋诗话》卷十）②，用"兴象"评诗论诗的资料未之见。

由元入明的杨维桢首用"兴象"评诗，其《卫子刚诗录序》云"其绝句如《消寒图》一首，音节兴象，皆造盛唐有余地，非诗门之颠至者不能至也"③，由此，开启明清两代以"兴象"论诗的热情。

有明一代，从高棅的《唐诗品汇》始，中经胡应麟《诗薮》的继武，终至许学夷的《诗源辨体》，"兴象"这一范畴不仅得到大力弘扬，而且基本上确立了它在诗学史上的地位。

在清代，"兴象"说在理论上也有所丰富和发展，得到了许多著名诗论家、诗评家的承认，"兴象"俨然成了一个常见的专门术语。如冯班的《钝吟杂录》，施闰章的《蠖斋诗话》，王士禛的《池北偶谈》，乾隆的《唐宋诗醇》，何焯的《义门读书记》，纪昀的一些诗序

---

① 陈贻焮主编：《增订注释全唐诗》第 4 册，文化艺术出版社 2001 年版，第 27、32 页。

② （清）潘德舆：《养一斋诗话》，《清诗话续编》，上海古籍出版社 1983 年版，第 2159 页。

③ （元）杨维桢：《东维子集》，《四库全书》，上海古籍出版社 1987 年影印本，第 1221 册，第 440 页。

和《瀛奎律髓刊误》、《玉溪生诗说》、《评苏文忠公诗集》，翁方纲的
《石洲诗话》、《渔阳诗髓论》，方东树的《昭昧詹言》，潘德舆的《养
一斋诗话》等诗论、诗评，都使用过"兴象"这一范畴。少则一二
次，多者则达四十余次，如方东树的《昭昧詹言》。

要之，"兴象"这一诗艺范畴在明清两代得到了较为广泛的使用，
获得了较为丰富的理论内涵。然而，由于各论家的论诗主张不同，使
用场合有别，所以，对"兴象"这一范畴的理解是不完全一致的。尽
管如此，作为一诗学范畴，它的美学特质仍有几点为诸论家所共持。

首先，"象中有兴"。从文学活动作者这一批评视域出发，"兴
象"首先是指触物感兴，情与景会，兴与象合。"兴象"的优劣取决
于兴与象合以及融合程度，"兴象"的美学特质在于"象中有兴"。
"兴象"的重点不在于"象"，而在于"兴"，"兴"是核心，是灵
魂。以"兴象"评诗，其取义重点往往在于诗句或诗篇是否流露出作
者之"兴"。如胡应麟就大力宣扬"兴象"这一有感而作，"神来境
诣"（《诗薮》内编卷四），"神情俱茂，兴象谐合"（《诗薮》续编卷
二）的美学特质。他说："诗流借景立言，惟在声律之调，兴象之合，
区区事实，彼岂暇计？"（外编卷四）胡氏并以此来评价他所推崇的汉
魏、盛唐以前的诗作。评汉代古诗："《十九首》及诸杂诗，随语成
韵，随韵成趣，辞藻气骨，略无可寻，而兴象玲珑，意致深婉，真可
以泣鬼神，动天地。""《郊祀》，炼辞锻字，幽深无际，古雅有余。
《铙歌》，陈事述情，句格峥嵘，兴象标拔。"评盛唐绝句："盛唐绝
句，兴象玲珑，句意深婉，无工可见，无迹可寻。"① 施闰章《蠖斋
诗话》云："注杜诗者，谓杜语必有出处，然填却故事，减却诗好处。
如'五更鼓角声悲壮，三峡星河影动摇'，盖言峡流倾注，上撼星河，
语有兴象。竹坡乃引《天官书》：天一铨栖矛盾，动摇角，大兵起。
谓语中暗见用兵之意，顿觉索然。"② 在施闰章看来，"三峡"句描绘
的是诗人面对"峡流倾注，上撼星河"时的某种情绪感受，周紫芝的

① （明）胡应麟：《诗薮》，上海古籍出版社 1979 年版，第 25、7、114 页。

② （清）施闰章：《蠖斋诗话》，《清诗话》，上海古籍出版社 1999 年版，第 397 页。

解法"索然"、无味，"语有兴象"，即诗中有作者的感兴、情怀才是这句诗的"好处"。再如方东树，以"兴象"论诗在《昭昧詹言》中多达四十余次。寻绎其取义，他亦讲究即目即事，反对"无物"、"无象"或"无兴"。他批评说："韦公（笔者注：韦应物）之学陶，多得其兴象秀杰之句，而其中无物也，譬如空华禅悦而已。故阮亭（笔者注：王士禛）独喜之。陶公岂仅如是而已哉！"（卷一）卷十六又说："但有叙说而无象，故不妙也。"而卷十八评白居易《钱塘湖春行》则极赞曰："佳处在象中有兴，有人在，不比死句。""有人在"，是说诗中流露出诗人此时此地的情绪兴致，这种情绪兴致不曾直接说出，但读者能体会得到。若要将说的意绪直接说出，"有魄无魂，言外无余味，取象而无兴"（卷十八）①，那就是"死句"了，而有生命的"兴象"则是"象中有兴"。不难看出，方氏的这一论断较为准确地昭示了"兴象"的美学特质。

其次，"兴在象外"。"兴象"是"兴"与"象"的统一，或云"兴"通过"象"而获得传达。明清论者以"兴象"评诗，若言"兴象"如何，通常的意义是说，"兴象"的传达有何审美特点，是否深婉有致、行迹俱融，以此生成的作品是否能引发读者之"兴"。是故，讲求兴旨超诣，追求形象深微，寄托高远，生成为明清"兴象"诗艺的第二层美学特质。而这一美学特质用冯班、方东树等人的概括就是要追求"兴在象外"的审美意蕴。冯班《钝吟杂录》卷五《严氏纠谬》云："隐者，兴在象外，言尽而意不尽者也。"② 方东树论"兴象"，屡屡提及"兴在象外"之语。如方氏评卢纶《晚次鄂州》云："三、四（笔者注：估客昼眠知浪静，舟人夜语觉潮生）兴在象外，卓然名句。五、六（笔者注：三湘愁鬓逢秋色，万里归心对明月）亦兼情景，而平平无奇。"（卷十八）"估客"两句不言情而言外有情，故曰"兴在象外"，而"三湘"两句则直言其情，与方氏"因物感触，言在此而意寄于彼"（《昭昧詹言》卷二十一）的审美追求相龃

①　（清）方东树著，汪绍楹校：《昭昧詹言》，人民文学出版社1961年版，第42、394、430、420页。

②　（清）冯班：《钝吟杂录》，商务印书馆1937年版，第73页。

齰，故"平平无奇"。方东树对刘长卿极为推崇，认为"文房诗多兴在象外，专以此求之，则成句皆有余味不尽之妙矣"（卷十八）。评刘长卿《登余干古县城》："以情有余味不尽，所谓兴在象外也。言外句句有登城人在，句句有作诗人在，所以称为作者，是谓魂魄停匀。"（卷十八）评《献淮宁军节度使李相公》曰："言外多少余味不尽，所谓言在此而意寄于彼，兴在象外。"（卷十八）评刘长卿《将赴岭外留题萧寺远公院》则云："因内史想南朝，因南朝即其木亦古，所谓兴在象外也。"（卷十八）① 寻绎文意，方氏所说的"兴在象外"，就是指诗人不自言其情，但"言在此而意寄于彼"，能够让读者体会到作者作诗之时的感兴。综上，"兴在象外"这一美学特质是就"兴象"的艺术表现力而言的，意即诗人之"兴"寓于"象"中，又超出"象"外，言有尽而余味不尽。

明清论者基于对"兴象"美学特质的以上认识，将之普遍地运用于论诗实践，不仅如此，他们还认为，"兴象"是一具有普遍意义的诗歌美学要求。明代高棅《唐诗品汇·总序》云："有唐三百年诗，众体备矣。……至于声律、兴象、文词、理致，各有品格高下之不同"②，明确地将有"兴象"作为评诗的四项标准之一。胡应麟《诗薮》说：

> 作诗大要不过二端，体格声调，兴象风神而已。体格声调有则可循，兴象风神无方可执。故作者但求体正格高，声雄调鬯；积习之久，矜持尽化，形迹俱融，兴象风神，自尔超迈。譬则镜花水月，体格声调，水与镜也；兴象风神，月与花也。必水澄镜朗，然后花月宛然。③

此系胡氏论诗歌创作本体特征的根本之论。在他看来，诗的基本

---

① （清）方东树著，汪绍楹校：《昭昧詹言》，人民文学出版社1961年版，第427、471、419、420、421、421页。

② （明）高棅：《唐诗品汇》，上海古籍出版社1988年版，第8页。

③ （明）胡应麟：《诗薮》，上海古籍出版社1979年版，第100页。

要素就是"体格声调"和"兴象风神",而二者的关系则是相辅相成、缺一不可。只不过前者在诗中,较实,"有则可循";后者在诗外,较虚,"无方可执"。是故,两者又是一种虚实结合的关系。进一步言之,"体格声调"是"兴象风神"的基础,"兴象风神"是"体格声调"的升华。"故作者但求体正格高,声雄调鬯,积习之久,矜持尽化,形迹俱融,兴象风神,自尔超迈。"可见,在胡应麟的诗歌理论当中,兴象是诗艺的普适性诉求,兴象乃诗歌基本质素之一。高、胡两人的这一诗艺诉求得到了清代批评家的响应。如纪昀《鹤街诗稿序》言道:"在心为志,发言为诗,古之风人特自写其悲愉,旁抒其美刺而已。心灵百变,物色万端,逢所感触,遂生寄托,寄托既远,兴象弥深,于是缘情之什,渐化为文章。"① 在纪昀看来,"缘情之什"不过是诗人自写悲愉,旁抒美刺而已,不过,发言为诗不能"意言并尽",而要寄托高远。"寄托既远"便能"兴象弥深"。不难看出,兴象也是纪昀诗艺标准的诉求之一。再如方东树的《昭昧詹言》:"文字精深在法与意,华妙在兴象与词。"(卷一)"用意高妙;兴象高妙;文法高妙;而非深解古人则不得。"(卷一)又说:"凡诗文之妙者,无不起棱,有汁浆,有兴象,不然,非神品也。"(卷十二)② 崔颢《行经华阴》:"岧峣太华俯咸京,天外三峰削不成。武帝祠前云欲散,仙人掌上雨初晴。河山北枕秦关险,驿树西连汉畤平。借问路旁名利客,无如此处学长生。"③ 方氏评曰:"三四句写景,有兴象故妙。五六亦是写,但有叙说而无象,故不妙也。"(卷十六)④ 武帝祠指汉武帝为祭河神巨灵所立的神祠。就诗意来看,"武帝"两句写的也是景,但言外有煊赫如汉武帝亦终为历史陈迹之慨,"有兴象",故曰"妙"。颈联两句写的也是景,但不能引发感慨,"无象",即无"兴象",故"不妙"。可见,方东树认为诗歌要以"兴象"吸

---

① 《纪晓岚文集》第1册,河北教育出版社1991年版,第206页。

② (清)方东树著,汪绍楹校:《昭昧詹言》,人民文学出版社1961年版,第11、30、264页。

③ 陈贻焮主编:《增订注释全唐诗》第1册,文化艺术出版社2001年版,第956页。

④ (清)方东树著,汪绍楹校:《昭昧詹言》,人民文学出版社1961年版,第394页。

引人，"诗先兴象声律而后义意"（卷十七）①，诗之特殊的美在于兴象。要之，明清论者接过兴象这一术语，将之普遍地运用于论诗实践，并认为，兴象是一具有普遍意义的诗歌美学要求，"兴象"乃诗之为诗的基本质素之一。

三 "兴象"的诗学质素意义阐释

将"兴象"放到中国诗学史中去寻绎，基于前揭，我们可总结如下："兴象"，即兴中之象。从文学活动"作者"这一批评视域出发，"兴象"是指触物感兴，兴与象合，"兴象"的美学特质首先在于"象中有兴"。"兴象"是"兴"与"象"的统一，象是兴会下的取象，象通过兴而传达。"兴象"的重点不在于"象"，而在于"兴"，"兴"是核心，是灵魂。换言之，兴象是富于感兴的虚拟形象，是在"兴"中构造的活生生的虚拟物象。以此审美机制生成作品后，就作品的艺术表现力而言则是，"兴在象外"，意即诗人之"兴"寓于"象"中，又超出"象"外，言有尽而余味不尽。明清论者将"兴象"大量运用于论诗实践，并认为，兴象是一具有普遍意义的诗歌美学要求，"兴象"乃诗之为诗的基本质素之一。

明确了"兴象"的上述意涵之后，我们就可以在此基础上尝试阐发"兴象"的诗学质素意义，进而基于此寻绎中国抒情诗艺物我情境互动中主观情感抒发层面的艺术特质。

首先，"兴象"能够充分揭示抒情诗艺所独有的用象机制。

诗文均用象，但文之象"使人意识到的却不应是它本身那样一个具体的个别事物，而是它所暗示的普遍性的意义"。② 所以对于易之象，王弼才说："尽意莫若象"，但得意可以忘象，"义苟在健，何必马乎？类苟在顺，何必牛乎？爻苟合顺，何必坤乃为牛？义苟应健，何必乾乃为马？"③ 亦即钱锺书所言"求道之能喻而理之能明，初不

---

① （清）方东树著，汪绍楹校：《昭昧詹言》，人民文学出版社1961年版，第406页。

② ［德］黑格尔：《美学》第2卷，朱光潜译，商务印书馆1979年版，第11页。

③ 郁沅、张明高编选：《魏晋南北朝文论选》，人民文学出版社1996年版，第68页。

拘泥于某象，变其象也可"①，而抒情诗艺显然是不同于此。诗艺当中，与象联系在一起的有"意"，但首先或者说诗的底色是"情"。心与物游，诗艺之象具有当下的情境性。象变，也许指向的意义没有变，但与象异质同构的当下之情却已变，那么，诗学当中所显现出来的美学趣味显然亦随之而变。这就是说，抒情主体的情感统摄着物象，物象和个体心灵的颤动融为一体，物象是有生命的，它们充溢着个性和活力。文中之象如走路，指向实用目的，目的一经达到，作为手段的象便无价值了；抒情诗艺如跳舞，它以自身为目的而没有外在实用目的，目的与手段同一。文中之象一旦被人理解便失去生命，而诗性之象可以反复吟诵，暗示一个新世界。由此反观前揭的"兴象"意涵，无疑，这一范畴是能充分揭示抒情诗艺这一独有用象机制的。是故，就诗文比照层面而言，"兴象"在抒情文学当中是具有质素意义的。

其次，"兴象"这一诗艺范畴也能揭示出中国抒情传统所独有的用象特征。

情境互动，合而成诗，诗的本质在于抒情，可"情"是一种内在的东西，它只有外化出来，才能成为审美的对象。朱彝尊《天愚山人诗集序》云："顾有幽怨隐痛，不能自明，漫托之风云月露、美人花草，以遣其无聊。"②忧痛之情，是一种内在的心理状态，故幽而隐，不能自明于人，只有寄托于风云花草之间，才能达到宣泄。因此，刘永济先生认为："盖神居胸臆之中，苟无外物以资之，则喜怒哀乐之情，无由见焉。"③正因为情感本身不具有抒发性，所以，中外诗歌，都是借助于外在的象的描绘来抒发诗人的内在情思。也就是说，诗人必须寻找可以物化情感的物象、景象以使情感物化、客观化。因为只有这样，情感才能寻求到理解。

欧阳修的《六一诗话》记载了一件有趣的诗坛轶事：在宋代和尚中，以诗名世者有九人，曾编诗集为《九僧诗》。当时的进士许洞，

---

① 钱锺书：《管锥编》，中华书局1986年版，第12页。

② 朱彝尊：《天愚山人诗集序》，《曝书亭集》，上海商务印书馆1929年影印本，第10函，第13页。

③ 刘永济：《词论》，上海古籍出版社1981年版，第71页。

也是一位善为辞章的俊逸之士。一天，他邀请九位诗僧一起赋诗，并出一纸相约，说："不得犯此一字。"众僧看时，只见纸上写着："山、水、风、云、竹、石、花、草、雪、霜、星、月、禽、鸟"之类，于是众僧皆搁笔。为什么"众僧皆搁笔"呢？原因当然很复杂。就用象角度而言，在我们看来就是，没有物象的媒介，情感就无法找到宣泄的突破口。因为诗人总不能像动物或者孩童一样咿呀而抒情。抒情途径有很多，其中有一种是直抒胸臆。从抒情角度讲，所谓直抒胸臆，无非内在情感的火山爆发式倾泻。可即便是此"直抒"，也是指内在感情的冲口而出，而不是说不需要象的媒介。

虽然说，中外诗歌，都是通过象的外在媒介来抒发诗人的内在情思，但是，兴的参与，却使中国诗学当中的象显现出一种兴发性，亦即"象中有兴"，与情成为一种迁就似的展开，从而没有停留在以"意象"述情的媒介阶段。下面，我们不妨用具体的个案比较以说明之。

首先，我们选取中外两首诗，一则《诗经》当中的《邶风·静女》：

> 静女其姝，俟我于城隅。爱而不见，搔首踟蹰。
> 静女其娈，贻我彤管。彤管有炜，说怿女美。
> 自牧归荑，洵美且异。匪女之为美，美人之贻。

一则英国 17 世纪桂冠诗人本·琼森的《致西莉亚》：

> 致西莉亚 Song to Celia
> 你只用眼神祝酒，Drink to me only with thine eyes,
> 我也会只用眼神；And I will pledge with mine;
> 要么你在杯中仅留个吻，Or leave a kiss but in the cup,
> 我就不另觅取芳醇。And I'll not look for wine.
> 出自心灵深处的焦渴，The thirst that from the soul doth rise,
> 要求神妙的饮料。Doth ask a drink divine.

可纵有天仙的琼浆，But might I of Jove's nectar sup,

我也不急将你的换掉。I would not change for thine.

近来我送你个玫瑰花环，I sent thee late a rosy wreath,

与其说我敬意虔虔，Not so much honoring thee,

无宁是希望在你身边，As giving it a hope that there,

我的花环不会凋残。It could not wither'd be.

可你仅闻了一下它的芳香 But thou thereon didst only breathe

就将花环送还这里，And sent'st it back to me,

从此它的生长，它的芬芳 Since when it grows, and smells, I swear

我深信不是靠它而是靠你。①　　Not of itself but thee②

　　显然，这两首诗中，无论什么赠品（"酒杯"和"玫瑰花环"或是"彤管"和"归荑"），其珍贵与存在都同"伊人"的心灵有关，都是与心上人连在一起。在《诗经》中，在这类联系背后的那种推理过程，当它一旦被特别点明时，是将其限在最小程度，并又在结尾处以简练的词句来加以表述："匪女之为美，美人之贻。"在作出这一表达之前，在开头一节中，当诗人告诉我们这种联系的背景时，也就同时在为这一联系的表达做了准备，因为诗人已在诗中告诉我们他得到美人送的彤管是如何喜悦的。对于熟悉《诗经》的每个读者来说，显现在《诗经》许多诗篇中的这种"象"与"情"间十分自然和谐的相互关系，在心爱的美人之后提到彤管，诗人事实上已在暗示，他正在赞赏以彤管为中介的少女之美，并借此来间接表达他对她的爱慕之心。而最后一节所说的，也正是前面所一直在暗示的这些心情，因此，这些话也不过是在字面上做清楚点明而已。这样，无论是"彤管"，还是"归荑"，都成了抒情情境下的"这一个"，它们以活生生

---

① 译文见赵甄陶《英诗讲座》，湖南师范大学出版社 1986 年版，第 56—57 页。

② 英文见王佐良主编《英国诗选》，上海译文出版社 1993 年版，第 134 页。

的生活情境形式参与了抒情主体的情感言述，象是当下之象，情是当下之情，象与情的遇合凑泊，在相互迁就中交融在一起，于是，象含情，情摄象，至此，象也就具有了"景"的意味——抒情主体的情感统摄着象，象和个体心灵的颤动融为一体，物象也就成了有生命的东西，它们充溢着个性和活力，而不能够被取代。

《致西莉亚》是 17 世纪英国桂冠诗人本·琼森（Ben Jonson，1572—1637）脍炙人口的一首抒情诗。诗描写对情人的倾心相爱，希望她能用美目顾盼自己，只要情人在杯上留下一个吻，远胜美酒琼酿，只要对他送上的玫瑰闻一下再退回给他，他闻到的就不是花香而是情人的芳馨。这样，酒杯与玫瑰花环这一对物象就与《诗经》中的"彤管"和"归荑"一样，具有了相同的表征意味。但是，当我们读本·琼生的这首诗时，我们马上会发现，在《静女》结尾处只做轻轻触及的，而一到英国抒情诗中却成了重点，因为整首英诗都在浓墨饱书诗人对西莉亚的感情。而且又由"和"（And）、"要么（Or）"、"无宁（As）"、"由此（Since）"这些逻辑上的关联词将之连成一体，所有这些都呈现出与诗人对西莉亚强烈感情相关的那种辗转曲折的思念过程。与我们的抒情诗相比，这首英诗很少谈及少女，也很少谈到他们之间关系的总背景。我们在《诗经》当中所见到的那种情境下的外界背景，在此则让诗人心里的内心世界所取代了。于是，诗情的展开，象就完全以具有象征意义的意中之象而被运用了。再如下列一组诗：

《诗经·召南·野有死麕》：

> 野有死麕，白茅包之。有女怀春，吉士诱之。
> 林有朴樕，野有死鹿。白茅纯束，有女如玉。
> 舒而脱脱兮，无感我帨兮，无使尨也吠。

一则古希腊柏拉图的歌：

> 我把苹果丢给你，你如果对我真心，

就接受苹果，交出你的处女的爱情，

如果你的打算不同，也拿起苹果想想，

要知道你的红颜只有短暂的时光。①

"有女怀春"，所以柏拉图就拿出他的苹果来，告诉心中的她，如果珍惜他对她的爱情，就一定要"接受苹果"。"有女怀春"，拿出苹果来诱惑。我们可以预料，无论结果如何，都至少会在那个她心中掀起微澜。但是，这里的"有女怀春"，"吉士"挑逗模式，最终变成了一种思想的胁迫——"要知道你的红颜只有短暂的时光"。不难看出，在这里，"感情"——热辣的爱，与《致西莉亚》如出一辙，均被从直接与可感的背景中抽取出来，而挪位到心里去充当了一个被沉思的对象。于是，正如美籍学者孙筑瑾教授所指出的那样，象的背景，出现在我们的诗中让人看到的是含有"情"的"景"，在此，却只是作为一个摆设而被推入背景。因此，取代这种具有兴会情境性的"象"，它们只是被作为述情手段而被最普遍地使用。② 这样，情境的缺失，柏拉图用苹果"诱之"，或者用香蕉挑逗，于诗情的抒发有影响吗？即便在后世已经走向成熟的作品——《致西莉亚》，虽然说，玫瑰作为一个爱情的象征已经成了一个文化建构下的意象，但是，就此情境下，玫瑰换作苹果，我们能否感受诗人心中强烈的爱？而我们的诗情抒发呢？显然是异于此的。

"彤管"和"归荑"，于诗情感的情境抒发，因为它们具有了含摄情的"景"的意味，因而是不可替代而显现出了当下物我遇合状态下的一种"兴"性。

下面说一下《野有死麕》的用象行为。

"野有死麕，白茅包之。有女怀春，吉士诱之。"《毛传郑笺》云："白茅，取洁清也。笺云：乱世之民贫，而强暴之男多行无礼，

---

① 莫家祥编：《西方爱情诗选》，漓江出版社1981年版，第242页。

② 孙筑瑾著，韩冀宁译：《中国诗的情景描写与英国诗的内外世界呈现模式》，《广西大学学报》1986年第1期，第43页。

故贞女之情，欲令人以白茅裹束野中田者所分麕肉为礼而来。"① 朱熹
踵其后，并具体从言述手法层面解释说："兴也。……怀春，当春而
有怀也。吉士，犹美士也。南国被文王之化，女子有贞洁自守，不为
强暴所污者。故诗人因所见以兴其事而美之。或曰：赋也。言美士以
白茅包其死麕，而诱怀春之女也。"② 诗显言女人春情萌动而男子诱
之，以女子"贞洁自守"，止乎礼释之，显然是无法令人满意的。最
重要的是，白茅包死麕怎么会是守礼的表征呢？于是，20 世纪以来，
随着经学话语的被突破，一些学者多从文化人类学的视角来剖析其意
蕴。李湘认为："白茅为婚礼所需用，亦男女婚娶与爱情之象征……
此诗前两章言白茅，同时言麕鹿。麕鹿在古时本为婚礼用品，而又兼
白茅以包之，便有双重的象征义。"③ 我们认为，李湘先生的这一解析
颇有胜义，故取之。正因为象取象征义，故这类歌诗的用象行为，正
如赵沛霖先生所剖析的那样，诗的起兴部分既不是为中心部分所抒发
的感情构成具体环境，也不是为它做直接的气氛的渲染。实际上，起
兴部分所摄取的物象只是作为中心部分所抒发的诗人情怀的象征。整
首诗歌的意义均由用以起兴的物象隐喻出来。④ 所谓"取象曰比，取
义曰兴。义即象下之意。凡禽鱼、草木、人物、名数，万象之中义类
同者，尽入比兴"⑤。在这里，象的象征意义虽然不能说完全没有感情
的因素，但主要却是道理和意义上的相通，并通过隐喻和比附表现出
来。象取象征义，于是，象与意合，象凝结成意象而成为诗人心中内
在的潜思。正如本·琼森的玫瑰花环凝结着西方爱情的文化因子，白
茅、麕鹿亦是我们民族"男女婚娶与爱情之象征"。不过，虽然象都
用于象征，象也都是主要以道理和意义上的相通来隐喻着诗人心中内
在的潜思，但，"野有死麕，白茅包之。有女怀春，吉士诱之"，朱熹

---

① （唐）孔颖达：《毛诗正义》，北京大学出版社 1999 年版，第 99 页。

② （宋）朱熹注，赵长征点校：《诗集传》，中华书局 2011 年版，第 16 页。

③ 李湘：《诗经名物意象探析》，台湾万卷楼图书有限公司 1999 年版，第 270 页。

④ 赵沛霖：《象征型兴象与解〈诗〉的分歧》，《河北大学学报》1982 年第 3 期，第
107—108 页。

⑤ （唐）皎然：《诗式》，《历代诗话》，中华书局 2004 年版，第 30 页。

言"兴也",当下的学者无论以何种角度阐释,也认为象于诗情的展开是"兴"的。也就是说,在诗中,象于诗情的参与展开是物我各因子的遇合,象依然呈现为一种准"景↔情"似的迁就关系,而没有像玫瑰花环和柏拉图的苹果那样,出之以逻辑的沉思,在死麕白茅与怀春少女之间依然显现为一种自然凑合的兴发性。

综括言之,中外诗歌,都是借助于外在的象来抒发诗人的内在情思。但是,中国诗歌的用象行为显现为兴中取象。象于诗情的抒发,在与情感联系的背后不是出之以逻辑思维下的推理过程,而是呈现为一种"景←→情"似的迁就关系,于是,象便具有了一种当下的情境性。象没有像西方诗歌那样,被从直接与可感的具体背景中抽取出来,而挪位到心里去充当了一个被沉思的对象,象的背景,出现在中国诗中让人看到的是含有"情"的"景"——"关关雎鸠,在河之洲";"蒹葭苍苍,白露为霜";"桃之夭夭,灼灼其华","悲落叶于劲秋","喜柔条于芳春",这些诗句,不论是"由物及心"的兴的手法,还是"由心及物"的比的手法,抑或是"亦物亦心"的比、兴合用的方式,显然都在展示着一种人与自然万物、心灵与生命的共感,而在西方,象却被凝结成"得意忘象"的述情手段而被最普遍地使用。

不过,这里需要说明的是,在我们的研究语境中,"兴象"的诗学质素意义具有民族的规定性,但这并不是意味着我们即认为这一审美规律完全为我们民族所独有,我们只是认为,在西方诗学中没有形成"兴象"这样的诗学创作和欣赏的规律。同时,我们也只是认为"兴象"具有民族诗学的质素意义,而不是在本质层面概括了所有。因为就本质而言,它应该显现于整个抒情传统,整个诗学领域,而很显然,这一点并非此范畴所能有。所以,"兴象"是一个层面元素,具有的是质素意义。

第三节　先秦两汉"兴象"诗艺的嬗变与建构

"兴象"这一诗学范畴被用之评诗论诗始于盛唐时期的殷璠,中经宋元，在明清两代获致广泛使用。不仅如此，"语有兴象"，明清论者以"兴象"评诗，往往还将有无兴象作为诗歌品格高下的评判标准之一。换言之，他们认为"兴象"是一具有普遍意义的诗歌美学要求，"兴象"是诗之为诗的基本质素之一。基于上述"兴象"诗学质素意义的阐释，"兴象"诗艺着实能够表征中国抒情诗艺物我情境互动中主观情感抒发层面的艺术特质。那么，这一诗艺是如何诞育的，它最初的审美机制如何？"兴象"诗艺最初呈现出什么样的美学形态，其诞育的历史机遇是什么？在流变过程中对中国抒情传统的塑成又产生了怎样的影响？

前揭已经指出，"兴象"是"兴"与"象"的统一，象是兴会下的取象，象通过兴而传达。"兴象"的重点不在于"象"，而在于"兴"，"兴"是核心，是灵魂。由是，尽管明清论者的"兴象"评诗实践仅止步于两汉，但是，要将"兴象"诗艺作为中国抒情传统中的艺术特质来对待显然就要溯至"诗之兴"的先秦时期。因为，传统是在选择、接受中渐进构成的，而不是一种突变。本章第二节"兴象"诗学质素意义阐释部分，我们所举诗例全部取自《诗经》，其考虑就是基于情意与自然物象间这一感兴传统源自《诗经》时代的原因。换位思考，两汉"兴象"诗艺的呈现就变得非常重要了。因为没有"流"，"源"就不能称之为"源"了。只有"源"远"流"长，过去一直左右着当下建构，那它才可以称之为传统。就"兴象"诗艺而言，正是先秦时的"象中有兴"，"兴必取象"，才使得两汉时期的诗坛"兴象玲珑，意致深婉"。反之，如果没有两汉诗人对先秦"诗之兴"的选择、认定，那么，所谓的"兴象"诗艺传统很可能就不存在了。

一　先秦两汉"兴象"诗艺的嬗变

通过对"兴象"诗学特质意义的阐释可知，"兴象"这一诗学范畴实际上贯穿了整个文学活动。然而，就其批评实践而言，若言有无兴象则是说诗中有或没有作者的感兴、情怀；若言"兴象"如何，则是说"兴象"的传达有何特点，作品语言是否自然而韵味悠长，能否引发读者之兴。因此，一般而论，对于"兴象"的把握可约在两个层面进行，一是发生学层面，一是鉴赏学层面。下面，就让我们首先从"兴象"的诞育这一发生学层面入手来探究"兴象"诗艺在先秦两汉的嬗变。

就一般意义而言，人类生活在一个象的世界里。不仅如此，连人自己的肢体和行为以及人的生活的方方面面，都是象世界的组成部分。最重要的是，人类就是在不断地认识象并通过象的象征意义来把握这个世界，改造这个世界。

当武王伐纣灭商之后，周部族中的精英认识到，"皇天无亲，惟德是辅"，可以以暴易暴，却不能以暴治理天下，于是，武王"表商容之闾"，"命闳夭封比干之墓"，"纵马于华山之阳，放牛于桃林之虚；偃干戈，振兵释旅"。① 表闾，封墓；纵马，放牛；偃干，振兵，这些举措显然不能就其本身来理解，它所要暗示的是，自此天下不再用兵，周人要以"德"来治理天下。黑格尔讲："象征一般是直接呈现于感性观照的一种现成的外在事物，对这种外在事物并不直接就它本身来看，而是就它所暗示的一种较广泛、较普遍的意义来看。"② 那么，武王的这一系列行为就其本质而言，显然就是一种象征行为了。而实际上，周人就是生活在一个以象为介的象征世界里。周人是为礼乐文化所塑成的一个文明群体，而礼乐文明，就其本质，正如杨宽先生所指出的：

> 原始人常以具有象征意义的物品，连同一系列的象征性动作，构成种种仪式，用来表达自己的感情和愿望。这些礼仪，不仅长期成为社会生活的传统习惯，而且常被用作维护社会秩序、巩固社会组织和加强部落之间联系的手段，进入阶级社会后，许多礼仪还被大家沿用，其中部分礼仪往往被统治阶级所利用和改变，作为巩固统治阶级内部组织和统治人民的一种手段。我国西周以

---

① （汉）司马迁：《史记》，中华书局1982年第2版，第129页。
② ［德］黑格尔：《美学》第2卷，朱光潜译，商务印书馆1979年版，第10页。

后贵族所推行的"周礼"，就是属于这样的性质。①

　　这就告诉我们，礼乐文化，就其本质，就是一种象征文化，礼乐符号就是一种象征意象符号。而这一点，当王充首次拈出"意象"这一概念之时，他就已经予以明确指出了。在《论衡》卷十六《乱龙篇》中，王充言道："礼贵意象"；"礼，宗庙之主，以木为之，长尺二寸，以象先祖。孝子入庙，主心事之，虽知木主非亲，亦当尽敬，有所主事。土龙与木主同，虽知非真，示当感动，立意于象"。② 这就告诉我们，周人的礼乐文明就是一个庞大而系统的象征意象体系，周人就是生活在这一由礼乐意象符号而构成的象征世界当中。

　　原始人是这样，周人是这样，正如英国人类学家菲奥纳·鲍伊所指出，甚至在我们当中最有文化和头脑的人，也是不断地使用象并通过象的象征作用来解释自己，把握世界。穿着某种宗教的衣服象征着一个人献身于上帝。衣领上的彩色绶带表明与艾滋病患者的团结一致。通过向一面旗帜致敬，唱一首颂歌，穿上球衣、制服或一种特殊的服装，可以激发出民族自豪感、群体归属感以及团队支持感。③ 因此说，人类就是生活在一个象征的世界里，用象是一个普遍的人类行为。德国现代哲学家卡西尔甚至认为象征是人的本质规定性，并进而提出"人是象征动物"这一著名命题。在卡西尔看来，"象征行为的出现，标志着人类进化中超生物变革的开始，而象征行为的发展，促进了人类改造世界、改造自身的历史进程。简言之，象征行为使人成为人"④。但是，面对着缤纷的五彩世界，基于不同的文化境遇，不同的民族所展开的用象方式却是有差异的。

　　在我们看来，一个民族、一个国家人民的思维方式会决定一个民

---

　　① 杨宽：《古礼新探》，中华书局 1965 年版，第 234 页。

　　② 黄晖：《论衡校释》，中华书局 1990 年版，第 703—704 页。

　　③ ［英］菲奥纳·鲍伊：《宗教人类学导论》，金泽、何其敏译，中国人民大学出版社 2004 年版，第 45 页。

　　④ 叶舒宪：《探索非理性的世界——原型批评的理论与方法》，四川人民出版社 1988 年版，第 70 页。

族、一个国家的文化性质。正是不同的思考方式，把握意义世界的不同思维模式，致使人类社会有了不同民族的绚烂文化，而也正是此导致了象征文明世界里相异的取象、用象行为。

　　下面，我们不妨从对比中外两位哲人具体的思考个案说起。一是古希腊大哲赫拉克利特，一是我们的儒家思想奠基人孔子。面对着滔滔的东逝之水，两人都曾思考过。赫氏曰："我们不能两次踏进同一条河。"① 孔子云："子在川上曰：'逝者如斯夫，不舍昼夜！'"②

　　赫拉克利特认为，一切皆流，万物皆变。对此，他用奔腾不息的河水这一物象行为以说明之。他说："我们不能两次踏进同一条河"，因为河水常流，再入水时，已非前水，"踏进同一条河的人，不断遇到新的水流"，"我们踏进又踏不进同一条河，我们存在又不存在"。③这些哲性名言说的都是同一个道理：万物皆流，无物常住。面对着东逝之水，孔子也颇为感慨——逝去的东西就像河水呀，日夜不停地流去，一会儿也不停留。面对着奔腾不息的河水，两位哲人思考的结果是相近的，无物常住，一切皆流。但是，细加寻绎，道理相近，可昭示出的思维模式却是不同的。

　　试想，"子在川上"，一个儒雅长者屹立天地，眺望河川，面对着河水的奔腾不息，忽然间意识到一切逝者如斯，此时此境，是感慨光阴奔逝礼乐未"复"而黯然痛惜，还是"恐修名之不立"而增强时不我待的危机，也许都是，也许都不是，不过，无论是与不是，这一言述模式都让人看到言者已经沉浸在整个大化流行之中，用一己之心来体悟着宇宙，感受着天地，而人也就在这一物我互动的感悟中，领会了宇宙，领会了人生。而赫氏却与之不同，他毫不吝惜自己的双足，以两次的心灵之"踏"，判断到了河水常流，一切皆变，无物常住。不难看出，前者是悟觉思维，而后者是理性思维。理性思维以分析的视角来判断思考着这个世界的现象，与之相对，悟觉者却在天人

---

① 北大哲学系编：《西方哲学原著选读》上卷，商务印书馆1981年版，第23页。

② 杨伯峻：《论语译注》，中华书局1980年版，第92页。

③ 北大哲学系编：《西方哲学原著选读》上卷，商务印书馆1981年版，第23页。

合一的宇宙模式中，感受着来领会这个世界的意义。

　　思维模式是人们把握世界的方式，当中国人以一种天人合一的思维模式来思考把握这个世界的时候，自然会以"天地参"的宇宙意识在物我迁就中来领会这个世界，体悟这个世界。那么，这一思维模式沉潜到诗学领域，以象述情，物象与情意之间就塑成了一种感发迁就关系，而不是出之于"逻各斯"的中心结构。如果用"兴象"诗艺的美学特质来界说，那就是，中国诗学当中的"象"之传达呈现出一种"兴"性——"象中有兴"。就诗性特质的历史与逻辑呈现次序而言，《诗经》当中百余篇以感发为思理联系的诗篇就是这一思维模式入思、取象的产物。这里我们不妨从《诗经》当中的一首具体篇章《邶风·燕燕》说起。诗云：

　　　　燕燕于飞，差池其羽。之子于归，远送于野。瞻望弗及，泣涕如雨。
　　　　燕燕于飞，颉之颃之。之子于归，远于将之。瞻望弗及，伫立以泣。
　　　　燕燕于飞，下上其音。之子于归，远送于南。瞻望弗及，实劳我心。

　　无论是从《诗序》，还是就诗文本身着眼，这是一首"送归"之作应当是毋庸置疑。如果我们斩断一切文化背景，以"零度"体验来赏会这首诗，那么这首诗给人的第一印象是什么呢？很显然，诗人十分自然地由鸟的世界跳跃到人的情感世界。我们都知道，燕子是一种春来秋归的候鸟，那么在诗中的第一部分，"差池其羽"的燕子翻飞，无疑就为这首"于野"送人的情感抒发既铺垫了外界的环境，同时也生动地传达出了这场人之将归的人事行为。送君千里，终有一别，这个结果我们谁都知道。可每当有人归去，我们还要送，因为人类是情感的动物，人生的意义，生活的美毕竟就在于一个过程。人同此心，心同此理，所以庄姜送了一程又一程，一直送到远离都城的野外。送即意味着别，可别了之后还在望，望啊望，不知不觉，远去的身影再也捕捉不到；仰观俯察，空旷的四野，燕子双飞，人却形单影只，此情此景，人何以堪，于是乎泪落如雨。不难看出，这里抒情的跨越是基于一种直觉的情感把握。燕子双飞与人的形单影只泣涕如雨是一种什么关系？象征抑或比喻，还是……诗人没有言明，其实也难以言明，但流露其间的情感我们却也不难体味。在诗的第二、三部分，类似的情感呈现再一次出现。"伫立以泣"，立久则劳，而泣涕由心，故诗言"实劳我心"。于是，随着全诗朝向最后的高潮发展，燕子双飞也由原来的上下左右，而变得"下上其音"，凄鸣前后。

　　毫无疑问，这是一篇典型的抒情文字。情感的抒发有一大特点，那就是，"苟无外物以资之，则喜怒哀乐之情，无由见焉"[1]。最重要的是，"情不可以显出"[2]，言情之词，必须借助物色映托，才能具有深宛流美之致。因此，可以说，任何一篇成功的抒情作品都是"呈于象、感于目、会于心"[3]而具有意象生动之美的。那么，这首《燕燕》显然也不会例外。但是，细加寻绎，不难发现，这里的抒情跨越是基于一种直觉的情感把握。诗中，由鸟的世界一下子跃入到人的情感世界，不但如此，物的世界还与人的情感世界并驾齐驱，"境心相遇"[4]，在"触物圆览"[5]的物我迁就之中，主体情思隐于物象之中，于是，未经任何推理过程的心智强加，物与我、人与自然便达成了一种瞬间性的直觉感悟。于是，在这一瞬间性的感悟之中，不是情感寻求物象物化成意象以述情，而是在一种具有中国智慧的天人合一的大化氤氲中，"目既往还，心亦吐纳"，"物色"由于含摄情而成了"景"，而情也就在这一景情的自然迁就之中不需要寻求心智的理解而

---

　　① 刘永济：《词论》，上海古籍出版社1981年版，第71页。

　　② 北京大学哲学系美学教研室编：《中国美学史资料选编》下册，中华书局1981年版，第336页。

　　③ （清）叶燮著，霍松林校注：《原诗》，人民文学出版社1979年版，第31页。

　　④ （唐）白居易：《白蘋洲五亭记》，《全唐文》，中华书局1983年版，第6912页。

　　⑤ （南朝·梁）刘勰著，范文澜注：《文心雕龙注》，人民文学出版社1958年版，第603页。

得到了一种情境下的呈现。

　　"蒹葭苍苍，白露为霜。所谓伊人，在水一方"（《秦风·蒹葭》）；"月出皎兮，佼人僚兮。舒窈纠兮，劳心悄兮"（《陈风·月出》）；"袅袅兮秋风，洞庭波兮木叶下。登白蘋兮骋望，与佳期兮夕张"（《九歌·湘夫人》）……这些耳熟能详的诗句，无论是"触物以起情"，还是"叙物以言情"，"悲落叶于劲秋"，"喜柔条于芳春"，无疑都在展示着一种诗人与自然万物、心灵与生命的共感。因此，正如孙筑瑾教授所指出的那样，在这里，"没有任何逻辑连接和语法连接……便捕捉住了——用诗歌术语来说——抒情表现中最自然而质朴的瞬间。在这一瞬间里，人突然从周围世界得到感悟，但尚未准备好向理智的检验付出他的直觉感知"①。于是，随着景情之间的迁就与互动，情既不在我，也不在物，而在我物交贯处。情既不在内，亦不在外，而在内外之间。"思与境偕"②，人是"境"的一部分，于是，情呈现于"触物感兴"的互动感发情境之中。

　　情感芴漠无形，本身不具有抒发性，相比之下，外部现实总是有形的，易于传递的，取之不尽的，因而总是情感表现所依赖的源泉和手段。因此，中外诗歌，都是通过外在的媒介——"象"——来抒发诗人的内在情思，而以意象述情也就成了中外诗艺所共具的特质之一。但是，基于不同的思维模式与文化境遇，却使我们诗艺当中的用象行为呈现为"象中有兴"，"兴中取象"，于是，由象生情，而一部分象也就成了含摄情的景，这样，"化景物为情思"，"借景言情"，也就成了中国诗艺最为重要的一种情感呈现模式。寻绎至此，根据本章总体结构的设计，这里我们就要追问：这一发轫于《诗经》时代，演进于《楚辞》世界的情感呈现模式演进至两汉出现了什么情况？我们该如何定位"兴象"诗艺在两汉四百年间的嬗变？而这，根据文学活动批评视域的移易就要转至"兴象"诗艺的鉴赏学层面了。

　　文学作品中所呈现出来的"象"，正如刘勰所云，"登山则情满于

---

　　① 李达三、罗钢编：《中外比较文学的里程碑》，人民文学出版社 1997 年版，第267—268 页。

　　② （唐）司空图：《与王驾评诗书》，《全唐文》，中华书局 1983 年版，第 8486 页。

山，观海则意溢于海"①，从来就不是客观物象、事象的直接移入，而是主观感情将客观物象摄入其中，从而作品中所呈现出来的第一个层面的象，都是意中之象，即意象。韦勒克与沃伦在《文学理论》一书中指出："意象是诗歌结构的一个组成部分。"② 说中西诗人首先都是以"理性和感情的复合体"——意象来述情，显然这是符合中外抒情史之事实的。但是，中国诗艺当中的"象"所引发的审美效应并没有止步于此，而是处处显现着一种"兴象"之美。我们诗艺当中的象，并没有止于借意象以述情，而是在触物感兴的基础上导向了一种意味不尽的"兴象"境界——情境互动，"象中有兴"，由象生意，由意转情，"物色尽而情有余"，"情有余而味不尽"，象生发出了一种余味不尽的境象之美。

前揭已经指出，"兴象"是"兴"与"象"的统一，象是兴会下的取象，象通过兴而传达，但是，这并不意味着"兴象"中的兴与象就完全没有倾斜。实际上，由于兴与象的不同偏重，在仁兴而就的"兴象"塑型中，"兴象"诗艺呈现出了两种不同的美学形态——情感型兴象和象征型兴象。

（一）情感型兴象——物以貌求，意致深婉

在情感型兴象当中，"神用象通，情变所孕"③，主观感情将客观物象摄入其中，"情以物迁，辞以情发"④，在物我共感的相互迁就中，不是感情寻找相应的"客观对等物"，而是在当下的即事而兴中，兴与象合，情与景进，从而使象生发出一种"意致深婉"的景象之美。"情以物迁，辞以情发"，经此孕育，虽然"物以貌求"⑤，但所塑成的新形象却是物我融合，"物色尽而情有余"。在这类美学范型

---

① （南朝·梁）刘勰著，范文澜注：《文心雕龙注》，人民文学出版社 1958 年版，第 493—494 页。

② ［美］勒内·韦勒克、奥斯汀·沃伦：《文学理论》，刘象愚等译，江苏教育出版社 2005 年版，第 246 页。

③ （南朝·梁）刘勰著，范文澜注：《文心雕龙注》，人民文学出版社 1958 年版，第 495 页。

④ 同上书，第 693 页。

⑤ 同上书，第 495 页。

中，兴象婉转，更偏于"兴"，情意与自然物象间纯为美感经验的
"感发"的特征最为明显。于是，与诗人主体性相联系的"兴"在物
化成审美意识后而使诗美的审美意象中所蕴含的"可以兴"特质也最
为明显。

诗歌创作中的情感型兴象在《诗经》时代就已经出现了。关于
此，传统诗评多有涉及。杨慎《升庵诗话》卷十一云：

> 刘勰云："'灼灼'状桃花之鲜，'依依'尽杨柳之貌，'喈
> 喈'逐黄鸟之声，'嗷嗷'学鸿雁之响，虽复思经千载，将何易
> 夺？"信哉其言。试以灼灼舍桃而移之他花，依依去杨柳而著之
> 别树，则不通矣。①

再如王夫之《姜斋诗话》卷一：

> 知"池塘生春草"、"蝴蝶飞南园"之妙，则知"杨柳依
> 依"、"零雨其濛"之圣于诗；司空表圣所谓"规以象外，得之圜
> 中"者也。②

"杨柳依依"、"零雨其濛"……因为得之于伫兴而就的当下情
境，所以，物我婉转，由象生情，由情转象，象生发为景，景关联着
兴，"虽其词意已为后人剿袭熟滥，几成陈言可憎"，但得之于"一时
情味"的这一审美情态，千载之下，遥想伫立，其所具的"可以兴"
的这一诗性特质显然还是不难体味的。

在《谈艺录》中，钱锺书先生认为，《诗经》当中即已确立了
"景"的概念。他认为《诗经》的抒情特点之一就是"所言者情，所
写者景"，"写景而情与之俱"，亦情亦景，于是乎使部分"象中有

---

① （明）杨慎：《升庵诗话》，《历代诗话续编》，中华书局1983年版，第866页。
② （清）王夫之著，舒芜校点：《姜斋诗话》，人民文学出版社1961年版，第
143页。

兴"的《诗》篇,"余味深蕴"。其言曰:

> 夫言情写景,贵有余不尽。然所谓有余不尽,如万绿丛中之著点红,作者举一隅而读者以三隅反,见点红而知嫣红姹紫正无限在。其所言者情也,所写者景也,所言之不足,写之不尽,而余味深蕴者,亦情也、景也。试以《三百篇》例之。《车攻》之"萧萧马鸣,悠悠斾旌",写二小事,而军容之整肃可见;《柏舟》之"心之忧矣,如匪澣衣",举一家常琐屑,而诗人之身分、性格、境遇,均耐想象;《采薇》之"昔我往矣,杨柳依依。今我来思,雨雪霏霏",写景而情与之俱,征役之况、岁月之感,胥在言外。①

就一般意义而言,抒情文学当中的人、事、物等形象并非对外物的直接、真实、具体的模仿,而是因为外物与情有相通、相似、相应的一面被作者选择、改造、渲染从而用来作为感情的象征的。黑格尔说:"如果把每件事或每个场合中现在目前的东西按其细节一一罗列出来,这就必然是干燥乏味,令人厌倦,不可容忍的。"② 正因此,抒情文学当中的象,就其一般的组合关系而言,都是一个一个的具体意象组合。就此角度而言,景象也是意象的一种。"立象以尽意",这是意象范畴所揭示的基本美学原则,显然这一点也同样适用于景象。但是,比较一下《上邪》与《蒹葭》,两者显然又有所不同。景象,重在"情境"下的一种情感体验,而意象仅是一种述情媒介。景象当中的景情跃进关系,用清代批评家李重华的下面这段话诠释,可谓最为恰当:"无端说一件鸟兽草木,不明指天时而天时恍在其中;不显言地境而地境宛在其中;且不实说人事而人事已隐约流露其中。"③ 景情

---

① 钱锺书:《谈艺录》,中华书局1984年版,第227页。

② 〔德〕黑格尔:《美学》第1卷,朱光潜译,人民文学出版社1979年版,第214页。

③ (清)李重华:《贞一斋诗说》,《清诗话》,上海古籍出版社1999年版,第930页。

的互动跃进体现的是一种"无端说"的感发体验，而意象的运用却是情感寻求对待物以述情。

《诗经》之后，我们再看一下诞育于楚地的《楚辞》。请读《湘夫人》：

> 帝子降兮北渚，目眇眇兮愁予。嫋嫋兮秋风，洞庭波兮木叶下。登白薠兮骋望，与佳期兮夕张。鸟何萃兮蘋中，罾何为兮木上。沅有茝（王逸注：一作芷）兮醴（王逸注：一作澧。笔者注：当作澧，指澧水）有兰，思公子兮未敢言。荒忽兮远望，观流水兮潺湲。

远望相思，洞庭波下，流水无言，思慕想望之情渺渺无际，而又望之难见，遇之无因。只有水波潺湲，木叶纷下，伊人难即。体味着这一幽远绵长之境，我们能想起什么？"蒹葭苍苍，白露为霜。所谓伊人，在水一方"的幽远，还是张衡《四愁诗》"我所思兮在桂林，欲往从之湘水深，侧身南望涕沾襟……路远莫致倚惆怅，何为怀忧心烦伤"的缠绵之情意。细细咂摸，其语短情长的流韵之致显然让人情难以已！其中，"嫋嫋兮秋风"、"沅有茝兮澧有兰"四句尤为历代诗家所推崇。波生木落，只因期待的佳人不至便生一派萧索凄冷，而湖光秋水失色也似乎因知余之愁而与己共愁。"嫋嫋兮"两句用洞天秋水、黄叶飘零写尽了秋之萧索凄冷，也渲染了主人公内心的惆怅和寂寞，构成了一幅情景交融的艺术境界，并使得这种凄冷幽怨的情调笼罩于全篇。"沅有茝"两句则触景而情生。沅水有茝，澧水有兰，芳馨遍地，多么迷人的幽会之所。可是佳人难期，真是"良辰美景奈何天"！林云铭《楚辞灯》评曰："开篇'嫋嫋'、'秋风'二句，是写景之妙；'沅有芷'二句，是写情之妙。其中皆有情景相生、意中会得口中说不得之妙。"①

中国抒情传统论者蔡英俊先生认为：两汉时期，"本于政治教化

---

① （清）林云铭：《楚辞灯》，华东师范大学出版社2012年版，第42页。

的社会群体的共同情志",根本无法彰显"'诗三百篇'中原有的情感性质以及借助自然景物以起情的表现手法"①,"《诗经》和《楚辞》的传统在汉代基本中断了"②。有的学者更是断言:"在辉煌的《诗经》与《古诗十九首》之间,几乎形成了一个空白。也就是说,到了汉代,中国人突然不会写诗了。《诗经》的赋、比、兴,只剩下赋和比,而兴则付之阙如。""汉儒的诗学理论由于其政教中心的性质,把兴等同于比,取消了兴的独立存在,从而形成了汉诗的独特面貌。"③下面,我们就从具体诗篇出发,看一看偏于兴的情感型兴象在两汉四百年间是否有所呈现。如果有所呈现的话,再探究、评述一下上述判断形成的原因。

据逯钦立所辑《先秦汉魏晋南北朝诗》"汉诗"部分,现存两汉诗歌计有 625 首。就数量而言,确实不多,但这六百余首诗的存在足以证明诗在两汉是一重要文类。这六百余首诗,有的是汉家法度建构的一部分。如高祖唐山夫人《安世房中歌》第十七章用于祭祀祖考:"乃立祖庙,敬明尊亲。"其内容纯为儒家思想,尤侧重于孝道,如第一章:"大孝备矣,休德昭清。高张四县,乐充官庭。芬树羽林,云景杳冥。金支秀华,庶旄翠旌。"沈德潜评曰:"首言大孝备矣,以下反反覆覆,屡称孝德,汉朝数百年家法,自此开出。累代庙号,首冠以孝,有以也。"④再如《郊祀歌》第十九章是祭祀神灵之曲,也用于宗庙。因为用于祭祀,故"古雅有余"⑤而很少抒发感慨;有的以诗为谏,践行臣子之义。如被刘勰称为汉初四言之"首唱"的《讽谏诗》就是韦孟因戊王"荒淫不遵道"而写作。有的则称美君德政风,如王吉的《射乌辞》,白狼王唐菆的《远夷乐德歌》、《远夷慕德歌》、

① 蔡英俊:《比兴、物色与情景交融》,大安出版社 1986 年版,第 24—27 页。

② 柯庆明、萧驰编:《中国抒情传统的再发现》,台湾大学出版中心 2009 年版,第8 页。

③ 邓程:《对兴的误解与遗忘:汉儒的诗学理论与汉诗》,《湘潭大学学报》2005 年第 1 期,第 56—61 页。

④ (清)沈德潜:《古诗源》,中华书局 2006 年版,第 34 页。

⑤ (明)胡应麟:《诗薮》,上海古籍出版社 1979 年版,第 7 页。

《远夷怀德歌》，东平王刘苍的《武德舞歌诗》，班固的《明堂诗》、《辟雍诗》、《灵台诗》、《宝鼎诗》、《白雉诗》、《论功歌诗》，崔骃《歌》（皇皇太上湛恩笃兮）等。这些诗在语言形式上，继轨《诗经》雅、颂的四言体，或七言的楚辞体，风格上"则雅润为本"（《文心雕龙·明诗》）。但是，上述这些彰显两汉群体情志的诗篇只是全部汉诗的一小部分而已。清费锡璜《汉诗总说》云："汉人诗未有无所为而作者，如《垓下歌》、《春歌》、《幽歌》、《悲愁歌》、《白头吟》，皆到发愤处为诗，所以成绝调。"① 《垓下歌》为末路英雄的哀歌，《春歌》是戚夫人的血泪曲，《幽歌》是王公贵族受迫囚禁的幽歌，《悲愁歌》是和番公主思乡伤己的愁调，《白头吟》为女子向负心郎决绝的愤辞，每首诗都"缘事而发"，是诗人个体人生挫折与不幸处境的写照。如果说这些诗歌只是两汉特殊社会群体的发愤而作，还不能够表征两汉抒情主体的话，那么，两汉社会实践主体——士人的失志伤情之作无疑能够说明问题。梁鸿《适吴诗》："疾吾俗兮作谗，竞举枉兮措直。"郦炎《诗》："绛灌临衡宰，谓谊崇浮华。贤才抑不用，远投荆南沙。"赵壹《秦客诗》："顺风激靡草，富贵者称贤。文籍虽满腹，不如一囊钱。"孔融《临终诗》："谗邪害公正，浮云翳白日。""生存多所虑，长寝万事毕。"愤激之中流响着贤佞不分的痛楚；张衡《怨诗》："猗猗秋兰，植彼中阿。有馥其芳，有黄其葩。虽曰幽深，厥美弥嘉。之子之远，我劳如何。"此诗前有小序："秋兰，咏嘉美人也。嘉而不获，用故作是诗也。"② 表明了立意和主旨。这是一首咏物言志诗，虽用《诗经》四言形式，但以秋天兰花喻幽隐的才德之士，诗人孤芳自赏的哀伤充荡在字里行间，又可体味到融通楚辞的意蕴。郦炎有首诗，《艺文类聚》作《兰诗》，也是伤人不遇之挫折感。诗云："灵芝生河州，动摇因洪波。兰荣一何晚，严霜瘁其柯。哀哉二芳草，不植太山阿。"在河洲而不在太山，这是叹息兰草和灵芝"处非其位"；受严霜而不遇春露，这是"生不逢时"。在个人感伤外，两汉诗

---

① （清）费锡璜：《汉诗总说》，《清诗话》，上海古籍出版社 1999 年版，第 947 页。
② 逯钦立辑：《先秦汉魏晋南北朝诗》，中华书局 1983 年版，第 179 页。

歌更有一般意义上的时间流逝之哀感。汉武帝《秋风辞》："萧鼓鸣兮发棹歌，欢乐极兮哀情多，少壮几时兮奈老何！"《秋风辞》是威赫一世的汉武帝哀叹迟暮之歌。作者以香花芳草遭受秋风摧残作比拟，揭示了人的生命与不可抗拒的自然规律的矛盾，抒发了悲秋怀人和乐极生悲、人生易老的感慨。"欢乐极兮哀情多，少壮几时兮奈老何"，这是一种自我生命与情感经验的发现。李尤《九曲歌》残篇："年岁晚暮时已斜，安得壮士翻日车。"徐嘉《赠妇诗》："人生譬朝露，居世多屯蹇。忧艰常早至，欢会常苦晚。"赵壹《秦客诗》："河清不可俟，人命不可延。"在各种人生境遇中，有一个共同的压迫感，那就是因"年岁晚暮"而感到"人命不可延"的"朝露"情结和感伤。人对于生命之长短已经无可奈何，再加上生命中常有之离别，于是，这种时间推移之深切压迫感，成为汉诗的一个重要主题。有主名的汉诗如此，无主名的乐府和古诗更是如此。《薤露》："薤上露，何易晞。露晞明朝更复落，人死一去何时归。"又《蒿里》："蒿里谁家地，聚敛魂魄无贤愚。鬼伯一何相催促，人命不得少踟蹰。"人命之短促犹如薤上易干之露水，这是无可奈何之事。可露水明朝复落，人死之后岂能重返人间？在无可奈何之外，多了几许不甘。而末了"人死一去何时归"的困惑，更表现出人生无限的苍茫与哀伤。《蒿里》上两句就死后说，下两句则倒过来，就将死时来说。"鬼伯一何相催促，人命不得少踟蹰"，用冷静的语句，割裂了眷生、恋生的深情。《后汉书·周举传》载，大将军梁商"大会宾客，燕于洛水"，"商与亲昵酣饮极欢，及酒阑倡罢，继以《薤露》之歌。坐中闻者，皆为掩涕"。[①] 人生似瞬间浪花，稍纵即逝，面对此情此景，乐极哀来，谁人能不感触于心！《乌生八九子》也提到了生死之忧："人民生各各有寿命，死生何须复道前后。"再如《怨诗行》："天道幽且长，人命一何促。百年未几时，奄若风吹烛。嘉宾难再遇，人命不可续。齐度游四方，各系太山录。人间乐未央，忽然归东岳。当须荡中情，游心恣所欲。"将天道与人命一对比，人命短促而"不可续"，且似"风吹烛"

---

① （南朝·宋）范晔：《后汉书》，中华书局1965年版，第2028页。

一般飘忽。烛火因风而飘忽不定，又无法自我主宰，这正是人命之不可恃的写照。这种生若"朝露"、时间叹逝之感到了《古诗十九首》中则更是被当作基本的存在体验而被诗人反复歌咏："人生天地间，忽如远行客"、"人生寄一世，奄忽若飙尘"、"人生非金石，岂能长寿考"、"人生忽如寄，寿无金石固"、"生年不满百，常怀千岁忧"等。"若飙尘"、"非金石"这些意象说明人生的短暂和脆弱，而"远行客"更是将人生暂寄世间而终向死亡迈进这一人生境遇的痛楚表露无遗。明许学夷《诗源辨体》卷三云："汉、魏人诗，本乎情性，学者专习凝领，而神与境会，即情兴之所至。"① 如上所述，许氏所论，确为有见。由是，我们可以得出结论说，汉代的抒情实践并非只是"社会群体共同情志"的显现，更多的情况下，是不同的抒情主体，面对不同的存在处境，表现出了不同的人生感慨。

　　既然两汉抒情实践并没有因为政教的诉求而导致个体情感抒发的缺席，那么，《诗经》、《楚辞》以来，景情互动，兴会取象，借助自然景物"感发"以起情的这一"兴象"诗艺显然也不会"中断"。换句话说，《古诗十九首》以前，两汉人并没有忘记"兴象"诗艺。"秋风起兮白云飞，草木黄落兮雁南归。兰有秀兮菊有芳，携佳人兮不能忘。"汉武帝这首《秋风辞》以风起云飞、木落雁翔起兴，含蓄地摹写泛舟中流的秋思。沈德潜《古诗源》卷二评曰："《离骚》遗响。"② 《艺苑卮言》也说："汉武故是词人，《秋风》一章，几于《九歌》矣。"③ 谢榛的《四溟诗话》更是指出了具体所承："汉武帝'秋风起兮白云飞'，出自'大风起兮云飞扬'；'兰有秀兮菊有芳，怀佳人兮不能忘'，出自'沅有芷兮澧有兰，思公子兮未敢言'。汉武读书，故有沿袭。"④ 武帝的这一即景生情诗艺在汉代并非绝响。汉昭帝的"黄鹄飞兮下建章"，汉灵帝的"凉风起兮日照渠"，胡应麟早在《诗薮》中就已经指出了它们的承继处。除此，我们还可以举出张

----

① 吴文治编：《明诗话全编》，凤凰出版社1997年版，第6086页。
② （清）沈德潜：《古诗源》，中华书局2006年版，第35页。
③ （明）王世贞：《艺苑卮言》，《历代诗话续编》，中华书局2001年版，第976页。
④ （明）谢榛著，宛平校点：《四溟诗话》，人民文学出版社1961年版，第17页。

衡《定情赋》中的《叹》："大火流兮草虫鸣，繁霜降兮草木零。秋为期兮时已征，思美人兮愁屏营"；《舞赋》中的《歌》："惊雄逝兮孤雌翔，临归风兮思故乡。"①质此，这一情感抒发模式在汉代的镜铭以及郊庙歌词中都有所体现。如镜铭："久不见，侍前希，秋风起，予志悲。"②"秋风起"一语将秋士易悲的感怀与离别相即，与宋玉《九辩》对秋天的描写相似，都是在景物间感受着时间流动中的离别之苦。郊庙歌词如《安世房中歌》第六章："大海荡荡水所归，高贤愉愉民所怀。大山崔，百卉殖。民何贵，贵有德。"前两句以海水广大众水归之兴喻王者有和乐之德则人皆思附；后两句以大山崔嵬能生养百卉兴喻明君崇高其德则为百姓所尊。再如《安世房中歌》第八章："丰草葽，女罗施。善何如，谁能回！大莫大，成教德；长莫长，被无极。"沈德潜《古诗源》评曰："此章忽用比兴。"③许学夷特别欣赏汉诗，他评《古诗十九首》说："汉人五言，唯《十九首》触物兴怀，未尝先立题而为之，故兴象玲珑，无端倪可执。"许氏认为汉人古诗本不可以句摘，但为了读者方便比较，许氏还是摘录了一些句子，并予以评价：

> 起语如"行行重行行，与君生别离。相去万余里，各在天一涯"，"青青河畔草，郁郁园中柳。盈盈楼上女，皎皎当窗牖"，"涉江采芙蓉，兰泽多芳草。采之欲遗谁？所思在远道"，"冉冉孤生竹，结根泰山阿。与君为新婚，兔丝附女萝"，"东城高且长，逶迤自相属。回风动地起，秋草萋已绿"，"驱车上东门，遥望郭北墓。白杨何萧萧，松柏夹广路"，结语如"思君令人老，岁月忽已晚。弃捐勿复道，努力加餐饭"，"不惜歌者苦，但伤知音稀。愿为双鸿鹄，奋翅起高飞"，"伤彼蕙兰花，含英扬光辉。过时而不采，将随秋草萋。君亮执高节，贱妾亦何为"，"人生非金石，岂能长寿考？奄忽随物化，荣名以为宝"，"驰情整巾带，

---

① （清）沈德潜：《古诗源》，中华书局2006年版，第47页。

② （清）严可均辑：《全后汉文》，商务印书馆1999年版，第983页。

③ （清）沈德潜：《古诗源》，中华书局2006年版，第33页。

沉吟聊踯躅。思为双飞燕，衔泥巢君屋"，"服食求神仙，多为药所误。不如饮美酒，被服纨与素"等句，不但语出天成，而兴象玲珑，意致深婉，亦可概见。①

许学夷认为《古诗十九首》"本乎情兴，而出于天成"②，并以摘句品评的方式指出若干语句"兴象玲珑，意致深婉"。我们可以在两汉诗歌中摘录出很多这样的诗句：

《铙歌》十八曲之《战城南》："水深激激，蒲苇冥冥。枭骑战斗死，驽马裵回鸣。"以河水"激激"之明，衬蒲苇"冥冥"之暗，以"驽马"嘶鸣之音，衬"枭骑"战死之寂。情景描摹如画，展现了一幅凄凉、荒寂的战场暮景。陈本礼《汉诗统笺》评《战城南》曰："犹屈子之《国殇》也。"《有所思》表现女主人公"闻君有他心"时的复杂心理活动，情韵流荡，末段"秋风肃肃晨风飐，东方须臾高知之"更是"余情无尽"③。《铙歌》十八曲"陈事述情，句格峥嵘"，正因此，胡应麟《诗薮》以"兴象有余"、"兴象标拔"④ 评之。

女子向负心郎的决绝之辞《白头吟》："皑如山上雪，皎如云间月。闻君有两意，故来相决绝。"张玉谷《古诗赏析》评曰："以山上雪、云间月之易消易蔽，比起有两意人，随以当与决绝，点清诗旨。"⑤

《长歌行》其一："青青园中葵，朝露待日晞。阳春布德泽，万物生光辉。常恐秋节至，焜黄华叶衰。百川东到海，何时复西归？少壮不努力，老大徒伤悲！"华叶因秋节至而变衰，百川到海而不复西归，诗人由万物之迁化而兴发起己身之迁化；其二游子将别离之痛投向"山上亭"、"云间星"，所遇之物"凯风吹长棘，夭夭枝叶倾。黄鸟

---

① 吴文治编：《明诗话全编》，凤凰出版社1997年版，第6092—6093页。

② 同上书，第6092页。

③ （清）沈德潜：《古诗源》，中华书局2006年版，第63页。

④ （明）胡应麟：《诗薮》，上海古籍出版社1979年版，第7页。

⑤ （清）张玉谷撰，许逸民点校：《古诗赏析》，上海古籍出版社2000年版，第83页。

飞相追,咬咬弄声音",无不染上生命哀痛之色。

逯钦立《先秦汉魏晋南北朝诗》汉诗卷十二部分,录有《古诗五首》(上山采蘼芜)、《古诗三首》(橘柚垂华实)以及《李陵录别诗二十一首》,对照许学夷《古诗十九首》摘句,显然可与之并驾。仅录《李陵录别诗二十一首》第一首以见一斑:"良时不再至,离别在须臾。屏营衢路侧,执手野踟蹰。仰视浮云驰,奄忽互相踰。风波一失所,各在天一隅。长当从此别,且复立斯须。欲因晨风发,送子以贱躯。"

胡应麟说"《十九首》及诸杂诗……兴象玲珑,意致深婉,真可以泣鬼神,动天地",请注意胡氏"及诸杂诗"这一表述,胡氏又言"东、西京兴象浑沦,本无佳句可摘,然天工神力,时有独至"①。由是观之,胡应麟是有见于两汉诗歌的"兴象"之美的。

绾合前揭,我们可以下一简短结论了。两汉抒情实践并没有因为政教的诉求而导致个体情感抒发的缺席,《诗经》、《楚辞》以来,景情互动,兴会取象,借助自然景物"感发"以起情的这一"兴象"诗艺在有主名的汉诗、无主名的乐府以及古诗中都得到了继承,并在以《古诗十九首》为代表的古诗中塑成了"泣鬼神,动天地"的艺术表现力。一部分学者认为,源自《诗经》的"兴象"诗艺在《古诗十九首》之前"阙如"。实际上,这一看法有待商榷。引起这一看法的原因,下面尝试指出两点。第一,两汉社会实践主体以赋体抒情言志阻滞了诗艺的发展,与《古诗十九首》以降相比,两汉诗歌的艺术成就确实不能与之比肩,于是,成熟的诗艺形态遮蔽了"兴象"诗艺承继发展的具体过程。部分学者只注意成熟形态,而不关注于成长过程,把成长中、摸索过程当作"阙如"来处理,显然易造成历史虚无主义。第二,阅读视域下的诗学主体"超概括"了诗坛实践的情感抒发。两汉经生以说《诗》解《诗》的方式建构汉家"法度",既符合统治者的利益,是汉家统治所急需,两汉士子群体之意志与要求又由此得到栖居与满足,于是,成为汉代诗学的主体。而当文学功能中

①(明)胡应麟:《诗薮》,上海古籍出版社1979年版,第25、26页。

的政教诉求获致强调时，诗坛实践中也有了彰显群体情志的诗篇。这一意识形态下的诗艺诉求一方面阻滞了两汉诗艺的发展，另一方面也给人造成了一种假象，留下两汉诗坛就是要彰显群体情志的印象，进而加上两汉诗坛的相对寂寥，于是就被阅读视域下的诗艺诉求"超概括"成两汉诗人不能兴会取象，处理当下情感。

（二）象征型兴象——古诗之妙，专求意象

"物以貌求"，情与景进，诗人在伫兴而就中将主观情感投向客观物象塑成了一类"意致深婉"的情感型兴象。在这一类美学范型当中，兴象婉转，更偏于"兴"。而象除了就物象感性本身理解外，还有一类是就其象外所暗示的普遍性义理来理解，也就是说，象取象征义，于是，这类诗歌的用象，由于兴的参与，便在"天人合一"的塑型之中呈现出了一种象征型的兴象之美。

象征型兴象这一美学形态也是塑成于《诗经》时代。例如《小雅·谷风》、《王风·兔爰》、《卫风·有狐》等诗的起兴部分分别是以风雨的骤至来比附和象征人与人之间关系的反复无常，以雉的陷入罗网来比附和象征诗人生不逢时和灾祸加身的命运，以狐狸的独行求匹（用朱熹《诗集传》说）来比附和象征对心上人的怀念。关于《诗》中这类诗歌的用象行为正如赵沛霖先生所剖析的那样，诗的起兴部分，既不是为中心部分所抒发的感情构成具体环境，也不是为它做直接的气氛的渲染。实际上，起兴部分所摄取的物象只是作为中心部分所抒发的诗人情怀的象征。整首诗歌的意义均由用以起兴的物象隐喻出来。① 所谓"取象曰比，取义曰兴。义即象下之意。凡禽鱼、草木、人物、名数，万象之中义类同者，尽入比兴"②。在这里，象的象征意义虽然不能说完全没有感情的因素，但主要却是道理和意义上的相通，并通过隐喻和比附表现出来。这类兴象由于舍弃了具体的个性特征，而只是一般化的物象，这就使它足以适应多方面的普遍的比附和象征的需求。

---

① 赵沛霖：《象征型兴象与解〈诗〉的分歧》，《河北大学学报》1982 年第 3 期，第107—108 页。

② （唐）皎然：《诗式》，《历代诗话》，中华书局 2004 年版，第 30 页。

诗歌创作中自觉地运用象征性意象而生象征型兴象之美是从屈原开始走向成熟的。

韦勒克和沃伦两氏于其《文学理论》中指出："一个'意象'可以被一次转换成一个隐喻，但如果它作为呈现与再现不断重复，那就变成了一个象征，甚至是一个象征系统的一部分。"① 王逸在《楚辞章句》中指出屈原的用象行为是："善鸟香草，以配忠贞；恶禽臭物，以比谗佞；灵修养人，以媲于君；宓妃佚女，以譬贤君；虬龙鸾凤，以托君子；飘风云霓，以为小人。"② "善鸟香草"、"恶禽臭物"，随着呈现与再现的"不断重复"，"引类譬谕"，义生文外，于是，这里的这些物象便具有了象征的意涵：

> 纷吾既有此内美兮，又重之以修能。
> 扈江离与辟芷兮，纫秋兰以为佩；
> 汩余若将不及兮，恐年岁之不吾与。
> 朝搴阰之木兰兮，夕揽洲之宿莽；
> 日月忽其不淹兮，春与秋其代序。
> 惟草木之零落兮，恐美人之迟暮。

这12句诗选自《离骚》的第一部分。以分号为界，我们分为三组：重以修能——扈芷纫兰；时不我待——朝搴夕揽；美人迟暮——春秋代序。显然，在这里的物我对待中，无论是朝搴夕揽，还是草木零落，春秋代序，在"引类譬谕"中都具有了象征的意味。王逸说："《离骚》之文，依《诗》取兴。"③ 屈原是否看过《诗经》，这在当下还是一个在讨论的话题。不过，从上述三组的简单剖析可知，"依《诗》"的阙疑，却不掩象征性意象情境互动下的兴之入思，于是，《离骚》中，乃至整个楚辞中，随着联系着主体性的"兴"的参与，

---

① ［美］勒内·韦勒克、奥斯汀·沃伦：《文学理论》，刘象愚等译，江苏教育出版社2005年版，第214—215页。

② （宋）洪兴祖撰，白化文等点校：《楚辞补注》，中华书局1983年版，第2—3页。

③ 同上书，第2页。

这一含摄着象征性意象的诗美便呈现出了一种象征型的"兴象"美学情态。而且，"善鸟香草"、"恶禽臭物"，由于它恰切地表达了作者的情思，符合中国的人诗模式，因而产生了强烈的艺术感染力，所以成了中国诗学中的原型"兴象"，被后世不同时期、不同作者所袭用。

两汉的情感言述始于以刘邦为代表的王室新贵。而刘邦一生所留下的两篇作品就属于象征型兴象类型。刘邦入关、立为汉王以后的第十二年，即公元前 195 年，他击败了淮南王黥布的叛军，命别将追杀，自己则便道回乡，召父老兄弟欢聚。酒酣之时，"高祖击筑，自为歌诗曰：'大风起兮云飞扬，威加海内兮归故乡，安得猛士兮守四方！'令儿皆和习之。高祖乃起舞，慷慨伤怀，泣数行下"①。这首《大风歌》，就诗之兴而言，显然是典型的"伫兴而就"。而《大风歌》的第一句也是用比兴的手法描绘渲染了刘邦及其群臣乘时崛起、所向披靡的磅礴气势。从章法上看，第一句"大风起兮云飞扬"乃是为第二句的"威加海内兮归故乡"蓄积气势，渲染气氛。因而，诗中的两处象"风起"、"云扬"就具有了明显的比譬、象征作用。至于"风"与"云"各自比譬、象征着什么，因为诸家注解有着见仁见智的看法，与本书关系又不大，所以这里从略不赘。刘邦传世的第二篇诗歌逯钦立辑"汉诗"定名为《鸿鹄》。诗云："鸿鹄高飞，一举千里。羽翼以就，横绝四海。横绝四海，又可奈何？虽有缯缴，尚安所施？"据《史记》，刘邦晚年想立戚夫人子赵王如意，吕后找张良问计，请出大贤商山四皓作为太子刘盈的政治资本，刘邦惊觉太子"羽翼已成"，遂打消废太子的念头。诗中"鸿鹄高飞，一举千里"，缯缴无所施即象征着"太子得四皓为辅，羽翼成就，不可易也"②。刘邦之后，两汉时期，象征性意象被普遍采用。四皓之《采芝歌》"莫莫高山，深谷逶迤。晔晔紫芝，可以疗饥"既是"就见在隐居景物叙起"③，同时更是四皓贫贱隐居适志的一种表征；再如杨恽《拊缶

①　（汉）司马迁：《史记》，中华书局 1982 年第 2 版，第 389 页。

②　（清）沈德潜：《古诗源》，中华书局 2006 年版，第 31 页。

③　（清）张玉毂撰，许逸民点校：《古诗赏析》，上海古籍出版社 2000 年版，第 66 页。

歌》:"田彼南山,芜秽不治。种一顷豆,落而为萁。人生行乐耳,须富贵何时?"前两句叙事,后两句抒情,知人论世,细绎诗心可知,诗用比兴而托意幽微,蓄愤懑之情而蕴含不露。班婕妤之《怨歌行》"新裂齐纨素"更是用整体象征的手法表现诗的主题。诗中处处写团扇,无一语道及妇女的不幸命运,但出于团扇意象的几个侧面,生动地暗示了主题,使得读者能够马上领会诗之题旨所在。前六句是第一层意思。起首二句写纨扇质地之美,象征着女子的美好品质,继言扇的合欢图案,暗喻女子形貌娇美,"出入君怀袖",以喻女子受宠之时;后四句为第二层意思,写女子被抛弃的遭遇及心情。"秋节"隐含韶华已衰,"凉飙",象征君王另有新欢;"炎热",比爱恋炽热;"箧笥",喻冷宫幽闭。诗的表层是咏扇,核心意象只有一个,诗的深层则是写女子之不幸。进一步言之,由秋扇见捐写出嫔妃色衰爱弛的宿命,更是借宫怨写出君恩的短暂无常,由是引起为人臣者的广泛共鸣与警惕。张衡《怨诗》用"猗猗秋兰,植彼中阿"中的秋兰来寄兴着主体人格,而其《四愁诗》"依屈原以美人为君子,以珍宝为仁义,以水深雪雾为小人"[1] 更是以屈原确立的香草美人喻志手法来展君臣之义。蔡邕《翠鸟》"借翠鸟以咏依托之得人也",朱穆《与刘伯宗绝交诗》也是名为咏鸟,实为赋人。诗前十句以鸱比刘伯宗,后六句以凤自比,通过鸱与凤的比较,指斥无耻之徒,歌颂正直之士。而发展到所谓两汉"古诗",正如胡应麟所指出,"古诗之妙,专求意象"[2],由于象征性意象的被普遍采用,象征型兴象也就成了汉代最为成熟的美学形态。这不妨以《古诗十九首》为例。

《古诗十九首》除了少数几首是不附象征意义的纯粹情感型兴象外,其余均充满象征的意象之趣,而生象征型的兴象之美。离别、思念、功名、富贵、生之欢乐、死之悲哀等人生观念,都在种种对应物如"青青陵上柏"、"明月皎夜光"、"庭中有奇树"、"橘柚垂华实"、"白杨何萧萧"等空间与时间的意象中表现出来,钟嵘评曰:"文温以

---

① (汉)张衡著,张震泽校注:《张衡诗文集校注》,上海古籍出版社 2009 年版,第 1 页。

② (明)胡应麟:《诗薮》,上海古籍出版社 1979 年版,第 1 页。

丽，意悲而远。惊心动魄，可谓几乎一字千金！"① 之所以如此，胡应麟可谓是探本地指出了其艺术魅力产生的奥妙："古诗之妙，专求意象"，"《十九首》及诸杂诗，随语成韵，随韵成趣，辞藻气骨，略无可寻，而兴象玲珑，意致深婉"。② 下面，让我们具体看一下其中的《明月皎夜光》：

> 明月皎夜光，促织鸣东壁。玉衡指孟冬，众星何历历。白露沾野草，时节忽复易。秋蝉鸣树间，玄鸟逝安适。昔我同门友，高举振六翮。不念携手好，弃我如遗迹。南箕北有斗，牵牛不负轭。良无盘石固，虚名复何益！

诗中排列组合多种天象和自然界物象，但作者对这些物象却不作详细的描写，事象的叠加只为表现世态的炎凉之变。由"时节忽复易"联想到友朋新贵而弃旧交，更有意思的是"南箕北有斗"，"牵牛不负轭"均用《诗经·大东》的诗句改造而成："维南有箕，不可以簸扬。维北有斗，不可以挹酒浆"；"睆彼牵牛，不以服箱"。意即这些星宿有名而不能实用，这在《诗经》中仅有比喻之义，在此诗中，作为"虚名复何益"的观念对应物，更有"深情远意，隐见交错其中"③。胡应麟说《十九首》："言在带衽之间，奇出尘劫之表，用意警绝，谈理玄微，有鬼神不能思，造化不能秘者。"④ 很显然，象征型的兴象美学形态发展到《古诗十九首》已经到了成熟的、理想型的境地了。

二 "兴象"诗艺与舍"事"重"发"的中国抒情传统

抒情，就其本质而言，乃是一种物我情境互动之下的主观抒发。

---

① （南朝·梁）钟嵘著，曹旭笺注：《诗品笺注》，人民文学出版社 2009 年版，第 45 页。

② （明）胡应麟：《诗薮》，上海古籍出版社 1979 年版，第 19 页。

③ 同上书，第 27 页。

④ 同上。

人类的心灵是相通的，情感的抒发必然也有着共同的特质。比如创造一个符号系统对任何抒情传统就都是必要的。"人生自是有情痴，此恨不关风与月"①，但是，情感本身不具有抒发性，"苟无外物以资之，则喜怒哀乐之情，无由见焉"。所以，中外抒情文学，都是借助于外在的"象"的描绘来抒发主体的内在情思。象，就其本质而言，就是一种符号构成。没有符号媒介层——象，则情"无由见焉"。这在中外情感言述当中，都是一致的。然而，中外抒情园地又何以摇曳着它们各自独特的风姿？"文变染乎世情，兴废系乎时序"②，在我们看来，先秦两汉的情感言述，是探究中国抒情传统走向偏于主观表现的溯源环节。

（一）舍"事"重"发"的先秦两汉情感言述

"感于哀乐，缘事而发"，人情的哀乐并非凭空产生的，而是由现实生活中的具体事件所激发。何休在《公羊传·宣公十五年注》中讲道："男女有所怨恨，相从而歌，饥者歌其食，劳者歌其事。"③ 如果从诗歌产生根源的角度来讲，无疑这也有着部分事实。

谈到《诗》的产生，《毛诗序》有言："至于王道衰，礼义废，政教失，国异政，家殊俗，而变风、变雅作矣。国史明乎得失之迹，伤人伦之废，哀刑政之苛，吟咏情性，以风其上，达于事变而怀其旧俗也。"④ "国史"即王室的史官。《毛诗正义》引郑玄答张逸云："国史采众诗时，明其好恶，令瞽矇歌之。其无作主，皆国史主之，令可歌。"⑤ 国史和瞽矇都是君王训诫集团的成员，其主要职能是规劝、匡正君主。国史等人的"训诫"不是空洞的说教，往往选择相似的事例来劝诫，是"达于事变而怀其旧俗也"。因此，《毛诗序》在解释"风"时这样说："是以一国之事，系一人之本，谓之风。""雅"则

① 唐圭璋：《全宋词》，中华书局 1965 年版，第 132 页。

② （南朝·梁）刘勰著，范文澜注：《文心雕龙注》，人民文学出版社 1958 年版，第 675 页。

③ （唐）徐彦：《春秋公羊传注疏》，北京大学出版社 1999 年版，第 361 页。

④ （唐）孔颖达：《毛诗正义》，北京大学出版社 1999 年版，第 14—15 页。

⑤ 同上书，第 15 页。

是"言天下之事，形四方之风"，"颂"是"美盛德之形容，以其成功告于神明者也"。① 这表明，在《毛诗序》的作者看来，诗三百均与"事"有关，大都以"事"为本。班固在《汉书·艺文志》中言："孝武立乐府而采歌谣，于是有代赵之讴，秦楚之风，皆感于哀乐，缘事而发，亦可以观风俗，知薄厚。"② 这就是说，无论意识到与否，在班固的语境中，两汉民歌、乐府之诗也大都与"事"有关。

对照诗三百和汉乐府民歌，我们也会发现：绝大部分诗歌无论激发它们的实际事件是否真的可考，但也大都能从诗中发掘出一件"事"来。且看《诗经》的第一首《关雎》。

有人说，它为批评康王而作；另有人说，它在赞美文王的后妃。不一而足。正如美国比较学者厄尔·迈纳所言："透过道学家的有色镜头，该诗展现了一个可做楷模的历史事件。一般人看来，它像是一首无名诗。在蓝眼睛的西方人看来，它看上去是虚构的。在黑眼睛但不戴有色眼镜的汉人看来，它是真人真事，是某个我们现在已不知其姓名的人讲述的真实的故事。"③ 如果我们排除任何比兴之义而单从字面着眼的话，这是一首描写男女相悦、相思的诗：一位男士看上了一位采荇菜的女子，但是又"求之不得"，以致夜不成寐，只能在想象中和她亲近、结婚。应该说，这是一个颇为完整的事件，其中"优哉游哉，辗转反侧"这样的细节描写还颇具情节性，所缘之事十分明显。

我们再来看汉乐府名篇《有所思》：

> 有所思，乃在大海南。何用问遗君？双珠玳瑁簪，用玉绍缭之。闻君有它心，拉杂摧烧之。摧烧之，当风扬其灰。从今以往，勿复相思！相思与君绝！鸡鸣狗吠，兄嫂当知之。妃呼豨！秋风肃肃晨风飔，东方须臾高知之。

---

① （唐）孔颖达：《毛诗正义》，北京大学出版社 1999 年版，第 16—18 页。

② （汉）班固：《汉书》，中华书局 1962 年版，第 1756 页。

③ ［美］厄尔·迈纳：《比较诗学》，王宇根等译，中央编译出版社 2004 年版，第156 页。

　　读罢这首情感炽热的情诗，我们很容易弄明白发生了什么"事"：一位姑娘所思之人正在远方，她精心制作了礼物准备赠给他表示相思。不料传来了他已移情别恋的消息。姑娘一气之下，将准备好的礼物毁成灰烬以泄心中愤恨。她又担心相恋之初鸡鸣狗吠惊动兄嫂知道，于是通宵达旦痛心不已。这个事件十分完整具体，甚至还有细节描写"当风扬其灰"。

　　如果我们用相同的方式来看诗三百和汉乐府民歌，大都可以发掘出类似的"本事"来。但是，寻绎诗史，"感于哀乐，缘事而发"，"却重在'发'而非'事'，往往舍'事'重'发'"。① 例如《齐风·敝笱》，按照毛诗序的说法，这是一首讽刺文姜的诗，三家《诗》对此也都没有异议。文姜是齐僖公的女儿，齐襄公的妹妹，在未嫁之前便与襄公私通。后来鲁桓公弑兄篡国，求婚于齐，僖公便把文姜嫁给了桓公。桓公十八年，文姜与桓公一起回到了齐国，复与已身为国君的哥哥襄公私通。桓公因为此事与襄公发生冲突，襄公便派太子彭生刺死桓公于车中。桓公死，文姜与他所生的儿子庄公即位。庄公没有能力制止母亲，文姜就更加肆无忌惮地与襄公私通。这就是《敝笱》一诗的"本事"。可这些"本事"在诗中并没有出现，诗着力表现的只是文姜归宁时仆从"如云"、"如雨"、"如水"的这一生活片段，并辅之以隐喻两性关系的鱼兴而比之——"敝笱在梁，其鱼鲂鳏。"郑笺："鲂也，鳏也，鱼之易制者，然而敝败之笱不能制。"② 敝笱，对制止鱼儿来往无能为力，隐射文姜和齐襄公的不守礼法，并以此来讽刺鲁桓公的庸聩无能。即便对仆从之盛的描写，也并非对生活本来面目的简单实录，这正如方玉润《诗经原始》所言："非叹仆从之盛，正以笑公从妇归宁，故仆从加盛如此其极也。"③ 这就是说，诗歌冷嘲热讽，表现的是对"本事"的主观评判态度。

　　《诗经》中抒情诗占主导，偏于主观表现，而汉乐府中的大量叙

---

① 廖群：《〈诗经〉、汉乐府传播方式的比较研究》，载山东大学文学院编《人文述林》第9辑，山东大学出版社2006年版，第23页。

② （唐）孔颖达：《毛诗正义》，北京大学出版社1999年版，第349—350页。

③ （清）方玉润：《诗经原始》，中华书局1986年版，第237页。

事诗，也不同于西方的叙事诗，不像亚里士多德对诗与戏剧所下的定义那样，是对一个有一定长度故事的模仿，偏重于事件的再现。承载着汉世"俗事"之情怀的叙事诗同样偏重于主观表现。比如《陌上桑》，诗人为了把罗敷塑造成一个理想的富有审美张力的人物，采用了正写、侧写的各种手法，描写了她的行为、举止、穿戴、美貌。前半部分，突出夸张了她的美貌，后半部分，又以她的口突出夸张自己的丈夫。整个作品中的叙事成分，仅仅是中间两句使君对罗敷的问话，事情的开头和结尾都没有交代。诗篇在不求细节的真实和情节完整的基础上，突出了对理想特征的描绘，尤其加强了夸张、排比与铺陈的手法。诗中固然也描写了"事"，但"诗中描写事件的目的，主要是借此来探求现实生活与人们的思想意识之间的关系，它着重于通过题材的选择来沟通人们的思想，加深人们对社会现实的认识程度，使人明确地认识到什么是社会上的善行恶行。给人以一种启示和教育的力量。"① 显然，这是不同于西方的所谓叙事再现的。黑格尔在《美学》当中曾经提到过这样一类抒情诗："这类诗在整体形式上是叙事的……但是另一方面，这类诗在基本语调上仍完全是抒情的，因为占主要地位的不是对一种事实进行丝毫不露主体性的（纯客观性的）描述，而是主体的掌握方式和情感：即响彻全诗的欢乐或哀怨，激昂或抑郁。"② 以此反观这一承载着汉世"俗事"之情怀的以描叙为主要言述方式的叙事诗，不难看出，这类诗"在基本语调上仍完全是抒情的"，它们仍不出我们的抒情诗传统。

（二）兴中取象与中国抒情传统

通过寻绎，我们认为承载着汉世"俗事"之情怀的叙事诗仍可划归中国抒情诗的传统，但是，毫无疑问，"这类诗在整体形式上是叙事的"，而且，从诗章当中，我们大都可以寻绎出一个"本事"来。可是，汉末以降，随着文人五言诗的崛起，"事"很快淹没于"情"中，大部分诗歌都已经根本发掘不出什么"本事"来了。且看汉末文

① 赵敏俐：《汉代诗歌史论》，吉林教育出版社 1995 年版，第 205 页。

② ［德］黑格尔：《美学》第 3 卷下册，朱光潜译，商务印书馆 1979 年版，第208 页。

人代表作《古诗十九首》中的《明月皎夜光》一诗：

> 明月皎夜光，促织鸣东壁。玉衡指孟冬，众星何历历。白露沾野草，时节忽复易。秋蝉鸣树间，玄鸟逝安适。昔我同门友，高举振六翮。不念携手好，弃我如遗迹。南箕北有斗，牵牛不负轭。良无盘石固，虚名复何益。

这首诗前头一大部分描绘秋夜之景，后联想到友人弃己而去，发出深沉的慨叹。这样的"本事"究竟是什么？显然已难以考论。

如果说《明月皎夜光》中"昔我同门友"以下四句仍是有"事"可寻的话，后世有许多诗则与"事"无涉。例如王维的《辛夷坞》："木末芙蓉花，山中发红萼。涧户寂无人，纷纷开且落。"[①] 它抒发的是人之情，却不见"事"之迹。刘勰云："文变染乎世情，兴废系乎时序。"[②] 毫无疑问，这是诗性抒发的基本规律之一。那么，问题是：第一，何以汉乐府多在叙事的情境下言情？其"兴"与"废"所"系乎时序"何在？第二，"文变染乎世情"，何以偏于主观表现的言志抒情一直左右着我们的诗学传统？我们的诗学传统所呈现出的样态何在？

先说第一个问题。首先，我们认为这与汉武帝"新建"乐府"采诗夜诵"以"观风俗，知薄厚"有关。

1976 年，秦始皇陵出土了错金银青铜编钟一件，钮上刻小篆体"乐府"二字，明确无误地证明了秦朝即设置有"乐府"结构。但是，秦之乐府，官属少府，所制之乐专供郊庙朝会之用。汉初设乐府，一仍其旧，亦掌宗庙祭祀之乐。至武帝时，发生了改变。汉武帝时，乐府机构除制作雅乐之外，还兼采各地方诗乐，以观政教。《汉书·艺文志》云："孝武立乐府而采歌谣，于是有代赵之讴，秦楚之风，皆感于哀乐，缘事而发，亦可以观风俗，知薄厚云。"班固的这

---

① 陈贻焮主编：《增订注释全唐诗》第 1 册，文化艺术出版社 2001 年版，第 932 页。

② （南朝·梁）刘勰著，范文澜注：《文心雕龙注》，人民文学出版社 1958 年版，第 675 页。

一说法无疑是符合汉代实际的。这可以以汉代有关文献为证：

> 《汉书·谷永传》：（谷）永对曰："立春，遣使者循行风俗，宣布圣德，存恤孤寡，问民所苦，劳二千石，敕劝耕桑，毋夺农时，以慰绥元元之心，防塞大奸之隙。"①
> 《后汉书·左周黄列传》：时诏遣八使巡行风俗。②
> 《后汉书·循吏列传》：初，光武长于民间，颇达情伪，见稼穑艰难，百姓病害……广求民瘼，观纳风谣。故能内外匪懈，百姓宽息。③

这都表明，汉代为了了解民情，加强吏治，极为重视对闾里歌谣的采集。因此，民歌与治国安邦紧密相连，成为考察政教善恶的有用工具。从这一目的出发，那些有一定具体事件，能够更为直接反映民生实际的作品，成为首选对象自然即在情理之中了。《孔雀东南飞》诗前小序云："汉末建安中，庐江府小吏焦仲卿妻刘氏，为仲卿母所遣，自誓不嫁。其家逼之，乃投水而死。仲卿闻之，亦自缢于庭树。时人伤之，为诗云尔。"诗尾亦有言："多谢后世人，戒之慎勿忘。"一"伤"一"戒"，其"感于哀乐，缘事而发"，自不待多言，而"观风俗"之鉴戒显然也于此昭然若揭。

其次，我们认为，这还与汉武帝"新建"乐府以国家政权的姿态确认娱情这一新的文化情态的合理性有关。汉武帝"新建"乐府，除了"采诗夜诵"以"观风俗"之外，就文化史而言，重要的是从此结束了自春秋战国以来所谓雅郑、古今、旧新之间的这场旷日持久的诗乐之争论。也就是说，自春秋战国以来听之令人"不知倦"然而却一直被士人阶层认为是"郑卫之音"淫哇之歌的俗乐，被汉武帝以国家政权的姿态予以了承认。从此，在两汉，就乐府歌诗而言，诗歌的功能基本上由抒情达志转变成了娱情乐意。娱情乐意成了一种合理性

---

① （汉）班固：《汉书》，中华书局 1962 年版，第 3471 页。
② （南朝宋）范晔：《后汉书》，中华书局 1965 年版，第 2029 页。
③ 同上书，第 2457 页。

的文化情态。众所周知，故事性的东西最为有趣味，而现在，乐府歌诗的基本功能转变成了娱情乐意，娱情乐意成了一种合理性的文化情态，那么，那些具有一定故事情节的作品自然会被作者所创而为乐者所采所"诵"了。在接受美学看来，读者消费需求会刺激作品的生产，以之来衡量汉乐府叙事诗的大量产生显然不为过。

　　我们认为，汉乐府多在叙事的情境下言情，其"兴"所"系乎时序"即在于此，那么其"废"呢？这还要从文人诗的兴起说起。

　　民间是文学，乃至整个社会的立命之根基。但是，汉末文人诗的兴起，却在诠释着民间传统的时候，亦进而塑成了一种新的抒情精神。

　　我们说的"文人"，主要是指秦汉以来的"士—官僚"这一社会阶层和集团。他们是随着"封建宗法"制的社会结构遭突破而产生的。但是，他们又不同于"志于道"的春秋战国士人群体。一方面，他们坚守着士人的"志道"精神，达则兼善天下；另一方面，他们认为"君子得时则大行，不得时则龙蛇，遇不遇命也"[①]，随世而屈伸。学得文武艺，货与帝王家，他们身属这一特殊的"士—官僚"政教体系。这些人大部分是中小地主阶级的知识分子，他们基本上是以自己所学的文化知识来谋求出身，参与时政。因为他们坚守着"志道"的士人精神，所以，他们依然用诗来作为一己或美或刺的言志工具；另一方面，"郑声"的娱情肇端又唤起了曾一度老死于文献当中的诗体精神，于是，他们的情感言述主"贵用叙我情"（秦嘉《赠妇诗》），把诗当作抒发自己个体情感的手段，通过自己的亲身经历，"良用叙我情"[②]，以自身的遭遇折射着社会生活，再现着时代的文化精神。于是，他们选择了抒情诗体来承载这一个体的"我情"绁绎。

　　这就是说，乐府诗歌与承载着汉末以降中国主要抒情手段的文人诗，就产生机制方面而言，是有所不同的。前者主要是源于"观风俗"或者是"娱情乐意"，而后者主要是源于言述主体的"叙我情"。

---

　　① （汉）班固：《汉书》，中华书局1962年版，第3515页。

　　② 秦嘉《赠妇诗》"贵用叙我情"之"贵"，逯钦立在《先秦汉魏晋南北朝诗》汉诗卷六校注道：《西溪丛话》作"良"。

后此，一方面是"采诗"制度的不再施行；另一方面是身属"士—官僚"政教体系的文人成为整个社会主要的活动群体，那么，偏于主观表现的"我情"绅绎取代叙事的情境下言情自然即在情理之中了。

下面，我们再来回答一下第二个问题。其实明了了第一个问题，这个问题也就可以迎刃而解了。

无论是诗三百，还是承载着汉世俗事之情怀的叙事诗，"感于哀乐，缘事而发"， "却重在'发'而非'事'，往往舍'事'重'发'"。① "占主要地位的不是对一种事实进行丝毫不露主体性的（纯客观性的）描述，而是主体的掌握方式和情感"，换句话说，偏于主观表现的言志抒情是从先秦到两汉一路走过的诗学史之实践，那么，个中因由何在？我们认为，这主要跟我们艺术入思的思维模式和言述方式有关。具体而言就是，由于"诗学之正源，法度之准则"② 中的赋比兴的"兴"更接近形象思维，更符合古代中国艺术入思的思维模式，故三者之中，他们更重"兴"，注重兴中取象，象中有兴，这于《诗经》"往往舍'事'重'发'"即可见一斑。而对"敷陈之称"（挚虞语）③、"直书其事，寓言写物"的"赋"较为轻视，所以，即便以"直书其事"的"赋"为主要言述方式的"叙事诗"，也往往都是"重在'发'而非'事'"。正因此，我们于后世才看到，就是在有着"诗史"之称的杜甫身上，其于诗中所涉及的历史事件，也几乎无一不是作为"感兴"的媒介来出现。总之，重"感事"而非"叙事"，这更契合古代诗情入思之心理，是故，偏于主观表现的言志抒情才能成为情感言述史的一以贯之。

综括言之，一方面身属"士—官僚"政教体系的文人成为汉末以降整个社会主要的活动群体，他们把诗当作抒发自己个体情感的手段，"良用叙我情"，希望以自身的遭遇来折射社会生活，再现时代的

---

① 廖群：《〈诗经〉、汉乐府传播方式的比较研究》，载山东大学文学院编《人文述林》第9辑，山东大学出版社2006年版，第23页。

② （元）杨载：《诗法家数》，《历代诗话》，中华书局2004年版，第727页。

③ 郁沅、张明高编选：《魏晋南北朝文论选》，人民文学出版社1996年版，第179页。

文化精神;另一方面舍"事"重"发"更符合古代中国艺术人思的思维模式,于是,两个方面走在一起所促成的结果就是,抒情诗体成了承载个体"我情"绅绎的首选,而对叙事诗体的把握,在基本语调上也是以抒情的面目出现,重"感事"而非"叙事"。这样,中国的诗艺传统便也由此而塑成了"叙我情"的偏于主观表现,而主"言志抒情"也就成了中国诗学的基本之格局,进而中国的抒情精神亦由此而呈现。

小　结

"兴象",作为一个诗学术语,是由盛唐时期的殷璠在其编选的《河岳英灵集》中首次拈出的。虽然在殷璠拈出之时,这一诗学概念是就唐代诗歌而言的,但由于其昭示了中国诗艺的核心特质,所以在殷璠拈出之后,得到了后世理论家的响应,并在明清两代,被高棅、胡应麟、许学夷、王士禛、纪昀、方东树等批评家普遍运用于诗歌品评当中。

姚一苇先生曾指出:"由于我国在传统上,使用一个术语,很少先下一个明确的定义,于是在不同的场合,其内含不一定完全相同,而保有它的运用上的最大'自由'。"[①]"兴象"这一诗学范畴也不例外。虽然它被理论家反复运用,但他们从未尝试定义过其内涵,所以,"兴象"这一诗学范畴的意蕴在其运用的具体语境中是有着个体理解的差异的。尽管如此,在揭示了"兴"这一具有原型意义的诗学范畴的批评指向及意涵之后,通过寻绎殷璠以降诸家以"兴象"论诗评诗的具体批评实践,我们对"兴象"这一诗学范畴的美学特质和艺术精神还是有了一个基本的认识:

"兴象",即兴中之象。从文学活动"作者"这一批评视域出发,"兴象"是指触物感兴,兴与象合,"兴象"的美学特质首先在于"象中有兴"。"兴象"是"兴"与"象"的统一,象是兴会下的取

---

① 姚一苇:《艺术的奥秘》,漓江出版社1987年版,第306页。

象，象通过兴而传达。"兴象"的重点不在于"象"，而在于"兴"，"兴"是核心，是灵魂。以此审美机制生成作品后，就作品的艺术表现力而言则是，"兴在象外"，意即诗人之"兴"寓于"象"中，又超出"象"外，言有尽而余味不尽。明清论者将"兴象"大量运用于论诗实践，并认为，兴象是一具有普遍意义的诗歌美学要求，"兴象"乃诗之为诗的基本质素之一。

基于"兴象"这一美学特质和艺术精神的敞开，我们认为，"兴象"这一诗学范畴能够引领我们把握中国抒情诗艺物我情境互动中主观情感抒发层面的艺术特质。

"人生自是有情痴，此恨不关风与月"①，但是，情感本身不具有抒发性，所以，中外诗艺都是借助于外在的"象"来抒发主体的内在情思。但是，天人合一的悟觉思维模式却使中国诗艺当中的用象行为呈现为兴中取象，象中有兴。"象"于诗情的抒发，在与情感联系的背后不是出之以逻辑思维下的推理过程，而是呈现为一种"景←→情"似的迁就关系，于是，"象"便具有了一种当下的情境性。"象"没有像西方诗歌那样，被从"直接与可感的背景中抽取出来，而挪位到心里去充当一个被沉思的对象"，"象"的背景，出现在中国诗中是含有"情"的"景"，而在西方，"象"却被塑成"得意忘象"的述情手段而被最普遍地使用。于是，我们诗艺当中的象，并没有止于借意象以述情，而是在触物感兴的基础上导向了一种意味不尽的"兴象"境界——情境互动，"象中有兴"，由象生意，由意转情，"物色尽而情有余"，"情有余而味不尽"，象生发出了一种余味不尽的境象之美。

将"兴象"诗艺放到先秦两汉的抒情实践中寻绎，我们发现，由于"兴"与"象"的不同偏重，在仁兴而就的"兴象"塑型中，"兴象"诗艺呈现出了两种不同的美学形态——情感型兴象和象征型兴象。创作中的这两类"兴象"范型均可追溯到《诗经》。就两汉的诗学接受而言，两汉抒情实践并没有因为政教的诉求而导致个体情感抒

———————

① 唐圭璋：《全宋词》，中华书局1965年版，第132页。

发的缺席，《诗经》、《楚辞》以来，景情互动，兴会取象，借助自然景物"感发"以起情的这一"兴象"诗艺在有主名的汉诗、无主名的乐府以及古诗中均得到了继承，并在以《古诗十九首》为代表的古诗中塑成了"泣鬼神，动天地"的艺术表现力。不仅如此，"兴象"诗艺在流变过程中还使得中国诗艺在对"本事"的处理中"重在'发'而非'事'，往往舍'事'重'发'"。于是，中国的诗艺传统便由此而塑成了"叙我情"的偏于主观表现，而主"言志抒情"也就成了中国诗学的基本之格局，进而中国的抒情精神亦由此而呈现。

第三章

艺术特质视域下的两汉"体物"诗学

    陈世骧以降的"中国抒情传统"研究者经过将近半个世纪的持续建构实际上为"中国抒情传统"建立了一个属于创作层面的"感兴"论述。这种论述"强调创作者与自然万物、人物事件彼此的触然相遭、同情共感"①。揆之以"兴象"诗艺，我们发现，中国古典诗艺当中的象，并没有止于借意象以述情，而是在触物感兴的基础上导向了一种余味不尽的"兴象"境界。不仅如此，"兴象"诗艺在流变过程中还使得中国诗艺在对"本事"的处理中"重在'发'而非'事'，往往舍'事'重'发'"。易言之，主"言志""缘情"，偏于主观表现是中国古典诗歌艺术在审美倾向上的基本品格。由是衡之，"中国抒情传统论"中的"感兴"论述确实把握到了中国抒情诗艺物我情境互动中主观情感抒发层面的艺术特质。那么，这里我们要追问的是，中国抒情传统除了"情往似赠，兴来如答"②，通过借助自然景物以起情，彰显个体自我发展过程这一线索之外，还有没有其他的理论与实践？换言之，中国抒情美学物我情境互动中的"物"除了"在情志的聚焦范围下被选择、被呈现"③ 外，是否还有其他的演进线索？

    中国抒情传统建构者之一、耶鲁大学东亚系孙康宜教授在《抒情

---

    ① 郑毓瑜：《抒情、身体与空间——中国古典文学研究的一个反思》，《淡江中文学报》2006 年第 15 期，第 262 页。

    ② （南朝·梁）刘勰著，范文澜注：《文心雕龙注》，人民文学出版社 1958 年版，第 695 页。

    ③ 郑毓瑜：《替代与类推——"感知模式"与上古文学传统》，《汉学研究》第 28 卷第 1 期，2010 年 3 月，第 37 页。

与描写——六朝诗歌概论》一书的《中文版序》中曾指出："现代人所谓的'表现'，其实就是中国古代诗人常说的'抒情'，而'描写'即六朝人所谓的'状物'与'形似'。我发现，中国古典诗歌就是在表现与描写两种因素的互动中，逐渐成长出来的一种既复杂又丰富的抒情美学。"① 基于对中国古典诗歌艺术的这一观察，孙康宜在书中以六朝诗歌为实践对象，以具体的方式呈现了中国古典诗艺中这两个构成因素的复杂关系。早于孙康宜，朱自清在《诗言志辨》中也曾指出过中国诗学诗艺的这一演进线索。他说："'形似'不是'缘情'而是'体物'，现在叫做'描写'，却能帮助发挥'缘情'作用。"又说："从陆氏（陆机）起，'体物'和'缘情'渐渐在诗里通力合作，他有意地用'体物'来帮助'缘情'的'绮靡'。"② 合而言之，朱自清的意见就是，诗学诗艺发展中的"绮靡"化倾向，乃是"缘情"与"体物"共同作用的结果。综观朱、孙二氏对中国诗学诗艺演进线索的论断，这里有两点值得注意：第一，表现（抒情、"缘情"）与描写（"状物"、"形似"、"体物"）是中国古典诗歌艺术的两元。第二，"缘情"与"体物"的相互作用使得中国的抒情艺术呈现出"绮靡"的美学风貌。"绮靡"语出陆机《文赋》："诗缘情而绮靡，赋体物而浏亮。"多数论者认为"绮靡"意同"华丽"（明张凤翼《文选纂注》），"绮以色言，靡以声言"（徐复观《陆机文赋疏释》），③ 当

---

① ［美］孙康宜：《抒情与描写——六朝诗歌概论》，钟振振译，上海三联书店2006年版，第2页。

② 朱自清：《诗言志辨》，广西师范大学出版社2004年版，第26、28页。

③ （晋）陆机著，张少康集释：《文赋集释》，人民文学出版社2002年版，第108、110页。多数论者认为"绮靡"当指辞藻的声色之美，然而也有论者提出了不同意见。例如王运熙、杨明在《中国文学批评通史（魏晋南北朝卷）》（上海古籍出版社2011年版，第103—104页）中就认为："以'绮靡'言诗，是说诗歌应该美好动人。它并非仅仅指辞藻华丽，更无须解作'绮'指文采，'靡'指声音；而是就作品的体貌而言，指诗总体上给人以美丽动人之感，其中自亦包括情感的动人。"而张安祖的《陆机〈文赋〉"诗缘情而绮靡，赋体物而浏亮"含义辨》（《求是学刊》2006年第6期，第90页）则在此基础上更进一步："'绮靡'是针对'缘情'这一表现功能而提出的审美要求，因此应该特指抒发情感的美好动人，而不包含辞藻华丽、音律优美等因素在内。"

指辞藻的声色之美。唐天宝年间楼颖的《国秀集序》云："昔陆平原之论文曰'诗缘情而绮靡'，是彩色相宜，烟霞交映，风流婉丽之谓也。"① 揆之以六朝诗歌史，"绮"、"丽"确实反映着六朝诗歌史的客观真实。曹丕《典论·论文》"诗赋欲丽"，主张诗赋要讲究文辞富丽，卞兰《赞述太子赋并上赋表》评曹丕"著典宪之高论，作叙欢之丽诗"②，刘桢《公宴诗》云："投翰长叹息，绮丽不可忘。"西晋夏侯湛《张平子碑》评张衡云："造事属辞，因物兴□，下笔流藻，潜思发义，文无择辞，言必华丽，自属文之士，未有如先生之善选言者也。"③ 钟嵘《诗品》评汉代"古诗"若"陆机所拟十二首，文温以丽，意悲而远。惊心动魄，可谓几乎一字千金"，又评曹植"词采华茂"，王粲"文秀"，陆机"才高词赡，举体华美"，张协"词彩葱蒨，音韵铿锵"，潘尼"文彩高丽"④，如此等等，不一而足，在在显示出六朝人视诗歌艺术为"华丽"之辞的共识。由是，溯之以朱自清的判断，孙康宜的具体呈现，不难发现，由"兴感"所形塑并主导的"中国抒情传统"虽然偏于主观表现，但并没有走向偏执于主观表现，中国诗学诗艺中的"物"除了为"情"而存在外，还可以由于作者善于"体物"、工于"状物"或"巧构形似之言"而呈现出"绮靡"或曰"华丽"的艺术风貌。而"绮靡"或曰"华丽"这一艺术风貌显然已远远超出主观情志抒发这一抒情范围了。

这样，"状物"、"形似"、"体物"就需要在超越描写技巧或者"赋体物"这一单纯文体自觉的层面上来理解它们的意义了。如果将它们放到中国抒情传统架构中而与"感兴"层面的论述相对照，结合前揭对"兴象"诗学诗艺的探讨，我们认为，它们能够引领我们把握中国抒情诗艺物我情境互动之下"物"的层面的艺术特质。而这，显

---

① （唐）芮挺章：《国秀集》，《四库全书》，上海古籍出版社 1987 年影印本，第 1332 册，第 64 页。

② 郁沅、张明高编选：《魏晋南北朝文论选》，人民文学出版社 1996 年版，第 22 页。

③ 同上书，第 119 页。

④ （南朝·梁）钟嵘著，曹旭笺注：《诗品笺注》，人民文学出版社 2009 年版，第 45、56、66、75、84、126 页。

然能够补益中国抒情传统建构中过于偏执内在主观心灵优位性的缺陷。

综观我们对"和合"、"兴象"诗学的探绎,不难发现,无论是"和合",还是"兴象",它们都具有多重"图谱"。而我们之所以选择"和合"以及"兴象"作为中国古典诗学诗艺的艺术原质来阐发,是因为它们在中国古典诗学中形成一套意义支援系统的时候占有支配性的地位。换言之,它们能形塑成多维度的中轴机构而把握中国古典诗学诗艺某一层面的艺术传统。如果从"物"的角度去讨论和诠释"中国抒情传统"是否也存在着这样的艺术范畴呢?在我们看来是有的。

中国抒情传统论者蔡英俊先生认为"《诗经》和《楚辞》的传统在汉代基本中断了,而《古诗十九首》的传统却延续了一千又七、八百年"①。蔡氏之所以做出这一论断,其中的关键就在于两汉赋体文学的繁荣。我们知道,两汉的社会实践主体士人阶层很长一段时间是以赋体来"写志"述怀,言一己之穷通的。而汉赋的美学追求又恰好是"丽",例如班固在《汉书》中就一再地用"丽"来形容赋:"先是时,蜀有司马相如,作赋甚弘丽温雅,雄心壮之,每作赋,常拟之以为式","雄以为赋者,将以风也,必推类而言,极丽靡之辞,闳侈钜衍,竞于使人不能加也","其后宋玉、唐勒,汉兴枚乘、司马相如,下及扬子云,竞为侈丽闳衍之词",最高统治者亦以"丽"状赋,"上(汉宣帝)曰:'……辞赋大者与古诗同义,小者辩丽可喜。'"②比照蔡氏所建构的"悲哀的诗人所看到的悲哀的自然,就是中国抒情传统的主流","以事形为本"③、以"丽"为美学诉求的汉赋显然就不属于他所建构的中国抒情传统了。就赋体文学的繁荣而对诗坛的遮蔽来讲,说《诗经》和《楚辞》的传统中断也未尝不可。然而,据我们对中国古典诗学诗艺在六朝发展的探绎,"绮靡"化的审美倾向

---

① 柯庆明、萧驰编:《中国抒情传统的再发现》,台湾大学出版中心2009年版,第8页。

② (汉)班固:《汉书》,中华书局1962年版,第3515、3575、1756、2829页。

③ 郁沅、张明高编:《魏晋南北朝文论选》,人民文学出版社1996年版,第180页。

恰好又是对汉赋"侈丽闳衍"这一美学风貌的继承。由是观之，两汉的赋体文学在中国古典诗学诗艺的建构中就具有了非常重要的作用，进一步言之，蔡氏《诗经》和《楚辞》的传统在两汉中断这一论述就要予以重新探讨了。这样，在我们看来，"赋体物而浏亮"的"体物"在超越了赋体的文体功能后就具有了支配性的地位。而寻绎中国古典诗学诗艺，陆机之后，宋代的禁体物诗、朱弁《风月堂诗话》中的"体物"诗说以及元代陈绎的"体物七法"也确实都在艺术精神层面拓展着"体物"诗艺。以此而论，我们认为，"体物"这一艺术范畴能够建构成一套意义支援系统引领我们把握中国抒情诗艺物我情境互动之下"物"的层面的艺术特质。

第一节　物以类应与离辞连类

本章拟从"物"的角度来诠释、补充"中国抒情传统"的艺术图谱和有效界域，是故，下面我们就先从"物"的语义系统出发来为"体物"诗学提供语义学的背景支持。

"物"，《说文解字》释曰："万物也。牛为大物，天地之数，起于牵牛，故从牛，勿声。"① 甲骨卜辞里有"𤘈"字，王国维《观堂集林·释物》将之释为"物"，认为其本义为杂色牛。王国维说一出，有从之者，如杨树达、商承祚，有否定者，如徐中舒非之，释为"犁"，郭沫若从之。而金祥恒《释𤘈》则认为"𤘈"是"引牛"二字合文。裘锡圭、董莲池等学者认为金祥恒说可从。不过，裘锡圭先生又进一步指出，"从'牛''勿'声的'物'字应该就是由'勿牛'合文演变而成的"，"甲骨文里的𤘈、𤙒等字，在当时可能已有不少被读作'物'了"②。是故，"物"之本字当得之于"勿牛"，亦即杂色牛。《周礼·春官·司常》："司常掌九旗之物名，各有属，以待

① （汉）许慎：《说文解字》，中华书局1963年版，第30页。
② 裘锡圭：《古文字论集》，中华书局1992年版，第83—84页。

国事。日月为常，交龙为旂，通帛为旜，杂帛为物。"① "杂帛"即杂色旗，是司常掌管的"九旗"之一种。这样，"物"就由牛的色引申至旌旗之色。用王国维的话来说就是，"由杂色牛之名，因之以名杂帛，更因以名万有不齐之庶物"②。绾合上述，许慎说"物，万物也"，就当为引申义。

"万物"是一种泛称，囊括了人、事、物、境等有生命与无生命的一切存在。南朝顾野王《玉篇》称："凡生天地之间，皆谓物也。"③ 这纷纭的物世界不依赖人的感觉而存在，然而，物又被人们的感觉所复写、摄影、反映，所以，物实际上又是人在自然、社会、人生等各个方面的一种经验和体验。当我们追问"是什么物"，进而得知"物是什么"的时候，我们凭借的是什么？显然是经验或体验世界里的一种以类相从或以类相别意识。《礼记·月令》："（仲秋之月）乃命宰祝巡行牺牲：视全具，案刍豢，瞻肥瘠，察物色，必比类，量小大，视长短，皆中度。""察物色"孔颖达疏云："（察）物色骍黝之别也。"意思是说，宰和太祝巡视准备祭祀的牺牲时要察看牺牲的毛色（骍或黝）。而透过色泽的差异，是要对"物"加以分别。"必比类"孔颖达疏："已行故事曰比，品物相随曰类。"④ 这就是说，"必比类"，方能将物性区别出。反言之，区别出的"物"以类相从，物类体系才能得以建构。而这，也就使得"类"成为"物"的字义发展脉络中非常重要的一个义项：

　　（1）辨六马之属：种马一物，戎马一物，齐马一物，道马一物，田马一物，驽马一物。⑤
　　（2）女为君目，将司明也。服以旌礼，礼以行事，事有其

---

① （唐）贾公彦：《周礼注疏》，北京大学出版社1999年版，第731页。
② 王国维：《观堂集林》，中华书局1959年版，第287页。
③ 《宋本玉篇》卷23，中国书店1983年影印本，第428页。
④ （唐）孔颖达：《礼记正义》，北京大学出版社1999年版，第526页。
⑤ （唐）贾公彦：《周礼注疏》，北京大学出版社1999年版，第859页。

物，物有其容。今君之容，非其物也，而女不见，是不明也。①

材料（1）孔颖达疏曰："六者皆有毛物不同"，亦即透过毛的色泽差异来分类。是故，文中六处"物"字皆可释为"类"；材料（2）是春秋时期晋国屠蒯责备嬖叔的话。屠蒯是晋平公时负责国君膳食的小官。晋国大夫荀盈病故，还没有举行葬礼，晋平公便饮酒作乐，全无哀悼之情。于是，屠蒯请求国君允许自己帮助酌酒，在向乐师及平公近嬖祝酒时，列举他们的过失。材料（2）表面上是屠蒯责备晋平公外嬖嬖叔的话，而实际上是针对晋平公而发的。其中"事有其物，物有其容"的"物"，杜预注曰"物，类也"，意思是说，遭遇不同的情事，就该有不同的容貌表现，这样才符合礼节。"物"一方面与"类"字在名词上意思相通，另一方面也出现了动词性的用法。动词性的用法具有观察、分辨的意思。《周礼·地官·载师》："掌任土之法，以物地事、授地职，而待其政令。"郑玄注："物，物色之，以知其所宜之事，而授农牧衡虞，使职之。"②《左传·昭公三十二年》记载晋国负责增修成周（东都）的围墙："计丈数，揣高卑，度厚薄，仞沟洫，物土方，议远迩。"杜预就说："物，相也。相取土之方面、远近之宜。"③再如《淮南子·谬称》："欲知天道察其数，欲知地道物其树，欲知人道从其欲。"高诱注"物其树"曰："五土之宜，各有所种生之木。"④是故，此处之"物"，即"相也"，亦即观察。

充盈天地之间的，皆是物也。人生活在天地之间，亦一物也。王充《论衡》《辨祟》篇云："人，物也，万物之中有智慧者也。其受命于天，禀气于元，与物无异。"《道虚》篇又说："夫人，物也，虽贵为王侯，性不异于物。"⑤从物性来说，人不异物，人也是物性世界

① 杨伯峻：《春秋左传注》，中华书局1990年版，第1312页。

② （唐）贾公彦：《周礼注疏》，北京大学出版社1999年版，第328页。

③ 杨伯峻：《春秋左传注》，中华书局1990年版，第1518—1519页。

④ 何宁：《淮南子集释》，中华书局1998年版，第755页。

⑤ 黄晖：《论衡校释》，中华书局1990年版，第1011、318页。

的一部分。荀子《礼论》云："天能生物，不能辨物也。"① 能辨物者，人也。从物性来说，世界由物组成，人不异物，然而，人文世界的建构却由人来完成。换言之，物世界由于人的参与而使得意义敞开。于是，在太古洪荒之初，"名物"，即为这个世界架构秩序、形塑物类体系就非常人所能。《尚书·吕刑》云：

> 皇帝（指上帝）清问下民，鳏寡有辞于苗。德威惟畏，德明惟明。乃命三后，恤功于民。伯夷降典，折民惟刑。禹平水土，主名山川。稷降播种，农殖嘉谷。三后成功，惟殷于民。②

这就告诉我们，在古人看来，伯夷、禹、稷这些传说中的各族始祖都是上帝为了帮助下民而派到下土来的。他们都具有"生而知之"的不寻常的能力，对"万物"都具有天生的知识，能够治理、育化万物（例如后稷非凡的种植才能），进而能命名山川万物，使得山川万物这一物类体系显现出来。更重要的是，他们能够"格物"，亦即能够招致物的到来：比如众神、凤凰、甘露甚至禾、黍或麦子等。③ 由是我们看到，从知物，名物，再到"格物"，这一神话学背景下的物类认知体系就缉合着"物"字的类别与分辨意涵为物世界建立了以"类应"为架构的世界秩序。征之于文献载记，这种物类架构模式体现于先秦两汉诸多典籍之中。例如《周易·乾·文言》：

> 同声相应，同气相求，水流湿，火就燥，云从龙，风从虎，圣人作而万物睹。本乎天者亲上，本乎地者亲下。则各从其类也。④

---

① （清）王先谦撰，沈啸寰、王星贤点校：《荀子集解》，中华书局 1988 年版，第366 页。

② （唐）孔颖达：《尚书正义》，北京大学出版社 1999 年版，第 539—540 页。

③ 裘锡圭：《文史丛稿》，上海远东出版社 1996 年版，第 3—15 页。

④ （清）李道平撰，潘雨廷点校：《周易集解纂疏》，中华书局 1994 年版，第 51—54 页。

再如《庄子》"同类相从，同声相应，固天之理也"、"鼓宫宫动，鼓角角动，音律同矣"①；《荀子》"君子絜其辩而同焉者合矣，善其言而类焉者应矣。故马鸣而马应之，非知也，其埶然也"②。到了《吕氏春秋》《应同》《召类》等篇，在吸收以往表述的基础上就变得更加精致了。例如《应同》篇中的一段文字：

　　凡帝王者之将兴也，天必先见祥乎下民。黄帝之时，天先见大螾大蝼，黄帝曰："土气胜。"土气胜，故其色尚黄，其事则土。及禹之时，天先见草木秋冬不杀，禹曰："木气胜。"木气胜，故其色尚青，其事则木。及汤之时，天先见金刃生于水，汤曰："金气胜。"金气胜，故其色尚白，其事则金。及文王之时，天先见火赤鸟衔丹书集于周社，文王曰："火气胜。"火气胜，故其色尚赤，其事则火。代火者必将水，天且先见水气胜。水气胜，故其色尚黑，其事则水。水气至而不知，数备将徙于土。

　　天为者时，而不助农于下。类固相召，气同则合，声比则应。鼓宫而宫动，鼓角而角动。平地注水，水流湿。均薪施火，火就燥。山云草莽，水云鱼鳞，旱云烟火，雨云水波，无不皆类其所生以示人。故以龙致雨，以形逐影。师之所处，必生棘楚。祸福之所自来，众人以为命，安知其所。③

同样意旨的文字又出现在《淮南子·览冥训》中：

　　夫物类之相应，玄妙深微，知不能论，辩不能解。故东风至而酒湛溢，蚕咡丝而商弦绝，或感之也；画随灰而月运阙，鲸鱼死而彗星出，或动之也。故圣人在位，怀道而不言，泽及万民。

---

① （清）王先谦撰，沈啸寰点校：《庄子集解》，中华书局1987年版，第274、214页。

② （清）王先谦撰，沈啸寰、王星贤点校：《荀子集解》，中华书局1988年版，第45页。

③ 许维遹撰，梁运华整理：《吕氏春秋集释》，中华书局2009年版，第284—286页。

君臣乖心，则背谲见于天，神气相应征矣。故山云草莽，水云鱼鳞，旱云烟火，涔云波水，各象其形，类所以感之。①

而到了董仲舒那里就更加具有理论高度而系统化了。《春秋繁露·同类相动第五十七》：

> 今平地注水，去燥就湿，均薪施火，去湿就燥；百物去其所与异，而从其所与同，故气同则会，声比则应，其验皦然也。试调琴瑟而错之，鼓其宫则他宫应之，鼓其商而他商应之，五音比而自鸣，非有神，其数然也。
>
> 美事召美类，恶事召恶类，类之相应而起也，如马鸣则马应之，牛鸣则牛应之。
>
> 帝王之将兴也，其美祥亦先见；其将亡也，妖孽亦先见。物故以类相召也，故以龙致雨，以扇逐暑，军之所处以棘楚，美恶皆有从来，以为命，莫知其处所……
>
> 非独阴阳之气可以类进退也，虽不祥祸福所从生，亦由是也。无非已先起之，而物以类应之而动者也……
>
> 故琴瑟报弹其宫，他宫自鸣而应之，此物之以类动者也。②

正如郑毓瑜教授所指出："先秦以来，从'类物'到'类应'的说法，几乎已经成为一个认知或经验'物'世界的基本模式。"③但是，细绎上述《周易》、《庄子》、《吕氏春秋》等处的文字表述，不难发现，这一"类应"的物类世界有的地方非常神秘，属于难以稽查的神话背景下的"瑞应"物类体系，而有的地方却浅显易懂，能够征验于物。例如，"平地注水，水流湿"；"均薪施火，火就燥"；"师之

---

① 何宁：《淮南子集释》，中华书局 1998 年版，第 450—453 页。

② （清）苏舆撰，钟哲点校：《春秋繁露义证》，中华书局 1992 年版，第 358—360 页。

③ 郑毓瑜：《类与物——古典诗文的"物"背景》，《清华学报》第 41 卷第 1 期，2011 年 3 月，第 15 页。

所处，必生棘楚"，"水云鱼鳞，旱云烟火"，就是物类世界直接经验的反映，而以"类固相召"、"神气相应"来解说上古帝王的兴起显然还是德能致物的"瑞应"体系。可考察上引几段文字，很容易发现，可经验的物类体系是占大多数的。之所以如此，在我们看来要溯自殷周之际的"天人"革命。"天命靡常"，"惟德是辅"，煌煌者天固可敬而远之，但殷人淫佚失德丧国，周人"克明德"得国，此事周人经历其中，刚刚走过，故不可不鉴。于是，以周公为代表的周人走出宗教的匍匐，以积极主动的精神参与着历史过程，并从自己的行为中寻绎历史变动的因果性。"天命靡常"，"惟德是辅"，一方面，周人以"尚德"来解释自己"革命"之所以成功；另一方面，"殷鉴不远，在夏后之世"，又重视德政以维持自己政权的稳定与长久。这样，思想界的理论重心就开始由神的世界向可经验的人文世界跃进。春秋时期，"天道远，人道迩，非所及也"①。周公以来的重人而轻神的天人相分思想得到进一步发展。于是，到了战国就出现了"物至知知"的说法："人生而静，天之性也。感于物而动，性之欲也。物至知知，然后好恶形焉。"②"物至知知"是说有事物作用于人，人的知觉才能起作用。这就告诉我们，物类体系的显现开始让位于经验世界了。但是，总体而言，先秦两汉乃至整个中国古代的物类体系就始终没有脱离以人为中心的天人"类应"架构。这里不妨从许慎对"物"的解释说起："万物也。牛为大物，天地之数，起于牵牛，故从牛，勿声。"段玉裁《说文解字注》注"牛为大物"云："牛为物之大者，故物从牛，与半同意。"《说文解字》释"半"："物中分也，从八牛。牛为物大，可以分也。"牛是体型庞大的动物，可见，"牛为大物"解说的是生活中的物类经验。而"天地之数，起于牵牛"段玉裁引戴震《原象》解释道："周人以斗、牵牛为纪首，命曰星纪。自周而上，日月之行不起斗、牵牛也。许说物从牛之故，又广其义如此。"③可见，

---

① 杨伯峻：《春秋左传注》，中华书局1990年版，第1395页。

② （唐）孔颖达：《礼记正义》，北京大学出版社1999年版，第1083页。

③ （汉）许慎撰，（清）段玉裁注：《说文解字注》，上海古籍出版社1988年版，第53页。

段玉裁在这里是以天象来"广"许慎之意。而现代以来，绝大部分学者都不满意段玉裁这一解说了。其中，具有代表性的是张舜徽《说文解字约注》中的解释。张舜徽据甲骨文字形，认为"物"字"从牛从犁，实指耕植之事言。《史记·律书》云：'牛者，耕植种万物也。'盖耕植为万事之原，牛又根（笔者注：疑也是'耕'字）植之本也"。基于此，张舜徽认为：

> 许君云"天地之数，起于牵牛"者亦即此意。数犹事也。民以食为重，牛资农耕，事之大者，故引牛而耕，乃天地间万事万物根本。许意本甚平浅，而解者傅会天文，故高远转嫌迂曲矣。①

与段玉裁的解释相比较，张舜徽的解说浅显易懂，贴近生活经验，似乎很可信，但它是否就是"许意"呢？对此，我们可以商榷。但本书的关注点不在此，这里我们要追问的是古代人与现代人在建构物类体系上的差异。现代人斩断天人联系，力求在可经验的世界中让"物性"呈现出来，要使之尽可能地接近"科学性"的解释。而古代人的物体系另一头始终连接着"天"。如果从这一角度来说，段玉裁的解释未必就不是许慎的原意。如果不是的话，也可以看出古人这一"天人"架构下的深远影响。更何况许慎的《说文》开篇就是从"天"出发既分类又连类："惟初太始，道立于一，造分天地，化成万物。"② 如是说来，简单地否定"许慎把'一'解释成无形的宇宙本体道产生出的有形的混沌状态，和'一'字构形本旨无关"③，显然是不了解古人建构物类体系的思维特征和运思模式。

综上所述，中国古代物体系的建构连接着"天—人"两端，一方面基于可经验世界，以类相从，另一方面力图在"天人"架构下形塑成一个形而上的"类应"秩序。"类应"秩序的建构显然是要为经验界的事物关联提出一个根源性的解释，然而，这一看似完整的系统架

---

① 张舜徽：《说文解字约注》上册，中州书画社1983年版，第16页。
② （汉）许慎：《说文解字》，中华书局1963年版，第7页。
③ 董莲池：《说文解字考正》，作家出版社2005年版，第1页。

构，却往往经不住事理推敲。为了能够具体地了解一下古人这一物类建构的运思模式和生成过程，我们不妨以《大戴记》中的《夏小正》、《周书·时训》、《吕氏春秋·十二纪·纪首》有关正月物候的描述来看看中国古代具体的物类体系形塑。徐复观先生在《从〈夏小正〉到〈十二纪·纪首〉》一文中指出，《周书·时训》对可以征表节候的动植物的叙述系继承《夏小正》而来，而《吕氏春秋·十二纪·纪首》是在《夏小正》及《周书》的《周月》、《时训》基础上，加以整理、发展而成。① 基于此，下面我们就以时间为序抄录如下：

《夏小正》：

　　正月：启蛰。雁北乡。雉震呴。鱼陟负冰。农纬厥耒。初岁祭耒。囿有见韭。时有俊风。寒日涤冻涂。田鼠出。农率均田。獭兽祭鱼。鹰则为鸠。农及雪泽。初服于公田。采芸。鞠则见。初昏参中。斗柄县在下。柳稊。梅杏杝桃则华。缇缟。鸡桴粥。②

《周书·时训》：

　　立春之日，东风解冻。又五日，蛰虫始振。又五日，鱼上冰。风不解冻，号令不行；蛰虫不振，阴气奸阳；鱼不上冰，甲胄私藏。

　　惊蛰之日，獭祭鱼。又五日，鸿雁来。又五日，草木萌动。獭不祭鱼，国多盗贼；鸿雁不来，远人不服。草木不萌动，果蔬不熟。③

《吕氏春秋》十二纪孟春纪纪首：

① 徐复观：《两汉思想史》第 2 卷，华东师范大学出版社 2001 年版，第 8—9 页。

② （清）洪震煊：《夏小正疏义》，《续修四库全书》，上海古籍出版社 2002 年影印本，第 108 册，第 205—210 页。

③ （清）朱右曾：《周书集训校释》，《续修四库全书》，上海古籍出版社 2002 年影印本，第 301 册，第 147 页。

孟春之月，日在营室，昏参中，旦尾中。其日甲乙，其帝太皞，其神句芒，其虫鳞，其音角，律中太蔟，其数八，其味酸，其臭膻，其祀户，祭先脾。东风解冻，蛰虫始振，鱼上冰，獭祭鱼，候雁北。天子居青阳左个，乘鸾辂，驾苍龙，载青旂，衣青衣，服青玉，食麦与羊，其器疏以达。

是月也，以立春。先立春三日，太史谒之天子曰："某日立春，盛德在木。"天子乃斋。立春之日，天子亲率三公九卿诸侯大夫以迎春于东郊。还，乃赏公卿诸侯大夫于朝。命相布德和令，行庆施惠，下及兆民。庆赐遂行，无有不当。乃命太史守典奉法，司天日月星辰之行，宿离不贷，无失经纪。以初为常。

是月也，天子乃以元日祈谷于上帝。乃择元辰，天子亲载耒耜，措之参于保介之御间，率三公九卿诸侯大夫躬耕帝籍田。天子三推，三公五推，卿诸侯大夫九推。反，执爵于太寝，三公九卿诸侯大夫皆御，命曰劳酒。

是月也，天气下降，地气上腾，天地和同，草木繁动。王布农事，命田舍东郊，皆修封疆，审端径术。善相丘陵阪险原隰，土地所宜，五谷所殖，以教道民，以躬亲之。田事既饬，先定准直，农乃不惑。

是月也，命乐正入学习舞。乃修祭典，命祀山林川泽，牺牲无用牝。禁止伐木，无覆巢，无杀孩虫胎夭飞鸟，无麛无卵，无聚大众，无置城郭，掩骼霾髊。

是月也，不可以称兵，称兵必有天殃。兵戎不起，不可以从我始。

无变天之道，无绝地之理，无乱人之纪。孟春行夏令则风雨不时，草木早槁，国乃有恐；行秋令则民大疫，疾风暴雨数至，藜莠蓬蒿并兴；行冬令则水潦为败，霜雪大挚，首种不入。①

蛰虫、鱼、獭、候雁、俊风/东风在三种文献中均有出现。蛰虫

① 许维遹撰，梁运华整理：《吕氏春秋集释》，中华书局 2009 年版，第 5—12 页。

振、鱼跃、獭捕鱼、候雁北向以及俊风/东风解冻是"立春"时应出现的景象。古人将之记录下来显然是基于长期的农业生产经验所得。而一旦把它记录下来并谱入一年四季，显然就具有了表征正月（孟春）的意义。三种文献反复排比这一物类体系显然是将它们作为"立春"节气的基本要素来看待。《夏小正》中，这些物候只是被记录，看不到记录者的观念。到了《周书·时训》中则有了政治灾异与节物变异的关联："风不解冻，号令不行"；"鱼不上冰，甲胄私藏"；"獭不祭鱼，国多盗贼；鸿雁不来，远人不服"。细加寻绎，不难看出，这些关联，我们找不到它们之间的必然性。而到了《吕氏春秋·十二纪》，在吸收《夏小正》和《周书·时训》基础上，基于邹衍思想所发展出的"帝者同气"观念，则关联出一个更庞大的常与不常、宜与不宜的物类体系，从而使得万物万象成为一个大系统，大有机体。而阴阳五行与四时的配合，更是助长了这个连接网的无限扩张。比如，春季之盛德在木，所以要崇尚一切青色，于是推定天子之衣裳、佩玉、旗帜、乘驾都必须是青色系，以此为基础，《淮南子·时则训》又进一步发挥："东宫御女青色衣，青采，鼓琴瑟。"高诱注："琴瑟，木也，春木王，故鼓之也。"[1] 这就是说，东宫侍女也必须穿戴青色系，衣服上有青色花纹，同时还要弹奏木做的琴瑟。然而，阴阳二气何以要借着"五行"这些原本属于经验界的具体材料来分行散布，为何春季与木德最相合，为什么这一神秘的木德还必须呈现在青色上，无论是《吕氏春秋》，还是《淮南子》，其编撰者都没有就这些问题发问，他们只是理所当然地接受，并记录下来。徐复观批评这种运思模式是："凭借联想，而牵强附会上去的。"[2] 但是，在我们看来，这一看法过于"科学性"，而缺乏多维视域下的"同情性"之理解。相比之下，倒是 Granet（葛兰言）、H. Wihelm Fberhard、Jablonski，尤其是英人李约瑟等治中国思想研究的海外汉学家的一些看法更

---

① 何宁：《淮南子集释》，中华书局1998年版，第382页。
② 徐复观：《两汉思想史》第2卷，华东师范大学出版社2001年版，第1—52页。同时，也吸收了郑毓瑜教授《诠释的界域——从〈诗大序〉再探"抒情传统"的建构》（《中国文哲研究集刊》第23期，2003年9月，第1—32页）一文中的一些看法。

接近于古人这一运思方式。

Granet（葛兰言）在论及中国思想时指出："（古代的）中国人不观察现象的继承性，他们只记下事态的交替情形。如果两件事态使他们看起来有所关联，那么这种关联不是由于因果关系，而是由于成对的关系；此一成对的关系，就好像事物的正面与反面，或者我们用《易经》里的隐喻，它就好像回声与声音，或黑暗与光亮。"Granet 把这种思想方法称为"关联式的思考"（correlative thinking）或"联想式的思考"（associative thinking）。Granet 认为"这一种直觉的联想系统，有它自己的因果关系以及自己的逻辑。关联式的思考方法绝不是迷信或原始迷信，而是其自己独特的思想方式"①。在 Granet 等人基础上，李约瑟在《中国古代科学思想史》一书中专辟一节"关联式的思考及其意义：董仲舒"予以进一步阐释。他说："中国人关联式的思考绝不是原始的思想方式。也就是说，它绝非处于逻辑的浑沌，以为任一事物皆可作为其他事物的原因，而让魔术师纯粹的幻想来指导人的观念。它的宇宙，是一个极其严整有序的宇宙，在那里，万物'间不容发'地应合着。但这种有机宇宙的存在，并不是由于至高无上的造物者之谕令（万物皆臣服于其随伴天使的约束）；也不是由于无数球体的撞击（一物之动为他物之动的原因）。它的存在无需依赖'立法者'，而只由于意志之和谐。"② 在我们看来，Granet、李约瑟等人的看法确实把握到了古人"天—人"架构下这一既分类又连类的"类应"思维特征。

就物体系呈现而言，这种既分类又连类的以类运思显现出两种形态。一是"引譬连类"，二是援类揽物。我们先来说前者。"引譬连类"语出西汉孔安国释孔子"诗可以兴"的"兴"。"引譬连类"就是比譬、比类，亦即以某物及其所表征的义理比譬或比类勾连出另外物象和义理。可以说，以类运思，"引譬连类"是中国古代思想家们

①　转引自［英］李约瑟《中国古代科学思想史》，陈立夫主译，江西人民出版社1990年版，第388、375页。

②　［英］李约瑟：《中国古代科学思想史》，陈立夫主译，江西人民出版社1990年版，第383页。

用以观察思考万物以获取社会人生义理的一种基本方式。儒、墨、道、名及以《吕氏春秋》《淮南子》为代表的杂家等莫不如此。例如《墨子》一书，"譬犹"、"譬之"、"是犹"等词触目可见。这些词是个重要标志，它标示墨子在那里以"引譬"的方式来宣传自己的政治、伦理主张。如墨子以为，为保证思维成果的正确性，必须要遵循某些原则、标准。这就是他所强调的"言必立仪"。墨子曰："言而毋仪，譬犹运钧之上而立朝夕者也，是非利害之辨，不可得而明知也。故言必有三表。"① 墨子以为，对事物做出断定，如果没有基本的判别标准，即"三表法"，那么，人们就无法判明是非、利害。这就如在制陶模的旋转的轮子上（立个表）去测量早晚的日影（时间）一样，是绝然达不到目的的。这里显然是以"运钧之上而立朝夕"作喻，来说明这样一个道理：人们立辞如无标准有如"运钧之上而立朝夕"一样。又如老子《道德经》第六十章："治大国，若烹小鲜。"《韩非子·解老》篇："事大众而数摇之则少成功，藏大器而数徙之则多败伤，烹小鲜而数挠之则贼其宰，治大国而数变法则民苦之。是以有道之君贵虚静而重变法。故曰：'治大国者若烹小鲜。'"② 这里，老子以烹小鲜来比类治大国。《淮南子·要略》指出："言天地四时而不引譬援类，则不知精微。"③ 意思是说，对自然界天地四时的认识，如果不运用比类的方式加以解说，就不能达到对其深刻细致的理解。《淮南子·要略》又云："知大略而不知譬喻，则无以推明事。"④ 意即宏观上有了对天地万物的了解，而不知用譬喻，就不能用所知的知识推类以说明其事理。而以比类的方式来建构自家的思想体系，这在儒家尤为突出。子曰："觚不觚，觚哉！觚哉！"觚，古代盛酒的器皿，腹部作四条棱角，足部也作四条棱角。觚有棱角，才能叫作觚。可孔子看到的觚只是一个圆形酒器，但也名之为觚。于是，孔子以之慨叹当时

---

① （清）孙诒让撰，孙启治点校：《墨子间诂》，中华书局 2001 年版，第 264—265 页。

② （清）王先慎撰，钟哲点校：《韩非子集解》，中华书局 1998 年版，第 142 页。

③ 何宁：《淮南子集释》，中华书局 1998 年版，第 1454 页。

④ 同上。

社会的名实不符，比如"君不君，臣不臣，父不父，子不子"之类。① 可见，孔子这里以"棱角"对于酒器的重要性关联着为君、为臣、为父以及为子之道，觚成为对国家、社会理想状态的一个"比类"。又如子曰："为政以德，譬如北辰居其所而众星共之。"② 将"众星共之"的"北辰"与"德政"相勾连，不难看出孔子对德政魅力的肯定和信服。再如子曰："譬如为山，未成一篑，止，吾止也。譬如平地，虽覆一篑，进，吾往也。"（《论语·子罕》）这里，堆土"为山"与"吾止"、"吾往"的关联，也是一种比类阐释。孔子这里以堆土成山只差一筐，或是刚刚倒下一筐，来比譬着个体人格的修养，"盖学者自强不息，则积少成多；中道而止，则前功尽弃。其止其往，皆在我而不在人也"③。关于这一比类以为说，儒家学者并非是偶尔为之，实际上，他们是有着明确的理论认识的。《礼记·经解》指出，"属辞比事，《春秋》教也"④，《荀子·正名》则明言"推类而不悖"⑤，而《荀子·法行》中的"比德说"更是在较高的理论层面对比类以为说进行了理论总结。《荀子·法行》：

　　　　子贡问于孔子曰："君子之所以贵玉而贱珉者，何也？为夫玉之少而珉之多邪？"孔子曰："恶！赐，是何言也？夫君子岂多而贱之，少而贵之哉！夫玉者，君子比德焉。温润而泽，仁也；栗而理，知也；坚刚而不屈，义也；廉而不刿，行也；折而不挠，勇也；瑕适并见，情也；扣之，其声清扬而远闻，其止辍然，辞也。故虽有珉之雕雕，不若玉之章章。《诗》曰：'言念君

---

①　杨伯峻：《论语译注》，中华书局 1980 年版，第 63 页。

②　同上书，第 11 页。

③　（宋）朱熹：《四书章句集注》，中华书局 1983 年版，第 114 页。

④　（唐）孔颖达：《礼记正义》，北京大学出版社 1999 年版，第 1368 页。

⑤　（清）王先谦撰，沈啸寰、王星贤点校：《荀子集解》，中华书局 1988 年版，第 423 页。

子，温其如玉。'此之谓也。"①

　　这里，荀子把玉的本质属性和人的德性做了合理的比类，以此揭示了人们"贵玉"的原因所在。荀子引《诗经》说："言念君子，温其如玉。"可见，儒家的这一"比德说"实际上就是对中国传统思维方式，以类运思，比类以为说的一次理论总结。

　　《礼记·乐记》云："万物之理，各以类相动也。是故君子反情以和其志，比类以成其行。"② 这就告诉我们，比类是在辨明万物之事理或物理的基础上进行的。上引以玉比德，显然是基于玉本身的物理和事理以为言。就物体系呈现而言，以类运思，比类而行，这一关联式的思考方式，"由于意志之和谐"，义理也是"间不容发"地着物性的。《春秋繁露·实性》："《春秋》别物之理以正其名，名物必各因其真。"③ 名物，由于结合了"物"分辨与类别的意思，所以也就具有了辨明事理或物理的意思。正因此，注重比类建构，且经常借《诗》阐发义理的孔子就非常看重《诗》中的"名物"："《诗》，可以兴，可以观，可以群，可以怨。迩之事父，远之事君；多识于鸟兽草木之名。"④ 如果将孔子的这一"多识鸟兽草木之名"放到比类以为说要基于辨明事理或物理的基础上以为言，那么，此处的"多识鸟兽草木之名"显然不仅仅是名物考据之学，或是比兴寄托之用，而是关系到"识"，亦即要辨明鸟兽草木之"物"的事理或物理。因为，它们是比类的前提和基础，关系到比类是否成行，与物性是否"间不容发"。

　　再说援类揽物。"方以类聚，物以群分"⑤，以类运思中的另外一种物体系呈现形态是，物以类从，并架构在一个类应系统中。这种物

<hr>

　　① （清）王先谦撰，沈啸寰、王星贤点校：《荀子集解》，中华书局1988年版，第535—536页。

　　② （唐）孔颖达：《礼记正义》，北京大学出版社1999年版，第1108—1109页。

　　③ （清）苏舆撰，钟哲点校：《春秋繁露义证》，中华书局1992年版，第312页。

　　④ 杨伯峻：《论语译注》，中华书局1980年版，第185页。

　　⑤ （清）李道平撰，潘雨廷点校：《周易集解纂疏》，中华书局1994年版，第542页。

类体系建构，我们称之为援类揽物。我们生活的世界是一个万象纷呈、千差万别的物世界。然而，这一纷繁复杂的物世界又是有规律可循的。古人发现，这一纷呈的物世界可以分为不同的类，而客观世界就是一个物以类别，进而以类相从而形成的有秩序整体。可以说，这一看法在先秦时期就成了人们的共识。《左传·桓公六年》上有这样的句子："以类命为象。"① 言类名是由与某物相像而得。《周易·乾卦》："本乎天者亲上，本乎地者亲下，则各从其类也。"②《乾文言》"方以类聚，物以群分。"《淮南子·诠言训》继承了这一思想："洞同天地，浑沌为朴，未造而成物，谓之太一。同出于一，所为各异，有鸟、有鱼、有兽，谓之分物，方以类别，物以群分。"是故，"名各自名，类各自类"（《主术训》）③。那么，这里我们要追问的是，为什么要以类揽物呢？《淮南子·要略》中有一段话说得非常好：

> 《览冥》者，所以言至精之通九天也，至微之沦无形也，纯粹之入至清也，昭昭之通冥冥也。乃始揽物引类，览取挢掇，浸想宵类，物之可以喻意象形者，乃以穿通窘滞，决渎壅塞，引人之意，系之无极，乃以明物类之感，同气之应，阴阳之合，形埒之朕，所以令人远观博见者也。④

这段话提示我们，要想见识精微纯粹的道理，就要"揽物引类"。具体做法就是，广泛地挹取万物，观察、比较它们之间的相似性，进而借助可以"喻意象形"的物类功能来解决思想中想不通、弄不明白的问题，引导人的思想到达无极之境。这样就可以明了物类之间的感通、"同气"的相应，阴阳之结合、事物相同的征兆。掌握以上物类呈现方式就可以令人"远观博见"。我们或许可以这样认为，古人就

---

① 杨伯峻：《春秋左传注》，中华书局1990年版，第115页。

② （清）李道平撰，潘雨廷点校：《周易集解纂疏》，中华书局1994年版，第53—54页。

③ 何宁：《淮南子集释》，中华书局1998年版，第991、606页。

④ 同上书，第1443—1444页。

是基于以上"远观博见"的类物考虑才讲"君子以类族辨物"①。而实践中，我们发现，古人很早就开始讲万物"各从其类"，以类来连接"万物杂象"了。

　　早期"援类揽物"系统的物类建构有两条演进线索，一条是《尚书·洪范》中的九畴大法。另一条是《周易》"观物取象"的"以类万物之情"。② 我们先说"洪范九畴"。"洪范九畴"出自《尚书·洪范》篇。据《书序》，《洪范》篇是周武王时的作品，近代以来曾有不少学者对此提出疑问。相比之下，刘起釪的看法较为通达："《洪范》原本出于商末，从西周到春秋战国，不断有人给它增加若干新内容。"③《尚书·洪范》："帝乃震怒，不畀洪范九畴，彝伦攸斁。"孔传："畴，类也。"④ "洪范九畴"就是上天赐给大禹的治理天下的九类大法："初一曰五行；次二曰敬用五事；次三曰农用八政；次四曰协用五纪；次五曰建用皇极；次六曰乂用三德；次七曰明用稽疑；次八曰念用庶征；次九曰向用五福，威用六极。"⑤ 这九类大法连接着两个系统。一是五行、五事、八政、五纪、皇极、三德、稽疑、庶征、五福及六极这九项分类。这些分类涵盖了对自然界、人身、行为、治国安民、政纲、天文、历数、做人德性、气候征象、祸福种类等人生实践内容的全部；二是顺用、敬用、农用、协用、建用、乂用、明用、念用、向用、威用这"九畴"对应的实用目的和方法。这就告诉我们，"洪范九畴"是针对社会政治秩序问题提出的实用性的物类经验分类。这九类大法既分为五行、五事、八政等一系列类属，又以得自于天的神圣名义，实际上是以建构统治秩序为目的，连类于"洪范九畴"这一大的分类之下。就其获得方法而言就是，自发的经验积累与天人"类应"架构下的"援类揽物"。下面，我们再来看《周易》的"类"之运思。《系辞》云："古者庖牺氏之王天下也，仰则观象

---

① （清）李道平撰，潘雨廷点校：《周易集解纂疏》，中华书局1994年版，第182页。

② 同上书，第623页。

③ 刘起釪：《〈洪范〉成书时代考》，《中国社会科学》1980年第3期，第155页。

④ （唐）孔颖达：《尚书正义》，北京大学出版社1999年版，第298页。

⑤ 同上书，第299页。

于天，俯则观法于地，观鸟兽之文，与地之宜。近取诸身，远取诸物。于是始作八卦，以通神明之德，以类万物之情。"① 现代人不再相信伏羲氏"始作八卦"之说。一般性的意见是，周人为八卦，又重之为六十四卦，以仿龟兆。但《系辞》所言"观物取象"，"以类万物之情"，应该是八卦生成的运思方式。"八卦而小成，引而信之，触类而长之，天下之能事毕矣。"② 就这样，通过"触类而长"的不断附类，八卦乃演进成天下万物之代表。如《说卦》云：

乾，天也，故称乎父。坤，地也，故称乎母。震一索而得男，故谓之长男。巽一索而得女，故谓之长女。坎再索而得男，故谓之中男。离再索而得女，故谓之中女。艮三索而得男，故谓之少男。兑三索而得女，故谓之少女。

乾为天、为圆、为君、为父、为玉、为金、为寒、为冰、为大赤、为良马、为老马、为瘠马、为驳马、为木果。

坤为地、为母、为布、为釜、为吝啬、为均、为子母牛、为大舆、为文、为众、为柄、其于地也为黑。

震为雷、为龙、为玄黄、为旉、为大涂、为长子、为决躁、为苍筤竹、为萑苇。其于马也，为善鸣、为馵足、为作足、为的颡。其于稼也，为反生。其究为健、为蕃鲜。

巽为木、为风、为长女、为绳直、为工、为白、为长、为高、为进退、为不果、为臭。其于人也，为宣发、为广颡、为多白眼、为近利市三倍。其究为躁卦。

坎为水、为沟渎、为隐伏、为矫揉、为弓轮。其于人也，为加忧、为心病、为耳痛、为血卦、为赤。其于马也、为美脊、为亟心、为下首、为薄蹄、为曳。其于舆也、为多眚。为通、为月、为盗。其于木也为坚多心。

离为火、为日、为电、为中女、为甲胄、为戈兵。其于人也，

---

① （清）李道平撰，潘雨廷点校：《周易集解纂疏》，中华书局1994年版，第621—623页。

② 同上书，第586页。

为大腹。为乾卦、为鳖、为蟹、为蠃、为蚌、为龟。其于木也，
为折上槁。

　　艮为山、为径路、为小石、为门阙、为果蓏、为阍寺、为指、
为狗、为鼠、为黔喙之属。其于木也，为多节。

　　兑为泽、为少女、为巫、为口舌、为毁折、为坿决。其于地
也，为刚卤。为妾、为羊。①

　　万物以类相从，并在《说卦》中以整齐排比的方式附类于八卦之
下，而在《序卦》中，八八六十四卦又以"同声相应，同气相求"②
的方式"类应"连类而使万物架构于"阴阳"两仪之内：

　　有天地，然后万物生焉。盈天地之间者唯万物，故受之以
《屯》。屯者，盈也。屯者，万物之始生也。物生必蒙，故受之以
《蒙》。蒙者，物之稚也。物稚不可不养也，故受之以《需》。需
者，饮食之道也。饮食必有讼，故受之以《讼》。讼必有众起，
故受之以《师》。师者，众也。众必有所比，故受之以《比》。比
者，比也。比必有所畜，故受之以《小畜》。物畜然后有礼，故
受之以《履》。履者，礼也。履然后安，故受之以《泰》。泰者，
通也。物不可以终通，故受之以《否》。物不可以终否，故受之
以《同人》。与人同者，物必归焉，故受之以《大有》。有大者不
可以盈，故受之以《谦》。有大而能谦必豫，故受之以
《豫》……③

　　绾合《尚书·洪范》以及《周易》这一天人"类应"架构下的
"援类揽物"，再联系前面提到的《夏小正》，《周书·时训》以及
《吕氏春秋·十二纪》，我们可以发现，基于生活经验，把天下万物以

---

① （清）李道平撰，潘雨廷点校：《周易集解纂疏》，中华书局1994年版，第703—
718页。
② 同上书，第51页。
③ 同上书，第719—722页。

类相从，并将之记录在阴阳、八卦、五行、四方、四季、上下、十二月等有序的时空架构下，已成为先秦时期以类运思的一个基本特征。而物体系也就在这种以类运思的世界中得以呈现。这样的以类相从，物以类现，是一种思维特征，而一旦呈现出来，它又成了一种书写策略。进一步寻绎，我们发现，这一时空架构下的物类呈现，是一种关联性秩序，塑成了一种为类所限的对称或曰秩序原则。举例来说，如果物体系以类呈现的话，说到了一月，二月，三月，连类着一年十二个月就都被排比出来（最早可追溯到《豳风·七月》）；既然说到了东，连类就要写到西，有了东西两端，南北自然就要被关联；"孟春行夏令则风雨不时，草木早槁，国乃有恐；行秋令则民大疫，疾风暴雨数至，藜莠蓬蒿并兴；行冬令则水潦为败，霜雪大挚，首种不入"。孟春提到了"行夏令"遭致的不良后果，那么，基于连类原则，不提秋令和冬令那就不是一个完整的秩序世界；进一步言之，孟春提到了这些灾异反应，基于连类原则，仲春、季春，进而是夏、秋、冬都需以此原则来构建。于是，一个既分类又连类的物体系就在这一"类应"的秩序世界中得以架构。

进入先秦文史作品，我们可以发现，既连类又比类的物类呈现方式，已经形塑成了一个颇能建构的书写策略或曰作品生成方式。例如《战国策》：

> 苏秦始将连横说秦惠王曰："大王之国西有巴、蜀、汉中之利，北有胡、貉、代、马之用，南有巫山、黔中之限，东有肴、函之固。田肥美，民殷富，战车万乘，奋击百万，沃野千里，蓄积饶多，地势形便。此所谓'天府'，天下之雄国也。"（《秦策一》）

> 苏子为赵合从说魏王曰："大王之埊（笔者注：古'地'字），南有鸿沟、陈、汝南，有许、鄢、昆阳、邵陵、舞阳、新郪，东有淮、颍、沂、黄、煮枣、海盐、无疎，西有长城之界，北有河外、卷、衍、燕，酸枣，埊方千里。"（《魏策一》）

> 苏秦为赵合从，说楚威王曰："楚，天下之强国也；大王，

天下之贤王也。楚地西有黔中、巫郡，东有夏州、海阳，南有洞庭、苍梧，北有汾陉之塞、郇阳。地方五千里，带甲百万，车千乘，骑万匹，粟支十年，此霸王之资也。夫以楚之强，与大王之贤，天下莫能当也。"（《楚策一》）

张仪为秦连横说魏王曰："魏地方不至千里，卒不过三十万人。垄四平，诸侯四通，条达辐凑，无有名山大川之阻。从郑至梁，不过百里；从陈至梁，二百余里。马驰人趋，不待倦而至梁。南与楚境，西与韩境，北与赵境，东与齐境，卒戍四方，守亭障者参列，粟粮漕庾，不下十万。魏之垄势故战场也。魏南与楚而不与齐，则齐攻其东；东与齐而不与赵，则赵攻其北；不合于韩，则韩攻其西；不亲于楚，则楚攻其南。此所谓四分五裂之道也。"（《魏策一》）①

细绎文意，不难发现，这里的物产、山川、"地势"等都是以连类而及的方式架构在东南西北这一空间秩序中。所不同的是，苏秦要以之表现国家的强盛，而张仪正好相反。由是可知，这一连类而及，援类揽物的秩序架构，既是经验世界的一种引类而从，同时在传承过程中已经形塑成了战国策士们的一种游说进言策略。正因此，苏秦可用之以彰显他所游说之国的国力，而张仪亦可以之来贬损他所游说之国的国力。《韩非子·难言》一文旨在说明士人、臣下游说进言的困难，韩非列举了许多进言的方法，指出每一种方法都有其长短利弊，但君主却往往只取其短而不予接受，所以使游说进言者感到十分困难。《难言》中提及的进言方法就有"多言繁称，连类比物，则见以为虚而无用"②这一种。由此可见，援类揽物，"连类比物"在战国策士那里确实是一种非常重要的游说进言策略。就游说君主而言，"多言繁称，连类比物"是一种进言策略，而就策辞生成而言，它显然是一种书写策略。这一"连类比物"，援类揽物的书写策略在先秦

---

① 何建章：《战国策注释》，中华书局1990年版，第74、819、508、823页。

② （清）王先慎撰，钟哲点校：《韩非子集解》，中华书局1998年版，第21页。

抒情文学作品当中也有典型表现。其代表性的作品是《招魂》和《大招》。《招魂》：

> 乃下招曰：魂兮归来！去君之恒干，何为四方些？舍君之乐处，而离彼不祥些！
>
> 魂兮归来！东方不可以讬些……
>
> 魂兮归来！南方不可以止些……
>
> 魂兮归来！西方之害，流沙千里些……
>
> 魂兮归来！北方不可以止些……
>
> 魂兮归来！君无上天些。
>
> ……魂兮归来！君无下此幽都些。
>
> ……魂兮归来！反故居些。
>
> 天地四方，多贼奸些。像设君室，静闲安些……

　　《招魂》全诗可分为三个部分：一、序引，二、招魂辞，三、乱辞。而作为《招魂》主干的是巫阳的"招魂辞"。招魂辞"外陈四方之恶，内崇楚国之美"①，其基本结构如上面所列：先是援类揽物，将险恶和恐怖的物类呈现在东南西北上下六方这一架构之下，然后，将美好的事物以类相从在故居之中，于是，一虚一实，一丑一美，一抑一扬，在对比中召唤着魂兮归来。其中，比类着故国故居的物体系连类得尤其庞大。如写宫室豪华，则高堂邃宇，层轩累榭，翠羽玉钩，轻纱薄缟，美女如云；状园林之美，则雕栏玉山，砌水成趣，芙蓉满池，兰蕙盈畦；述饮食之丰，则黍稷菽麦五谷俱备，牛羊鸣鸭畜禽尽献，龟鳖鸿雁海味山珍罗列，麻花糕饼名酒冷饮一应俱全，酸咸苦辣甘五味兼施；道歌舞音乐之盛，则《涉江》、《采菱》、《阳阿》、《激楚》、吴歌、蔡讴纷然杂奏，竽、瑟、鸣鼓声震宫廷；言夜宴之乐，则士女杂坐，绝缨错履，美人醉眼流波，舞女翩翩舒袖，并进六簙，狂呼五白，兰膏明烛，通宵达旦……真可谓万象纷呈，令人应接不

---

① （宋）洪兴祖撰，白化文等点校：《楚辞补注》，中华书局1983年版，第197页。

暇，眼花缭乱。与《招魂》相近，《大招》也是作者根据自己对现实生活的体验和经验，连类了恐怖和欢乐的两个世界。为了吓唬灵魂不要在外面跑，招辞与《招魂》一样，在东南西北这一方位架构下连类了许多稀奇古怪的动物和自然现象。例如东方的大海中有螭龙游戏，那里迷雾阵阵，淫雨绵绵。那太阳出来之地旸谷，寂无声息；南方有烈焰千里绵延，蝮蛇蜿蜒盘绕，山深林密充满险阻，虎豹在那儿逡巡来往，鲖鳙短狐聚集害人，大蟒时时翘首，鬼蜮含沙射影；西方流沙茫茫，怪物竖目，披头散发，长爪锯牙，捉住人就狂笑；北方冰天雪地，白光耀眼。那里的代水深不可测，过者沉没，那里的烛龙人面蛇身，身子通红闪闪亮。而为了诱导灵魂的归来，与《招魂》一样，极连类之能事，用诸如饮食、音乐、舞蹈、佳人、居处、服饰、苑囿珍禽等也构建了一个欢乐的楚宫世界。两个世界，两类物体系，当两类物体系得以全面呈现的时候，一个美与丑、善与恶的对比世界也就得以塑成了。

以类运思，比类而连类，在《离骚》中有集中展演。《离骚》中的物类，色彩斑斓，光怪陆离，极其丰富。总体来说，《离骚》中的物类可以分为三个体系，一是人事系统的，二是花草虫鸟系统的，三是神仙世界系统的。而每一个体系都可以分为互相对立的两组，即肯定性的和否定性的。这三个体系的内在矛盾性，比譬着屈原的情感矛盾无处不在，无时不在。其具体比类正如王逸所言："《离骚》之文，依诗取兴，引类譬谕，故善鸟香草，以配忠贞；恶禽臭物，以比谗佞；灵修养人，以媲于君；宓妃佚女，以譬贤君；虬龙鸾凤，以托君子；飘风云霓，以为小人。"[①] 就这样，诗人打破现实世界与虚幻的神仙世界的界限，打破时空的限制，上天入地，在读者面前呈现了一个既比类而又连类的物类世界，并塑成了"香草美人"这一书写策略影响后代诗歌创作而成为一种诗学诗艺传统。

先秦时期既连类又比类的物类呈现方式在塑成为一种书写策略后直接影响了汉大赋的运思。下面，我们不妨以具体作品为例以说明

---

① （宋）洪兴祖撰，白化文等点校：《楚辞补注》，中华书局1983年版，第2—3页。

之。先说枚乘的《七发》。《七发》写到"吴客"以游观之乐说"楚太子"时称："于是使博辩之士，原本山川，极命草木，比物属事，离辞连类。""比""属""离""连"在这里是近义词，都有连缀的意思，引申作归纳、排比，而"物""事""辞""类"意义亦相近，泛指有关事物的名称、种类和言辞。枚乘所言，就是要让"博辩之士"对山川草木的不同种类和情状进行排比，所以，"比物属事，离辞连类"之后就是鸟鱼林木诸物的描述。其实，从全赋来看，《七发》连类的不只是山林草木，还有琴歌悲声、至美菜肴、车马角逐、歌舞女伎、校猎盛况和曲江观涛这六种物类体系。这就告诉我们，整篇《七发》的运思机制就是"比物属事，离辞连类"这一既分类又连类的以类运思。具体来说，全赋"连类"的有两个物体系，一是"贵人之子"生活方式这一大类，二是这一大类下面的"七"个小类。与楚辞中的《招魂》和《大招》相比，不难发现，《七发》的"比物属事，离辞连类"在体制上沿袭了《招魂》和《大招》的"援类揽物"。对此，古今学者早已发现。孙月峰说《七发》"亦是楚骚流派，分条俤说，全祖《招魂》"①。又刘熙载《赋概》云："枚乘《七发》出于宋玉《招魂》，枚之秀韵不及宋，而雄节殆于过之。"②钱锺书先生指出："枚乘命篇，实类《招魂》、《大招》，移招魂大法，施于疗疾，又改平铺而为层进耳。"③可见，《七发》在体制上沿袭《招魂》和《大招》已有定论。区别在于，尽管《七发》、《招魂》和《大招》都是连类排比饮食之盛、歌舞之乐、女色之美以及宫室游观鸟兽之事等，但《招魂》和《大招》中的物类是作为正面事物来出现，而《七发》把这一物体系作为否定对象来处理，意在对"贵人之子"的生活方式予以批判。《七发》"比物属事，离辞连类"这一作品生成方式影响深远，最直接的表现就是人们所熟知的以七段成篇的赋成为一种专门的文体，号称"七体"。其实不仅"七体"的生成方式是

---

①　（明）孙月峰：《评注昭明文选》，转引自费振刚等校注《全汉赋校注》，广东教育出版社2005年版，第52页。

②　（清）刘熙载撰，袁津琥校注：《艺概注稿》，中华书局2009年版，第434页。

③　钱锺书：《管锥编》，中华书局1999年版，第637页。

"离辞连类"，整个汉赋就其本质特性而言都是"连类繁举"。例如汉大赋的代表性作品司马相如的《子虚赋》对云梦的描述：

> 云梦者，方九百里，其中有山焉。其山则盘纡岪郁，隆崇嵂崒；岑岩参差，日月蔽亏。交错纠纷，上干青云；罢池陂陀，下属江河。其土则丹青赭垩，雌黄白坿，锡碧金银，众色炫耀，照烂龙鳞。其石则赤玉玫瑰，琳珉昆吾，瑊玏玄厉，礝石碔砆。其东则有蕙圃，蘅兰芷若，芎藭菖蒲，江蓠蘪芜，诸柘巴且。其南则有平原广泽，登降陁靡，案衍坛曼，缘以大江，限以巫山。其高燥则生葴蓻苞荔，薛莎青薠。其埤湿则生藏莨蒹葭，东蘠雕胡，莲藕觚卢，菴闾轩于。众物居之，不可胜图。其西则有涌泉清池，激水推移，外发夫容菱华，内隐钜石白沙。其中则有神龟蛟鼍，瑇瑁鳖鼋。其北则有阴林巨树，楩柟豫章，桂椒木兰，檗离朱杨，樝梨梬栗，橘柚芬芳。其上则有鹓雏孔鸾，腾远射干；其下则有白虎玄豹，蟃蜒貙犴。

再如《上林赋》写上林苑的物产：

> 揜以绿蕙，被以江离。糅以蘪芜，杂以留夷。布结缕，攒戾莎，揭车衡兰，槀本射干。茈姜蘘荷，葴持若荪。鲜支黄砾，蒋芧青薠。布濩闳泽，延曼太原。离靡广衍，应风披靡。吐芳扬烈，郁郁菲菲。众香发越，肸蚃布写，晻薆咇茀。……
>
> 于是乎卢桔夏熟，黄甘橙楱。枇杷橪柿，亭奈厚朴。梬枣杨梅，樱桃蒲陶。隐夫薁棣，答遝离支。罗乎后宫，列乎北园。迤丘陵，下平原。扬翠叶，扤紫茎。发红华，垂朱荣。煌煌扈扈，照曜钜野。沙棠栎槠，华枫枰栌。留落胥邪，仁频并闾。欃檀木兰，豫章女贞。长千仞，大连抱。夸条直畅，实叶葰楙。攒立丛倚，连卷欐佹。崔错癹骫，坑衡閜砢。垂条扶疏，落英幡纚。纷溶萷蔘，猗狔从风。藰莅芔歙，盖象金石之声，管籥之音。

　　这里，司马相如对云梦山中以及上林苑里的物都是按类而从，集中描述。凡属一类之物，均是依类放在一个段落中来写，如土石归土石，卉植归卉植，禽兽归禽兽，水果归水果。不仅如此，援类揽物的空间架构秩序在这里也有呈现，如写云梦景物一段就是按四方连类而述，而且南方分高、埤，西方分外、内、中，北方分上、下，秩序颇为井然。可以说，物以类从，连类而及在这段有关云梦的描述中得到了完美展演。钱锺书《管锥编》评述司马相如的《子虚赋》时指出："《游猎赋》：'其石则赤玉、玫瑰、琳瑉、琨珸、瑊玏、玄厉、碝石、武夫。'按他如禽兽、卉植，亦莫不连类繁举，《文心雕龙·诠赋》所谓'相如《上林》繁类以成艳'也。自汉以还，遂成窠臼。"①"繁类以成艳"，"自汉以还，遂成窠臼"，刘勰和钱锺书的话如果从积极的方面去理解，那就是，"连类繁举"，"繁类"就汉赋物类呈现而言具有普适性。这在骚体赋系统中我们也是能够找到支援的。如董仲舒的《士不遇赋》在援引茕茕靡归的上古"廉士"为证时，就连类罗列了卞随、务光、伯夷、叔齐、伍员和屈原等人。再如刘歆的《遂初赋》在感慨才美见妒的时候，也是连类排比了叔向、孔子、屈原、蘧瑗等人。骚体赋和汉大赋在连类的时候，一个很大的区别是，骚体赋往往"引类譬喻"，而大赋的"闳侈巨衍"往往只连类而不比譬。例如贾谊的《吊屈原赋》以"鸾凤"、"麒麟"、"神龙"、"鱣鲸"等喻贤者，以"鸱枭"、"骞驴"、"蝹獭"、"蛭螾"、"蝼蚁"等喻小人，是既连类又比类。尽管有着比类上的差异，但是，汉赋既分类又连类这一以类运思的物类呈现方式却是共通的。实际上，汉人对于赋体的这一物类呈现方式也是有所认识的。班固在《汉书》《扬雄传》中曾如此记载道："雄以为赋者，将以风也，必推类而言，极丽靡之辞，闳侈巨衍，竞于使人不能加也，既乃归之于正，然览者已过矣。"②扬雄的说法里，似乎透露汉时作赋者有一种认定，认为赋体为了要讽谏，必须用"推类"的法则，同时还是极度广远的类推，才能达到效果。

---

①　钱锺书：《管锥编》，中华书局1999年版，第361页。

②　（汉）班固：《汉书》，中华书局1962年版，第3575页。

由这一"推类"之说不难看出汉人对于赋体的这一物类呈现方式是有
所认识的。而汉以后,赋体的这一"连类"运思方式则进一步被学界
发现,进而演进成了一种学界共识。如曹丕《答卞兰教》说"赋者,
言事类之所附也"①,又皇甫谧在《三都赋序》中说"触类而长之"②,
《文心雕龙·诠赋》说"相如上林,繁类以成艳"③,于是乎,演进至
刘熙载的《赋概》就有了赋要"系乎知类"这一看法:

> 赋欲纵横自在,系乎知类。太史公《屈原传》曰:"举类迩
> 而见义远。"《叙传》又曰:"连类以争义。"司马相如《封禅书》
> 曰:"依类托寓。"枚乘《七发》曰:"离辞连类。"皇甫士安叙
> 《三都赋》曰:"触类而长之。"④

在"知类"的基础上,或"举类",或"连类",或"依类",或
"触类",可以说,这既是赋体的基本运思方式,也是"物体系"在
赋体中的基本呈现方式。然而,细加寻绎汉人的论赋言论,我们可以
发现,尽管已经有一部分人开始正视这一"物体系"呈现方式,但
是,更多的情况下两汉论者却在着意与《诗经》拉连关系,一直以诗
之比兴,作为赋体构造之原则。正如郑毓瑜教授所指出:"汉人针对
'赋'——不论是作为'赋诗'、'作赋(贤人失志之赋作)'或关于
'六诗(六义)'之'赋'的众说纷纭,虽然看似在'诗之六义'上
达成共识,却并不以'铺陈'来看待赋'体',反而让诗之比兴,更
或者说是假道赋诗而来的'古诗之义'、'风谕之义'主导了整个汉
代对于'赋体'的看法。"⑤ 而这,显然遮蔽了中国诗学诗艺传统中

---

① 郁沅、张明高编选:《魏晋南北朝文论选》,人民文学出版社1996年版,第15页。
② 同上书,第136页。
③ (南朝·梁)刘勰著,范文澜注:《文心雕龙注》,人民文学出版社1958年版,第
135页。
④ (清)刘熙载撰,袁津琥校注:《艺概注稿》,中华书局2009年版,第459页。
⑤ 郑毓瑜:《替代与类推——"感知模式"与上古文学传统》,《汉学研究》第28卷
第1期,2010年3月,第51页。

触物感兴以外的一种"物体系"呈现方式——"体物"。那么，这里我们要追问的是，赋体的"体物"特征是在怎样的一个契机下摆脱了汉人的"六义"说而为陆机所认识，进而在超越文体特征后而塑成为一种诗学诗艺传统？对于这一问题的解答，我们认为，需要先从汉人对"六义"之一的"赋"的解说开始。而汉人说"六义"之赋又是与《诗经》缠夹在一起，因此，下面一节我们拟探究一下"六义"之赋的演进，并兼及《诗经》之赋法。

第二节 "六义"之"赋"兼论《诗经》"赋"法

"赋"，一字多蕴，属钱锺书先生所论"并行分训"，"两义不同而亦不倍"[①] 之列。"赋"入六义，最早的表述见于《诗大序》："故诗有六义焉：一曰风，二曰赋，三曰比，四曰兴，五曰雅，六曰颂。"而《诗大序》的六义说是改造《周礼》的"六诗"说而来：

> 太师教六诗：曰风、曰赋、曰比、曰兴、曰雅、曰颂。（《周礼·春官》）
> 瞽矇掌九德六诗之歌，以役太师。（《周礼·春官》）

据现代学者考证，《周礼》中的"六诗"是西周时代用于乐教的概念，指对瞽矇进行语言与音乐训练的六个科目，赋在《周礼》提出之初是被作为一种用诗方法来看待的。如张震泽《〈诗经〉赋、比、兴本义新探》一文认为："所谓'六义'，只不过是古人讲的最早时期《诗经》的实际运用，也就是《诗经》的六种用途或用法。"[②] 再如王小盾《诗六义原始》："六诗之分原是诗的传述方式之分，它指的是用六种方法演述诗歌。……'赋'是雅言之诵。"[③] 基于第二章中

---

① 钱锺书：《管锥编》，中华书局1999年版，第2页。
② 张震泽：《〈诗经〉赋、比、兴本义新探》，《文学遗产》1983年第3期，第1页。
③ 王小盾编：《扬州大学中国文化研究所集刊》第1辑，江苏古籍出版社1998年版，第47页。

我们对三礼系统中的"兴"之探讨，我们同意现代学者对"六诗"之赋的认定。至于"六诗"之赋的具体内涵是什么，因为与本书关系不大，不再予以勘合。这里我们只追问"六义"之赋的具体内涵。

《诗大序》确定赋为六义之一，但没有解释其具体内涵。最早对六义之赋作出解释，且最具影响力的首推东汉郑玄。郑玄传注《周礼》，首次界定了六义之"赋"的内涵："赋之言铺，直铺陈今之政教善恶。"① 这里，郑玄将"赋"与"政教善恶"联系起来，显然是两汉主流诗学的政教诉求所致，体现了诗艺服务于政教的时代精神，而"直铺陈"显然已具有了表现手法的意味。两者结合起来，郑玄经学视域下的赋就是一种体现政教诉求的作诗之法。郑玄之后，论者大都摒弃了郑氏的政教说，而"直铺陈"经过历代学者的进一步引申和发挥，渐成为"赋"法的主流含义。这里，我们要追问的是，郑玄的"直铺陈"解释从何而来？经过寻绎，我们认为，郑玄的解释背景应该有两个，一是语义系统的，二是两汉赋体文学这一创作背景的。

在郑玄笺注《毛诗》前后，《尔雅》、《毛传》、《方言》、《说文解字》、《楚辞章句》和《释名》等典籍都出现了有关"赋"字的注解。下面，我们就先观照一下这些注解，看一看郑玄作出"直铺陈"这一界定的语义背景：

> 《说文解字》：赋，敛也。从贝，武声。②
> 《尔雅》：赋，量也。③
> 《方言》：赋，臧也。④
> 《大雅·烝民》："天子是若，明命使赋。"《毛传》："赋，

---

① （唐）贾公彦：《周礼注疏》，北京大学出版社 1999 年版，第 610 页。

② （汉）许慎：《说文解字》，中华书局 1963 年版，第 131 页。

③ （清）郝懿行：《尔雅郭注义疏》，《续修四库全书》，上海古籍出版社 2002 年影印本，第 187 册，第 467 页。

④ （清）钱绎：《𫐐轩使者绝代语释别国方言笺疏》，《续修四库全书》，上海古籍出版社 2002 年影印本，第 193 册，第 718 页。

布也。"①

《释名·释典艺》：敷布其义，谓之赋。②

《汉书·艺文志》：不歌而诵谓之赋。③

《楚辞·九章·悲回风》："介眇志之所惑兮，窃赋诗之所明。"王逸注："赋，铺也。诗，志也。言已守高眇之节，不用于世，则铺陈其志，以自证明也。"

《楚辞·招魂》："人有所极，同心赋些。"王逸注："赋，诵也。言众坐之人，各欲尽情，与己同心者，独诵忠信与道德也。"④

　　文字初造，先有本义。许慎所说，当是"赋"的本义。字从贝，大都与财物有关，是故，赋的本义是敛取财物。经传、诸子中多用此本义。如《公羊传·哀公十二年》："讥始用田赋也。"何休注："赋者，敛取其财物也。"⑤《盐铁论·非鞅》："是以征敌伐国，攘地斥境，不赋百姓而师以赡。"⑥再如《周礼·大宰》："以九赋敛财贿：一曰邦中之赋，二曰四郊之赋，三曰邦甸之赋，四曰家削之赋，五曰邦县之赋，六曰邦都之赋，七曰关市之赋，八曰山泽之赋，九曰弊余之赋。"郑玄注："财，泉谷也……赋，口率出泉也。"贾公彦进一步疏解道："云'以九赋敛财贿'者，此赋谓口率出泉，其处有九，故云九也。既云赋得口率出泉，则财贿非泉。而云敛财贿者，计口出泉，无泉者取财贿，以当算泉之赋，故云'敛财贿'也。"⑦不难看出，尽管此处的九赋之赋已由原来的动词转为带有动词性的名词了，

---

① （唐）孔颖达：《毛诗正义》，北京大学出版社1999年版，第1220页。

② （汉）刘熙撰，（清）毕沅疏证，（清）王先谦补：《释名疏证补》，中华书局2008年版，第213页。

③ （汉）班固：《汉书》，中华书局1962年版，第1755页。

④ （宋）洪兴祖撰，白化文等点校：《楚辞补注》，中华书局1983年版，第157、213页。

⑤ （唐）徐彦：《春秋公羊传注疏》，北京大学出版社1999年版，第612页。

⑥ 王利器：《盐铁论校注》，中华书局1992年版，第93页。

⑦ （唐）贾公彦：《周礼注疏》，北京大学出版社1999年版，第35页。

但"敛财贿"的含义仍在其中。由此亦可见，赋之"敛财贿"不是个人性的无限度的"暴敛"，而是国家的一种法度，《广雅·释诂》"赋，税也"①，"赋敛"要有一定的评量、实行标准。于是，赋字遂有了《尔雅》中的"量"意。郭璞注云："赋税所以评量。"② 赋敛既然是国家的一种制度行为，其外在表现往往就是，由四方聚集到中央，由乡野村屯聚集到官府仓廪，于是，此种内敛倾向就引出了赋之"藏"义。扬雄《方言》卷十三："赋，臧也。"钱绎笺疏："臧，古'藏'字。……谓取而藏之，与'敛'同也。"③ 与"取而藏之"的内敛倾向相对，反其道而行之，就是外拓之"布予"。于是乎，"敛之曰赋，班之亦曰赋，经传中凡言以物班布与人曰赋"。④ 例如《吕氏春秋·慎大》："赋鹿台之钱。"高诱注曰："赋，布也。"《吕氏春秋·分职》："出高库之兵以赋民。"高诱注曰："赋，予也。"⑤ 这里，赋所"布予"的是具体财物。除此，赋也可"布予"抽象的政命言语。如上引《大雅·烝民》："天子是若，明命使赋。"马瑞辰《毛诗传笺通释》："《尔雅·释诂》：'明，成也。'明命犹言成命，谓成其教命使布之也。"⑥ 再如《大雅·烝民》："赋政于外，四方爰发。"郑玄笺云："布政于畿外，天下诸侯于是莫不发应。"⑦ 赋布内容也是政府之政命。再如《国语·晋语四》："公属百官，赋职任功。"韦昭注："赋，授也。授职事，任有功。"⑧ 赋布内容为抽象之"职事"。《左

① （清）王念孙：《广雅疏证》，《续修四库全书》，上海古籍出版社 2002 年影印本，第 191 册，第 59 页。

② （清）郝懿行：《尔雅郭注义疏》，《续修四库全书》，上海古籍出版社 2002 年影印本，第 187 册，第 467 页。

③ （清）钱绎：《輶轩使者绝代语释别国方言笺疏》，《续修四库全书》，上海古籍出版社 2002 年影印本，第 193 册，第 718 页。

④ （汉）许慎撰，（清）段玉裁注：《说文解字注》，上海古籍出版社 1988 年版，第 282 页。

⑤ 许维遹撰，梁运华整理：《吕氏春秋集释》，中华书局 2009 年版，第 357、668 页。

⑥ （清）马瑞辰撰，陈金生点校：《毛诗传笺通释》，中华书局 1989 年版，第 1000 页。

⑦ （唐）孔颖达：《毛诗正义》，北京大学出版社 1999 年版，第 1220 页。

⑧ 徐元诰撰，王树民、沈长云点校：《国语集解》，中华书局 2002 年版，第 349 页。

传·僖公二十七年》赵衰引《夏书》曰:"赋纳以言,明庶以功,车服以庸。"① 伪《孔传古文尚书·舜典》作"敷奏以言,明庶以功,车服以庸。"孔安国传:"敷,陈。奏,进也。诸侯四朝,各使陈进治理之言。"孔颖达疏:"'敷'者布散之言,与陈设义同,故为陈也。"② 可见,"赋"可以假借为"敷",而有言语敷陈之意。于是,这就有了《释名》直接以抽象的言意敷布释"赋":"敷布其义,谓之赋。"

沿着敷布抽象言意的发展方向,赋又被进一步确立为"一种独立之语言表现"。③《国语·周语》:"故天子听政,使公卿至于列士献诗,瞽献曲,史献书,师箴,瞍赋,矇诵,百工谏,庶人传语,近臣尽规,亲戚补察,瞽史教诲,耆艾修之,而后王斟酌焉,是以事行而不悖。"④ 这里,赋与箴、诵、谏一样,就是政治场合中的一种语言表现方式。关于这一语言表现方式的具体呈现样态,《汉书·艺文志》给出了答案:"不歌而诵谓之赋。"至于赋诵之内容,则可以赋诵他人作品,也可以赋诵自作作品。前者以赋诵《诗经》为主:"诸侯卿大夫交接邻国,以微言相感,当揖让之时,必称诗以谕其志。"⑤《左传》中有许多这类赋诗记载,人所共知,不再列举。赋诵己作也多见于先秦经籍。如刘勰在《文心雕龙·诠赋》中就举了两个例子:"郑庄之赋大隧,士蒍之赋狐裘,结言揄韵,词自己作。"⑥"郑庄之赋大隧"见于《左传·隐公元年》:"(郑庄)公入而赋:'大隧之中,其

---

① 杨伯峻:《春秋左传注》,中华书局 1990 年版,第 445—446 页。

② (唐)孔颖达:《尚书正义》,北京大学出版社 1999 年版,第 60、65 页。

③ 曹淑娟:《汉赋之写物言志传统》,文津出版社 1987 年版,第 5 页。曹淑娟在是书中的第一章第一节《先秦赋义之考察》详细地考察了"赋"义的拓展范畴。她将先秦经籍中的赋义演进归纳为四端:一、财税兵马之敛取;二、财物命意之敷布;三、语文能力之表现;四、六义之一之技巧。本书这段有关赋字语义系统的考察多有借鉴。

④ 徐元诰撰,王树民、沈长云点校:《国语集解》,中华书局 2002 年版,第 11—12 页。

⑤ (汉)班固:《汉书》,中华书局 1962 年版,第 1755 页。

⑥ (南朝·梁)刘勰著,范文澜注:《文心雕龙注》,人民文学出版社 1958 年版,第 134 页。

乐也融融。'姜出而赋：'大隧之外，其乐也泄泄。'"① "士蒍之赋狐裘"见于《左传·僖公五年》：士蒍"退而赋曰：'狐裘龙茸，一国三公，吾谁适从？'"② 另外见于《左传》的例子还有：《隐公三年》："卫庄公娶于齐东宫得臣之妹，曰庄姜，美而无子，卫人所为赋《硕人》也。"《闵公二年》："许穆夫人赋《载驰》。"同年"师溃而归，高克奔陈，郑人为之赋《清人》"。《文公六年》："秦伯任好卒，以子车氏之三子奄息、仲行、鍼虎为殉，皆秦之良也。国人哀之，为之赋《黄鸟》。"③ 赋诵自作，是自赋自诵，于是，赋就有了"作"的含义。《九章·悲回风》"窃赋诗之所明"，《招魂》"同心赋些"，应属此类。不仅如此，"登高能赋"还成了大夫因应某些特殊场合的九项语言能力之一。《鄘风·定之方中》《毛传》云："故建邦能命龟，田能施命，作器能铭，使能造命，升高能赋，师旅能誓，山川能说，丧纪能诔，祭祀能语，君子能此九者，可谓有德音，可以为大夫。"④ 这里，"升高能赋"与其他八种特殊场合下的语言表现一样，是被当作一种允恰的语言能力来对待的。九项语言能力横向比较，赋应该有其内在指向的规定性。但是，年代淹久，实难考知具体情形。孔颖达以为："升高能赋者，谓升高有所见，能为诗赋其形状，铺陈其事势也。"⑤ 在我们看来，这只不过是依据赋体文学的创作而作的揣度之词。

　　基于"赋"字在先秦两汉语义引申系统的考察，所可注意者是王逸对"窃赋诗之所明"中"赋"字的注解。王逸此处释"赋"为铺，"赋诗"是"铺陈其志"，"以自证明"。据前揭"赋"义的考索，不难看出，以"铺"释"赋"，王逸是继往开来的第一人。《礼记·乐记》："铺筵席，陈尊俎。"⑥ 这里，"铺"、"陈"互文，可见，两者

①　杨伯峻：《春秋左传注》，中华书局 1990 年版，第 15 页。
②　同上书，第 304 页。
③　同上书，第 31、267、268、546—547 页。
④　（唐）孔颖达：《毛诗正义》，北京大学出版社 1999 年版，第 199 页。
⑤　同上书，第 200 页。
⑥　同上书，第 1118 页。

可以互释。《诗·大雅·常武》:"铺敦淮濆,仍执丑虏。"郑玄笺:
"陈屯其兵于淮水大防之上以临敌。"① 郑玄也是以"陈"释"铺"。
"铺敦淮濆"《韩诗》"铺"作"敷",释为"大"。陈乔枞解释说:
"《韩》释'敷'为'大'者,《吕览·求人篇》高注以'榑木'为
'大木',足证此'敷'字亦有'大'义也。"王先谦进一步补足道:

> 《说文》:"敷,敉也。从攴,尃声。""尃,布也。从寸,甫
> 声。"是"尃"即"敷布"之本字。《释诂》:"尃、溥、均,大
> 也。"则"尃"亦有"大"义明矣。溥、敷、榑,均"尃"声,
> 又可互证也。"敷"训"敉",经典引申训"布"、训"陈"。陈
> 布则其象为大,与"肆"训"陈",即训"大"例同。②

综合上述,"铺陈"即"铺","铺"可作"敷"。那么,王逸以
"铺"或"铺陈"释"赋"与刘熙《释名》以"敷布"释"赋"就属
于一个词义引申系统了。如是理解,如果将郑玄对六义之"赋"的解
释与稍长于他的王逸的解释作一横向比较,似乎,郑玄所谓的"铺陈"
之义与王逸、刘熙的解释也并无二致,都是陈述、表达的意思。然而,
在我们看来,事实并非如此简单。根据"铺敦淮濆"异文,"铺"一作
"敷",而"敷"《韩诗》又训为"大"来看,"赋之言铺"已经不是简
单的陈述、敷布了,而是大陈、大布,或曰铺叙了。这样说来,王逸和
郑玄给"赋"下的这一"铺陈"界定就有了表现手法的意味。那么,
这一意涵来自哪里呢?我们以为,这就要必须考虑到赋体文学在汉代的
发展。换言之,我们必须要注意王逸、郑玄所属时代他们能够接受到的
作为一代文学之代表的赋体文学创作这一时代语境。

从荀卿到屈原、宋玉,再到枚乘、司马相如,赋体文学"尚辞"
的一面日益突出。司马相如答友人如何为赋曰:"合綦组以成文,列
锦绣而为质,一经一纬,一宫一商,此赋之迹也。赋家之心,苞括宇

---

① (唐)孔颖达:《毛诗正义》,北京大学出版社 1999 年版,第 1254 页。

② (清)王先谦撰,吴格点校:《诗三家义集疏》,中华书局 1987 年版,第 988 页。

宙，总览人物，斯乃得之于内，不可得而传。"① 扬雄讲："诗人之赋
丽以则，辞人之赋丽以淫。"② 班固在《汉书》《扬雄传》中曾如此记
载："雄以为赋者，将以风也，必推类而言，极丽靡之辞，闳侈巨衍，
竟于使人不能加也，既乃归之于正，然览者已过矣。"③ 我们知道，王
逸是位辞赋家，有作品存于《楚辞章句》而传于世，并与班固在有关
辞赋的创作上还有过思想上的交锋。相比之下，郑玄不是辞赋家，郑
玄是否能够看到上述汉人的论赋言论，我们也还不敢贸然断言，但以
郑氏的博学以及汉大赋的时代影响，郑氏熟悉汉大赋的作品以及有关
理论评介应该不是捕风捉影。细绎上述诸家对文体之赋的评介，比照
赋义在先秦两汉的引申演进，考虑到汉大赋"虚辞滥说"、铺张扬厉
的"尚辞"倾向，笔者拙见，王逸，就"六义"之赋而言就是郑玄
的"赋之言铺"实际上已经有了汉赋创作及其理论评介的渗透与影
响。源于此，继郑玄，刘勰在《文心雕龙·诠赋》中将六义之"赋"
与文体之"赋"相提并论，说："诗有六义，其二曰赋。赋者，铺也，
铺采摛文，体物写志。"李祥在补正黄叔琳《文心雕龙注》中指出：
"彦和铺采二语，特指词人之赋而言，非六义之本源也。"④ 就这样，
刘勰进一步从赋体文学"尚辞"倾向出发丰富了六义之赋的"铺陈"
特色。在孔颖达将六义之赋确立为表现手法之后，后代学者进一步发
挥，更是携带着赋体文学的相关认识丰富了赋法的"铺陈"内
涵，如：

　　　皎然《诗议》：赋者，布也。匠事布文，以写情也。
　　　王昌龄《诗格》：赋者，错杂万物，谓之赋也。⑤

---

① （汉）刘歆：《西京杂记》，《汉魏六朝笔记小说大观》，上海古籍出版社 1999 年
版，第 89 页。

② 汪荣宝撰，陈仲夫校点：《法言义疏》，中华书局 1987 年版，第 49 页。

③ （汉）班固：《汉书》，中华书局 1962 年版，第 3575 页。

④ （南朝·梁）刘勰著，范文澜注：《文心雕龙注》，人民文学出版社 1958 年版，第
136 页。

⑤ ［日］遍照金刚撰，卢盛江校考：《文镜秘府论汇校汇考》，中华书局 2006 年版，
第 467 页。

　　林之奇《拙斋文集》：赋也者，有所铺陈而历言之。

　　吕陶《净德集·学论下》：兼总辞体之用，丁宁反复务尽其情，而不厌一篇之中屡致意焉，谓之赋。①

　　"匠事布文"、"错杂万物"、"历言"、"丁宁反复务尽其情，而不厌一篇之中屡致意"，细绎之下，不难看出，这些表述都带有赋体文学的印记。当然，这些论断也丰富了"赋之言铺"的内涵。不过，这也导致人们印象中的六义之赋的"铺陈"就不仅仅是陈述、表达、敷布，而具有了铺张其辞甚或说是层层铺叙的特征了。这样，当人们用六义之赋探讨《诗经》赋法的时候，就容易受赋体赋法的影响而出现一些认识上的偏差。例如，我们讲解《诗经》赋法，一举例往往就是诗篇中带有铺张其辞特征的《七月》、《小戎》、《硕人》、《绵》等诗篇；再如，诗之三体风雅颂，十五国风基本上都是短篇小制，所以便有文学史家断言雅诗、颂诗中多用赋法，而"'国风'中则较少使用"。② 而实际情况则是，十五国风 160 篇，"其中较多使用'比、兴'的，50 余篇，只占总数 160 篇的三分之一；其余一百余篇，或全篇用赋，或大部用赋"。③

　　下面，我们再来看一下郑玄释"赋"中的另外一个字："直"。据前揭"赋"字在先秦两汉语义引申系统的考索可知，早于郑玄，没有以"直"释"赋"者。而郑玄之后，"直"却是使赋与比、兴区别开来的关键义项。例如钟嵘《诗品》："直书其事，寓言写物，赋也。"④ 孔颖达《毛诗注疏》："诗文直陈其事，不譬喻者，皆赋辞也。"⑤ 朱熹《诗集传》："赋者，敷陈其事而直言之者也。"⑥ 黄震："直指其

---

①　吴文治主编：《宋诗话全编》，江苏古籍出版社 1998 年版，第 472—473 页。

②　游国恩等主编：《中国文学史》第 1 册，人民文学出版社 1963 年版，第 45 页。

③　潘啸龙、蒋立甫：《诗骚诗学与艺术》，上海古籍出版社 2004 年版，第 39 页。

④　（南朝·梁）钟嵘著，曹旭笺注：《诗品笺注》，人民文学出版社 2009 年版，第 25 页。

⑤　（唐）孔颖达：《毛诗正义》，北京大学出版社 1999 年版，第 12 页。

⑥　（宋）朱熹注，赵长征点校：《诗集传》，中华书局 2011 年版，第 4 页。

名、直叙其事者，赋也。"① 张戒《岁寒堂诗话》："凡此事既明白，但直叙其事，是非自见，六义所谓赋也。"② 可见，在钟嵘等人看来，诸如"直书"、"直陈"、"直言"、"直叙"的"直"才是六义之赋的关键。那么，这里我们要追问一下，郑玄是基于怎么样的一个考虑而提出了这个"直"字的呢？这里我们不妨先来排比一下郑玄对六义的笺释：

　　　　风，言贤圣治道之遗化也。赋之言铺，直铺陈今之政教善恶。比，见今之失，不敢斥言，取比类而言之。兴，见今之美，嫌于媚谀，取善事以喻劝之。雅，正也，言今之正者，以为后世法。颂之言诵也，容也，诵今之德，广以美之。③

　　两汉诗学的生成，内蕴着意识形态的共谋。这里，郑玄将六义与王朝盛衰、"治道"美刺、"政教善恶"联系起来，显然是两汉主流诗学的政教诉求所致，是诗艺服务于政教的时代精神所塑。然而，跃入先秦两汉时期人们对诗歌创作规律的探索，我们会发现，郑玄的赋比兴阐释实际上也是先秦以来人们探索诗歌作品生成方式或曰艺术表现特点的一次总结。前揭我们曾指出，以类运思，引譬比类是中国古代思想家们用以观察思考万物以获取社会人生义理的一种基本方式。对于这一思维特征，中国古代思想家们并非习而不察，相反，他们是有着自觉的理论意识的。《礼记·学记》说："古之学者，比物丑类。"郑玄注："以事相况而为之，丑犹比也。"《学记》又说："君子知至学之难易，而知其美恶，然后能博喻，能博喻然后能为师。"④《淮南子·要略》云："知大略而不知譬喻，则无以推明事。"⑤ 当《诗三百》成为经典教本的时候，人们发现，"不学博依"，也"不能

① 吴文治主编：《宋诗话全编》，江苏古籍出版社 1998 年版，第 9371 页。

② （宋）张戒：《岁寒堂诗话》，《历代诗话续编》，中华书局 2001 年版，第 466 页。

③ （唐）贾公彦：《周礼注疏》，北京大学出版社 1999 年版，第 610 页。

④ （唐）孔颖达：《礼记正义》，北京大学出版社 1999 年版，第 1070、1065 页。

⑤ 何宁：《淮南子集释》，中华书局 1998 年版，第 1454 页。

安诗"。郑玄注："博依，广譬喻也。"为什么"安善"诗前要先学会"博依"呢？孔颖达给出的解释是"以诗譬喻故也"①。很显然这不是诗三百的实际生成方式，但是，毫无疑问，这却是春秋以来主要的用诗方式之一。正是基于这一用诗实践，当《诗大序》在总结《诗经》创作规律的时候，就将本来是诗之用途的三种方式——赋比兴改造成了创作方面的经验。尽管《诗大序》还没有对赋比兴作出具体阐释，但却为人们认识《诗经》的生成方式或曰创作特点开辟了一条康庄大道。于是，从"毛公述传，独标兴体"开始，经过两汉儒生的不断努力，作为《诗经》生成方式的赋比兴就越来越清晰地呈现在汉人面前了。在郑玄之前，郑众第一次在比较视域中区别了比和兴："比者，比方于物也。兴者，托事于物。"②而东汉的王符在《潜夫论·释难》中更进一步认识到了"譬喻"的生成机制："夫譬喻也者，生于直告之不明，故假物之然否以彰之。"③这里尤其要注意的是"譬喻""生于直告之不明"这一看法。可以说，王符第一次发现了"譬喻"与"直告"的区别和对立。在我们看来，郑玄就是在此基础上，为了使赋、比、兴有所区别，而将"直"这一义项赋予了"赋"。"直铺陈"，即直陈，就是不譬喻，于是，"直"就使赋与同为譬喻的比、兴区别开来，赋、比、兴也就在格义中获得了自洽解释。④

　　缩合前揭，郑玄将六义之"赋"界定为"直铺陈"有两条接受路

---

① （唐）孔颖达：《礼记正义》，北京大学出版社 1999 年版，第 1058 页。

② （唐）贾公彦：《周礼注疏》，北京大学出版社 1999 年版，第 610 页。

③ （汉）王符著，（清）汪继培笺，彭铎校正：《潜夫论笺校正》，中华书局 1985 年版，第 326 页。

④ 鲁洪生《赋比兴本义的转变》（《江西师范大学学报》1991 年第 2 期，第 42—48 页）一文认为："比、兴同为譬喻，为了使赋与比、兴区别开，故郑玄首创新义，将'敷布其义谓之赋'的'敷布'改为'直铺陈'。'敷布'义宽泛，作为用诗方法，是'讽、诵、言、语'；作为表现方法，则兼容'直铺陈'与比、兴。而'直铺陈'则是不譬喻，就可以与比、兴区分开，使赋、比、兴成为三种不同的表现方法了。郑玄所释，虽然没有文字根据，但能自圆其说，使之所创义义一直沿用至今。"我们同意鲁先生的部分看法。但是，由于鲁先生没有从字义引申系统详细考索赋义的演变，所以，鲁先生此处的论说有驳杂及武断之嫌。

径。一条是沿着赋体创作实践及其理论评介的影响，将赋字字义引申系统中的"敷布"改为"铺陈"，从而使得"赋"不再是简单的陈述、敷布，而具有了大陈、大布，或曰铺叙的意涵。而这，也就使得郑玄所解释的"赋"具有了表现手法的含义。另一条路径是在先秦以来人们探索诗歌作品生成方式或曰艺术表现规律基础上进行理论总结。在这条路径下，郑玄以比较格义的方法，第一次将"直"赋予了赋，从而使得"赋"获得了"直陈"的意涵而与同为譬喻的比、兴区别开来。尽管说，郑玄的阐释还有片面之处，但是，毫无疑问，这一论说使得与比、兴并列的六义之赋第一次获得了较为自洽的解释，从而为人们进一步认识赋法、赋体乃至体物诗艺都提供了广阔的理论背景。

明了了六义之赋"铺陈"与"直陈"的历史演进历程，下面，我们拟透过《诗经》赋法的考索来进一步认识赋法的艺术本质。

考索《诗经》文本，我们会发现，"赋之言铺"，或"直言铺叙"也着实显现于《诗》。不但雅诗当中有不少铺张其辞的诗作，即便十五国风，如《小戎》、《七月》、《硕人》等，也运用了层层铺叙的方法。但是，情境互动，合而成诗，诗的本质在于抒情，诗人为了表现情感，固然可以直言叙述，也可以层层铺叙，可赋并非只是起了"直言铺叙"的作用。诗的本质在于抒情，可情感本身不具有抒发性，于是，诗人便需寻找可以物化情感的"物"以使情感物化、客观化。我们以为，寻求物质表现形式以物化情感，使情感得以客观化才应该是《诗经》"赋"法的本质指向。关于这一点，宋人李仲蒙、清人李重华无疑提供了很好的意见。李仲蒙说："叙物以言情谓之赋，情物尽也"①；李重华说："赋为赋陈其事而直言之，尚是浅解。须知化工妙处，全在随物赋形。"②基于此，潘啸龙、蒋立甫先生曾指出："所谓'叙物以言情'，所谓'随物赋形'，才真正触及了《诗经》'赋'法

①（明）王世贞：《艺苑卮言》，《历代诗话续编》，中华书局2001年版，第954页。

②（清）李重华：《贞一斋诗说》，《清诗话》，上海古籍出版社1999年版，第930页。

的根本特征。"①

陆时雍说:"《三百篇》赋物陈情,皆其然而不必然之词,所以意广象圆,机灵而感捷也。"② "赋物陈情,皆其然而不必然之词",可谓痛快!诗的本质就在于抒情,所谓"赋物"乃是为了"陈情",这才是探本之论。"予谓诗人赋物,不过写一时之情"③,要不然就无以解释世间之物、之事也可谓多矣,何以是诗只出现此种之事、之物,而不是他事、他物,因为这很简单,诗不是以反映客观生活为其目的,诗所展现的本来就是一种个人情感的真实,也许这一事、一物对别人而言毫无价值,但于诗人可能却是一生的刻骨铭心。"自牧归荑,洵美且异。匪女之为美,美人之贻。"(《邶风·静女》)不是茅草美,而是因为这是"美人"所赠。是故,一朵花可以珍藏很多年,一句话可以询问很多遍。"溱与洧,方涣涣兮。士与女,方秉蕳兮。女曰观乎?士曰既且。且往观乎?洧之外,洵訏且乐。维士与女,伊其相谑,赠之以芍药。"(《郑风·溱洧》)"洧之外"之所以"洵訏且乐",很显然是因为"伊其相谑"的"士与女"共观。一片风景就是一种心情。游山玩水,不在乎山高,也不在乎水灵,但是,毫无疑问,与何人一起游山玩水却是非在乎不得的。我们说,这就是情感,它苏漠无形、难以捉摸,但它又确是真实的存在。诗的本质就在于抒发这一苏漠无形的情感。是故,所谓的"随物赋形",我们的理解即是寻求与此时特定情感有关联的客观物象以物化此"一时之情"。而这,据上述剖析,显然是"真正触及了《诗经》'赋'法的根本特征"。

潘啸龙、蒋立甫先生认为:"《诗经》'赋'法的艺术特征,并不只是在于'陈述铺叙',还在于不借助比兴,而对事物的形貌,人物的神态,心理和感情,作直接而形象的描绘和抒写。所谓'直言',并非只是直接叙述之意,而是与'比,兴'的须借助外物相对而言,更有直接描绘,刻画,抒写之意";"我以为,诗之'赋法',主要在

---

① 潘啸龙、蒋立甫:《诗骚诗学与艺术》,上海古籍出版社 2004 年版,第 38 页。
② (明)陆时雍:《诗镜总论》,《历代诗话续编》,中华书局 2001 年版,第 1420 页。
③ (清)马位:《秋窗随笔》,《清诗话》,上海古籍出版社 1999 年版,第 827 页。

于不借比兴而对事物，人情作直接的描绘和抒写；至于是否'铺张'
其辞，这须视表现需要而定，并不能作为衡量'赋法'的标准。"①
我们认为，这一看法无疑是颇有见地的。但是，明了了抒情的本质之
后，这一意见显然需要加以说明与补充。

孔颖达说："诗文直陈其事，不譬喻者，皆赋辞也。"② 关于
"比"、"兴"、"喻"这三者之间的关系，孔颖达认为："兴、喻名异
而实同"，"喻犹晓也，取事比方以晓人，故谓之为喻也"。③ 这样看
来，所谓"不譬喻"在孔氏的语境中即是不用"比兴"的意思。关
于"比"，孔颖达还有一个意见："诸言如者，皆比辞也。"④ 下面，
我们从孔氏的这些意见出发，来剖析一下下列诗句：

> 手如柔荑，肤如凝脂，领如蝤蛴，齿如瓠犀，螓首蛾眉，巧
> 笑倩兮，美目盼兮。(《卫风·硕人》)

> 如跂斯翼，如矢斯棘，如鸟斯革，如翚斯飞，君子攸跻。
> (《小雅·斯干》)

> 王旅啴啴，如飞如翰。如江如汉。如山之苞。如川之流，绵
> 绵翼翼。不测不克，濯征徐国。(《大雅·常武》)

既然孔氏把"诸言如者"均视为比辞，那么上述言"如"者的部
分章句自然即被孔氏视为比诗了。而诸如"巧笑倩兮，美目盼兮"，
"君子攸跻"以及"不测不克，濯征徐国"按照其不用比兴皆赋词的
意见，那么，这些诗句在其语境中便是赋句了。而朱熹却与之不同。
朱熹是把上述诗句均视为赋词的。冯浩菲先生剖析《诗经》中的比
诗，认为"从比句的多少着眼，可分为全篇为比与部分为比两类"，
"部分为比的诗，即一篇诗中既有兴句或赋句，或两者兼而有之，又

---

① 潘啸龙、蒋立甫：《诗骚诗学与艺术》，上海古籍出版社 2004 年版，第 37—39 页。

② （唐）孔颖达：《毛诗正义》，北京大学出版社 1999 年版，第 12 页。

③ 同上书，第 44 页。

④ 同上书，第 12 页。是书的整理者将"诸言如者，皆比辞也"归于郑众的名下。实
际上，细绎文意，这句话是孔颖达对郑众"比者，比方于物"的疏解。

有比句者"。① 按照孔氏的意见，在其语境中，显然上述言"如"者的诗句均是部分为比的比诗。以我们的理解，上述的描摹，刻画也着实为比，即便以朱熹的"以彼物比此物"② 的比之界定衡之，显然也是满足朱氏的条件的，那么何以朱熹却把它们均视为赋，难道说朱熹不承认部分为比诗句的存在？显然不是这样的。"兴而比也"在朱氏的《集传》中，曾不止一次地出现过。即便是"赋而比"的提法，据笔者的初步统计，在整部《集传》中也曾五见。这就是说，朱熹不但承认部分为比诗章的存在，而且朱氏也承认赋中可兼容比。那么何以上述诗句朱氏却均视为赋而非比呢？在笔者看来，这绝对不仅仅是简单的何者为比的界定歧异所致。我们认为，这里还透露出一个何为《诗经》"赋"法根本的艺术特征的问题。

　　我们先来看一下朱熹认为赋而兼比的诗句："行道迟迟，中心有违。不远伊迩，薄送我畿。谁谓荼苦，其甘如荠。宴尔新婚，如兄如弟。"（《邶风·谷风》）朱熹剖析诗意及其手法云："言我之被弃，行于道路，迟迟不进。盖其足欲前，而心有所不忍，如相背然。而故夫之送我，乃不远而甚迩，亦至其门内而止耳。又言荼虽甚苦，反甘如荠，以比己之见弃，其苦有甚于荼。而其夫方且宴乐其新昏，如兄如弟，而不见恤。"③ 按照孔颖达"诸言如者，皆比辞也"的意见，"谁谓荼苦，其甘如荠"，显然，孔氏也会承认此句为比诗。至于"如兄如弟"，在孔氏的语境中，自然也是部分为比了，但看朱熹的释义，很明显，朱氏并没有把它看为比辞。这就告诉我们，朱氏所认为的比之意涵与孔氏着实还有些不同，正因为如此，在何处为比，何处为赋的地方还有些意见分歧。但寻绎对照孔朱二氏的比中兼赋或者赋中兼比的诗句认定，我们固然可以以"赋、比、兴非判然三体"④，"三义原非离析"的解释以对。因为这本就是古今通识，例如毛先舒即认

---

① 冯浩菲：《历代诗经论说述评》，中华书局 2003 年版，第 77 页。

② （宋）朱熹注，赵长征点校：《诗集传》，中华书局 2011 年版，第 6 页。

③ 同上书，第 29 页。

④ （明）郝敬：《毛诗原解》，《续修四库全书》，上海古籍出版社 2002 年影印本，第 58 册，第 234 页。

为："诗有赋比兴，然三义初无定例。如《关雎》，《毛传》，《朱传》俱以为兴。然取其挚而有别，即可谓比，取因所见感而作诗，即可为赋，必持一义，殊乖通识。"① 即便朱熹本人也是以二义相兼或者三义相兼来论诗的。似乎鉴于此，我们就可以以三义界定之不同而致诗句认定之不同来解释上述朱、孔歧异这一现象了。但在其间的比照当中，笔者却发现，问题不可如此忽略。

"三义原非离析。如《黍离》、《清庙》、《丝衣》、《閟宫》之类，本直赋其事，而托黍离、衣服、宫室，亦即是比"②，赋之叙事本来即可兼比。但是，寻绎上述赋而兼比之章，比照孔、朱二氏关于赋与比同与异之处，不难看出，赋之为义也着实区别出自己，那就是孔、朱二氏均能认可的"陈"。也就是说，比可以以静态的方式存在，但是赋则不可以，它本身必须具有势能，有着自身的叙述能力，亦即李仲蒙所言的"叙物"。但是，诗的本质在于抒情，"叙"必须有所选择地"叙"，亦即"随物赋形"，即寻求与此时特定情感有关联的客观物象以物化此"一时之情"。是故，赋，乃是拥抱着情感的"叙"。关于赋的这一情感特质，其实不但李仲蒙、李重华二李氏有所见，不同的论者，在某种程度上都或多或少流露过这一意见。例如，上述提及的陆时雍与毛先舒即分别有言："《三百篇》赋物陈情，皆其然而不必然之词"；"取因所见感而作诗，即可为赋。"另外郝敬有言："情动于中，发于言为赋。"③ 朱熹说《鲁颂·泮水》首三章的"思乐泮水，薄采其芹"，"思乐泮水，薄采其藻"以及"思乐泮水，薄采其茆"是"赋其事以起兴也"④，显然也有"赋物陈情"的味道。它此不再枚举。

要之，《诗经》"赋"法的艺术特征，因所需，固然可以层层铺叙，"不借助比兴，而对事物的形貌，人物的神态，心理和感情，作

① （清）毛先舒：《诗辩坻》，《清诗话续编》，上海古籍出版社 1999 年版，第 13 页。
② （明）郝敬：《毛诗原解》，《续修四库全书》，上海古籍出版社 2002 年影印本，第 58 册，第 234 页。
③ 同上。
④ （宋）朱熹注，赵长征点校：《诗集传》，中华书局 2011 年版，第 319 页。

直接而形象的描绘和抒写"也是《诗经》"赋"法的重要艺术特征，但是，立足于诗的抒情本质，我们认为，随物婉转，曲尽其情，寻求并"叙"出与此时特定情感有关联的"物"以物化此"一时之情"才是《诗经》"赋"法的根本艺术特征所在。

综上所述，作为文学作品生成方式的赋艺，直到郑玄才有了第一次较为自洽的解释。尽管郑玄的阐释附会政教，牵强美刺，还多有片面，但是，郑玄在总结先秦以来诗歌创作艺术规律的基础上对六义之赋所作的解释还是为人们进一步认识赋法、赋体乃至体物诗艺都提供了广阔的理论背景。通过对六义之赋这一演进历程以及《诗经》赋法的考索，不难发现，汉人并未以六义之赋去说赋体，以"铺陈"来说赋体那是郑玄以后的事情。前揭已指出，两汉的赋体创作影响了郑玄对六义之赋的解说，那么，郑玄对六义之赋的解说对赋体以及体物诗艺又产生了怎么样的影响？关于这一点，我们将在下一节予以讨论。

第三节　赋体与体物

汉代的诗学理论是在《诗经》的阐释过程中渐次完成的，因而汉代的诗学话语体系一直主导在经学语境之中。经学语境下的两汉诗学一直将六经视为文学现象阐释与批评的语言透镜。就两汉的赋文学而言就是，"假道赋诗而来的'古诗之义'、'风谕之义'主导了整个汉代对于'赋体'的看法"[1]。但是，就汉赋创作实践而言，"连类繁举"的物类呈现方式早已使得赋体呈现出与《诗经》完全不同的一种艺术风貌。将"繁类以成艳"的大赋纳入"抒下情而通讽谕"，"雍容揄扬"的"雅、颂之亚"[2] 更多的情况下是一种理论诉求，正所谓"劝百风一"，"劝而不止"反没"讽喻之义"："往时武帝好神仙，相如上《大人赋》，欲以风，帝反缥缥有陵云之志。"[3] 对于赋体这一因

---

① 郑毓瑜：《替代与类推——"感知模式"与上古文学传统》，《汉学研究》第 28 卷第 1 期，2010 年 3 月，第 51 页。

② 龚克昌、苏瑞隆等：《两汉赋评注》，山东大学出版社 2011 年版，第 464 页。

③ （汉）班固：《汉书》，中华书局 1962 年版，第 3575 页。

"推类"而"侈丽闳衍"的艺术风貌与劝谏之旨的紧张状态汉人是有着清醒的认识的。《汉书·艺文志》记载道："汉兴枚乘、司马相如，下及扬子云，竞为侈丽闳衍之词，没其风谕之义，是以扬子悔之。"①扬雄曾因赋体的"侈丽闳衍"淹没讽谏特性而对自己写赋的行为感到过后悔。循此，我们发现，"繁类以成艳"的赋体其"侈丽"的艺术风貌尽管早在西汉时期即已为人们所认识，但是，两汉的大部分时期，"丽靡"是以负面价值来参与赋体艺术风貌之架构的。扬雄曾将赋分为两种，一种是"诗人之赋丽以则"，一种是"辞人之赋丽以淫"。两汉的赋作属于辞人"丽以淫"这一行列的。扬雄以为，"赋者，将以风也，必推类而言，极丽靡之辞，闳侈钜衍，竞于使人不能加也，既乃归之于正，然览者已过矣"。班固在《汉书》中也表达过相近的意见："其后宋玉、唐勒，汉兴枚乘、司马相如，下及扬子云，竞为侈丽闳衍之词，没其风谕之义。"对汉赋持批判态度的王充更是以"丽"这一美学特征来批判赋体的："以敏于赋颂，为弘丽之文为贤乎？则夫司马长卿、杨子云是也。文丽而务巨，言眇而趋深，然而不能处定是非，辨然否之实。虽文如锦绣，深如河、汉，民不觉知是非之分，无益于弥为崇实之化。"②汉宣帝以"丽"状赋，"辞赋大者与古诗同义，小者辩丽可喜"，表面看来像是积极的评述，但将这句话放在"倡优博弈"的对比语境来看，显然也不是完全的肯定之辞。然而，随着文学自觉时代的到来，"丽"开始成为积极的美学诉求呼应着诗赋创作。曹丕《典论·论文》"诗赋欲丽"，主张诗赋要讲究文辞富丽；曹植《七启序》云："昔枚乘作《七发》，傅毅作《七激》，张衡作《七辩》，崔骃作《七依》，辞各美丽。"③徐干《中论序》云："见辞人美丽之文，并时而作。"④西晋夏侯湛《张平子碑》评张衡云："造事属辞，因物兴□，下笔流藻，潜思发义，文无择辞，

---

① （汉）班固：《汉书》，中华书局 1962 年版，第 1756 页。
② 黄晖：《论衡校释》，中华书局 1990 年版，第 1117 页。
③ 郁沅、张明高编选：《魏晋南北朝文论选》，人民文学出版社 1996 年版，第 32 页。
④ 同上书，第 57 页。

言必华丽，自属文之士，未有如先生之善选言者也。"① 不难看出，这里的"欲丽"、"美丽之文"、"华丽"已经没有了负面的价值，而成为了一种积极的美学诉求。尽管此时还有挚虞"假象过大，则与类相远；逸辞过壮，则与事相违；辩言过理，则与义相失；丽靡过美，则与情相悖"这一"背大体而害政教"的"四过"之论，② 但是，将之放到"欲丽"这一大的时代背景之下，挚虞的论断已是个案，而且已经不合时宜了。我们以为，正是基于对"丽"这一美学特征的不断认识，当赋体在摆脱了汉人的"六诗之义"架构后，赋体的"丽靡"特质便被陆机升华为一个全新的美学命题："赋体物而浏亮"。

　　"浏亮"，李善释曰："清明之称。"并引孟康《汉书》《甘泉赋》注云："浏，清也。"③ 按《说文》："浏，流清皃。""清，朖（笔者注：同'朗'）也。澄水之皃。"④ 由此可知，"浏"与"清"的本义是一致的，两者确实可以互释。那么，"清明"的美学特质又是什么呢？张安祖教授有一个很好的考索，下面我们不妨抄录后再予以剖析。张安祖《陆机〈文赋〉"诗缘情而绮靡，赋体物而浏亮"含义辨》一文引李善说后考索道：

　　　　《礼记·孔子闲居》"清明在躬"疏："明，谓显著。"则可推出"清明"即"清晰显著"之义，这也就是"浏亮"的基本含义。但问题并不如此简单，"浏亮"……在不同语境下可引申出多种语义。例如"放言体物，辞藻浏亮"（笔者注：唐张说《张说之文集》卷一《进白乌赋并批答》录玄宗《墨诏批答》语），形容作品文辞的华美鲜明；又如"夜闻长笛之声而浏亮不绝"（笔者注：范摅《云溪友议》卷上），形容笛声的清脆响亮；再如"观夫纬白经绿，叩商命宫，以富艳而为主，以浏亮而为工"（笔者注：刘攽《彭城集》卷二《雕虫小技壮夫不为赋》），

---

① 郁沅、张明高编选：《魏晋南北朝文论选》，人民文学出版社1996年版，第119页。
② 同上书，第180页。
③ （南朝·梁）萧统编，（唐）李善注：《文选》，中华书局1986年版，第766页。
④ （汉）许慎：《说文解字》，中华书局1963年版，第229、231页。

形容音律的和谐响亮等等。这些不同的含义都可视为"清明"的引申义，但哪种适用于"赋体物而浏亮"呢？论者们在理解上分歧颇多，有人认为"浏亮，爽朗也"（张凤翼语）或"浏亮，达而无阻"（方廷珪语）；有人认为"浏亮"即谓赋体"铺采摛文"讲求文采的特点（笔者注：詹安泰《中国文学史》）；还有论者以为"赋体物而浏亮"离开了汉赋典重宏丽的传统而标举了魏晋小赋的新风格（笔者注：游国恩《中国文学史》），将"浏亮"理解为类同"清新"。

　　张先生认为"体物"与"浏亮"之间是因果关系的偏正结构，"体物"说的是赋体的主要表现功能，"浏亮"是因赋体的表现功能所决定的审美要求。基于这一认识，张先生最后的结论是："浏亮"是指铺陈描状客观外物的清晰鲜明，而与辞藻等其他因素无涉。"赋体物而浏亮"的含义是，赋以描状外物为主，要求刻画事物清晰细致，形象鲜明。① 如果将"浏亮"放到赋体从汉人"六诗之义"这一架构下的解放来看，它确实是就赋体的审美诉求来说的。前揭我们已经指出，两汉以来呼应着赋体创作的审美特征主要是"丽"这一美学特质。而曹丕的《典论·论文》则是第一次就赋体的文体视域提出"丽"这一美学诉求。换言之，曹丕第一次较为明确地表示出，不同的文体应该有不同的美学诉求或曰风格特色。"丽"不应该只是诗赋所显现出来的美学特征之一，而应该是诗赋这两种文体内在自性的一种美学诉求。当然，曹丕的这一看法还不算明确，而继踵曹丕的陆机则是有着明确的理论表述的："体有万殊，物无一量"，"虽离方而遁员，期穷形而尽相"②。亦即物的"无一量"决定了"体有万殊"。而文学创作贵在"不泥于规矩，而亦曲尽乎物形"（张凤翼《文选纂注》）③，亦即在"体"的自性诉求下按"物"本身的特点"程才效

---

　　① 张安祖：《陆机〈文赋〉"诗缘情而绮靡，赋体物而浏亮"含义辨》，《求是学刊》2006年第6期，第88—91页。

　　② （晋）陆机著，张少康集释：《文赋集释》，人民文学出版社2002年版，第99页。

　　③ 同上书，第103页。

伎"，使得"辞达而理举"①。这样说来，"丽靡"的美学诉求就应该是使赋体区别出自己文体自性目的的重要美学背景。具体来说就是，"连类繁举"的物类呈现方式使得赋体呈现出与《诗经》完全不同的一种艺术风貌。这也就使得"六诗之义"的架构难以容纳"繁类以成艳"的赋体美学特征。于是，汉人就在与"六诗之义"的紧张中看待着赋体的这一"丽靡"特征。而随着文学自觉时代的到来，"丽"逐渐成为正面的美学特征回应着诗赋的创作实践。而在曹丕的笔下，"丽"更有了文体内在自性目的的诉求。这样，继踵曹丕的陆机便在深化"诗赋欲丽"这一文体自性目的认识的基础上，从"物"的角度区划出了赋体的文类目的是"体物"，美学诉求是"浏亮"。这也就告诉我们，语言上的"丽靡"诉求使得人们在赋体摆脱"六诗之义"的束缚后开始反思它的生成机制，赋体的"体物"特征就是陆机在反思、升华"丽靡"为"浏亮"的昭示下而生成的。如是说来，将"浏亮"说成是作品辞彩的讲求，或是"清新"风格的诉求显然就不是探本之论了。但是，这也并不意味着赋体的"浏亮"就与作品的辞藻、风格等完全无涉了。因为赋体的内在美学特质毕竟还是要靠作品言意、物情的适应来区划。只不过此处的"浏亮"在陆机"称物"的美学诉求下有着更高的艺术目标而已。

有的论者曾指出，《文赋》在论述创作过程时一直以"物"为焦点。在《文赋》正文中，除"赋体物而浏亮"外，"物"字还五见。"遵四时以叹逝，瞻万物而思纷"，是说作者看到万物变迁之象而兴发创作激情；"情瞳昽而弥鲜，物昭晰而互进"，是说外在的物象在作者的头脑中纷至沓来；"笼天地于形内，挫万物于笔端"。谓广阔的天地都可概括进形象，万物之象都可以描绘于笔端；"体有万殊，物无一量，纷纭挥霍，形难为状。辞程才以效伎，意司契而为匠。在有无而僶俛，当浅深而不让。虽离方而遁员，期穷形而尽相"。陆机这里指出文体的多变是由它要描写的客观事物本身的千姿百态所决定的，文章写作要真实、自然地反映客观事物，按照客观事物本身的特点来描

---

① （晋）陆机著，张少康集释：《文赋集释》，人民文学出版社2002年版，第99页。

写，而不要受方圆规矩的束缚；"其为物也多姿，其为体也屡迁"①。是说物象多姿多彩，那么描写它的文章体式也要随之而变化。这些"物"涉及创作过程的方方面面，但其旨归均为能否准确细致地刻画描摹物象。② 如果把"体物"放到这一穷形尽相以再现客观事物的"物"语境中来诠解，"体物"当是指真实地再现客观事物的外部特征，那么，"赋体物而浏亮"也就可以理解为赋以描状外物为主，要求刻画事物清晰细致，形象鲜明了。但是，纵观《文赋》全篇，绾合赋之小序所言，我们就需要在超越"赋体物"这一单纯文体自觉的层面来理解"体物"了。《文赋》之小序云：

> 余每观才士之所作，窃有以得其用心。夫放言遣词，良多变矣。妍蚩好恶，可得而言。每自属文，尤见其情。恒患意不称物，文不逮意。盖非知之难，能之难也。③

这段小序道出了陆机写作《文赋》的"用心"。陆机在这里提出了文章写作的"意不称物，文不逮意"问题，并试图通过总结前人的写作经验来解决它。《文赋》通篇所讲即是如何使意能称物，文能逮意这个问题。《文赋》开篇言道："伫中区以玄览，颐情志于《典》《坟》。遵四时以叹逝，瞻万物而思纷。悲落叶于劲秋，喜柔条于芳春，心懔懔以怀霜，志眇眇而临云。咏世德之骏烈，诵先人之清芬。游文章之林府，嘉丽藻之彬彬。慨投篇而援笔，聊宣之乎斯文。"④ 不难看出，这段文字属于流行于六朝时期的"感物"观念。继踵陆机

---

① （晋）陆机著，张少康集释：《文赋集释》，人民文学出版社 2002 年版，第 20、36、60、99、132 页。

② 张晶：《中国古代美学中的"体物说"》，《天府新论》1999 年第 6 期，第 66—69 页。相近的表述也见于张晶《"体物"的诗歌美学含义》（《光明日报》2003 年 8 月 27 日）、《体物与精微——中国美学思想中的另一种景观》（《浙江工商大学学报》2011 年第 2 期）以及赵红菊博士的《"体物"诗学观与南朝咏物诗的兴盛》（《内蒙古师范大学学报》2011 年第 4 期）等文。

③ （晋）陆机著，张少康集释：《文赋集释》，人民文学出版社 2002 年版，第 1 页。

④ 同上书，第 20 页。

的，如钟嵘的"气之动物，物之感人，故摇荡性情，形诸舞咏"，"若乃春风春鸟，秋月秋蝉，夏云暑雨，冬月祁寒，其四候之感诸诗者也"①；刘勰的《文心雕龙·物色》："春秋代序，阴阳惨舒，物色之动，心亦摇焉。盖阳气萌而玄驹步，阴律凝而丹鸟羞，微虫犹或入感，四时之动物深矣……岁有其物，物有其容；情以物迁，辞以情发……是以诗人感物，联类不穷"；《文心雕龙·明诗》："人禀七情，应物斯感，感物吟志，莫非自然"②；再如萧子显的《自序》："若乃登高目极，临水送归，风动春朝，月明秋夜，早雁初莺，开花落叶，有来斯应，每不能已也。"③ 基于前揭小序，《文赋》的"用心"不在此"感物"，而在于"称物"。那么，当超越"赋体物"的文体自觉层面，纵观赋文，显然我们就需将"体物"放到"感物"（"应物"）—"体物"—"称物"这一"物"世界中来理解了。

"称物"是"感物"（"应物"）—"体物"—"称物"这一"物"世界呈现的终极目标。而在陆机看来，这恰有一个"恒患"问题："恒患意不称物，文不逮意。""恒患"表明这个问题在写作中是一个普遍的永恒存在。赋中陆机将文章分为十体，就"恒患"这一永恒存在来说，十体都应该有一个"意不称物，文不逮意"问题。这句话有三个关键词："物"、"意"以及"文"。张少康先生认为："陆机此处之'物'，即我们今天所说的'社会存在'，并不单指自然事物。陆机所说的'意'，仍是构思中形成之'意'，还不是具体文章中之'意'。陆机所说的'文'，即指文章。"④ 徐复观《陆机〈文赋〉疏释》释"物"、"意"、"文"以及这句话道："《说文》七上：'称，铨也。'按俗谓之'秤'，以秤量物之轻重，必使秤之权与所量之物，

---

① （南朝·梁）钟嵘著，曹旭笺注：《诗品笺注》，人民文学出版社2009年版，第1、28页。

② （南朝·梁）刘勰著，范文澜注：《文心雕龙注》，人民文学出版社1958年版，第693、65页。

③ （唐）姚思廉：《梁书》，中华书局1973年版，第512页。

④ （晋）陆机著，张少康集释：《文赋集释》，人民文学出版社2002年版，第6—7页。

轻重相等。故'意不称物',谓作者之意不能与物之轻重相等。'物'指题材之内容。李善:'《尔雅》曰:逮,及也。'按'文不逮意'之'文',指言辞,此句谓作者使用的言辞,又不足以达(逮)自己的意。"① 纵观《文赋》全文以及汉魏六朝的辞赋创作,我们可以发现,不但"鸟"、"木"、"禽"、"江""海""雪""月"成了"赋体物"的体认对象,而且"恨""别"这些主观情感,包括文章"用心"这一主观性的存在也被客观化为"物"进入了"体物"的"物"世界。这样说来,张少康以为"物""不单指自然事物"是正确的,但又将"物"释为"社会存在"则是狭窄了"物"的指涉范围。而徐复观将"物"释为题材内容则是斩断了《文赋》赋首有关"应物斯感"的物体系建构直接进入素材领域,显然也是不完整的。基于此,以"物"为聚焦的《文赋》其终极诉求中的"称物"当是指主客观全体事物的"体认",尽意,成文。孙月峰评"意不称物,文不逮意"曰:"自'书不尽言,言不尽意'变来。"② 如果将陆机放到魏晋玄学正酣的时代背景下来看,孙氏这一评价确实也是有所见。

"言不尽意"语出《易传》。按《易·系辞上》云:"子曰:'书不尽言,言不尽意。'然则圣人之意,其不可见乎?子曰:'圣人立象以尽意,设卦以尽情伪,系辞焉以尽其言。"③ 显然,《系辞》尽管曾经接受过一种怀疑语言的传统,但在这里的意思还是肯定"象"、"卦"、"辞"可以表达"圣人之意"。这一思想产生以后并未引起人们的普遍注意,诸子之间尚无人为此而争论。只是到了魏晋时期,由于玄学的兴起,人们竞相注解《周易》、《老子》和《庄子》,围绕如何体"道"、把握"本体"和领会所谓"圣人之意",言意问题才渐为学界所认识,进而又被赋予新的时代内容和一般方法论的意义,从而"言意之辨"成为早期玄学的重要理论武器。汤用彤先生曾言:"玄学系统之建立,有赖于言意之辨。"④ 关于言意之辨这个问题,有

---

① 徐复观:《中国文学精神》,上海世纪出版集团 2006 年版,第 261 页。

② (晋)陆机著,张少康集释:《文赋集释》,人民文学出版社 2002 年版,第 5 页。

③ (清)李道平撰,潘雨廷点校:《周易集解纂疏》,中华书局 1994 年版,第 609 页。

④ 汤用彤:《魏晋玄学论稿》,生活·读书·新知三联书店 2009 年增订版,第 26 页。

三种不同的意见："言尽意"论、"言不尽意"论和"得意忘言"论。
"言尽意论"认为语言能够充分表达人的思想的意义，但又提出"言
意不二"，好像言意之间没有区别和矛盾。欧阳建指出："非物有自然
之名，理有必定之称也。欲辩其实，则殊其名；欲宣其志，则立其
称。名逐物而迁，言因理而变。此犹声发响应，形存影附，不得相与
为二矣。苟其不二，则无不尽。"① 在欧阳健看来，既然言辞是表达情
理的，那么就应该言无不尽。"言不尽意论"认为语言不能充分表达
人的思想的意义。《魏志》引何劭《荀粲传》荀粲答语云："盖理之
微者，非物象之所举也。今称立象以尽意，此非通于意外者也，系辞
焉以尽言，此非言乎系表者也；斯则象外之意，系表之言，固蕴而不
出矣。"② 在荀粲看来，《周易》讲的道理，都是很微妙的东西，而这
些微妙的东西不是那些卦象、卦辞所能表达的。基于此，他认为，在
语言可以表达的"意"之外，还有"蕴而不出"语言不能表达的
"意外之意"在。"得意忘言"论的代表人物是王弼。王弼在《周易
略例·明象》中先承认"象"是"出意者"，"言"是"明象者"，
"意以象尽，象以言著"，但是，他却将话题一转，在"象"、"言"、
"意"之间作了一个价值的等级评判。王弼指出，"言者，象之蹄也；
象者，意之筌也"③，王弼把得意看作是目的，把言看作是得意的一种
手段，得了意，言、象均可忘掉。这就告诉我们，王弼所重点阐发的
已经不再是表达方面"言尽意"与否的问题，而是转到接受领域，转
换为"存意"还是"存言"问题，尽管两者自然密切关联，但已经
是两个问题。正因此，笔者这里采纳袁行霈先生《言意与形神——魏
晋玄学中的言意之辨与中国古代文艺理论》（《中国诗歌艺术研究》，
北京大学出版社，1996 年版）一文的看法，将魏晋的言意之辨分为
三个问题来介绍。要之，在"言"与"意"的论辩中，荀粲、王弼

---

① 郁沅、张明高编选：《魏晋南北朝文论选》，人民文学出版社 1996 年版，第
130 页。

② （晋）陈寿撰，（南朝宋）裴松之注：《三国志》，中华书局 1982 年版，第 319—
320 页。

③ （魏）王弼著，楼宇烈校释：《王弼集校释》，中华书局 1980 年版，第 609 页。

等人把"言"的能指意味越看越轻,而把"意"的所指意味越看越重,于是,这就引出了玄学蔑视语言的倾向:"世之论者,以为言不尽意,由来尚矣。至乎通才达识,咸以为然。"①荀粲、王弼等人所论的是一个哲学问题,是就语言表达能力和"物世界"呈现的一般规律或特点来说的。但哲学是时代的精神,是影响一切精神文明的思想背景。是故,哲学上的"言不尽意"直接衍生了诗学上的"言不尽意"。正如袁行霈先生所指出:"语言和意念之间的确存在着一般与个别的差别,语言不可能将人们所想的那些特殊的、个别的东西完全表达出来……特别是那些深刻的道理、复杂的感情、丰富的想象,更不容易为它们找到适当的言辞'毫发无遗憾'地表达出来。因为任何一个人所掌握的词汇以及他所熟悉的表达方式都是有限的,即使大作家也常有言不尽意的苦恼。"②卢谌《赠刘琨诗并书》云:"是以仰惟先情,俯览今遇,感存念亡,触物增眷。《易》曰:'书不尽言,言不尽意。'然则书非尽言之器,言非尽意之具矣。况言有不得至于尽意,书有不得至于尽言邪。不胜猥溓,谨贡诗一篇。"③卢谌在这里指出,自己"感存念亡,触物增眷"的复杂感情,难以用语言完全表达出来。卢谌在这里宣扬的是"言不尽意"论。而陆机与之不同,《文赋》指出,创作开始,作者往往"踯躅于燥吻",心有意而口难以"言",这是"言"难"尽意","言"未"尽意"的苦恼。但是,到了创作终了,作者又感到"流离于濡翰"④,好像"文"(言)从笔底自然流出。这就告诉我们,在陆机看来,"言"与"意"的矛盾还是可以解决的。正因此,陆机"言意之辨"背景下的"恒患"要解决的是,全体主客观事物的"体认"、"尽意",进而是"称物",成文。由于"物"之"体认"实际上包括情与物两个方面,所以,以"称物"为最高目标的"体物"艺术就需要随物婉转,曲尽物貌,求情

---

①　郁沅、张明高编选:《魏晋南北朝文论选》,人民文学出版社 1996 年版,第130 页。

②　袁行霈:《中国诗歌艺术研究》,北京大学出版社 1996 年增订版,第 65 页。

③　逯钦立辑:《先秦汉魏晋南北朝诗》,中华书局 1983 年版,第 880—881 页。

④　(晋)陆机著,张少康集释:《文赋集释》,人民文学出版社 2002 年版,第 60 页。

感、情景、情事之妙。

前揭我们曾指出，立足于诗的抒情本质，随物婉转，曲尽其情，寻求并"叙"出与此时特定情感有关联的"物"，以物化此"一时之情"是《诗经》"赋"法的根本艺术特征所在。将之与求"物"之妙的"体物"艺术相比照，不难看出，《诗经》时代诗人即以赋法开始了"体物"。例如《秦风·蒹葭》在"赋"法的运用上即以体物的精妙入微见长。《蒹葭》对景物的描绘，每章两句，逐章递进，即将清晨的寒意，旭日的霞彩，霜露的渐渐融化、蒸腾，荻芦的舒散摇曳等种种情态，包括主人公追求"伊人"的时间推移和惆怅失意之情，全部融汇其中。再如《豳风·七月》。诗以月令为兴，"仿佛在讲述一年中的故事，又仿佛这故事原本属于周而复始的一年又一年"①。但这又不是一个封闭的时间环。诗以"七月流火"的寒暑之分开篇，以"九月"、"十月"为耕稼的终结；从"一之日"、"二之日"的寒风凛冽，又回复到结尾的"三之日"、"四之日"的开冰献祭，又相当明显地显示了"来年"的观念。《七月》是从一年中最寒冷的季节开始写起的。"觱发"、"栗烈"的气候描述以及"无衣无褐"的质诘，都在表明，人在天地间的生存是不易的、艰难的。这使《七月》开篇即显现出强烈的现实沉重感。而这也成了《七月》通篇最基本的意象。"六月食郁及薁，七月亨葵及菽。八月剥枣，十月获稻。为此春酒，以介眉寿。七月食瓜，八月断壶，九月叔苴，采荼薪樗。食我农夫。"农夫一年的辛苦劳作，所食仅是此勉强能果腹之菜蔬及瓜果。但是，不难看出，就在这错落的周而复始的岁时及纷繁物象的流转中，实际上已经蕴含了一种大化流行的盎然生机。一年一年，都在这样过，也许平淡，也许艰难，但却不乏来年的希望，即使来年还是这样。

与赋法"体物"不同，《诗经》中还有一类图貌写物，"以少总多"的"体物"之作。刘勰《文心雕龙·物色》云："诗人感物，联类不穷，流连万象之际，沉吟视听之区；写气图貌，既随物以宛转；属采附声，亦与心而徘徊。故灼灼状桃花之鲜，依依尽杨柳之貌，杲

---

① 扬之水：《诗经别裁》，中华书局 2007 年版，第 153 页。

杲为出日之容，漉漉拟雨雪之状，喈喈逐黄鸟之声，喓喓学草虫之韵……并以少总多，情貌无遗矣。"① 图貌写物，"以少总多，情貌无遗"，刘勰在这里评述了一种不同于赋法的"体物"情况与事例。当我们阅读《诗经》中的《桃夭》、《采薇》、《伯兮》、《角弓》、《葛覃》、《草虫》这些诗篇时，我们会发现，这些诗并非以桃花、杨柳、日、雪、黄鸟、草虫为表现的主体。这些物象的出现，无论是在比兴中，还是赋中，都只不过是服务于诗篇主题的某种比喻、陪衬或背景描写。基于此，程千帆、张宏生的《"火"与"雪"：从体物到禁体物——论"白战体"及杜、韩对它的先导作用》一文，将之称为"布局体物之篇"②。

《诗经》以后，"体物"技巧不断在实践中得到发展。刘勰说："及离骚代兴，触类而长，物貌难尽，故重沓舒状，于是嵯峨之类聚，葳蕤之群积矣。"③ 而"体物"能够最终塑成为一种诗艺，其历史与理论的中介则是赋体文学的繁荣。可以说，赋从一开始就以"物"为主体而加以铺叙描摹，"体物"是赋的基本创作手法。尽管汉人将赋体架构在"六诗之义"下，并未以"体物"理论来诠解赋体文学的创作，但是，他们也认识到了赋体不同于《诗经》的"连类繁举"的物类呈现方式及其"丽靡"艺术风貌。而正是汉人这一语言上的"丽靡"诉求最终使得人们在赋体摆脱"六诗之义"的束缚后开始反思它的生成机制。于是，赋体的"体物"特征就在陆机反思、升华"丽靡"为"浏亮"的昭示下而生成。与此同时，当人们沿着"赋体物"进一步认识赋体与体物的时候，郑玄对六义之赋的解说又成了视域融合下的"前理解"。郑玄释六义之赋曰："赋之言铺，直铺陈今之政教善恶。"我们认为，郑玄的"赋之言铺"、

---

① （南朝·梁）刘勰著，范文澜注：《文心雕龙注》，人民文学出版社 1958 年版，第693—694 页。

② 程千帆、张宏生：《"火"与"雪"：从体物到禁体物——论"白战体"及杜、韩对它的先导作用》，《中国社会科学》1987 年第 4 期，第 212 页。

③ （南朝·梁）刘勰著，范文澜注：《文心雕龙注》，人民文学出版社 1958 年版，第 694 页。

"铺陈"有汉赋创作及其理论评介的渗透与影响。而当郑玄区划出这一"六义之赋"后，又进一步促进了人们对"赋体物"的认识。刘勰《文心雕龙·诠赋》云："赋者，铺也，铺采摛文，体物写志。"清代纪昀评注说："铺采摛文，尽赋之体；体物写志，尽赋之旨。"①"铺"俨然成了"体物"的实现路径。不仅如此，郑玄的"直铺陈"更是钟嵘"直书其事，寓言写物，赋也"②的理论背景。据前揭，早于郑玄，没有以"直"释"赋"者，郑玄之后，"直"却是使赋与比、兴区别开来的关键义项。而使"直"成为"赋"义关键义项承前启后的人则是钟嵘。从"弘斯三义，酌而用之"以及对五言诗品评的言述语境来看，钟嵘"直书其事，寓言写物"的赋之界定是根据五言诗的创作实际概括而来。那么，何谓"直书其事，寓言写物"？这一赋之界定又是为谁服务的？

我们先来说"直书其事，寓言写物"的意谓。陈衍《钟嵘诗品平议》卷上云："既以赋为'直书其事'，又以寓言属之，殊为非是；寓言属于比兴矣。"③按照陈衍的理解，"直书其事"讲求直截了当，而"寓言写物"则以间接含蓄为主，两者不能混为一谈。而张伯伟《钟嵘诗品研究》则认为："其实，这里的'寓言'并非指有寓托的语言，而是说寓托于或凭借于语言，亦即'叙写'之意。《诗品序》又云：'今所寓言，不录存者。'与此处'寓言写物'之'寓言'的含义是一致的。"张氏还引用日本学者高木正一的观点来印证"此处的'寓言'非《庄子》之'寓言'，而与王巾《头陀寺碑文》（《文选》卷五十九）中'敢寓言于雕篆'的'寓言'相似，是寓托于言语之意。"④以"叙写"来释"寓言"是与"直书其事"不矛盾了，可这样的话，显然又与"直书其事"同义反复了。"直书其事"就字

<hr />

① （南朝·梁）刘勰著，范文澜注：《文心雕龙注》，人民文学出版社1958年版，第134、136页。

② （南朝·梁）钟嵘著，曹旭笺注：《诗品笺注》，人民文学出版社2009年版，第25页。

③ 曹旭：《中日韩〈诗品〉论文选评》，上海古籍出版社2003年版，第73页。

④ 张伯伟：《钟嵘诗品研究》，南京大学出版社1999年版，第103页。

面意思来说就是，直接写"事"。那么"事"是什么意思呢？李善注
陆机"赋体物而浏亮"曰："赋以陈事，故曰体物。"① 可见，在古人
那里，"事"并非仅指"事情"，而往往是泛指"事物"。在我们看
来，钟嵘此处的"事"即泛指"物"。而"寓言写物"必须要放到钟
嵘比、兴释义的语境中，绾合"直书其事"，对照着来诠解：

　　　　五言居文词之要，是众作之有滋味者也，故云会于流俗。
　　岂不以指事造形，穷情写物，最为详切者耶！故诗有三义焉：
　　一曰兴，二曰比，三曰赋。文已尽而意有余，兴也；因物喻志，
　　比也；直书其事，寓言写物，赋也。弘斯三义，酌而用之。干
　　之以风力，润之以丹彩，使味之者无极，闻之者动心，是诗之
　　至也。若专用比兴，则患在意深，意深则词踬。若但用赋体，
　　则患在意浮，意浮则文散。嬉成流移，文无止泊，有芜漫之
　　累矣。②

　　综观这段文字，不难看出，钟嵘所界定的诗之三义赋比兴是指向
"指事造形，穷情写物"这一诗艺诉求的。而这也就告诉我们，赋比
兴要绾合着情与物两个方面。连接着兴的是"文"与"意"，而比则
是"物"与"志"，那么，赋呢？"直书其事"指向的是"物"，那
么，在我们看来，"寓言写物"关联的就是"情"。换言之，"寓言写
物"不仅关联着物貌，还有物情，它既是"直书其事"的补充，也是
赋艺之所以能够成为诗艺抒情指向的内在规定性所在。基于此，"寓
言写物"就不能像张伯伟先生所言的仅关联着书写方式，而应该要有
"寄（'寓'，《说文》：'寄也。'）言"这一所指诉求。也就是说，在
"指事造形"的过程中，比是曲写，而赋是直写，可无论是直写，还
是曲写，其终极指向都是"穷情写物"，达到"详切"的艺术境界。
"详"者，非"略"，有详细、详明、详备之义；"切"者，不

---

① （南朝·梁）萧统编，（唐）李善注：《文选》，中华书局 1986 年版，第 766 页。
② （南朝·梁）钟嵘著，曹旭笺注：《诗品笺注》，人民文学出版社 2009 年版，第
23—25 页。

"隔",有切近、切实、真切之义。① 以赋写物,因为要以直面物貌的方式曲尽物情,尽管它有"寄言"所指,但是,极貌写物,易入冗繁,是故,文散意浮,有"芜漫之累"。正因此,根据创作实际,钟嵘将"巧构形似"、"巧似"作为衡量作品品格高下的一个重要标准。而与此同时,"芜漫"却也可能成为作者的"病累"所在。如谢灵运:"其源出于陈思,杂有景阳之体。故尚巧似,而逸荡过之,颇以繁芜为累。"② 相比之下,张协的作品"文体华净",所以钟嵘以"巧构形似之言"评之并置于上品。基于前揭,钟嵘在郑玄"直铺陈"的基础上,根据五言诗的创作实际,进一步明确了赋作为诗歌表现手法的身份,并指出了赋具有"写物"的艺术功能。而赋法的这一"寓言写物"艺术功能实际上就是对五言诗"巧构形似之言"的一种注解。基于此,我们以为,钟嵘的赋之界定,注解着五言诗"尚巧似"的创作实际,绾合着情、物两端,以"称物"为终极旨归,使得"赋体物"完成了向"体物"诗艺的过渡。

综上所述,"体物"诗艺在南北朝时期的理论形态呈现为对"善制形状写物之词"③ 的探讨。钟嵘以外,刘勰、颜之推对于这一创作实践以及理论形态都有过明确的表述。《文心雕龙·物色》总结说:"自近代以来,文贵形似。……体物为妙,功在密附。故巧言切状,如印之印泥,不加雕削,而曲写毫芥。故能瞻言而见貌,印字而知时也。"同书《明诗》亦云:"情必极貌以写物,辞必穷力而追新。此近世之所竞也。"④ 再如颜之推《颜氏家训·文章篇》称:"何逊诗实为轻巧,多形似之言"。⑤ 由此可见,"体物"诗艺在汉魏以来,已经成为了一个普遍的创作与理论诉求而在向一种诗学诗艺传统迈进。

---

① 韩经太:《诗艺与"体物"——关于中国古典诗歌的写真艺术传统》,《文学遗产》2005 年第 2 期,第 31—32 页。

② (南朝·梁)钟嵘著,曹旭笺注:《诗品笺注》,人民文学出版社 2009 年版,第 91 页。

③ 同上书,第 175 页。

④ (南朝·梁)刘勰著,范文澜注:《文心雕龙注》,人民文学出版社 1958 年版,第 694、67 页。

⑤ 王利器:《颜氏家训集解》,中华书局 1993 年版,第 298 页。

　　汉魏以来的"体物"诗艺力图"巧言切状"，曲尽物貌，以使"情貌无遗"。而当这一诗艺传统经过诗人的努力取得卓越的艺术效果后，杜甫以降，诗人们又开始摆脱"尚巧似"的传统，力图在"道艺不二"的指导下"求物之妙"①，亦即由"体物"走向了"禁体物"。

　　禁体物诗，世人简称之为禁体。因为苏轼诗中有"白战不许持寸铁"之句，又被称为"白战体"。浦起龙《读杜心解》卷一曾将杜甫的《火》作为"禁体诗"的发轫之作："欧、苏禁体诸诗，皆源于此。"②而被世人公认的禁体诗的代表作品，首先是欧阳修在宋仁宗皇祐二年（1050）于知颍州时创作的《雪》。诗序云："玉、月、梨、梅、练、絮、白、舞、鹅、鹤、银等字，皆请勿用。"③便是倡作"禁体物语"诗。朱弁《风月堂诗话》卷上云："聚星堂咏雪……杜祁公（衍）览之嗟赏，作诗赠欧公云：'尝闻作者善评议，咏雪言白匪精思。及窥古人今人诗，未能一一去其类。不将柳絮比轻扬，即把梅花作形似；或夸琼树斗玲珑，或取瑶台造嘉致；撒盐舞鹤实有徒，吮墨含毫不能既。深悼无人可践言，一旦见君何卓异。'又云：'万物驱从物外来，终篇不涉题中意。宜乎众目诗之豪，便合登坛推作帅。回头且报郢中人，从此阳春不为贵。'"④由此可见当时人对欧阳修这首雪诗的叹赏。时隔四十年，苏轼亦知颍州，在欧阳修曾作"禁体"诗的聚星堂，忆及乃师，仿效"故事"，写下了有名的《聚星堂雪》，主张所谓"白战不许持寸铁"的写法，将"禁体"比作徒手肉搏，从而使得"禁体诗"获得了"白战体"这一说法。其诗序云："元祐六年（1091年）十一月一日，祷雨张龙公，得小雪，与客会饮聚星堂。忽忆欧阳文忠公作守时，雪中约客赋诗，禁体物语，于艰难中特出奇丽。尔来四十余年，莫有继者。仆以老门生继公后，虽不足追配先生，而宾客之美，殆不减当时，公之二子，又适在郡，故辄举前令，各赋一篇。"诗云：

---

① 孔凡礼点校：《苏轼文集》，中华书局1986年版，第1418页。

② （清）浦起龙：《读杜心解》，中华书局1977年版，第129页。

③ 李逸安点校：《欧阳修全集》，中华书局2001年版，第764页。

④ 吴文治主编：《宋诗话全编》，江苏古籍出版社1998年版，第2946页。

窗前暗响鸣枯叶，龙公试手行初雪。映空先集疑有无，作态斜飞正愁绝。

众宾起舞风竹乱，老守先醉霜松折。恨无翠袖点横斜，祇有微灯照明灭。

归来尚喜更鼓永，晨起不待铃索掣。未嫌长夜作衣稜，却怕初阳生眼缬。

欲浮大白追余赏，幸有回飙惊落屑。模糊桧顶独多时，历乱瓦沟裁一瞥。

汝南先贤有故事，醉翁诗话谁续说。当时号令君听取，白战不许持寸铁。①

关于欧阳修、苏轼的"禁体物诗"清人贺裳《载酒园诗话》卷一"欧公在颍州作雪诗"条评价道，当时聚会，"客诗不传，两公之什具在，殊不足观。固知钓奇立异，设苛法以困人，究亦自困耳"②。贺裳将欧、苏之倡"禁体"，说成是困人自困。又说欧、苏之"禁体"诗"殊不足观"，全面否定了欧、苏的"禁体诗"。在我们看来，贺裳这一评价缺乏诗学史背景下的深入之理解。我们不妨先看看苏轼的这首《聚星堂雪》。这篇诗从初下之雪写起，依次写夜间之雪，清晨之雪，风中之雪，树顶之雪，瓦沟之雪，写得神采飞扬，淋漓尽致。纪昀评价说："句句恰是小雪，体物神妙，不愧名篇。"③ 由是观之，"禁体物语"，既非禁止"体物"，亦非不作体物语，而是禁用世人熟知的"体物"语言。苏轼自己说这首诗是"于艰难中特出奇丽"，如果与梅尧臣所说的"状难写之景如在目前，含不尽之意见于言外"的"难写"相比较，我们认为，这里实际上有一个更超轶的艺术追求在内。缪钺先生在《论宋诗》中曾指出："唐诗技术，已甚精美，宋人则欲

---

① （清）王文诰辑注，孔凡礼点校：《苏轼诗集》，中华书局1982年版，第1813—1814页。

② （清）贺裳：《载酒园诗话》，《清诗话续编》，上海古籍出版社1983年版，第243页。

③ （清）王文诰辑注，孔凡礼点校：《苏轼诗集》，中华书局1982年版，第1814页。

百尺竿头，更进一步。盖唐人尚天人相半，在有意无意之间，宋人则纯出于有意，欲以人巧夺天工矣。"①"以人巧夺天工"，对宋人而言其实也是不得已而为之。宋人面对着唐诗所取得的巨大成就，既有幸也不幸，幸运的是"其则不远"，不幸的是，如何迈过这座高山。也就是说，宋人要想区别出自己的艺术风貌，在诗艺的讲求上就不得不致力于求变、创新。而宋人追求诗歌创新、语言创新的努力其实也一直未曾间断。欧阳修诗歌受韩愈影响较大，引散文手法和议论入诗。苏轼效欧公体做禁体诗，就是对欧阳修诗歌理论的继承和发扬。这种倾向发展下去就形成了江西诗派以及"山谷体"求新求变、生新廉悍的艺术风貌，并提出"点铁成金"、"活法"等推陈出新的理论。如果这样来诠解的话，那么，欧阳修、苏轼的"禁体物诗"就应该与梅尧臣对"写"的艰难化追求一样，都意在脱俗出新，积极求变，以创造属于自己时代的艺术风貌。对于欧阳修之倡导"禁体诗"，韩经太先生有过这样的一个评价："欧阳修作为开有宋一代文风的人，他来提倡'禁体物语'，其与宋调的塑造，意义不可小觑。"② 笔者以为，这一评价颇为有见。对此，宋人自己其实也是有所认识的，朱弁《风月堂诗话》所引杜祁公（衍）对欧阳修的评价就是一例。而朱弁更是在理论层面将宋人对"体物"诗艺的讲求提到了一个新的高度。其《风月堂诗话》卷上有云：

> 诗人体物之语多矣，而未有指一物为题而作诗者。晋宋以来，始命操觚，而赋咏兴焉。皆仿诗人体物之语，不务以故实相夸也。梁庾肩吾《应教咏胡床》云："传名乃外域，入用信中京。足敧形已正，文斜体自平。"是也。至唐杜甫咏兼葭云："体弱春苗早，丛长夜露多。"则亦未始求故实也。如其它咏薤云："束比青刍色，圆齐玉箸头。"黄粱云："味岂同金菊，香宜配绿葵。"则于体物之外，又有影写之功矣。予与晁叔用论此，晁叔用曰：

---

① 缪钺：《诗词散论》，上海古籍出版社1982年版，第38页。

② 韩经太：《诗艺与"体物"——关于中国古典诗歌的写真艺术传统》，《文学遗产》2005年第2期，第37页。

陈无己尝举老杜咏子规云:"渺渺春风见,萧萧夜色栖。客怀那见此,故作傍人低。"如此等语,盖不从古人笔墨蹊径中来,其所熔裁,殆别有造化也,又恶用故实为哉!①

朱弁此处论及的"体物"诗艺讲求抛开"故实",就是要求诗人直接刻画对象之物的状貌与特征。他引用钟嵘《诗品》中的话并评价说:"诗人胜语,咸得于自然,非资博古。若'思君如流水'、'高台多悲风'、'清晨登陇首'、'明月照积雪'之类,皆一时所见,发于言辞,不必出于经史。故钟嵘评之云:'吟咏情性,亦何贵于用事。'颜、谢推轮,虽表学问,而太始化之,浸以成俗。当时所以有'书钞'之讥者,盖为是也。大抵句无虚辞,必假故实,语无虚字,必究所从,拘挛补缀而露斧凿痕迹者,不可与论自然之妙也。"② 可见,朱弁的"体物"诗论受到了钟嵘"直寻"这一诗学观念的影响。不用书本故实,"直寻",其实就是寻求一种语言的陌生化,如果用苏轼的话来说就是,"白战不许持寸铁"。在朱弁看来,只有这样的"影写"之作才会有别于古人的"笔墨畦径",从而有所熔裁,笔补"造化"。由是,朱弁的"体物"诗艺就非常讲求作者对"物"的直接体验与体认。也就是说,诗人所传达出来的物世界必须是作者自己主体身心观照、把握和体认的结果。正因此,朱弁非常重视亲历体验在诗人作品生成中的意义。例如他对苏轼和黄庭坚的比较:"东坡文章至黄州后人莫能及,唯黄鲁直诗时可以抗衡。晚年过海,则虽鲁直亦若瞠乎其后矣。或谓:'东坡过海虽为不幸,乃鲁直之大不幸也。'"③ 朱弁的意思是说,苏轼的诗文创作,因其浮沉阅历而愈入佳境。贬到黄州后已臻"人莫能及",此时只有黄庭坚尚可与之颉颃;而苏轼再贬至海南,虽是人生之"大不幸",但却是其诗词的幸运。正因此,苏轼海南时期的创作是黄庭坚难以望其项背的。这就是说,苏轼因为其人生亲历体验丰富,所以他对于"物"的体认也就更加深入,正因此,

---

① 吴文治主编:《宋诗话全编》,江苏古籍出版社1998年版,第2944页。

② 同上书,第2943页。

③ 同上书,第2950页。

他的诗艺成就也就远高于黄庭坚。由此不难看出，朱弁的"体物"诗论超越了描摹物貌的"尚巧似"传统，而是在"直寻"的世界走向了主体对宇宙大化的体验、把握。可以说，朱弁的"体物"诗论在求新求变的"禁体物"时代背景下，以一种更高的艺术境界进一步丰富了中国诗学诗艺传统中的"体物"诗论。

两宋以降，将"体物"作为一种诗艺手法来研究，元人陈绎曾的"体物七法"最为详备。"体物七法"见于他撰著的《文筌》，其内容是：

> 实体：体物之实形，如人之眉目手足，木之花叶根实，鸟兽之羽毛骨角，宫室之门墙栋宇也。惟天文惟题以声色字为实体。
>
> 虚体：体物之虚象，如心意、声色、长短、动静之类是也。心意声色为死虚体，长短高下为半虚体，动静飞走为活度虚体。
>
> 象体：以物之象貌形容其精微而难状者，"缥烂"、"焕乎"、"浩然"、"皇矣"、"赫兮"、"巍哉"、"翼如也"、"申申如也"、"戋戋"、"崔嵬"之类皆是也。有碎象体，有扇象体、排象体，变化而用之。
>
> 比体：设比似以体物，如赋云言羽旗，雪言璧玉是也。
>
> 量体：量物之上下、四方、远近、久暂、大小、长短、多寡之则而体之。其体有量本、量枝、量连、量形、量态、量时、量方，其法有数量、排量、总量。
>
> 连体：体物之相连及者。有近连，如赋人言衣冠官室，赋马言鞍辔厩舆之类是也。有远连，如赋人言风云，赋马言舟海之类是也。
>
> 影体：不著本物，泛览旁观而本物宛见于言外。①

大体说来，七法中的实体、虚体、象体和量体以直面物貌的方式

---

① （元）陈绎曾：《文筌》，《四库全书存目丛书》，齐鲁书社 1997 年影印本，第 416 册，第 96—97 页。

体物，可归为一类。不假比物，不事用典，不用其他非直接的写法，从不同侧面将所表现的事物直陈于笔下，如果与我们前揭对"赋"法的探究相对照，这一体物方式显然可以归诸"直言其事"的赋格。而其他三法都是间接体物，比体是用联想之物表现对象，连体是用联系之物表现对象，而影体则是"不著本物"，类似借代。① 以之观照"体物"诗艺的发生、演变，可以说，陈绎曾的"体物七法"几乎将"体物"技巧搜罗殆尽。

明清时期的"体物"诗艺，沿着两宋的"求物之妙"，一直强调体物之妙，贵得神似，如王夫之《姜斋诗话》云："含情而能达，会景而生心，体物而得神，则自有灵通之句，参化工之妙。"② 再如潘德舆《养一斋诗话》卷十："体物之妙，畴非以化工兼画工者！六代以后，积案盈箱，不出风云月露，徒争胜于一字一句之间，自诧奇特，而不知其陋之甚。胸有实得者，无意于诗，而触物肖形，都成绝境，其根柢使然也。"③ 可以说，基本入于宋人"道艺不二"指导下的"求物之妙"，故不再枚举。

综上所述，就两汉的赋体创作而言，"六诗之义"主导了整个汉代对于赋体的看法。但是，就汉赋创作实践而言，"连类繁举"的物类呈现方式早已使得赋体呈现出与《诗经》完全不同的一种艺术风貌。于是，汉人就在与"六诗之义"的紧张中看待着赋体的这一"丽靡"特征。而随着文学自觉时代的到来，"丽"逐渐成为正面的美学特征呼应着诗赋的创作实践。而在曹丕的笔下，"丽"更有了文体内在自性目的的诉求。这样，继踵曹丕的陆机便在深化"诗赋欲丽"这一文体自性目的认识的基础上，从"物"的角度区划出了赋体的文类目的是"体物"，美学诉求是"浏亮"。而当超越"赋体物"这一单纯文体自觉的层面来理解"体物"，我们发现，中国的诗歌创作实践

---

① 参考了李正纲《"体物七法"研究》一文相关看法。载《固原师专学报》1989 年第 4 期，第 71—74 页。

② （清）王夫之著，舒芜校点：《姜斋诗话》，人民文学出版社 1961 年版，第 155 页。

③ （清）潘德舆：《养一斋诗话》，《清诗话续编》，上海古籍出版社 1983 年版，第 2153 页。

和诗学批评中实际上也存在一个"体物"问题。通过对"体物"诗学诗艺在中国诗歌创作实践以及诗学批评中的展演，我们发现，随物婉转，曲尽物貌，求情感、情景、情事之妙的"体物"诗艺不同于"言志""缘情"主导下的"感兴"论述，它是在"物"的层面来回答"物"的准确描摹、传达问题。是故，"体物"诗学诗艺关联着中国抒情传统的一个重要维度——"物"，值得认真对待。

小　结

"体物"最初是由魏晋时期的著名文论家陆机在《文赋》中拈出的。他在《文赋》中提出了"诗缘情"和"赋体物"这两个范畴："诗缘情而绮靡，赋体物而浏亮。"按一般性的理解，这两句分别指的是诗与赋的不同文体特征。而当超越"赋体物"这一单纯文体自觉的层面来理解"体物"，我们发现，中国的诗歌创作实践和诗学批评中实际上也存在一个"体物"问题。通过对"体物"诗学诗艺在中国诗歌创作实践以及诗学批评中的展演，我们发现，随物婉转，曲尽物貌，求情感、情景、情事之妙的"体物"诗艺不同于"言志""缘情"主导下的"感兴"论述，它是在"物"的层面来回答"物"的准确描摹、传达问题。是故，"体物"诗学诗艺关联着中国抒情传统的一个重要维度——"物"。

陈世骧以降的"中国抒情传统"研究者经过将近半个世纪的持续建构实际上为"中国抒情传统"建立了一个属于创作层面的"感兴"论述。这种论述"强调创作者与自然万物、人物事件彼此的触然相遭、同情共感"。揆之以"兴象"诗艺，"中国抒情传统论"中的"感兴"论述确实把握到了中国抒情诗艺物我情境互动中主观情感发抒层面的艺术特质。但是，这一传统中的另一个重要维度——"物"却没有得到认真对待。换言之，中国抒情美学物我情境互动中的"物"除了"在情志的聚焦范围下被选择、被呈现"外，还有一个穷形尽相，曲尽物貌，"情貌无遗"，"求物之妙"的传统。

充盈天地之间的，皆是物也。人生活在天地之间，亦一物也。这纷纭的物世界不依赖人的感觉而存在，然而，物又被人们的感觉所复写、摄影、反映，所以，物实际上又是人在自然、社会、人生等各个方面的一种经验和体验。当我们追问"是什么物"，进而得知"物是什么"的时候，我们凭借的是经验或体验世界里的一种以类相从或以类相别意识。中国古代物体系的建构连接着"天—人"两端，一方面基于可经验世界，以类相从，另一方面力图在"天人"架构下形塑成一个形而上的"类应"秩序。跃入先秦文史作品，我们发现，这一"天—人"架构下既连类又比类的物类呈现方式，已经形塑成了一个颇能建构的书写策略或曰作品生成方式。考索汉大赋的运思模式，先秦时期这一既连类又比类的物类呈现方式在塑成为一种书写策略后直接影响了赋体的创作。

　　就两汉的赋体创作理论而言，"六诗之义"主导了整个汉代对于赋体的看法。但是，就汉赋创作实践而言，"连类繁举"的物类呈现方式早已使得赋体呈现出与《诗经》完全不同的一种艺术风貌。于是，汉人就在与"六诗之义"的紧张中看待着赋体的这一"丽靡"特征。而随着文学自觉时代的到来，"丽"逐渐成为正面的美学特征呼应着诗赋的创作实践。而在曹丕的笔下，"丽"更有了文体内在自性目的的诉求。这样，继踵曹丕的陆机便在深化"诗赋欲丽"这一文体自性目的认识的基础上，从"物"的角度区划出了赋体的文类目的是"体物"，美学诉求是"浏亮"。而当超越"赋体物"这一单纯文体自觉的层面来理解"体物"，我们发现，中国的诗歌创作实践和诗学批评中实际上也存在一个"体物"问题。

　　立足于诗的抒情本质，随物婉转，曲尽其情，寻求并"叙"出与此时特定情感有关联的"物"以物化此"一时之情"是《诗经》"赋"法的根本艺术特征所在。而将之与求"物"之妙的"体物"艺术相比照，我们以为，《诗经》时代诗人即以赋法开始了"体物"。

　　《诗经》以后，"体物"诗艺不断在实践中得到发展。建安以下，直到齐梁，"体物"诗艺已经塑成为一种诗风并见之于诗评，其具体表现就是钟嵘、刘勰、颜之推等人笔下"尚巧似"、"形似"等这些论断。而钟嵘的赋之界定，注解着五言诗"尚巧似"的创作实际，绾合着情、物两端，以"称物"为终极旨归，更是使得"赋体物"完成了向"体物"诗艺的过渡。

汉魏六朝，"体物"诗艺力图"巧言切状"，曲尽物貌，以使"情貌无遗"。而当这一诗艺传统经过诗人的努力取得卓越的艺术效果后，杜甫以降，诗人们又开始摆脱"尚巧似"的传统，力图在"道艺不二"的指导下"求物之妙"，亦即由"体物"走向了"禁体物"。"禁体物"，既非禁止"体物"，亦非不作体物语，而是禁用世人熟知的"体物"语言。而将欧阳修、苏轼的这一"禁体物"的倡导放到两宋追求诗歌创新、语言创新的时代背景下考索的时候，可以发现，这一求新求变是"宋调"形塑中的重要一环。对此，宋人已有自觉的理论认识。朱弁的"体物"诗论就是在这一时代背景下，以一种更高的艺术境界进一步丰富了中国诗学诗艺传统中的"体物"诗论。

两宋以降，将"体物"作为一种诗艺手法来研究，元人陈绎曾的"体物七法"最为详备。而明清时期的"体物"诗艺，沿着两宋的"求物之妙"，一直强调体物之妙，贵得神似。

要之，随物婉转，曲尽物貌，求情感、情景、情事之妙的"体物"诗艺是中国诗学传统中的一个重要维度。全面考索整理中国诗学诗艺中的"体物"传统，对"言志""缘情"主导下的"感兴"抒情传统论述是一个重要补充。而这，对于中国抒情传统论的自洽和理论转拓则更是具有重大的意义。

第四章

艺术特质视域下的"中国抒情
传统论"阐释

艺术特质，是笔者基于比较视域下的中西诗学，兼及内在感情活动与抒情活动机制，尝试提出的一个诗学范畴。我们认为，在本质与特点之间还有一个层面，这个层面我们即界定为特质。本质力图把握所有，而特质则未必时时显现，但却又在一般层面参与构建，从而比特点高一级别。基于此，我们认为，在艺术本质层面的把握所有与艺术特点的一般性显现之间的那个层面即为艺术特质。

罗曼·雅各布森在《语言学与诗学》一文中写道：

> 文学研究以诗学作为它的中心部分。它也同语言学一样，包括两套不同的问题：共时性的问题和历时性的问题。共时性的描述所面临的不仅是某一特定阶段的文学创作，而且还有这一阶段积极保留下的或被动保留下的那部分文学传统。举例说，目前英国诗歌界喜欢欣赏的作品，既有莎士比亚，还有邓恩、马维尔、济慈和爱米丽·狄金森；而詹姆斯、汤姆逊和朗费罗的作品却与当前的艺术价值观不一致。在这种新文学潮流中所出现的这种对某些古典作品的选择和重新解释，是共时性文学研究所面临的关键问题。共时性的诗学研究，与共时性的语言学一样，不能混同于静力学，因为每一发展阶段都可以见到较为保守的和较富创新性的形式。当前的任何一个阶段，都是通过它的时间动力性被经验到的；另一方面，不管是在诗中还是在语言中，对它们的历时性研究不仅指向它们的"变化"，而且指向它们的永恒连续的静态因素。一种较为全面的诗歌历史或语言史，乃是一种上层建

筑，即建立于一系列连续进行的同时性描述基础上的建筑。①

纵观这段描述，与我们拈出并界定的艺术特质相对照，我们以为，艺术特质就是一个"建立于一系列连续进行的同时性描述基础上的"上层建筑。首先，艺术特质是某一国家或某一民族某一时段艺术显现特点的"同时性"概括。前揭我们已经指出，作家创作的"视域融合"要受"地域民族"、"社会阶层"以及"文学社群"这三重结构性关系的限定，所以，作家的创作一定会打上前后相继的形式特征。由是，艺术特质能够让我们看到同种形式的历时共继，看到某一阶段"积极保留下的或被动保留下的那部分文学传统"。与此同时，艺术特质又不是消极被动的艺术结构，而是能够自我调节，起艺术构成作用的。文学生产中，艺术特质能及时"转换"以对新的经验做出反应，不断地整理加工新的材料。艺术特质不是静态的，它是理论与实践之间的调节者。艺术特质的转换、构筑使得彼此均无其独立存在的质料与形式形成新的结构，从而形成既是经验的又是理智的实体——作品。由是，艺术特质也能够让我们看到形式的创新性，亦即它也有一个前后相继的"历时"发展问题。下面，我们即以"体物"诗艺为例以说明艺术特质这一"共时性"与"历时性"问题。

"体物"最初是由魏晋时期的著名文论家陆机在《文赋》中拈出的。他在《文赋》中提出了"诗缘情"和"赋体物"这两个范畴："诗缘情而绮靡，赋体物而浏亮。"按一般性的理解，这两句分别指的是诗与赋的不同文体特征。而当超越"赋体物"这一单纯文体自觉的层面来理解"体物"，我们发现，中国的诗歌创作实践和诗学批评中实际上也存在一个"体物"问题。体物，即真实地再现客观事物的外部特征。通过对"体物"诗学诗艺在中国诗歌创作实践以及诗学批评展演中的考索，我们发现，随物婉转，曲尽物貌，求情感、情景、情事之妙的"体物"诗艺不同于"言志""缘情"主导下的"感兴"论述，它是在"物"的层面来回答"物"的准确描摹、传达问题。"体

---

① 赵毅衡编：《符号学文学论文集》，百花文艺出版社 2004 年版，第 173 页。

物"诗学诗艺关联着中国抒情传统的一个重要维度——"物"。这是我们对"体物"诗艺所作的一个理论总结。而这一断语，显然是来自"共时"层面的超概括。因为透过对"体物"诗艺的考索，我们知道，由《诗经》中的赋法"体物"以及局部"体物"到汉大赋的整体"体物"，进而在赋体的昭示下"体物"诗艺生成；由力图"巧言切状"，曲尽物貌，以使"情貌无遗"，到力图在"道艺不二"的指导下"求物之妙"，亦即由"体物"走向"禁体物"，"体物"诗艺在实践与理论层面都经历了一个不断演进与发展的过程。职是之故，艺术特质绝不是一种静态的描述，它是建立于连续进行基础上的一系列"同时性描述"。谈到"传统"，米歇尔·福柯在《知识考古学》中有过这样一种意见：

> 传统这个概念，它是指赋予那些既是连续的又是同一的（或者至少是相似的）现象的总体以一个特殊的时间状况；它使人们重新思考在同种形式中的历史的播撒；它使人们缩小一切起始特有的差异，以使毫不间断地回溯到对起源模糊的确定中去；有了传统，就能把新事物从常态中区分出来，并能把新事物的长处移交给独特性、天才、个人的决策。①

揆之以福柯对"传统"的界定，不难发现，艺术特质是文学传统得以塑成的最重要因素。艺术特质的参与建构，使过去和现在得以中介，使得民族文学呈现出连续样态，彰显出自己的特点，从而让我们得以在剥落差异性的时候把握其"同一性"。与此同时，艺术特质又并不抹杀创新，阻遏艺术的发展。通过对"和合"、"兴象"以及"体物"诗学诗艺的考索，我们发现，艺术特质的图谱是多重的，它能够因应时代，及时"转换"，对新的生态会做出积极的反应。是故，艺术特质不但不会遮蔽个体的光芒，而且会让个体天才的光芒成为时

---

① ［法］米歇尔·福柯：《知识考古学》，谢强、马月译，生活·读书·新知三联书店2007年版，第20页。

代、民族艺术的一部分。而这，基于福柯的描述，显然也正是"传统"的魅力所在。

在我们看来，抒情文学的本质乃是一种物我情境互动之下的主观抒发。而人都是一定历史文化情境下的人，于是，源于文化与诗学的互动，我们考索了"和合"；源于主观抒发，我们归纳了"兴象"诗学；而源于"物"之呈现，我们考察了"体物"诗艺；通过对"和合"、"兴象"以及"体物"诗学诗艺的考索，我们以为，它们都具有诗学质素意义，是显现于抒情实践的具有"同时性"的诗性之特质。而透过两汉乃至以降阶段的接受研究，我们发现了这三项质素的连续性以及断裂、转拓、升华的地方。基于艺术特质与中国抒情传统的密切关系，我们以为，艺术特质是反思"中国抒情传统论"的有效凭借。

陈世骧以降的"中国抒情传统"研究者经过将近半个世纪的持续建构实际上为"中国抒情传统"建立了一个属于创作层面的"感兴"论述。这种论述"强调创作者与自然万物、人物事件彼此的触然相遭、同情共感"①。揆之以"兴象"这一艺术特质，我们发现，中国古典诗艺当中的"象"，并没有止于借意象以述情，而是在触物感兴的基础上导向了一种余味不尽的"兴象"境界。不仅如此，"兴象"诗艺在流变过程中还使得中国诗艺在对"本事"的处理中"重在'发'而非'事'，往往舍'事'重'发'"。易言之，主"言志""缘情"，偏于主观表现是中国古典诗歌艺术在审美倾向上的基本品格。由是衡之，"中国抒情传统论"中的"感兴"论述确实把握到了中国抒情诗艺物我情境互动中主观情感发抒层面的艺术特质。不过，由于陈世骧"中国抒情传统"的论述目的是为了凸显中国文学的特质及价值，进而与希腊史诗、戏剧进行"平行比较"，其后的论述虽然转入了中国文学的内部，但中西架构下的"中国抒情传统"的基本视角却没有变，所以，这种"中国抒情传统"论述就比较着重诗人主观

---

① 郑毓瑜：《抒情、身体与空间——中国古典文学研究的一个反思》，《淡江中文学报》第 15 期，2006 年 12 月，第 262 页。

与自我情感的发抒，于是就有了蔡英俊等人"悲哀的诗人所看到的悲哀的自然，就是中国抒情传统的主流"这一看法，进而衍生了"中国抒情传统"真正历史起点是《古诗十九首》这一论断。蔡英俊先生认为：两汉时期，"本于政治教化的社会群体的共同情志"，根本无法彰显"'诗三百篇'中原有的情感性质以及借助自然景物以起情的表现手法"①，"《诗经》和《楚辞》的传统在汉代基本中断了，而《古诗十九首》的传统却延续了一千又七八百年"②。而透过"和合"这一艺术特质的考索，我们以为，蔡先生这里忽略了中国抒情传统建构后的广阔文化背景。

对于一个群体或民族来说，文化是一种结构，一个系统，它往往在"在"的地方以"不在"的形式规范着群体成员的思维与行为，同时迫使个体接受一些经过不断诠释赋予而被视为客观范畴的观念框架、有效规则以及模式。是故，艺术特质的塑成，离不开文化与理论话语的共谋。从诗学理想与汉人文化理想的契合以及两汉学术思想的分合趋势来看，兼裁众美的"和合"能够把捉孕育于两汉文化土壤之中的诗性原质。而回溯到对"和合"的起源认识，我们发现，和合在《诗经》时代即已跃入诗中而形塑成诗人的基本情感言述形态。

殷周革鼎，周代精英认识到，"皇天无亲，惟德是辅"，于是，周公"制礼作乐"，把这种寻绎于历史变动的文化思考摄入源来有自的传统礼乐，从而使传统礼乐涅槃升华，有周一代，"郁郁乎文"。这样，周人便在演礼奏乐当中，实践着自己的德行，演绎着自己的德行。因此说，周朝的社会在本质上其实就是一"道德性团体"。诗学是从文化中获得它的神韵和方式的，文化是诗学的血液，是诗学的肌理。诗好比一株花，文化好比土壤，正如花茂于土壤，诗学亦为文化这片沃土所孕育。是故，《诗经》三百篇，首先所抒发的情感即是立足于这一"尚德"思想背景下的，人作为宗法社会成员，以伦理情感为旨归的情感言述。这一特征主要显现在大雅和颂诗之中，作为正

---

① 蔡英俊：《比兴、物色与情景交融》，大安出版社 1986 年，第 24—27 页。

② 柯庆明、萧驰编：《中国抒情传统的再发现》，台湾大学出版中心 2009 年版，第 8 页。

风、正雅的周召二南也部分地物化了这一情感特质，而"变风变雅"则在背离中昭示了一种新的言情机制的转变。"变风变雅"时代，抒情主体开始觉醒，诗人们直接介入外在情境，直接抒写着自身的喜怒哀乐。周人开始摆脱群体歌唱和歌唱群体，他们逐步走出自己的宗法位置。"变风变雅"昭示的是一场抒情诗人群体"私人化言说"的开始。不过，他们悲愤，他们哀怨，他们迷狂——虽然说他们已经走向了个体人性的光辉演绎，但是，"变风变雅"当中的周人依旧徘徊在宗法伦理社会的位置之中。

随着礼崩乐坏的加剧，"封建"的社会秩序走向解体，新兴的士人阶层崛起，社会已有的价值秩序遭到破坏，于是，这一新兴群体"纷纷则己言道……皆自以为至极，而思以其道易天下"，"士志于道"成了这一群体的一个基本的人生固持。作为士人阶层的屈原也是一个"独立不迁"，以道自任，"思以其道易天下者"，但是，由于各种原因，他的"道"即"美之政"没有实现。不过，诗人不幸诗家幸，于是，屈原"发愤以抒情"，开始了一场有关人生出处，或者关于个体价值安放于何处，这一有关灵魂之旅的带有"终极性"价值思考的寻绎。

两汉时期的诗学建构，"政治的要求，也即是如何使三百篇成为维系社会秩序以达到巩固汉家统治的目的，一直是一个被关心的问题。可以说两汉御用的诗经博士们，最焦灼的无过于如何在三百篇中幻化出一个切合汉天子意志的'法度'来"①。职是之故，两汉诗学的生成，内蕴着意识形态的共谋，"文化性"的默契。从我们对《诗经》情感言述的揭示来看，《诗经》首先言述的是立足于"尚德"思想背景下的，人作为宗法社会成员，以伦理情感为旨归的群体志意感受。这样说来，两汉阅读视域下"本于政治教化的社会群体的共同情志"归约，并非对三百篇的完全背离，它应该是新的历史条件下，两汉士人在《诗》艺基础上的一种积极建构。换言之，两汉阅读视域下

---

① 施淑：《汉代社会与汉代诗学》，《中外文学》第 10 卷第 10 期，1982 年 3 月，第80 页。

的这一建构应该是《诗经》诗学传统构建的一部分。与此同时，透过两汉抒情实践的考索，我们发现，从"变风变雅"扬起的这场"私人化言说"，个体情志之关注，一方面在两汉解诗中并没有完全缺失，而且，两汉士人，以赋这种文体，进而是赋与诗的互动中来寻绎人生个体价值之安放，更是对"骚人"以"诗""言一己穷通"的一种接续。

从"和合"图谱中的言志诗艺来看，两汉"本于政治教化的社会群体的共同情志"，也并没有导致个体情感在诗学诗艺中的缺席。先秦时期的言志诗艺可约化为两个主体中心，一是以创作主体为中心，从群体普遍感受之志演进为私人专有内在之志；二是以阅读主体为中心，从偏向于现实运用的情境意义演进为对普遍义理的建构。两汉士人接续这两个中心，就处理自我与他人、个人与社会之间的关系继续展开思考。彼时，崛起于先秦时期，"高置位置"的士人阶层与皇权博弈后达成共谋。于是，两汉社会实践主体——士人，接续原始儒家诗学的道德化诉求，并将之系统化，为巩固汉家的统治机制服务。总体而言，两汉阅读视域下的言志要求是，"志"之倾泻要"发乎情，止乎礼义"。因为这一和合导向，既符合统治者的利益，是汉家统治所急需，而两汉士子群体之意志与要求又由此得到栖居与满足。所以，这一诗艺诉求在两汉得到了极大发展，成了诗学主流。不过，政教视域下的义理关怀并未完全淹没主体心灵的跃动。阅读体认中，毛派诗学的《诗大序》将文学功能当中的政教诉求推向了极致，但它所阐发的言志诗艺却并未因此就完全皈依了政治而罔顾"志"的情感性。实践创作中，汉人接续屈、宋将生命历程呈露于辞的言志诉求，在赋与诗的互动中，继续追问着人生价值的皈依，个体情感的安放。最终，两汉言志诗艺就在实践创作与阅读体认的相互交荡下，将文化结构中的人文境界跃升为艺术境界，生成了一种不假乎外求，只关注着内心情意的自适，自言自语，自彰自明的言志诗艺。

基于前揭，两汉诗学诗艺实践并没有因为政教的诉求而导致个体情感的缺席，而将"兴象"诗艺放到先秦两汉的抒情实践中寻绎，我们发现，《诗经》、《楚辞》以来，景情互动，兴会取象，借助自然景物"感发"以起情的这一"兴象"诗艺在有主名的汉诗、无主名的乐府以及古诗中均得到了继承，并在以《古诗十九首》为代表的古诗中塑成了"泣鬼神，动天地"的艺术表现力。而就理论建构而言，两汉时期，"毛公述传，独标兴体"，首次将"兴"从用诗领域扩展到诗的创作，将"兴"移用至诗学领域。就批评视域移易而言，先秦时期"诗可以兴"的用诗方法在毛公追问所谓"作者本意"的语境中生成了"兴也"这一作诗方法而将"兴"的立论发言位置转向了"作者"。总体说来，《毛传》对"兴"的理解是比较宽泛的，但是，"超概括"的习惯性心理使得以喻释兴成了汉人的普遍做法。而政教视域下的义理关怀又是两汉诗学的"前理解"。于是，"兴"在两汉兴义论述集大成者郑玄的语境中便具有了政治寄托、道德寓意的内容。郑玄的兴义论述视域完成了"读者"向"作者"的移易，兴在郑玄的笺注语境中是一种特殊的表达方式——兴喻。进入六朝，随着儒家思想影响的弱化，普遍的道德理性主体转为个殊的审美才性主体。原来统摄在道德主体价值观念世界中的自然万物，也从两汉的譬喻世界释放出本来面目，由自然景物所引起的情意经验得到强调。换言之，被汉人有意无意地遮蔽了的情意与自然物象间纯为美感经验的"感发"获致了论者的注意。于是，六朝时期的"兴"义也就由先秦时读者对作品的"感发"转向了"作者"对自然景物的"起情"、"感发"。这时候的"兴"不再是一种譬喻的语言工具，而是"兴中取象"的一种表现方式。依借着这种表现方式具现为作品后，作品语言便独立为一个可以唤起读者直觉感性经验的美学意象。于是，"兴"又获致了"文已尽而意有余"这一美学内涵。将蔡英俊等人的"感兴"论述放到这一理论背景下来寻绎，不难发现，两汉的"兴喻"论述显然应该是"中国抒情传统论"中的重要一环。

　　揆之以"兴象"诗艺，"中国抒情传统论"中的"感兴"论述确实把握到中国抒情诗艺物我情境互动中主观情感抒发层面的艺术特质。但是，这一传统中的另一个重要维度——"物"却没有得到认真对待。通过对"体物"诗学诗艺的考索，我们发现，中国抒情美学物我情境互动中的"物"除了"在情志的聚焦范围下被选择、被呈现"

外，还有一个穷形尽相，曲尽物貌，"情貌无遗"，"求物之妙"的传统。"体物"最初是由魏晋时期的著名文论家陆机在《文赋》中拈出的。他在《文赋》中提出了"诗缘情"和"赋体物"这两个范畴。按一般性的理解，"诗缘情"和"赋体物"分别指的是诗与赋的不同文体特征。而当超越"赋体物"这一单纯文体自觉的层面来理解"体物"，我们发现，中国的诗歌创作实践和诗学批评中实际上也存在一个"体物"问题。随物婉转，曲尽物貌，求情感、情景、情事之妙的"体物"诗艺不同于"言志""缘情"主导下的"感兴"论述，它是在"物"的层面来回答"物"的准确描摹、传达问题。是故，中国抒情传统除了"情往似赠，兴来如答"，通过借助自然景物以起情，彰显个体自我发展过程这一线索之外，还有一个"物"之准确再现描摹，"求物之妙"的诗学诗艺传统。

综上所述，中国抒情传统论不应该成为一个单线索的"超概括"，它不能以一个面向概括中国抒情美学的多面向变迁。就艺术特质在中国抒情实践的呈现来看，我们必须回到开篇所提到的问题，蔡英俊等人构建的"感兴"论述属于中国抒情传统的"相对普遍的物性本质"①，而不应该归属于"艺术本质"范畴。进一步言之，"抒情传统"对于中国文学而言也应该只是"相对普遍的物性本质"，而不应该归属于"艺术本质"范畴。也就是说，我们必须在本质与特点之间来尽量呈现中国抒情传统的多面向变迁，否则，将之纳入"一般和普遍"的本质视域，极易造成虚假的"超概括"，从而影响"中国抒情传统论"的理论自洽及其概括力。

---

① 柯庆明、萧驰编：《中国抒情传统的再发现》，台湾大学出版中心 2009 年版，第756 页。

参 考 文 献

一　古代典籍

1. （清）陈立撰，吴则虞点校：《白虎通疏证》，中华书局 1994 年版。

2. （宋）洪兴祖撰，白化文等点校：《楚辞补注》，中华书局 1983 年版。

3. （清）林云铭：《楚辞灯》，华东师范大学出版社 2012 年版。

4. 杨金鼎等编选：《楚辞评论资料选》，湖北人民出版社 1985 年版。

5. （清）苏舆撰，钟哲点校：《春秋繁露义证》，中华书局 1992 年版。

6. （清）劳孝舆：《春秋诗话》，中华书局 1985 年版。

7. 杨伯峻：《春秋左传注》，中华书局 1990 年版。

8. （宋）张炎著，夏承焘校注：《词源注》，人民文学出版社 1963 年版。

9. （元）虞集：《道园学古录》，商务印书馆 1937 年版。

10. （元）杨维桢：《东维子集》，《四库全书》，上海古籍出版社 1987 年版。

11. （清）浦起龙：《读杜心解》，中华书局 1977 年版。

12. （清）崔述：《读风偶识》，《续修四库全书》，上海古籍出版社 2002 年版。

13. （清）冯班：《钝吟杂录》，商务印书馆 1937 年版。

14. （清）郝懿行：《尔雅郭注义疏》，《续修四库全书》，上海古籍出版社 2002 年版。

15. 汪荣宝撰，陈仲夫校点：《法言义疏》，中华书局1987年版。

16.（清）张玉穀撰，许逸民点校：《古诗赏析》，上海古籍出版社2000年版。

17.（清）沈德潜：《古诗源》，中华书局2006年版。

18. 黎翔凤撰，梁运华整理：《管子校注》，中华书局2004年版。

19.（清）王念孙：《广雅疏证》，《续修四库全书》，上海古籍出版社2002年版。

20.（唐）芮挺章：《国秀集》，《四库全书》，上海古籍出版社1987年版。

21. 徐元诰撰，王树民、沈长云点校：《国语集解》，中华书局2002年版。

22.（清）王先慎撰，钟哲点校：《韩非子集解》，中华书局1998年版。

23.（汉）韩婴撰，许维通校释：《韩诗外传集释》，中华书局1980年版。

24.（汉）班固：《汉书》，中华书局1962年版。

25. 王克让：《河岳英灵集注》，巴蜀书社2006年版。

26.（南朝·宋）范晔：《后汉书》，中华书局1965年版。

27. 何宁：《淮南子集释》，中华书局1998年版。

28. 孙致中等校点：《纪晓岚文集》，河北教育出版社1991年版。

29.（清）王夫之著，舒芜校点：《姜斋诗话》，人民文学出版社1961年版。

30.（元）揭傒斯著，李梦生标校：《揭傒斯全集》，上海古籍出版社1985年版。

31.（清）王引之：《经义述闻》，《续修四库全书》，上海古籍出版社2002年版。

32. 傅亚庶：《孔丛子校释》，中华书局2011年版。

33.（宋）卫湜：《礼记集说》，《四库全书》，上海古籍出版社1987年版。

34.（清）何文焕辑：《历代诗话》，中华书局2004年版。

35. 丁福保辑：《历代诗话续编》，中华书局 1983 年版。

36. （唐）姚思廉：《梁书》，上海古籍出版社 1986 年版。

37. 龚克昌、苏瑞隆等：《两汉赋评注》，山东大学出版社 2011 年版。

38. （清）吴淇：《六朝选诗定论》，《四库全书存目丛书补编》，齐鲁书社 2002 年版。

39. （南朝·梁）萧统编，（唐）李善等注：《六臣注文选》，中华书局 1987 年版。

40. 许维遹撰，梁运华整理：《吕氏春秋集释》，中华书局 2009 年版。

41. 黄晖：《论衡校释》，中华书局 1990 年版。

42. 杨伯峻：《论语译注》，中华书局 1980 年版。

43. （清）刘宝楠撰，高流水点校：《论语正义》，中华书局 1990 年版。

44. （清）焦循：《毛诗补疏》，《续修四库全书》，上海古籍出版社 2002 年版。

45. （清）马瑞辰撰，陈金生点校：《毛诗传笺通释》，中华书局 1989 年版。

46. （明）郝敬：《毛诗原解》，《续修四库全书》，上海古籍出版社 2002 年版。

47. 杨伯峻：《孟子译注》，中华书局 2005 年版。

48. （清）焦循撰，沈文倬点校：《孟子正义》，中华书局 1987 年版。

49. 吴文治编：《明诗话全编》，凤凰出版社 1997 年版。

50. （清）孙诒让撰，孙启治点校：《墨子间诂》，中华书局 2001 年版。

51. 李逸安点校：《欧阳修全集》，中华书局 2001 年版。

52. （清）朱彝尊：《曝书亭集》，上海商务印书馆 1929 年影印线装本。

53. （清）赵在翰辑，钟肇鹏、萧文郁点校：《七纬（附论语谶）》，中华书局 2012 年版。

54．（汉）王符著，（清）汪继培笺，彭铎校正：《潜夫论笺校正》，中华书局 1985 年版。

55．（清）王夫之等：《清诗话》，上海古籍出版社 1999 年版。

56．郭绍虞编选，富寿荪校点：《清诗话续编》，上海古籍出版社 1983 年版。

57．费振刚等校注：《全汉赋校注》，广东教育出版社 2005 年版。

58．（清）严可均辑：《全后汉文》，商务印书馆 1999 年版。

59．唐圭璋：《全宋词》，中华书局 1965 年版。

60．（清）董诰等编：《全唐文》，中华书局 1983 年版。

61．张伯伟：《全唐五代诗格汇考》，凤凰出版社 2002 年版。

62．王国维：《人间词话》，上海古籍出版社 1998 年版。

63．（晋）陈寿撰，（南朝宋）裴松之注：《三国志》，中华书局 1982 年版。

64．（宋）朱熹注，赵长征点校：《诗集传》，中华书局 2011 年版。

65．（清）方玉润：《诗经原始》，中华书局 1986 年版。

66．程俊英、蒋见元：《诗经注析》，中华书局 1991 年版。

67．（南朝·梁）钟嵘著，曹旭笺注：《诗品笺注》，人民文学出版社 2009 年版。

68．（清）王先谦撰，吴格点校：《诗三家义集疏》，中华书局 1987 年版。

69．（明）胡应麟：《诗薮》，上海古籍出版社 1979 年版。

70．李学勤主编：《十三经注疏》，北京大学出版社 1999 年版。

71．（汉）司马迁：《史记》，中华书局 1982 年第 2 版。

72．（汉）刘熙撰，（清）毕沅疏证，（清）王先谦补：《释名疏证补》，中华书局 2008 年版。

73．（汉）许慎：《说文解字》，中华书局 1963 年版。

74．（汉）许慎撰，（清）段玉裁注：《说文解字注》，上海古籍出版社 1988 年版。

75. （清）朱骏声：《说文通训定声》，《续修四库全书》，上海古籍出版社 2002 年版。

76. （汉）刘向撰，向宗鲁校证：《说苑校证》，中华书局 1987 年版。

77. （明）谢榛著，宛平校点：《四溟诗话》，人民文学出版社 1961 年版。

78. （宋）朱熹：《四书章句集注》，中华书局 1983 年版。

79. 《宋本玉篇》，中国书店 1983 年影印本。

80. 吴文治主编：《宋诗话全编》，江苏古籍出版社 1998 年版。

81. （南朝·梁）沈约：《宋书》，中华书局 1974 年版。

82. （清）王文诰辑注，孔凡礼点校：《苏轼诗集》，中华书局 1982 年版。

83. 孔凡礼点校：《苏轼文集》，中华书局 1986 年版。

84. （明）高棅：《唐诗品汇》，上海古籍出版社 1988 年版。

85. （魏）王弼著，楼宇烈校释：《王弼集校释》，中华书局 1980 年版。

86. 郁沅、张明高编选：《魏晋南北朝文论选》，人民文学出版社 1996 年版。

87. （晋）陆机著，张少康集释：《文赋集释》，人民文学出版社 2002 年版。

88. ［日］遍照金刚撰，卢盛江校考：《文镜秘府论汇校汇考》，中华书局 2006 年版。

89. （元）陈绎曾：《文筌》，《四库全书存目丛书》，齐鲁书社 1997 年版。

90. （清）章学诚著，叶瑛校注：《文史通义校注》，中华书局 1985 年版。

91. （南朝·梁）刘勰著，范文澜注：《文心雕龙注》，人民文学出版社 1958 年版。

92. （南朝·梁）萧统编，（唐）李善注：《文选》，中华书局 1986 年版。

93．（清）洪震煊：《夏小正疏义》，《续修四库全书》，上海古籍出版社 2002 年版。

94．逯钦立：《先秦汉魏晋南北朝诗》，中华书局 1983 年版。

95．（汉）贾谊撰，阎振益、钟夏校注：《新书校注》，中华书局 2000 年版。

96．（清）王先谦撰，沈啸寰、王星贤点校：《荀子集解》，中华书局 1988 年版。

97．王利器：《盐铁论校注》，中华书局 1992 年版。

98．王利器：《颜氏家训集解》，中华书局 1993 年版。

99．（元）敖继公：《仪礼集说》，《四库全书》，上海古籍出版社 1987 年版。

100．（清）刘熙载撰，袁津琥校注：《艺概注稿》，中华书局 2009 年版。

101．（清）钱绎：《輶轩使者绝代语释别国方言笺疏》，《续修四库全书》，上海古籍出版社 2002 年版。

102．（清）叶燮著，霍松林校注：《原诗》，人民文学出版社 1979 年版。

103．王英中校点：《袁枚全集》，江苏古籍出版社 1993 年版。

104．陈贻焮主编：《增订注释全唐诗》，文化艺术出版社 2001 年版。

105．何建章：《战国策注释》，中华书局 1990 年版。

106．（汉）张衡著，张震泽校注：《张衡诗文集校注》，上海古籍出版社 2009 年版。

107．（清）方东树著，汪绍楹校：《昭昧詹言》，人民文学出版社 1961 年版。

108．（清）孙诒让撰，王文锦、陈玉霞点校：《周礼正义》，中华书局 1987 年版。

109．（清）朱右曾：《周书集训校释》，《续修四库全书》，上海古籍出版社 2002 年版。

110．（清）李道平撰，潘雨廷点校：《周易集解纂疏》，中华书局 1994 年版。

111.（清）王先谦撰，沈啸寰点校：《庄子集解》，中华书局 1987 年版。

二　现代著作

1. 北京大学中国诗歌研究院编：《燕园论诗——中国古代诗歌论集》，北京大学出版社 2010 年版。

2. 蔡英俊：《比兴、物色与情景交融》，大安出版社 1986 年版。

3. 曹道衡、沈玉成：《南北朝文学史》，人民文学出版社 1991 年版。

4. 曹淑娟：《汉赋之写物言志传统》，文津出版社 1987 年版。

5. 曹旭：《中日韩〈诗品〉论文选评》，上海古籍出版社 2003 年版。

6. 陈国球：《结构中国文学传统》，华中师范大学出版社 2011 年版。

7. 陈国球、王德威编：《抒情之现代性："抒情传统"论述与中国文学研究》，生活·读书·新知三联书店 2014 年版。

8. 陈来：《古代宗教与伦理——儒家思想的根源》，生活·读书·新知三联书店 1996 年版。

9. 陈世骧：《陈世骧文存》，辽宁教育出版社 1998 年版。

10. 冯浩菲：《历代诗经论说述评》，中华书局 2003 年版。

11. 傅杰编：《王国维论学集》，中国社会科学出版社 1997 年版。

12. 葛兆光：《中国思想史》，复旦大学出版社 2007 年版。

13. 古代文论学会编：《古代文学理论研究丛刊》（第 11 辑），上海古籍出版社 1986 年版。

14. 顾颉刚编著：《古史辨》，上海古籍出版社 1982 年版。

15. 郭沫若：《卜辞通纂》，科学出版社 1983 年版。

16. 黄怀信：《上海博物馆藏战国楚竹书〈诗论〉解义》，社会科学文献出版社 2004 年版。

17. 柯庆明、萧驰编：《中国抒情传统的再发现》，台湾大学出版中心 2009 年版。

　　18. 李达三、罗钢编：《中外比较文学的里程碑》，人民文学出版社 1997 年版。

　　19. 李山：《〈诗经〉的文化精神》，东方出版社 1997 年版。

　　20. 李湘：《〈诗经〉名物意象探析》，台湾万卷楼图书有限公司 1999 年版。

　　21. 刘操南：《〈诗经〉探索》，浙江大学出版社 2003 年版。

　　22. 刘永济：《词论》，上海古籍出版社 1981 年版。

　　23.《鲁迅全集》，人民文学出版社 2005 年版。

　　24. 吕正惠：《抒情传统与政治现实》，大安出版社 1989 年版。

　　25. 缪钺：《诗词散论》，上海古籍出版社 1982 年版。

　　26. 潘啸龙、蒋立甫：《诗骚诗学与艺术》，上海古籍出版社 2004 年版。

　　27.《庞朴文集》，山东大学出版社 2005 年版。

　　28. 钱锺书：《管锥编》，中华书局 1986 年版。

　　29. 裘锡圭：《古文字论集》，中华书局 1992 年版。

　　30. 裘锡圭：《文史丛稿——上古思想、民俗与古文字学史》，上海远东出版社 1996 年版。

　　31. 任树民：《先秦两汉抒情文学的诗性特质研究》，吉林文史出版社 2014 年版。

　　32. 山东大学文学院编：《人文述林》（第 9 辑），山东大学出版社 2006 年版。

　　33. 苏渊雷：《易学会通》，世界书局 1935 年版。

　　34. 汤用彤：《魏晋玄学论稿》，生活·读书·新知三联书店 2009 年增订版。

　　35. 唐君毅：《中国文化之精神价值》，江苏教育出版社 2006 年版。

　　36. 王国维：《观堂集林》，中华书局 1959 年版。

　　37. 王国维：《宋元戏曲史》，上海古籍出版社 1998 年版。

　　38. 王小盾编：《扬州大学中国文化研究所集刊》（第 1 辑），江苏古籍出版社 1998 年版。

39. 王运熙、顾易生主编：《中国文学批评史新编》，复旦大学出版社 2001 年版。

40. 王洲明：《诗赋论稿》，山东大学出版社 2006 年版。

41. 《闻一多全集》，生活·读书·新知三联书店 1982 年版。

42. 萧驰：《中国抒情传统》，允晨文化实业股份有限公司 1999 年版。

43. 徐承：《高友工与中国抒情传统》，中国社会科学出版社 2009 年版。

44. 徐复观：《两汉思想史》，华东师范大学出版社 2001 年版。

45. 徐复观：《中国文学精神》，上海世纪出版集团 2006 年版。

46. 徐复观：《中国艺术精神》，春风文艺出版社 1987 年版。

47. 扬之水：《诗经别裁》，中华书局 2007 年版。

48. 杨国荣：《存在的澄明》，辽宁人民出版社 1998 年版。

49. 杨宽：《古礼新探》，中华书局 1965 年版。

50. 杨树达：《积微居小学述林全编》，上海古籍出版社 2007 年版。

51. 姚孝遂编：《殷墟甲骨刻辞类纂》，中华书局 1989 年版。

52. 姚一苇：《艺术的奥秘》，漓江出版社 1987 年版。

53. 叶舒宪：《探索非理性的世界——原型批评的理论与方法》，四川人民出版社 1988 年版。

54. 游国恩等主编：《中国文学史》，人民文学出版社 1963 年版。

55. 于省吾编：《甲骨文字诂林》，中华书局 1996 年版。

56. 袁行霈：《中国诗歌艺术研究》，北京大学出版社 1996 年版。

57. 袁长江：《先秦两汉诗经研究论稿》，学苑出版社 1999 年版。

58. 张伯伟：《钟嵘诗品研究》，南京大学出版社 1999 年版。

59. 《张岱年全集》，河北人民出版社 1996 年版。

60. 张立文：《和合哲学论》，人民出版社 2004 年版。

61. 张淑香：《抒情传统的省思与探索》，大安出版社 1992 年版。

62. 张舜徽：《〈说文解字〉约注》，中州书画社 1983 年版。

63.《章太炎全集》，上海人民出版社 1984 年版。

64. 赵敏俐：《汉代诗史论》，吉林教育出版社 1995 年版。

65. 赵沛霖：《兴的源起——历史积淀与诗歌艺术》，中国社会科学出版社 1987 年版。

66. 赵毅衡：《新批评》，中国社会科学出版社 1988 年版。

67. 周策纵：《古巫医与"六诗"考——中国浪漫文学探源》，上海古籍出版社 2009 年版。

68. 朱狄：《艺术的起源》，中国社会科学出版社 1982 年版。

69. 朱立元主编：《天人合———中华审美文化之魂》，上海文艺出版社 1998 年版。

70. 朱自清：《诗言志辨》，广西师范大学出版社 2004 年版。

71. 宗白华：《艺术与中国社会》，安徽教育出版社 1995 年版。

三　国外译著

1.［美］厄尔·迈纳：《比较诗学》，王宇根等译，中央编译出版社 2004 年版。

2.［瑞士］皮亚杰：《发生认识论原理》，王宪钿等译，商务印书馆 1985 年版。

3. 赵毅衡编：《符号学文学论文集》，百花文艺出版社 2004 年版。

4.［瑞典］高本汉：《汉文典》（修订版），潘悟云等编译，上海辞书出版社 1997 年版。

5.［美］M. H. 艾布拉姆斯：《镜与灯》，郦稚牛等译，北京大学出版社 2004 年版。

6.［德］黑格尔：《美学》，朱光潜译，商务印书馆 1979 年版。

7.［加拿大］诺思罗普·弗莱：《批评的解剖》，陈慧等译，百花文艺出版社 2006 年版。

8.［德］恩斯特·卡西尔：《人论》，甘阳译，上海译文出版社 2004 年版。

9.［德］M. 海德格尔：《诗·语言·思》，彭富春译，文化艺术出版社 1991 年版。

　　10. ［美］孙康宜：《抒情与描写——六朝诗歌概论》，钟振振译，上海三联书店 2006 年版。

　　11. ［美］罗伯特·休斯：《文学结构主义》，刘豫译，生活·读书·新知三联书店 1988 年版。

　　12. ［美］勒内·韦勒克、奥斯汀·沃伦：《文学理论》，刘象愚等译，江苏教育出版社 2005 年版。

　　13. 莫家祥编：《西方爱情诗选》，漓江出版社 1981 年版。

　　14. 胡经之主编：《西方文艺理论名著教程》，北京大学出版社1989 年版。

　　15. 北大哲学系编：《西方哲学原著选读》（上卷），商务印书馆1981 年版。

　　16. 王佐良：《英国诗选》，上海译文出版社 1992 年版。

　　17. 赵甄陶：《英诗讲座》，湖南师范大学出版社 1986 年版。

　　18. ［法］米歇尔·福柯：《知识考古学》，谢强、马月译，生活·读书·新知三联书店 2007 年版。

　　19. ［英］李约瑟：《中国古代科学思想史》，陈立夫主译，江西人民出版社 1990 年版。

　　20. ［美］宇文所安：《中国文论：英译与评论》，王柏华、陶庆梅译，上海社会科学院出版社 2003 年版。

　　21. ［英］菲奥纳·鲍伊：《宗教人类学导论》，金泽、何其敏译，中国人民大学出版社 2004 年版。

四　期刊论文

　　1. 陈国球：《从律诗美典到中国文化史的抒情传统——高友工"抒情美典论"初探》，《郑州大学中文学报》2008 年第 10 期。

　　2. 陈静：《张立文与他的"和合"世界》，《中国社会科学报》2009 年 12 月 17 日。

　　3. 陈桐生：《论正变》，《诗经研究丛刊》第 1 辑，学苑出版社2001 年版。

4. 程千帆、张宏生:《"火"与"雪":从体物到禁体物——论"白战体"及杜、韩对它的先导作用》,《中国社会科学》1987 年第 4 期。

5. 邓程:《对兴的误解与遗忘:汉儒的诗学理论与汉诗》,《湘潭大学学报》2005 年第 1 期。

6. 葛晓音:《"毛公独标兴体"析论》,《中国文化研究》2004 年春之卷。

7. 郭齐:《"和合"析论》,《四川大学学报》1999 年第 2 期。

8. 韩东屏:《和谐文化的内涵、功能与打造方法》,《淮海工学院学报》2007 年第 4 期。

9. 韩经太:《诗艺与"体物"——关于中国古典诗歌的写真艺术传统》,《文学遗产》2005 年第 2 期。

10. 李正纲:《"体物七法"研究》,《固原师范专科学报》1989 年第 4 期。

11. 刘鄂培:《"兼和"——张岱年先生哲学思想的精髓》,《中国社会科学院研究生院学报》2000 年第 4 期。

12. 刘起釪:《〈洪范〉成书时代考》,《中国社会科学》1980 年第 3 期。

13. 鲁洪生:《赋比兴本义的转变》,《江西师范大学学报》1991 年第 2 期。

14. 蒙培元:《张岱年的中西哲学观及其"综合创新论"》,《北京大学学报》2004 年第 5 期。

15. 任树民:《"士志于道"与屈原蹈死》,《求索》2011 年第 8 期。

16. 任树民:《先秦两汉情感言述所昭示的中国抒情传统》,《唐山学院学报》2012 年第 4 期。

17. 尚学锋:《乐语传统与汉代的兴喻文学观》,《陕西师范大学学报》2006 年第 1 期。

18. 施淑:《汉代社会与汉代诗学》,《中外文学》第 10 卷第 10 期,1982 年 3 月。

19. 孙筑瑾著，韩冀宁译：《中国诗的情景描写与英国诗的内外世界呈现模式》，《广西大学学报》1986 年第 1 期。

20. 王秀臣：《"礼仪"与"兴象"——兼论"比""兴"差异》，《文学评论》2011 年第 4 期。

21. 王占奎：《读金随札——内史亳同》，《考古与文物》2010 年第 2 期。

22. 吴镇烽：《内史亳丰同的初步研究》，《考古与文物》2010 年第 2 期。

23. 颜昆阳：《从"言意位差"论先秦至六朝"兴"义的演变》，《清华学报》新 28 卷第 2 期，1998 年 6 月。

24. 颜昆阳：《混融、交涉、衍变到别用、分流、布体——"抒情文学史"的反思与"完境文学史"的构想》，《清华中文学报》2009 年第 3 期。

25. 张安祖：《陆机〈文赋〉"诗缘情而绮靡，赋体物而浏亮"含义辨》，《求是学刊》2006 年第 6 期。

26. 张岱年：《漫谈和合》，《社会科学研究》1997 年第 5 期。

27. 张晶：《体物与精微——中国美学思想中的另一种景观》，《浙江工商大学学报》2011 年第 2 期。

28. 张晶：《中国古代美学中的"体物说"》，《天府新论》1999 年第 6 期。

29. 张晶：《"体物"的诗歌美学含义》，《光明日报》2003 年 8 月 27 日。

30. 张立文：《和合人文精神与 21 世纪》，《科学·经济·社会》1998 年第 4 期。

31. 张立文：《世纪之交的文化战略的构想——和合学概论自序》，《中华文化论坛》1995 年第 3 期。

后　记

　　本书是在我 2013 年北京师范大学博士后出站报告的基础上修改完成的。

　　2002 年考研，初春放榜，得知笔试通过，激动不已。后来面试又通过了，于是，大学四年终于迎来了最快乐的一段日子。当时，一边在中学实习，一边准备毕业论文，纵情而又任性地挥霍着快乐的青春。入学后，天真的乐观不断地被残酷的现实击破。于是，抱着一种不抱希望的心情决定考博。报考时，一共选择了三所学校，分别是北京师范大学、中国人民大学和山东大学。北京两所学校的考试时间是 2005 年 3 月，山东大学则是 4 月。之所以选择山东大学也就在于它是 4 月考试。当时的想法是，北京考不上，那么 4 月去济南考试还来得及。最终的结果是按照预期想法实现了，北京的考试全部落榜，济南的考试很顺利，被山东大学公费录取。

　　报考山东大学的时候，上网查阅招生简章，在自己感兴趣的研究方向发现了吾师王洲明教授的名字，于是，不揣冒昧地给先生写了一封信。先生颇为热情，给我回了一封信。就这样，缘分天注定，自己成了王洲明师的学生。入学后，一边有序地学习，一边开始与吾师探讨毕业论文选题。吾师当时让我思考这样一个问题：都说《诗经》美，屈辞好，汉赋也好，那么，它们好在哪里？美在哪里？为什么诗骚、汉赋是今天我们看到的这个样子，而不是别的样子？是什么导致了中国的书写方式能够跟西方区别开来，其民族规定性在哪里？围绕着这些问题，一边看抒情文本，一边看理论著作，寻找着自己论文的切入点。在这个过程中，发现一批汉学家还有港台学者把中国古典文学艺术的独特品格体认为一种与主体表现相联系的抒情特性。再一深入了解，发现这里还有一个有所承袭的学术传统。这些学者在打破文类区划，进而把中国文学传统看成抒情传统而与西方的叙事传统相区别时，经常提到"特质"这个词以昭示我们民族抒情文本和诗学的独特性。后来，我又看到了刘俊《白先勇评传》（花城出版社 2000 年版）一书。书中，刘俊先生在解析白先勇独特艺术风格形成的原因时，用了艺术特质理论，并且做了具体界说。但是，无论是"中国抒情传统"论者，还是刘俊先生，都没有将艺术特质作为一个艺术范畴来看待。而当我把艺术特质作为一个具有建构作用的艺术范畴来界定诠释的时候，正好契合我一直追问的先秦两汉抒情书写传统的塑成问题。于是，在 2006 年春季学期，经与吾师商讨，就确定以艺术特质作为切入点来构建自己的博士学位论文。

当具体架构学位论文结构时发现，艺术特质无法兼顾先秦两汉抒情书写的情感嬗变。而在自己看来，情感嬗变恰是与主体表现相联系的重要特性。于是，调整思路，用"先秦两汉抒情文学的诗性特质研究"做了论题，把诗性特质分为情感特质和艺术特质两个层面来构建。具体而言，论文分上下两编。上编为"先秦两汉抒情文学情感特质嬗变史论"。对于"情感特质"，我的界定是，"任何一篇抒情作品既显现了当时情境下的个体心绪之曳，同时又物化了作者所属时代的文化共性"，"情感特质，顾名思义，它首先是对情感抒发的一种把握，但是，它不是关注抽象的喜怒哀乐惧之情，而是对一定的历史文化情境之情的一种把握"。基于此，以歌、谣、谚、诗（《诗经》以及汉代的歌诗）、楚辞和抒情赋为考察对象，论文上编对先秦两汉抒情文学做了全面而系统的梳理，并做出了史论性的阐释。下编"先秦两汉抒情文学艺术特质原论"，接续上编情感特质嬗变的寻绎，从艺术特质这一视角出发，在中西比较框架下，对先秦两汉阶段的抒情文学，在发展流变的过程当中所显现出的具有一般性的诗学之特质进行了具体的阐释。基于对艺术特质的把握，我认为，"和合性"、"兴象性"以及"情境性"，对于先秦两汉的抒情实践而言，具有诗学质素意义。在我看来，抒情文学的本质乃是一种物我情境互动之下的主观抒发。而人都是一定历史文化情境下的人，于是，源于文化与诗学的互动，我提出了"和合性"；源于"物"的层面，我归结了"兴象性"；源于"我"的层面，我总结了"情境性"。先秦两汉乃至两汉以降的抒情书写之所以呈现出我们今天所看到的这一样态，"和合性"、"兴象性"以及"情境性"是内在规定性所在。由于读书期间，生活困窘，老想着稻粱之事，因此，论文下编解决得令自己并不满意。在山东大学博士还没有毕业的时候就决定有机会进一下博士后流动站。毕业后，一番波折，于 2010 年 7 月进入北京师范大学中国语言文学博士后流动站，有幸投到了尚学锋老师门下。2005 年考博士时，于北京师范大学投考的就是尚老师，当时技差一筹，落第。至此再投尚师门下也可谓再续前缘。进入北京师范大学之后，想把博士论文下编自己不满意的地方深入下去，而尚师也给予了我充分的发挥空间，于是，便有了呈现在读者面前的这部书稿。

　　关于"抒情"，在"先秦两汉抒情文学的诗性特质研究"一文中，它不仅有表现论者意义上的"抒情"——自然而然地流露诗人强烈的感情，而且还包括表达志向和描写意境两个因素——某种意义上后两者的比重可能要更大一些。文章抒情作品的具体考察对象为，先秦两汉时期的歌、谣、谚、诗（《诗经》以及汉代的歌诗）、楚辞和抒情赋。而由陈世骧等汉学家和港台学者完成的"中国抒情传统"研寻则是指从理论上对中国传统中一种超越抒情诗文类的，持续而广泛的文化现象之探索。陈世骧等的"抒情传统"论，其出发点虽然是浪漫主义定义下的"抒情诗"，但他们从"情感流动"及其保持和流传的角度去观察中国文学，回到"抒情"在中国文化传统的现场，从历史实况及其意识根源作出梳理与分析。他们提出一个"抒情传统"的观念，正如陈国球先生所观察到的，"不是说这个传统除了'抒情'，别无其他；而是说，在这个文化传统中，'抒情'意识的渗透性极强。从这个角度作出诠释，可以看到这个传统的繁富面貌底下，隐隐然有一种贯穿力量。"[①] 从某种程度上讲，"中国抒情传统"这一研寻，也

---

　　① 陈国球、王德威编：《抒情之现代性："抒情传统"论述与中国文学研究》，生活·读书·新知三联书店 2014 年版，第 23—24 页。

恰是我在"先秦两汉抒情文学的诗性特质研究"中想要钩沉的"诗性特质"。因此，当我的博士论文写作后期，遇到这一研究领域的时候颇为高兴。但是，毕业在即，并没有深入研究。而当我博士后进站，全面梳理，两相比照后发现，我在"先秦两汉抒情文学的诗性特质研究"一文中所绎绎的，有的需要修正，而在"艺术特质"的观照之下，"中国抒情传统论"的有些论断也需要修正。不仅如此，通过寻绎艺术特质与中国抒情传统的关系，我发现，艺术特质是反思"中国抒情传统论"的有效凭借。于是，我便以"艺术特质视域下的中国抒情传统研究——以两汉诗学接受为中心"为题，完成了博士后出站报告。2014 年 7 月，我的博士论文经过六年的沉睡，在吉林文史出版社完成出版。最初想在博士后出站报告的基础上修改一下，但是，一些视点的变化将使学位论文的面貌发生很大的变化。于是，便放弃了修改的念头。书稿保持了原题，并基本上保持了学位论文的原貌。至于观点改变以及补充深入的部分，以这部书稿为准。

　　攻读博士以来，凭着青春的热力，选择了在中国古代文学领域游弋理论思辨。但正如王洲明师在《先秦两汉抒情文学的诗性特质研究》一书的序中所指出的，不得不承认，这一研究如今遇到了新的困惑。为什么会这样呢？把老师的话抄录一下吧。这与中国学术研究的大趋势有关。改革开放的前二十余年，曾经对西方新理论、新方法趋之若鹜。三十年河东，三十年河西。而今，又出现仅只视史料、文献、考证等传统之学为真学问的倾向。我认为，这两种偏向都是不正确的。新时期初期阶段的"理论"跟风的偏颇自不待言；仅只视史料、文献、考证为真学问，恐怕也是一种认识上的偏失。的确，中国有非常悠久的传统的研究学问的历史，史料的、文献的、考证的，是其中非常重要的组成部分；但是也有义理之学。就说让后人景仰的学术大师，如王国维、梁启超、陈寅恪、钱穆等，人们除了看重他们在自己研究领域丰厚的文献知识外，还有一个非常重要的方面，就是看重他们在各自的研究领域内所得出的无可取代的学术见解，这对于建构他们各自的学说，是不可或缺的重要部分。因此，对中国文学历史上的各种现象予以理论层面的研究和总结，就如同树民当下所作这样，仍然是中国古代文学研究的应有之义。

　　本书的成功出版需要感谢一些人，说几句感谢的话。首先，感谢我的两位导师。一位是山东大学的王洲明教授，一位是北京师范大学的尚学锋教授。正是王老师的关照与教导，才使得自己博士顺利毕业，并且在毕业后将自己介绍到了尚老师门下。尚师平易可亲，待人和蔼，承蒙教诲与关照，使得自己完成出站报告，顺利出站。书稿出版，又蒙尚师赐序。其次，感谢博士后在站开题、报告外审和出站答辩期间赐我中肯意见的北京师范大学的过常宝教授、赵仁珪教授、李山教授和韩格平教授，中国人民大学的徐正英教授以及中国传媒大学的钟涛教授。正是诸位先生的不吝赐教，使得书稿减少了不少错误。再次，北华大学文学院的单位领导非常支持笔者的博士后研究工作，并提供了尽可能的帮助，这里亦一并谢之。此外，还要感谢北华大学科研处副处长肖艳教授，因其热心关照才使得本书顺利出版。最后，感谢我的家人。进站做博士后并将出站报告修改出版得到了家人的大力支持。书稿撰写和修改期间，妻子操持家务，岳母帮忙带小孩，为自己营造了一个良好的写作环境。工作以来，妻子陪伴着我这个穷书生，同甘共苦，相扶而过，其于谢表于斯待之来！

　　本书系北华大学学术成果。本书出版亦得到吉林省教育厅"十二五"社会科学项目"艺术特质视域下的两汉诗学接受研究"（201588）资助，在此一并感谢。

任树民

记于吉林寒假雪居

2015 年 2 月